AF489903

YO SOY CUBA

LYNDA R. EDWARDS

Primera edición

Impreso en los Estados Unidos

ISBN:979-8-9993635-1-0 Impresión

ISBN: 979-8-9993635-0-3 E-Book

ÍNDICE

¡CUBA LIBRE!

MICHAEL DELEVANTE, JUNIO DE 1896

¡Cuba libre! ¡Cuba libre!
Muchos corazones están llorando.
Por Cuba libre, Cuba libre,
Sus valientes y audaces hijos están muriendo.
Por Cuba libre canta el mundo -
Por Cuba canta un Cantor;
¿Qué importa si las alas de mi Musa están plegadas?
¡Una canción profunda como el alma le canto!
Extiendo el himno amplio y libre
A través de las aguas sin límites;
Y, cantando, reza por la Libertad
Por los hijos e hijas de Cuba
Entonces, ¡manténganse, cubanos espartanos!
En el campo de batalla y sangriento,
Y, por el amor a tu querida tierra,
¡Lucha – por su libertad – gloria!
¡A las armas! ¡A las armas! El grito de tu madre:
¡A las armas! Tus hijos charlan –
¡A las armas! ¡A las armas! Los tambores suenan alto,
¡Y las bayonetas chocan y retumban!
Vienen – vienen, el tren en bandas;
El enemigo está atrapando tu puerta –
Vienen, vienen, y la brillante lluvia roja
Sobre la tierra que amas está cayendo –

¡A las armas! ¡A las armas! El grito de la viuda;
¡A las armas! Tus hijos charlan-
Donde yacen Gómez y Maceo,
Ve y compromete sus almas en la Batalla.

A mi esposo, Tim: Nunca daré por sentado su amor y apoyo inquebrantables. Mientras él esté conmigo, todo es posible.

A los hijos de mi corazón: Christopher y Elizabeth, Ethan, McKenzie, Benjamin, Liam, Austin, Blake y Eleanor.

Quiero agradecer a la familia y amigos que se han tomado el tiempo para escribir y animarme. Sus palabras me mantuvieron en marcha cuando las mías fallaron.

Y a ustedes, mis lectores. ¡Gracias por apoyar mi imaginación y hacerla volar!

ÁRBOL GENEALÓGICO DE QUIÉN ES QUIÉN

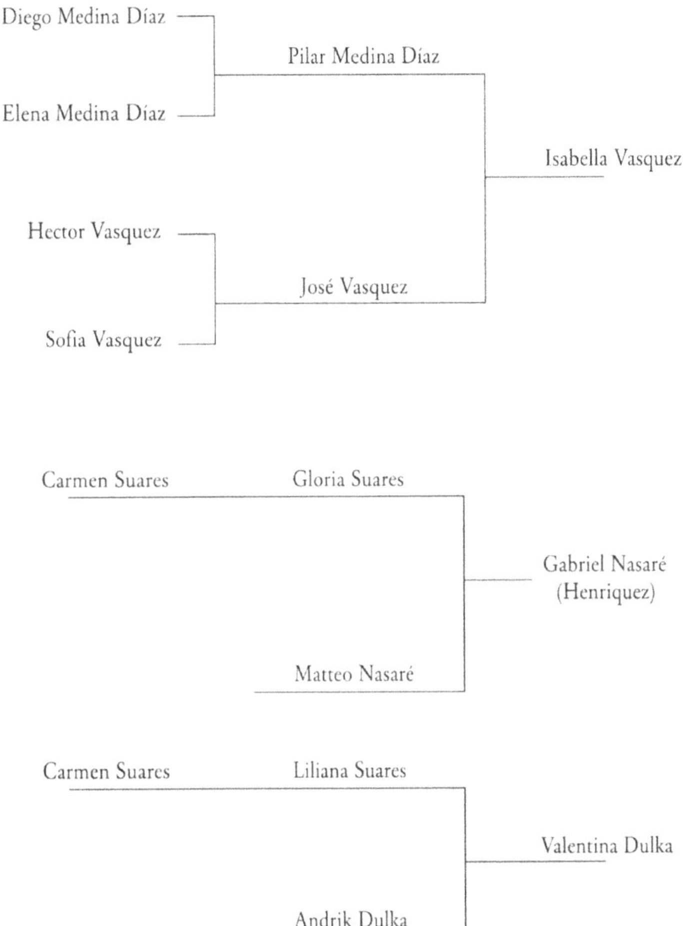

PRÓLOGO

¿Cómo podría el peor día de mi vida parecerse tanto al mejor día de mi vida? José Vasquez estaba de pie en la veranda. Un amargo dolor se asentó en su pecho mientras el recuerdo del día de su boda inundaba su mente. El sol aún brillaba sobre el valle, pero ahora parecía un cruel recuerdo de tiempos más felices. El viento que una vez silbó con alegría ahora colgaba denso de tristeza, un recordatorio de todo lo que había perdido.

Miró a su amigo más antiguo, que casualmente bebía un vaso con ron. Mientras José se sentaba, el hombre deslizó un vaso hacia él.

"Lamento mucho tu pérdida," le dijo Fidel Castro.

José asintió mientras llevaba el vaso a sus labios.

"No te vi en la iglesia," murmuró José.

"Un ateo no pertenece a la iglesia," respondió Fidel contundente.

"¿Un ateo?" Probablemente, pensó José para sí mismo.

"Pero ahora un comunista, entiendo," replicó José. No estaba tan desconectado que no hubiera estado al tanto de los movimientos de su amigo.

"¿Un comunista?" preguntó Fidel, sorprendido por la caracterización. "Soy un nacionalista, que se ve obligado a trabajar con los comunistas," rió sardónicamente Castro.

José miró a Fidel, el escepticismo inconfundible grabado en su rostro.

"Estados Unidos ha aplastado a Cuba en su abrazo, José," respondió Fidel de manera defensiva.

"¿Y tu respuesta es cambiar el colonialismo americano por el imperialismo soviético?" respondió José.

El suspiro de Fidel fue sincero. "No puedo permitir que mi gente muera de hambre, así que he asegurado un préstamo sustancial de los rusos para mantener a Cuba en marcha. Pero, como todas las deudas, tendrá que ser pagado a su debido tiempo, y para eso, necesitaré tu ayuda."

"¿Mi ayuda? ¿Cómo podría ayudarte?" preguntó José, sorprendido.

Inclinándose hacia él, Fidel le responde: "Te guste o no, tu destino está ligado al mío".

José desvió la mirada, pero Fidel no se dejaría disuadir.

"Durante siglos, los hombres han intentado encontrar la ciudad de Atlántida y la riqueza que esconde. Gracias a ti, Cuba se encuentra en el hallazgo más histórico que el mundo moderno conocerá," comenzó Fidel.

"Pero no tenemos el conocimiento ni la tecnología para desbloquear sus secretos," interrumpió audazmente José.

"¡Ahora tenemos un aliado que sí lo tiene!" Fidel miró a Jose con desdén.

"¡No he encontrado Atlántida, Fidel!" exclamó José, frustrado. "Encontré una pared cubierta con un metal que no reconozco, y no puedo averiguar qué es."

"¡Pero los rusos pueden!" interrumpió Fidel. "Y pueden decirnos cuánto vale."

"¿Cuánto vale?" preguntó Jose con desconfianza.

"Siete millones de personas viven en Cuba. Se morirán de

hambre si no los alimento. Encuéntrame Atlántida, y podré alimentarlos." Fidel insistió.

José sacudió la cabeza con molestia. "Atlántida consistía en círculos concéntricos de islas, cada una dentro de su propio puerto. Sospecho que la pared que encontré rodeaba el círculo de agua más externo, haciéndolo del tamaño de Londres" declaró José. "Por lo que sé, Atlántida está enterrada en el mar Caribe. Nadie tiene la tecnología para encontrarla allí."

Fidel no se rendiría. "Entonces empecemos con la pared. Te daré los hombres que necesites para desenterrar las láminas de oro."

José lo detuvo allí. "Te dije, no es oro."

"¡Lo recuerdo! Dijiste que era alguna aleación dorada, como el cobre?"

"Oricalco. Creo que puede tener las mismas propiedades que el latón o el cobre, posiblemente aluminio," respondió José.

"Bueno. Averigüemos qué es," dijo Fidel con determinación mientras el corazón de José se hundía.

"¿Cómo? ¿Cómo planeas hacer eso? ¡La pared está en la tierra de mi padre!" Incluso mientras Jose decía esas palabras, sabía por qué Fidel estaba sentado a su lado en el día que enterró a su esposa. "¿Vas a apropiarte de su tierra, tomando lo que pertenece legítimamente a mi? ¿A mi hija?"

"José, estoy luchando para liberar a Cuba de influencias que nos han controlado durante cientos de años," argumentó Fidel.

"Al involucrar a los rusos, solo lograrás condenar a Cuba a la esclavitud y permitir que otro poder imperial robe nuestros tesoros. ¿No puedes entender eso?" respondió José.

"¡Todo lo que hago es en el mejor interés del pueblo cubano!" exclamó Fidel, mientras golpeaba su puño en la mesa.

"¿Al quitar nuestra libertad de elegir y estancar nuestra capacidad de progresar? No hagas esto, por favor. ¡Encuentra otra manera!" suplicó Jose.

"No puedo lastimar al pueblo de Cuba más de lo que puedo lastimarme a mí mismo," concluyó Fidel, su voz resonando. "Porque yo soy Cuba, José. ¡Yo soy Cuba!"

"Estás condenando a los cubanos a una vida de pobreza y exilio si sigues por este camino," advirtió Jose a su amigo.

Pero vio en los ojos de Fidel que sus palabras no tenían peso, ni poder. Fidel estaba convencido de que sus acciones eran por el bien del pueblo cubano. Pero la historia no estaría del lado de Fidel, y José se lo dijo.

Fidel miró a su amigo, terminó su bebida y le dio una palmada en el hombro mientras se levantaba para irse. "La historia me absolverá," respondió con confianza.

CAPÍTULO I

JOSÉ VASQUEZ – 1940

Cristóbal Colón llegó a Cuba en 1492, navegando hacia uno de los mejores puertos naturales del Caribe. Reconociendo su belleza, la nombró Isla Juana. En 1511, el conquistador español Diego Velázquez de Cuéllar, el primer gobernador de Cuba, fundó Baracoa, convirtiéndola en la primera capital de la isla. Ubicada en la punta oriental de Cuba, la provincia de Guantánamo era conocida como la región más hermosa de la isla. Esta área remota era sitio de cuevas ocultas e impresionantes cascadas, con agua cristalina fluyendo para alimentar ríos de agua dulce que desembocaban en las oscuras playas de arena alrededor de Baracoa. Los pueblos indígenas introdujeron el recurso más valioso de la zona a sus invasores: el cacao.

Durante cuatrocientos años, el pueblo de Cuba luchó incansablemente por su libertad. Primero, lucharon por la independencia de España, luego contra la explotación estadounidense, y más tarde para resistir la influencia rusa. Los cubanos estaban en un estado constante de guerra, tratando de proteger las riquezas de Cuba.

En 1927, nació José Vasquez en una plantación de cacao de

tamaño moderado, propiedad de la familia de su padre durante cinco generaciones. José era el único hijo de padres que trabajaban duramente para proporcionar una vida modesta.

El joven José era un niño alto y delgado. Propenso a soñar despierto, hecho que molestaba a su padre. Para su madre, José era el único regalo y producto de un matrimonio arreglado. A los cuatro años, su madre insistió que asistiera a la escuela, donde la maravilla de los libros satisfizo su mente curiosa. Su madre soñaba que su hijo escaparía de los campos de cacao, y José se destacó en la escuela, sobresaliendo en el cuadro de honor año tras año.

En medio de los campos de árboles de cacao que maduraban bajo el cálido sol caribeño, su imaginación volaba mientras las historias que leía lo transportaban a lugares lejanos y aventuras de las que solo él podía soñar.

El trabajo de José en la plantación antes y después de la escuela, era abrir los techos de las cabañas de secado y rastrillar los granos de cacao. No le importaba este trabajo. No requería pensamiento ni concentración, y podía pasar el tiempo reflexionando sobre una lección escolar o un libro que estaba leyendo. Las estructuras eran cuadradas con una base de concreto, soportando un techo de paja removible para que el sol pudiera secar los granos de manera natural. Los granos necesitaban ser rastrillados dos veces al día para secarse de manera uniforme.

Este día fue diferente de los otros innumerables que pasó trabajando en las cabañas. Su padre las había ampliado para acomodar la abundancia de la cosecha del año. Mientras trabajaba en la última fila de nuevas cabañas, un rayo de sol se filtró por la abertura del techo. Su ojo captó un destello de algo brillante en la esquina lejana del suelo de tierra.

Con su interés despertado, dejó el rastrillo y caminó para investigar. La pequeña esquina de una hoja de metal lisa y brillante sobresalía. José se arrodilló para quitar la tierra, descubriendo una hoja de metal sólido, que estaba empañada y necesitaba pulirse.

Mirando su hallazgo con asombro, se dio cuenta de que necesitaría una pala porque la hoja parecía estar unida a algo enterrado más profundo. Su corazón se aceleró de emoción mientras excavaba. Forjó una zanja alrededor del perímetro y descubrió una hoja sólida de roca que parecía ser parte de una pared enterrada mucho más profunda de lo que podía cavar con su pala.

Se sentó, mirando su hallazgo. Sus ojos se movían por la cabaña mientras su mente discernia. ¿Qué estaba enterrado bajo las cabañas de secado? se preguntaba... A pesar de que este hallazgo era parte de la plantación, no había nada más plantado en la tierra detrás de las cabañas.

Corriendo a través del campo, comenzó a cavar en otro lugar. Cansado, caliente y sediento, estaba a punto de rendirse cuando su pala golpeó algo rígido e inmóvil. Rápidamente, quitó la tierra con sus manos y encontró el mismo panel de yeso. Se apresuró a otro lugar y continuó cavando, encontrando lo mismo.

José se movió de un lugar a otro en el amplio campo, cavando hasta que encontró otra sección de lo que solo podía suponer que era una gran pared. Se sentó, pensando y tratando de recordar si había leído algo sobre una gran pared cubierta con metal extraño. No se le ocurrió nada, así que recogió su pala y regresó a la cabaña de secado.

Cubriendo su hallazgo con tierra, apiló viejas hojas de plátano para ocultar el lugar. José no tenía idea de lo que había encontrado. Cerró los techos de todas las cabañas de secado y decidió salir temprano al día siguiente para rastrillar los granos, sabiendo que su madre vendría a buscarlo si no estaba en casa para la cena. La cosecha era tan grande este año que ninguno de sus padres cuestionaría por qué se fue temprano para terminar de rastrillar antes de la escuela.

La cena siempre era un asunto tranquilo. Sus padres estaban agotados por el trabajo de la cosecha, y él estaba ansioso por buscar en sus libros de historia, esperando encontrar algo que explicara lo que había visto. Terminó la cena antes que sus padres, pero no se atrevió a dejar la mesa hasta que todos terminaron de comer.

Miró a su padre. "Papá, ¿por qué no cultivamos cacao en el campo detrás de las cabañas de secado?" preguntó José.

"¿Qué?" La pregunta sorprendió a su padre. Hasta la fecha, José no había mostrado interés en la plantación.

"Es parte de nuestra propiedad," respondió José, y su curiosidad lo impulsó a preguntarle "¿Por qué no cultivamos cacao allí?"

"Tu abuelo lo intentó, pero el suelo es demasiado denso. Los cacaotales se marchitaron y se secaron por el sol" respondió su padre.

José miró a su padre en silencio y atónito. ¿Es posible que nadie supiera sobre la pared?

José continuó investigando su misterioso hallazgo con un interés que se convirtió en obsesión. Examinó el área detrás de las cabañas de secado y pasó incontables horas haciendo gráficas y trazando mapas, comparándolos con los que encontró en los libros.

El Museo Arqueológico era su fuente local de información. El pequeño museo estaba ubicado fuera de Baracoa en una serie de cuevas, requiriendo una caminata a través de un espeso bosque. Dicho museo presentaba varias exhibiciones que detallaban la vida y cultura de los indios que habitaron Cuba antes de la llegada de los españoles.

A medida que José buscaba entre los artefactos y recursos precolombinos que el museo albergaba, se convenció de que Cuba, especialmente en el área alrededor de Baracoa, podría ser una ciudad antigua perdida en ruinas muchos siglos antes. Pero no tenía idea de cómo probar su teoría.

A sus catorce años ya había leído y releído todos los libros de Historia, no solo en la pequeña biblioteca de su escuela sino que también en la aún más pequeña biblioteca pública del pueblo. En un área donde el cacao era rey y producía el setenta y cinco por ciento del cacao exportado de la isla, leer libros de Historia y Ciencias Naturales no era una prioridad para los habitantes de la región.

El Padre Ignacio, un sacerdote jesuita y ex alumno del Colegio

Belén, la escuela preparatoria jesuita en La Habana, conocía bien a José y a su madre. Estaba convencido de que José sobresaldría en su Alma Mater, así que se propuso asegurarse de que asistiera a dicha prestigiosa escuela. Sin embargo, José le explicó al sacerdote que su familia no tenía el dinero para enviarlo a tal escuela, y también sabía que su padre nunca le permitiría asistir.

El sacerdote visitaba regularmente a la madre de José, Sofía Vásquez. Ella estaba feliz con la idea de que su hijo podría liberarse de la vida en la finca de cacao y construir un mejor futuro para sí mismo. Al igual que el Padre Ignacio, ella creía que una mente como la de José no debería desperdiciarse. Juntos, idearon estrategias para que José fuera aceptado en el Colegio Belén.

La prestigiosa Junta Directiva de dicha institución creía que José era la elección ideal para su nuevo programa social destinado a ayudar a los estudiantes desfavorecidos de Cuba. Con este programa esperaban calmar los crecientes signos de malestar social de un movimiento de base cansado de la corrupción de la clase gobernante del país.

El Padre Ignacio negoció una beca completa para José, y mientras este hacía su parte, Sofía trabajaba la suya con su esposo. La tarea del Padre Ignacio resultó ser mucho más manejable que la de Sofía.

Los padres de José siempre discutían cuando surgía el tema. Finalmente, Héctor le preguntó a su esposa por qué seguía sacando a colación un tema con el que él claramente no estaba de acuerdo. "¿Por qué necesita un agricultor de cacao una educación formal?" cuestionó Héctor.

"Mira su boleta de calificaciones," respondió categóricamente Sofía.

"Por supuesto, es bueno en la escuela," se burló Héctor. "¡Su nariz siempre está metida en un libro!"

"Él tiene la oportunidad de ser más que un agricultor de cacao", respondió Sofía, su voz apenas por encima de un susurro.

"Ah, ahora entiendo," reaccionó Héctor con mucha amargura.

"¿Quieres que sea mejor que el hombre con el que te casaste? ¿Todo lo que yo no soy?"

Héctor se sentía intimidado por el espíritu académico de José y había hecho todo lo posible por romperlo. Al igual que cinco generaciones de su familia antes que él, Héctor entendía que José era un agricultor de cacao, y ninguna educación académica cambiaría eso.

"Por favor, déjalo ir," suplicó Sofía. "Esto es lo único que te pediré."

"¿Y qué debería pedirte a cambio?" preguntó Héctor enojado. "Lo único que te pedí, me lo negaste."

"Lo siento, no puedo darte lo que quieres," respondió Sofía, mirando al suelo. "Por favor, no le eches la culpa a nuestro hijo."

Héctor miró a su esposa. Su corazón se ablandó. No podía negarle nada porque la amaba con todo su ser, aunque su corazón sabía que ella no lo amaba. "Dile a José que puede irse, Sofía."

La noche antes de que José viajara a La Habana, no pudo dormir. Su mente estaba llena con las infinitas posibilidades que le esperaban en el colegio, pero su corazón se llenaba de emoción y un poco de aprensión al pensar en el secreto que dejaba atrás.

Reflexionó sobre este dilema hasta las primeras horas de la mañana y luego llegó a una decisión. Necesitaba evidencia para respaldar sus teorías. Sigilosamente salió por la ventana de su cuarto y se dirigió a los cobertizos de secado. Se detuvo solo el tiempo suficiente para recoger una pala y una palanca.

Los muchos intentos de José por despegar la hoja de la roca fracasaron, así que retiró con cuidado los grandes clavos que la mantenían en su lugar. Retirarlos no fue una tarea fácil, ya que la roca parecía decidida a aferrarse a su tesoro. Los tres clavos en espiral que extrajo lo fascinaron con sus dimensiones precisas y perfectamente alargadas.

Amanecía y tuvo que apresurarse. Casi exhausto, volvió a entrar por la ventana de su dormitorio. La escuela le permitía a cada niño llevar un baúl para guardar sus pertenencias. El suyo ya estaba empacado, pero sacó sus pocas posesiones, incluidos sus preciados libros, y colocó los clavos de metal debajo de su ropa en el fondo del baúl.

A medida que la fatiga lo vencía, se recostó contra el baúl y se quedó dormido. Unas horas más tarde, su madre lo encontró con el brazo extendido sobre él.

José y sus padres condujeron rumbo a Baracoa para encontrarse con el autobús que lo llevaría a La Habana. La pequeña terminal de autobuses estaba llena de gente esperando tomar los autobuses hacia aldeas y pueblos a lo largo de la costa norte de la isla. José y Héctor forcejearon a través de la multitud con el baúl entre ellos, hasta que llegaron a un gran rótulo que decía: "La Habana." Sofía los siguió mientras se alineaban, esperando que comenzara el embarque.

José observó a los otros pasajeros que esperaban el autobús. Dos estudiantes más con baúles parecían tan aprensivos como él. El resto de los pasajeros era una mezcla de jóvenes, hombres y mujeres que buscaban no solo mejorar su fortuna en la gran ciudad sino que también escapar de la estancación de un pequeño pueblo. Todos tenían la misma expresión de esperanza y miedo en sus rostros.

"Adiós, Papá," José ofreció su mano, "Gracias."

El rostro de su padre se suavizó. No importaba la tensión, José era su único hijo.

Héctor extendió su mano. "Adiós, hijo mío, trabaja duro, escucha a los sacerdotes y vuelve a casa a tiempo para la cosecha." Volviéndose hacia Sofía, dijo de manera brusca: "Despídete de tu hijo."

"Mamacita, no estoy seguro de que pertenezca a La Habana," susurró José nerviosamente.

Olvidando su aprehensión, su madre tomó a su hijo por los hombros. "Mijo, lo que aprenderás dentro de esas paredes hará que cada uno de tus sueños se haga realidad," le aseguró Sofía.

José miró a su madre. Entendía todo lo que ella había sacrificado por él. Soportó innumerables discusiones con su padre, manteniéndose firme a pesar de su abrumadora ira y sus intentos de intimidarla. José sabía que su padre nunca dejaría de reprocharselo, y ese pensamiento solo fortaleció su determinación.

"Sí, Mamacita. Te haré sentir orgullosa," su voz se fortaleció con su convicción.

"Oh, Mijo, ya me has hecho sentir orgullosa. Te estás yendo de Baracoa."

CAPÍTULO 2

COLEGIO BELÉN, ESCUELA PREPARATORIA JESUITA DE LA HABANA

L a Habana durante los años 40 estaba en su apogeo. Llamada el París del Caribe, rivalizaba con cualquier ciudad importante de su tiempo. A diferencia de Baracoa, que parecía atrapada en el tiempo, La Habana era una ciudad emocionante y vibrante que intrigaba a José. Cafés y bares salpicaban los paseos. Las vitrinas anunciaban sus mercancías a través de paneles de vidrio de piso a techo que brillaban a la luz del sol. Los clubes de baile y los casinos sonaban música durante el día y hasta la noche.

Las damas adineradas y los caballeros elegantes de La Habana estaban a la vista. De cerca y de lejos, la gente sonreía y charlaba entre sí. Incluso los sirvientes parecían estar disfrutando mientras seguían a sus amos y amas, chismeando entre ellos. El ruido de la ciudad era ensordecedor y la emoción casi enloquecedora. Mientras pasaban por increíbles vistas, José se prometió a sí mismo que conocería esta fascinante ciudad si lograba reunir el valor para explorarla por su cuenta.

El Padre Reyes, un joven sacerdote recién salido del seminario, conoció a José en la terminal de autobuses y le ayudó a cargar su baúl en una furgoneta que lo esperaba. Deseoso de compartir sus noticias, el buen Padre no podía esperar para contarle a José sobre su nueva escuela. Condujeron a través de las áreas residenciales de la ciudad hasta que llegaron a una tranquila calle arbolada. Al final del camino había una imponente puerta de hierro con un letrero que anunciaba el final de su viaje: Colegio Belén, Escuela Preparatoria Jesuita de La Habana.

Entraron al monasterio por la parte frontal de la escuela, y José se dio cuenta rápidamente de que había entrado a un mundo diferente. El recinto abarcaba toda una manzana de la ciudad y albergaba a ciento cincuenta chicos. Las siguientes horas pasaron volando mientras le mostraban la escuela. Al lado del dormitorio había un comedor espacioso, lo suficientemente grande para acomodar a los chicos, maestros y directores.

Largas pasarelas conectaban cada parte de la escuela, creando un flujo continuo. José quedó cautivado por la biblioteca, que estaba ubicada en un gran edificio que albergaba una de las colecciones de libros más grandes de la isla.

Los sacerdotes jesuitas tomaban la disciplina en serio. Creían que los adolescentes solo podían ser controlados si estaban completamente ocupados desde el momento en que se despertaban hasta que se dormían exhaustos por la noche. Los chicos alojados dentro de las paredes de la escuela eran los futuros líderes de Cuba, y consideraban que el progreso de Cuba era su misión.

Después de recorrer las instalaciones, ver sus aulas, conocer a sus maestros y organizar sus finanzas con el banco de la escuela, José fué a su habitación en el dormitorio para instalarse. Al acercarse a su habitación, escuchó una voz elevada enojada.

"Estás aquí porque tu padre ha pagado generosamente, pero no pienses que puedes continuar con las tonterías que tienes en tus otras escuelas. No toleraremos tal comportamiento extravagante aquí, y no dudaré en expulsarte en desgracia. ¿Entiendes?"

José vio al director hablando con un joven de su misma edad. El chico desafío la mirada del sacerdote, no con miedo, sino con una dignidad tranquila que parecía enfurecer aún más al viejo sacerdote.

"Sí Padre, entiendo," dijo el joven con una voz profunda y contundente. Miró más allá del sacerdote hacia José, que estaba de pie en la puerta; el sacerdote siguió su mirada.

"Hola, José. Entra y conoce a tu compañero de cuarto," dijo el sacerdote, apartándose y gesticulando para que José entrara en la habitación.

José extendió su mano al extraño.

"Hola, mi nombre es José Vásquez de Baracoa en la provincia de Guantánamo."

El joven estudió a José y luego extendió su mano.

"Hola, mi nombre es Fidel Castro Ruz, de la provincia de Oriente."

Así comenzó la vida de José Vásquez como académico y una amistad de toda la vida con Fidel Castro. José prosperó bajo la estricta estructura académica del Colegio Belén, a diferencia de su compañero de cuarto, que era más atlético que académico. Mientras que las habilidades atléticas de Fidel le valieron el título de mejor atleta de la escuela al comienzo de su segundo año, José se dedicó a estudiar Geografía, mitos antiguos y Ciencias Naturales, buscando en secreto en la extensa biblioteca de la escuela pistas sobre el misterioso metal que encontró.

Fidel pronto se dio cuenta de que José era tan inteligente como él, pero encontró la dedicación de José a sus estudios divertida. Mientras que Fidel era apasionado y expresivo sobre sus opiniones, especialmente sobre el futuro de Cuba, José se mantenía reservado y tímido, guardando sus pensamientos y opiniones para sí mismo y evitando discusiones, especialmente si llevaban a una confrontación.

Mientras Fidel hablaba apasionadamente sobre las injusticias infligidas a los pobres por los ricos y la clase media, José se sentaba cerca, absorto en la pila de libros que siempre tenía a su lado. Durante uno de estos debates, Fidel y José forjaron su vínculo en el calor de la lucha en el patio de la escuela.

Fidel estaba discutiendo con un compañero de clase cuyo padre era miembro del partido político gobernante. Se había reunido una multitud para escuchar a los jóvenes debatir. Fidel sostenía que el sistema político actual no hacía nada para educar a los pobres de Cuba y mejorar su situación socioeconómica en la vida.

Con frustración, el debatiente señaló a José y gritó. "Allí está un ejemplo del progreso del gobierno. El hijo de un agricultor de cacao de la región más pobre de Cuba. Sin embargo, asiste a una escuela con la nobleza de Cuba", argumentó el joven aristócrata.

José miró hacia arriba, su corazón latiendo con horror al darse cuenta de que estaban hablando de él. De repente, era el centro de atención, todos los ojos fijos en él. Su boca se abrió en incredulidad. Sintiendo una ola de simpatía por su amigo, Fidel le lanzó una mirada antes de girarse hacia el instigador con furia brillando en sus ojos.

"Soy el hijo de un terrateniente, pero mi padre fue una vez un trabajador inmigrante de Galicia, España. Trabajó incansablemente para comprar nuestra plantación, y he pasado toda mi vida trabajando en esos campos. ¡El sudor de mi familia paga por mi educación! Su lucha, el dolor en sus espaldas. No estoy aquí por la generosidad de la élite de Cuba, y tampoco lo está José. ¡Ustedes encarnan la ignorancia y la apatía que han ahogado a este país, obstaculizando su futuro en cada giro!" La voz de Fidel retumbó, y José se sintió fascinado.

El privilegiado que discutía con Fidel lo miró con horror. No podía comprender cómo alguien a quien consideraba inferior se atrevía a desafiar su forma de vida, ingrato por las migajas que se le habían ofrecido. La campaña para expulsar a Fidel y José del Colegio Belén comenzó y encendió un acto que uniría sus destinos sin que ellos lo supieran.

Los siguientes tres años estuvieron marcados por un extraordinario crecimiento intelectual para ambos chicos. Sin embargo, se encontraron luchando incansablemente contra calificaciones injustas en trabajos brillantes y decisiones sesgadas durante los partidos de cricket y fútbol de Fidel. No pasaba una semana sin que

Fidel irrumpiera en la oficina del director, defendiendo ferozmente su derecho a permanecer en la escuela.

"La calificación está justificada", dijo el director, con la agravación clara en su tono. "¿Debemos pasar por esto tan regularmente?"

"Padre, he investigado trabajos anteriores de los archivos de la escuela", argumentó Fidel, agitando hojas de papel frente a la cara del director. "Este trabajo obtuvo una calificación mucho más alta que el de José; sin embargo, el de él entra en mucho más detalle", argumentó Fidel.

Fidel siempre hacía que su caso fuera innegable, y en su último año en el Colegio Belén, cuando sus enemigos se dieron cuenta de que no iban a ninguna parte, los dejaron en paz para terminar con fuerza. Ambos solicitaron ingreso a la Universidad de La Habana: Fidel para estudiar Derecho y José para seguir Ciencias Naturales.

Durante su tiempo en la escuela, José regresaba a casa en cada receso escolar y utilizaba los conocimientos y habilidades recién adquiridos para profundizar en sus investigaciones sobre su hallazgo secreto. Ahora tenía cuadernos llenos de mapas y gráficas que dibujó de la región, trazando sus ideas. Después de examinar la topografía de la Península, se convenció de que había encontrado la muralla que rodeaba una ciudad perdida. Estudió el área, investigando los valles fértiles y las colinas de piedra caliza que parecían esconder profundas cavernas y ríos subterráneos. Estaba seguro de que esta área era parte de la Ciudad Perdida de Atlántida. Pero nunca reveló sus teorías a nadie, ni siquiera a Fidel.

La noche antes de que debieran dejar el Colegio Belén para siempre, Fidel estaba particularmente nostálgico, no una emoción a la que sucumbía a menudo. Estaban empacando, y José escuchaba mientras Fidel divagaba sobre las adversidades que habían superado y cómo florecerían en la universidad y lograrían grandes cosas. Fidel no estaba seguro de qué cosas asombrosas podría lograr José con un título en Ciencias Naturales y se lo expresó a José.

"Me convertiré en abogado y lucharé contra todas las injusticias que se acumulan sobre los pobres de nuestro país. Dedicaré mi vida a su causa," declaró Fidel. José no tenía dudas de que Fidel lograría todo lo que se propusiera.

"José, ¿qué esperas lograr como científico?" Fidel sonrió mientras miraba a José.

"Amigo mío, haré descubrimientos tan innovadores que el mundo se inclinará ante mí, desesperado por presenciar las maravillas que Cuba aún tiene por revelar". José habló con tal entusiasmo y confianza que sorprendió a Fidel.

Fidel miró a su amigo. "Nunca te he oído hablar con tanta pasión. Pensándolo bien, nunca te he oído hablar tantas palabras en una sola oración." Fidel miró a su amigo mientras José se levantaba y cerraba la puerta. Habiendo pasado los últimos tres años con Fidel, José lo amaba como a un hermano.

"Tengo algo que mostrarte." José fue al misterioso baúl escondido debajo de su cama, con las manos temblando de emoción. Sacó una pila de cuadernos y los colocó ante Fidel: mapas, gráficas y evidencia meticulosamente elaborada para apoyar su teoría: Cuba era el continente perdido de Atlántida. Con fervor, señaló la detallada descripción de Atlántida de Platón, luego pasó a los escritos de Charles Etienne Brasseur, quien argumentó que el Golfo de México y el Caribe Occidental reflejaban a Atlántida de una manera que era imposible de ignorar.

José señaló sus representaciones. "Una imponente muralla de oro, brillando con el resplandor del sol rodeaba Atlántida. La ciudad misma era una obra maestra de diseño, con anillos concéntricos de tierra y vías fluviales. Dentro de las murallas doradas, manantiales de agua caliente y fría servían tanto a la nobleza como a los plebeyos. Los anillos exteriores albergaban una pista de carreras y alojamientos para ciudadanos comunes, mientras que las vías fluviales interiores funcionaban como bulliciosos puertos, vitales para el transporte a través de la gran ciudad."

Fidel miró el dibujo antes de preguntar, "¿Qué es este edificio?"

"En el borde de la ciudad, en el anillo más externo, los atlantes erigieron un magnífico templo a Poseidón," respondió José.

"¿Poseidón? ¿El Dios del mar?" preguntó Fidel.

José asintió. "Sí, por eso tantos templos están dedicados a él a lo largo de la costa. He estudiado la provincia de Guantánamo y he encontrado similitudes con Atlántida, que no pueden ser desestimadas. Estoy convencido de que explorar el Parque Nacional Sofía de Humboldt proporcionaría evidencia para apoyar mi teoría," concluyó José, sentado, rodeado de sus cuadernos, mapas y gráficas. Después de tantos años, finalmente compartió su secreto con alguien.

Fidel no sabía qué pensar. Ahora entendía lo qué había impulsado a su amigo todos estos años. "Esto es fascinante, pero todo es teoría. ¿Tienes alguna evidencia que respalde tus afirmaciones?" El abogado que había en Fidel no aceptaría nada sin pruebas.

José se puso de pie. Fidel pensó que había ofendido a su amigo y trató de hacer las paces.

"No dudo de lo que dices, José. Hay muchas similitudes aquí, pero es difícil pasar por alto meras coincidencias."

José se dio la vuelta; sostenía los tres picos en su mano.

"¿Qué son esos?" preguntó Fidel.

"Prueba," respondió José.

Fidel lo miró con asombro.

"Al principio, pensé que eran oro. La leyenda dice que la ciudad estaba rodeada por una muralla de oro que brillaba como el sol, pero he llegado a darme cuenta de que no es oro," explicó José.

"¿No es oro? Parece oro. ¿Dónde lo encontraste?" preguntó Fidel.

José tenía la atención total de Fidel, así que reveló cómo había descubierto la enorme muralla enterrada bajo la finca de cacao de su familia. Fidel estaba intrigado y ya no desestimaba la idea como una locura.

"¿Por qué crees que no es oro?" preguntó Fidel. "Si lo fuera, valdría una fortuna."

"Lo he probado; no se derrite como el oro, y no tiene las mismas propiedades minerales ni debilidades. Es un metal mucho más fuerte y duradero," explicó José.

"¿Qué crees que es?" preguntó Fidel.

"Creo que es un metal antiguo llamado Oricalco," explicó José. "Platón lo describió como un metal similar al cobre que brillaba como el fuego. Creo que esto es lo que él estaba describiendo. Si estoy en lo correcto, mi teoría revolucionará la industria metalúrgica, y Cuba tendrá la única fuente mineral.

Fidel se sentó en la cama y miró a José. Sus teorías lo fascinaban, y quería creer que había algo verídico en ellas.

"¿Cómo vas a probar tu teoría?" preguntó Fidel.

José sonrió a su amigo. "Primero, obtendré un título en Ciencias Naturales, para que nadie me mire como lo hiciste tú hace un minuto. Luego, pediré al gobierno permiso para buscar Atlántida y el dinero para hacerlo."

Fidel sintió una nueva admiración y respeto por su viejo amigo. "Tú, amigo mío, vas a cambiar Cuba para siempre."

Poco sabían lo proféticas que eran las palabras de Fidel, pero sería Fidel quien cambiaría Cuba para siempre y, al hacerlo, cambiaría completamente la vida de José.

CAPÍTULO 3

MUSEO DE CIENCIAS NATURALES

José estudió el gran mapa en su escritorio. Habiéndose graduado con honores en Ciencias Naturales de la Universidad de La Habana, el profesor de José le consiguió una pasantía en el prestigioso Museo de Ciencias Naturales de dicha ciudad. Allí, descubrió datos cruciales sobre la topografía de Cuba en las bóvedas del museo. Estudió los mapas del terreno de Cuba y redujo su búsqueda de Atlántida a la punta de la Provincia de Guantánamo. La montaña El Yunque era un hito distintivo desde cualquier lugar en Baracoa. Estaba convencido de que necesitaba investigar en la base de la montaña.

"Disculpe, Señor." José miró hacia arriba cuando una voz encantadora interrumpió sus estudios. Dobló el mapa y dirigió su atención a la joven que tenía delante con su corazón latiendo aceleradamente ante su belleza.

"Es tarde, y vi tu luz encendida," murmuró la belleza. "Pensé que te gustaría un poco de arroz y frijoles." Pilar Medina Díaz estaba frente a él, con una bandeja en sus manos y sus pasos dudosos al acercarse.

"Por favor, llámame José, o tendré que llamarte señorita Medina Diaz," bromeó José suavemente y recibió una magnífica sonrisa que iluminó la oscura habitación. José se sorprendió al ver lo tarde que se había hecho, dándose cuenta de que le había prometido a Fidel una cena tardía. Pero no había forma de que rechazara nada de lo que Pilar ofreciera.

"Estabas tan absorto en tu lectura que no escuchaste mi golpe en la puerta." Pilar puso la bandeja en la mesa, desplegando el mapa que José había doblado apresuradamente.

"He notado que estudias estos viejos mapas de la Provincia de Guantánamo. Mi madre nació en la región. Se mudó a La Habana después de casarse con mi padre."

José se quedó sin palabras con ella tan cerca de él.

"Mi padre vino de España para ser el curador de este museo. Como Patrona, mi abuela organizó una fiesta para presentarlo a la sociedad habanera. Mis padres se conocieron durante una visita que guió mi padre," explicó Pilar, mirando a José.

"Mi amigo Fidel nunca aprobaría a alguien como tú, de la clase dominante," José podría haberse dado una patada a sí mismo tan pronto como salieron estas palabras de su boca. ¡Qué cosa más idiota de decir!

Pilar parecía indiferente y se rió, el sonido enviando escalofríos por su espalda. "Tu amigo estaría equivocado. Pasé muchos veranos en la finca de cacao de mi familia fuera de Baracoa. Hasta hace poco, no había plomería interior, agua corriente ni electricidad, y soy bastante hábil con un burro y un carro; muchas gracias."

José no pudo ocultar su sorpresa. Ella estaba describiendo su infancia. "Yo también vengo de una finca de cacao, pero no la extraño. Es un trabajo agotador y tedioso con poca recompensa," dijo José, incómodo con la dirección de la conversación. A pesar de las súplicas de su madre y la ira no expresada de su padre, no había estado en casa en tres años. La dureza en su voz sorprendió a ambos, y la sonrisa de Pilar vaciló.

"Cuando regrese a Baracoa, no será como un agricultor de cacao, sino como un científico que lidera una expedición para descubrir la ciudad perdida de Atlántida," exclamó José. Su arrebato sorprendió a ambos. José maldijo su torpeza. Pero Pilar parecía fascinada por su audacia, un nuevo lado de su manera tímida y académica. Su interés se despertó; quería preguntar más, pero José continuó antes de que ella pudiera hablar. "Me encantaría pasar toda la noche hablando contigo, pero debo encontrarme con Fidel, y debo decir que estoy un poco avergonzado por mi arrebato." José se levantó, alejándose de ella.

Desde la llegada de José, Pilar lo había estado observando en silencio desde lejos. Notó sus visitas clandestinas a los sótanos y se maravilló de su dedicación, pasando horas preguntándose qué estaba buscando.

"Por favor, no te sientas avergonzado. Me encantaría escuchar más sobre la ciudad de Atlántida. Cuando tengas más tiempo, por supuesto." Su aliento acarició su mejilla mientras se inclinaba hacia adelante para besarlo, su audacia sorprendiendo a ambos.

La hermosa Pilar cautivó instantáneamente a José. Lamentó tener que dejarla. Así que se marchó con la promesa de explicar todo más tarde. Sin embargo, Pilar permanecía en sus pensamientos, su presencia imposible de sacudir. Tan preocupado estaba que casi pasa por alto a Fidel sin notarlo en el tenue resplandor del café. Incluso a medianoche, el Café Leche zumbaba de vida—un lugar favorito entre los jóvenes profesionales de La Habana. Fidel, como siempre, era uno de sus clientes más conocidos y queridos.

"¡José! ¡José!" La voz atronadora de Fidel rompió las brumas que giraban en su mente. "¡Mi amigo más antiguo en La Habana, y pasas justo a mi lado! ¡No hemos estado pasando suficiente tiempo juntos!" Fidel abrazó a su amigo y lo guió a una mesa privada en la esquina.

"¿José, estás usando lápiz labial?" Fidel se acercó a su amigo para inspeccionar su rostro. "¿Hay algo que quieras decirme?"

El rostro de José se calentó y se tornó de un profundo tono carmesí.

"¡Has estado besando a una chica!" La voz de Fidel era tan alta que la gente comenzó a mirar en su dirección. "¿Dime a quién has estado besando?" Fidel bromeó.

"Fidel, baja la voz. La Habana no necesita saber de mis asuntos," dijo José, avergonzado a mientras miraba a su alrededor.

"Tienes razón," Fidel se rió de la situación de su amigo. "Solo yo necesito saber de tus asuntos, así que empieza a hablar."

José se limpió el lápiz labial de los labios y sonrió ante el rubor de color en su pañuelo.

"Fidel, ella es la mujer más hermosa del mundo, y creo que estoy enamorado de ella." La confesión de José captó la atención de Fidel. Nunca pensó que escucharía esas palabras de su amigo. José buscaba a Atlántida con una pasión consumidora, y con tal dedicación, Fidel no creía que tendría tiempo para el amor.

Fidel se había casado poco después de graduarse, y la unión había producido un hijo. Después de graduarse de la Facultad de Derecho de la Universidad de La Habana, se asoció con dos compañeros y se dedicó a ayudar a los oprimidos de La Habana.

"Debe ser algo especial para que estés chocando contra las paredes. ¿Quién es ella?" preguntó Fidel, intrigado.

José dudaba en contarle a su amigo, temiendo su reacción. Fidel se había radicalizado y había desarrollado un profundo odio hacia la burguesía y las clases gobernantes en los últimos años.

"Su nombre es Pilar Medina Díaz. Trabaja en el museo," José decidió restarle importancia a su identidad.

"Eres un tonto. Su padre es el curador. ¿Estás loco?"

Fidel sabía lo que significaba esta relación y le preocupaba que José estuviera arriesgando su futuro. Le advirtió que tuviera cuidado, explicando que el padre de Pilar nunca aprobaría que ella se casara con el hijo de un agricultor de cacao y que eso podría poner en peligro su futuro.

La duda inundó a José. Luego recordó el beso de Pilar, y su corazón estalló de esperanza.

"Estamos explorando nuestros sentimientos el uno por el otro," se encogió de hombros José. "Probablemente esto no llegará a ningún lado," José quería desesperadamente cambiar de tema. "¿Cómo está tu esposa y el pequeño Fidelito? ¡No te he visto desde las elecciones!" José le preguntó.

Fidel se postuló para un escaño parlamentario en las elecciones de 1952, pero el general Fulgencio Batista había derrocado al gobierno del Presidente Carlos Prio Socarrás en un golpe de estado y canceló las elecciones. Fidel había llevado al gobierno del General a los tribunales y acusó al dictador de violar la Constitución. El tribunal acababa de rechazar su petición, y Fidel estaba furioso.

"Este gobierno es aún más corrupto que el anterior. Los estadounidenses son dueños de todo en Cuba. Los cubanos trabajan para la United Fruit Company, que no hace nada para beneficiar al pueblo cubano. La mafia estadounidense controla nuestros casinos y clubes nocturnos, así que un cubano no puede jugar ni bailar en su propio país. Este gobierno hace que los ricos sean más ricos y los pobres más pobres. Una revolución se avecina, amigo mío. Es la única manera de recuperar la propiedad legítima del pueblo cubano."

Mientras Fidel hablaba, la gente se reunía para escucharlo. Él era la voz de muchos jóvenes profesionales frustrados en Cuba que estaban impedidos de progresar por los estadounidenses, que llegaron a Cuba, compraron sus tierras y se beneficiaron de los recursos de la isla. Muchos cubanos se sentían como extranjeros en su propio país y estaban aún más aislados por el gobierno elitista de Batista.

Después de que los tribunales de Batista rechazaran su petición, Fidel se sintió más decidido que nunca a liderar la revolución que consideraba esencial para liberar al país de parásitos como Fulgencio Batista.

José se escabulló mientras Fidel hablaba a su audiencia sobre la revolución y su visión de una nueva Cuba que proveía para todos los cubanos. Aunque entendía las intenciones de su amigo, los sueños de Fidel trazaban un rumbo diferente. José también anhelaba servir al pueblo cubano, pero su visión divergía drásticamente. No buscaba revolución, buscaba revelación. Soñaba con ofrecerles los tesoros perdidos de Atlántida, la legendaria riqueza de una civilización antigua, para elevar su futuro de las profundidades del pasado.

CAPÍTULO 4
LA REVOLUCIÓN

Los años pasaron llevando a los amigos por caminos separados. José y Pilar encontraron el amor, mientras Fidel marchaba hacia la revolución.

El 26 de julio de 1953, Fidel lideró a ciento sesenta y cinco hombres armados en un audaz asalto al Cuartel Moncada en la provincia de Oriente, un ataque destinado a encender la llama de la libertad. Pero el plan se desmoronó en el caos. La misión colapsó en sangre y disparos. La mayoría de los hombres de Fidel cayeron, sus sueños silenciados. Fidel y su hermano Raúl fueron capturados, su revolución aparentemente aplastada antes de haber comenzado.

La vida de José en el Museo giraba en torno a su investigación y Pilar. Por primera vez en su vida, José encontró a alguien con quien compartir su sueño, alguien que creía en él y en sus ambiciones. Compartió todo lo que había aprendido sobre la Ciudad Perdida de Atlántida con Pilar, detallando los recursos necesarios para elevar la ciudad. Estaban intrigados por el mineral Oricalco, pero no podían encontrar ninguna mención del mineral más allá de los escritos de Platón.

"Es demasiado profundo para extraerlo con una pala. Las placas son altas y cuadradas. Estimo que miden entre siete y diez pies de alto e igual de anchas," explicó José. "A lo largo de los años, he desenterrado algunos picos más, pero esos son todos los que puedo recoger por mi cuenta."

"Según los escritos de Platón, la ciudad creció para abarcar un imperio," dijo Pilar.

"Sí, así que esta pared posiblemente se extiende hasta donde alcanza la vista," reflexionó José.

"Y cubierta con placas de este metal procesado," añadió Pilar. "¿Cómo tenían los antiguos atlantes la maquinaria necesaria para fabricar el mineral y procesarlo en las láminas de metal?"

"No tengo idea," respondió José honestamente.

Pasaron horas interminables juntos—leyendo, especulando, desentrañando misterios. Pilar organizó meticulosamente los años de notas, gráficas y mapas de José, trayendo orden a su obsesión. Su trabajo y su amor se entrelazaron, ambos ocultos del mundo. Pero la sombra de la revolución se acercaba. La lucha de Fidel comenzó a dar forma a sus vidas.

Incluso tras las rejas, Fidel seguía siendo una espina constante en el costado del general Batista. Su voz no podía ser silenciada; su seguimiento creció más allá de los muros de la prisión. La presión aumentó para liberarlo, agitando el descontento en toda la nación. Desesperado por romperlo, Batista luchó con todas las herramientas de poder y engaño, pero el control de Fidel sobre la imaginación del pueblo solo se afianzó.

Pocos conocían el vínculo que José y Fidel una vez compartieron, pero un hombre no lo había olvidado. Manuel Batista, hijo de Fulgencio Batista, había sido su compañero de clase en el Colegio Belén. Aún llevaba la amargura de una humillación de hace mucho tiempo, cuando Fidel lo había superado en una acalorada discusión, dejando su orgullo hecho trizas. La herida nunca sanó del todo. Años después, aún supuraba.

Decidido a saldar viejas cuentas, Manuel buscó el consejo de su padre. Luego, con propósito y con poder político, hizo una visita no deseada al Museo de Ciencias en La Habana.

El curador Diego Medina Díaz lo recibió con un desagrado apenas disimulado. Diego no tenía lealtad hacia el general, pero respetaba los raros momentos de generosidad del hombre. Aun así, la presencia de Manuel olía a problemas, y Diego sabía que nada bueno saldría de esta visita.

"Buenos días, señor Batista, ¿a qué debo el placer de esta visita?" preguntó Diego mientras daba la bienvenida a Manuel en su oficina. Cualquiera que fuera la circunstancia, Diego sabía cómo rendir homenaje a sus benefactores.

"Señor, ha llegado a la atención de mi padre que un partidario y amigo de mucho tiempo del disidente encarcelado Fidel Castro ocupa una posición importante en el Museo, una que beneficiaría a un seguidor más merecedor del régimen Batista," Manuel fue directo, disfrutando de la situación.

Sintiendo el peligro, Diego decidió andar con cautela. "Señor, no tengo idea de qué está hablando, pero puedo asegurarle que este Museo apoya el régimen Batista y no tiene deseo de que cambie."

"Señor, por favor perdóneme. Mi padre no le culpa. Después de todo, usted no tenía forma de saberlo. La amistad entre ellos se remonta a sus días en el Colegio Belén. Sé esto porque asistieron a la escuela cuando yo lo hice. Puede imaginarse la consternación de mi padre al tener a un conocido cercano de un enemigo como curador aprendiz de nuestro renombrado Museo. Sería muy desafortunado si el señor Vásquez usara su influencia para inclinar a la gente hacia el pensamiento de Castro," dijo Manuel, sonriendo arrogantemente al curador.

Diego estaba atónito. ¿Estaba hablando de José Vásquez, un hombre tan callado y consumido por sus libros que participar en una revolución parecía absurdo? José se movía por la vida como un ratón, saltando de un lugar a otro, con la cabeza baja, siempre sumido en su investigación. José no tenía gusto por la política, y mucho menos por la rebelión. De eso, Diego estaba seguro.

"Señor, José Vásquez es un brillante académico, un activo irremplazable para este Museo. Perder una mente tan notable como la suya sería un golpe del que quizás nunca nos recuperemos." Diego se irritó. Había construido este Museo con cuidado y pasión y no tomaba a bien que le dijeran cómo administrarlo.

Manuel estaba igualmente resuelto y cansándose del juego. Prefería la obediencia desde el primer mandato. No había venido a negociar. Su padre tenía el poder de cerrar el Museo sin pensarlo dos veces, sin importar el clamor de la burguesía habanera y su cuidadosamente curada fachada de sofisticación europea.

"Me temo que mi padre es inflexible," Manuel se puso de pie mientras hablaba. "Si no destituye a José Vásquez de su puesto de inmediato, mi padre se verá obligado a creer que usted también apoya a Castro." El mensaje era inconfundible: quite a José o pierde su puesto en el Museo.

Los hombros de Diego se hundieron bajo el peso de la inevitabilidad. No tenía elección. Su papel como curador era más que un trabajo, era su vida. Y Batista sabía bien que regresar a España no era una opción para Diego. La derrota se asentó sobre él como un pesado manto. Diego aceptó la verdad con un asentimiento reacio y un corazón pesado: tendría que despedir a José.

Manuel sonrió al curador, sintiendo la victoria. Por fin, Manuel había ganado. Había superado tanto a Fidel como a José. Era, se dijo a sí mismo, superior a ellos en todos los aspectos. Fidel Castro se pudriría tras las rejas, y José Vásquez se marchitaría en alguna dura plantación de cacao, sus sueños aplastados bajo el peso del trabajo. Manuel salió del Museo, triunfante y revitalizado.

Diego, sin embargo, partió en silencio, cargado de tristeza. Su corazón estaba pesado de arrepentimiento. Si tan solo tuviera el poder de cambiar el rumbo que se le había impuesto. Pero un hombre en su posición tenía que andar con cuidado. Los fantasmas de sus pecados pasados susurraban recordatorios de que nunca sería verdaderamente libre.

Estaba inusualmente retraído en la cena. Su esposa, Elena de

Medina Díaz, se había acostumbrado a sus estados de ánimo silenciosos a lo largo de los años, pero esta noche era diferente. Ella sintió el peso de algo mucho más pesado presionando la mente de su esposo.. Después de una hora de suave persistencia, finalmente logró sacarle la verdad: la visita de Manuel Batista.

Elena estaba igualmente conmocionada, aunque por razones que la preocupaban aún más profundamente. Temía no solo por José, sino que también por su hija. Sabía que el corazón de Pilar le pertenecía, y ninguna amenaza, ningún exilio, la mantendría alejada de seguirlo, sin importar cuán lejos, sin importar el costo.

Más tarde, Diego se retiró a su estudio, buscando refugio en la soledad. Elena, sin embargo, permaneció en el salón, inquieta y desasosegada, con los ojos parpadeando hacia el reloj mientras esperaba el regreso de Pilar de su cena tardía con José.

"Pilar, Pilar, ven aquí. Necesitamos hablar." La urgencia en la voz de su madre sorprendió a Pilar. "El general Batista le ha pedido a tu padre que releve a José de su puesto en el museo debido a su amistad con Fidel Castro."

"Eso es ridículo," respondió Pilar, atónita. "José no ha hablado con Fidel en más de un año, y ciertamente no ha hecho nada para mostrar apoyo a la revolución de Fidel Castro. Se niega a discutirlo, incluso conmigo."

"Manuel Batista sabe que son amigos—estuvo en el Colegio Belén con ellos. Desprecia tanto a Fidel como a José. Tu padre dijo que podía ver la satisfacción en los ojos de Manuel—¡la emoción de la venganza!" La voz de Elena temblaba con un miedo genuino. Las implicaciones eran aterradoras. Cualquier vínculo entre la familia Medina Díaz y Fidel o José podría ser desastroso más allá de la reparación.

Pero Pilar entendía la raíz de todo. José le había contado sobre el enfrentamiento entre Fidel y Manuel en el Colegio Belén. Ahora, las piezas encajaban.

La rabia hervía dentro de ella. La arrogancia de Manuel estaba más allá del perdón. Que pudiera usar su poder para arruinar la vida de un hombre—todo porque su orgullo había sido herido—era inconcebible. Era la encarnación de todo lo que estaba mal en Cuba: privilegio sin mérito, poder sin conciencia.

"¡Debo decirle a José!" Pilar dio la vuelta y corrió hacia la puerta, pero la voz de su madre la detuvo.

"Pilar, ¡piensa en lo que estás haciendo! Si se lo dices y te pide que se casen, ¿estás preparada para irte con él? ¿Puedes dejar a tu padre y a mí? ¿Puedes darle la espalda a la única vida que has conocido?" Elena tomó las manos de su hija entre las suyas. "Déjalo ir, Pilar. Es lo mejor para todos si lo haces." Sabía que lo que decía era en vano porque Elena había hecho lo mismo años antes.

Pilar amaba a sus padres, pero también amaba a José. "Mamá," la voz de Pilar tembló mientras hablaba. Sabía que su madre la amaba y no quería perder a su única hija. "Mamá, sabes lo que haré, al igual que tú; seguiré mi corazón y viviré el resto de mi vida feliz. Te casaste con mi padre incluso cuando descubriste que era un delincuente convicto, exiliado de España en desgracia. Seguiste tu corazón, y yo haré lo mismo. Lo amo, mamá. Si él no me pide que me vaya con él y me case, entonces yo se lo pediré." Pilar habló con convicción, y el corazón de Elena se entristeció.

Sabía exactamente cómo se sentía su hija, y ahora entendía cómo se sentía su familia dos décadas y media antes cuando Elena les dijo las mismas palabras.

"Sí, sé que harás esto, pero usaré mi cabeza para proteger tu corazón. Sal esta noche hacia la granja en la provincia de Guantánamo. Le explicaré todo a tu padre, y nos uniremos a ti allá en unos días. No permitiré que mi única hija se case sin que yo le coloque el velo sobre su cabeza." Elena sonrió a su hija, pero un pensamiento preocupante hizo que su rostro se endureciera de nuevo. "José estará devastado por su despido."

Las palabras de Elena detuvieron a Pilar. "Tienes razón. José no tomará bien esta noticia," Pilar miró a su madre. El pensamiento claro de Elena había impulsado a Pilar a tener algunos pensamientos claros propios. Si José tenía que irse, aún habría tiempo para que él se fuera en sus propios términos, no en los de Manuel Batista.

Elena se dio cuenta de lo que su hija estaba pensando y sonrió. "Él no ha sido despedido aún."

"Encontraré a José, e iremos a la granja. Nos dará tiempo para planear nuestro futuro," dijo Pilar mientras abrazaba a su madre. Ahora que su cabeza estaba gobernando su corazón, se dio cuenta de lo que tendría que renunciar. Sus padres siempre habían sido el punto focal de su mundo. Ahora, sería una mujer casada con su propia familia que proteger. "Te amo, mamá." Las lágrimas brotaron de sus ojos mientras soltaba a su madre.

"¡Te amo, mi querida! ¡Ve! ¡Ve a José!" El corazón de Elena se retorció con sus palabras, pero quería asegurarle a su hija que seguir su corazón siempre era lo correcto. Los días siguientes no serían fáciles para ninguno de ellos.

Elena alisó su falda con manos temblorosas, un intento fútil de estabilizarse. Sabía lo que le esperaba. Tendría que enfrentar a su esposo y decirle que la historia, con todas sus amargas heridas, estaba comenzando a repetirse.

José estaba perdido en sus pensamientos. Encontró un antiguo mapa de la cordillera de El Yunque en el sótano y estaba concentrado en la Cascada Saltadero. No escuchó a Pilar cuando ella entró apresuradamente.

"¡José!" Su voz lo sorprendió, pero su mirada ansiosa lo hizo levantarse.

"Mi querida, ¿qué pasa? Es tarde. ¿Por qué estás aquí?"

"Estás en problemas, mi amor," dijo ella, sosteniendo las manos de José mientras le contaba todo. Él escuchó atentamente, sin interrumpirla ni una vez. Pilar se quedó en silencio, con una expresión preocupada en su rostro. El semblante de José no había cambiado desde que ella comenzó a hablar.

Por fin, comenzó a doblar el mapa. "Bueno, eso es todo entonces. Mi futuro como agricultor de cacao está asegurado," dijo José amargamente.

Pilar estaba desconcertada. No esperaba su reacción. "José, todavía hay una batalla que puedes ganar."

"¡No sabía que estaba involucrado en una guerra!" exclamó. "Todo lo que siempre quise fue que me dejaran en paz para seguir mi sueño y encontrar Atlántida. ¿Cómo me vi atrapado en la revolución de Fidel Castro?" La desesperación de José no conocía límites.

Todo por lo que había trabajado—cada onza de progreso—había sido despojado por el capricho de un hombre mezquino y vengativo. Y como si fuera a retorcer la cuchilla más profundo, la mujer que amaba tuvo que dar el golpe final.

¿Qué tipo de futuro podría ofrecerle ahora?

No le quedaba nada en La Habana. Tendría que regresar a Baracoa, derrotado y avergonzado—el mismo fracaso que su padre siempre le había advertido que se convertiría.

"¡Manuel Batista no ganará esto tan fácilmente!" Pilar le aseguró. "Lo primero que vas a hacer es renunciar. Empacaremos todos los mapas que encontrastes, tu investigación y llevaremos todo a la granja de mi madre. Está fuera de Baracoa, y continuarás tu investigación allí. Esto es solo un pequeño contratiempo. Está lejos de ser el final, mi amor." Pilar se apresuró a recoger sus mapas y cuadernos.

José se sentó y la observó mientras sus palabras levantaban la niebla de desesperación en su cerebro. Ella dijo, '¡NOSOTROS!' Pilar se refería a ellos como '¡NOS!'

Entonces la realidad se le vino encima.

"Pilar, no puedes venir conmigo. No tengo nada que ofrecerte. Tus padres nunca lo permitirían. No tengo perspectivas—no tengo futuro. Por favor... piensa cuidadosamente antes de romperme el corazón."

Las palabras salieron en una apresurada desesperación. José sabía que estaba divagando, desgarrado entre la alegría y la desesperación. Nunca se había sentido tan eufórico—y, sin embargo, tan completamente quebrantado.

Dios, cuánto amaba a esta mujer.

Pilar se rió de la expresión en su rostro, entendiendo al instante sus pensamientos.

"¿No pensabas que te ibas sin mí, verdad?" bromeó. Luego, su tono se suavizó. "En cuanto a esta charla de sin perspectivas y sin futuro—no estoy de acuerdo. Sigues siendo un brillante científico, José. Nadie puede quitarte eso."

Ella hizo una pausa, con los ojos brillando, luego se inclinó más cerca, su voz bajando a un susurro—los labios rozándose tan cerca que sintió el calor de su aliento.

"Pero... veo tu punto. Dado que no me has pedido que me case contigo, ¿debería asumir que eres tú quien planea romperme el corazón?"

Las palabras apenas salieron de su boca antes de que José la atrajera hacia sus brazos, su respuesta escrita no en palabras sino en acción. Aplastó sus labios contra los de ella, lleno de anhelo.

Salió a la superficie con una pregunta en sus labios. "¿Te casarás conmigo?"

"¡Sí!" Las lágrimas llenaron los ojos de Pilar y se derramaron mientras José la besaba de nuevo. Superarían esta pesadilla juntos.

"José, empieza a empacar tus cosas mientras yo redacto tu carta de renuncia. Dios mío, hay tanto que hacer," murmuró Pilar, sintiendo que el peso de toda esta situación estaba aplastándola.

José hizo una pausa, su mente corriendo más allá de maletas y despedidas. "Pilar, necesito hablar con tu padre. Quiero pedir tu mano en matrimonio. Tal vez debería quedarme en La Habana unos días más—poner todo en orden."

Pero Pilar no escucharía nada de eso. No arriesgaría que él se quedara un minuto más.

"No, nos vamos de inmediato," dijo firmemente. "Manuel no ha terminado contigo. Es hijo de su padre—hará lo que sea necesario para arruinarte. Y si esto es lo que hace con sus rivales, me estremezco al pensar qué les pasará a aquellos que ve como verdaderas amenazas. Mi madre se encargará de mi padre. Se unirán a nosotros en Baracoa pronto. Tendrás tu oportunidad de hablar con él cuando lleguen."

José la miró con asombro. Ella había pensado en todo. Sonrió, recordando cuántas veces Diego le había dicho, con un guiño juguetón, "Puedo ser la cabeza de la familia, pero mi esposa es el cuello. La cabeza no puede girar sin el cuello."

Elena se reiría, pero al ver a Pilar ahora—calmada, decisiva, imparable—José vio la verdad en esas palabras. La vida con esta belleza de cabello oscuro nunca sería aburrida.

Se inclinó, robando un rápido beso antes de apresurarse a recoger sus cosas—listo para seguirla a cualquier parte.

Al amanecer, habían vaciado la oficina de José y empacado lo último de sus pertenencias de su apartamento. Sin embargo, cuando Pilar colocó su carta de renuncia en el escritorio de su padre, el peso de su pérdida lo abrumó una vez más.

Esto no era como se suponía que debía terminar.

Sintiendo su dolor, Pilar tomó la mano de José suavemente. Lo llevó fuera de la oficina—el mismo lugar donde una vez él había soñado con dirigir—sin mirar atrás.

Una hora después, salieron silenciosamente de La Habana sin ser notados. A medida que el tren se alejaba de la ciudad, ninguno habló. No había nada más que decir. Exhaustos—física y emocionalmente—simplemente se abrazaron. El ritmo de las ruedas del tren los adormeció, sus dedos entrelazados, mientras el tren los llevaba hacia un futuro incierto—y la promesa de una nueva vida.

CAPÍTULO 5

JOSÉ Y PILAR

Diego Medina Diaz despertó de mal humor. El peso del día que tenía por delante lo presionaba fuertemente—temía lo que tenía que hacer. Despedir a José Vásquez no era solo una tarea desagradable; se sentía como cortar una parte del futuro del Museo.

Solo la semana pasada, José había venido a él con una idea—una que había despertado algo en Diego. Un programa para abrir las puertas del Museo a los maestros, otorgando además a los estudiantes el acceso a recursos mucho más allá de lo que sus bibliotecas escolares subfinanciadas podían ofrecerles.

José había hablado con tanta pasión—decidido a hacer del Museo más que un lugar de descanso para artefactos polvorientos. Lo veía como una extensión viva y respirante de la educación. Diego estaba intrigado y le pidió a José que pusiera sus pensamientos en papel. Juntos podrían crear un programa que transformaría el aprendizaje en toda Cuba.

Diego sonrió débilmente, recordando la emoción del joven académico mientras llamaba al Ministerio de Educación para obtener el plan de estudios de Ciencias de la escuela. Pero la sonrisa se desvaneció tan rápido como llegó. Esa chispa—el futuro que habían imaginado—ya no estaba. No habría más ideas. No más planes.

Al otro lado de la habitación, Elena observaba a su esposo picar con su desayuno. Ella estaba igual de inquieta. Había pasado la noche luchando de cómo darle la noticia, la cual debió habérsela comunicado inmediatamente.

Pero el destino le ahorró la lucha—porque el momento llegó, estuviera lista o no.

"¿Dónde está Pilar?" preguntó Diego. "Si no baja pronto para el desayuno, tendré que irme sin ella. No puedo llegar tarde esta mañana." El tono de Diego fue más duro de lo que pretendía, pero la tardanza de Pilar era otra irritación que no necesitaba esta mañana.

Elena respiró profundamente, "Pilar no se unirá a nosotros para el desayuno esta mañana ni en ninguna otra."

Ella tenía la atención de Diego. Su cabeza se levantó de golpe, sus ojos se entrecerraron mientras miraba a su esposa. "¿De qué hablas? ¿Qué tontería ha hecho ahora?" La irritación de Diego se estaba profundizando.

"Pilar se ha ido a vivir a la granja en Baracoa. Estará allí indefinidamente," dijo Elena, mirando a Diego en busca de su reacción.

"Ya veo," dijo Diego, sintiendo una sensación de hundimiento en su estómago. "¿Puedo preguntar por qué la repentina decisión de mudarse al otro lado de la isla y por qué yo, su padre, no fui consultado?" Una sensación de temor se apoderó de la irritación de Diego. Sabía que lo que su esposa estaba a punto de decir sería algo que no quería escuchar.

"Pilar ha decidido casarse y hacer su hogar en la granja," dijo Elena, soltando la bomba y observando cómo explotaba en el rostro de su esposo.

El corazón de Diego se estremeció. "¡Casarse! ¿Con quién se va a casar? No recuerdo visitas de un pretendiente, y estoy seguro de que recordaría que me pidieran su mano en matrimonio." La ira de Diego lo impulsó a ponerse de pie. No podía entender cómo su mundo se había vuelto tan abruptamente al revés.

Con mucha calma, Elena se secó la boca con la servilleta. Luego plegó sus manos ordenadamente en su regazo. Dejó que el silencio se alargara; el único sonido en la habitación era la pesada y agitada respiración de su esposo. Finalmente, levantó la vista para encontrarse con la de Diego.

"Se va a casar con alguien que conoces... alguien a quien respetas mucho. Me doy cuenta de que es difícil para ti notar algo más allá de las paredes de tu preciado Museo, pero esto ha estado floreciendo durante algún tiempo. Se aman profundamente," dijo, con un tono medido, pero firme.

Los dedos de Diego se apretaron alrededor de su taza de café. El temor en su pecho se agudizó en algo casi insoportable.

"Un nombre, Elena. ¿Quién es?" Su voz era baja, pero tenía un tono peligroso. "Mi paciencia se está agotando—y a este ritmo, podría morir de un ataque al corazón antes de que finalmente me lo digas."

Para un hombre que había enfrentado más que su parte de peligros, nada lo había llenado de un miedo tan crudo y desgarrador como este momento.

Elena encontró la mirada de su esposo con una resolución firme. "Se va a casar con José Vásquez. Los arreglos se harán tan pronto como podamos llegar a Baracoa." Se preparó para la tormenta.

El rostro de Diego palideció intensamente. Se tambaleó de regreso a su silla, agarrándose el pecho como si le hubieran quitado el aliento de los pulmones. Por un breve y aterrador momento, se preguntó si su sombría broma sobre un ataque al corazón se había convertido en profecía. Su corazón retumbaba, su mente corría para asimilar esta nueva realidad. Elena estaba instantáneamente a su lado, agarrando su mano, con los ojos muy abiertos por la preocupación.

"No puede hacer esto, Elena. No puede. José tiene enemigos poderosos. Si esos enemigos se convierten en nuestros, estamos arruinados. Exilio, prisión-¿qué entonces? ¿Qué será de ti?" Su voz bajó a un susurro, temblando de temor. "No permitiré que esto suceda. No puedo."

Pero el verdadero horror, el que le retorcía el estómago, era el pensamiento de la prisión. Había soportado ese infierno una vez antes. España lo había marcado como un asesino. A los tribunales no les importaba la verdad—que Diego había intervenido para proteger a su hermana de un asalto brutal, que el agresor había caído en un estupor borracho y se había roto el cráneo. La justicia se había doblegado ante la riqueza y la nobleza. Diego había sido condenado, salvado solo por el sacrificio de su familia. Su fortuna se gastó en contrabando para llevarlo a Cuba, dándole una segunda vida. Pero el pasado no estaba enterrado; simplemente estaba durmiendo, y Manuel Batista tenía el poder de despertarlo.

Diego tembló.

Elena apretó su mano. "No es tan grave como piensas. Manuel Batista ejerce el poder de su padre para alimentar una vieja herida. Pilar me contó todo—sobre la discusión en el Colegio Belén y la humillación que Manuel sufrió a manos de Fidel y José. Esto es venganza, nada más."

Diego escuchó en silencio mientras Elena relataba el rencor infantil que había madurado en un rencor peligroso.

"José se ha ido," continuó ella. "Dejaremos que Manuel crea que ha ganado. Tomará su pequeña victoria y seguirá adelante. Esto pasará." Diego quería creerle, pero la duda le carcomía.

"Pilar lo ama. Tan profundamente como yo te amo a ti," dijo Elena con voz ronca. "Ella nunca lo dejará. No por nosotros. ¿Estás dispuesto a perderla para apaciguar a un niño consentido?"

Elena le sostuvo la cara, su voz suave pero resuelta. "No. Ambos lo sabemos."

Diego buscó en sus ojos y vio su respuesta. ¡Amor! Exhaló lentamente, el peso en su pecho aliviándose, aunque el peligro permanecía. "Entonces, ¿José no está en el Museo?" preguntó, aferrándose a asuntos prácticos para estabilizarse.

"No. Tomaron el primer tren a Baracoa esta mañana. Te dejó una carta de renuncia," dijo Elena suavemente.

Diego parpadeó. Una renuncia. No un despido. Su mente cambió de marcha, las marchas de un hombre que había construido una vida sobre la adaptación y la supervivencia. Una renuncia abría una ventana. José podría regresar. O quizás, pensó Diego, podría abrir otra puerta.

"El museo en Baracoa," musitó en voz alta, la chispa de un plan formándose. "Es viejo, descuidado, pero tiene potencial. Podría desviar algunos fondos. José podría desarrollar sus programas allí. Un nuevo comienzo para todos nosotros."

Elena sonrió, el alivio inundando sus rasgos. "Brillante, mi amor. Mi prioridad es asegurarnos de que nuestra hija tenga la boda que se merece." Lo besó rápidamente antes de lanzarse a una cascada de planes mientras salía de la habitación.

Diego se recostó, su corazón más ligero. Quizás este día no sería tan terrible después de todo. Sorbió su café, escuchando la voz de Elena dando órdenes, y se maravilló de su don para poner su mundo en orden nuevamente como lo había hecho tantas veces antes.

Después de un agotador viaje de veintiuna horas desde La Habana, José bajó del tren en Baracoa, sintiéndose a la deriva e hirviendo de frustración. Permaneció en silencio durante el trayecto hacia la granja que ahora sería su hogar.

Deseosa de levantar su ánimo, Pilar le señaló las impresionantes vistas, los campos de cacao ondulantes y, finalmente, la modesta casa anidada entre ellos. Su voz era brillante, pero pronto notó la falta de respuesta de José, y sintió el peso de su silencio presionando sobre su entusiasmo.

Decidida a distraerlo, Pilar mantuvo a José ocupado desempacando y organizando sus pertenencias. Más tarde, cuando revisó su progreso, lo encontró sentado inmóvil en la amplia veranda. La vista panorámica del exuberante valle enmarcado por montañas imponentes siempre la llenaba de asombro. Se detuvo, dejando que la belleza la envolviera, pero José miraba en blanco a la distancia, perdido en sus pensamientos.

"¿Te gustaría que te acompañara a ver a tus padres?" La suave voz de Pilar rompió sus pensamientos nublados, una calidez filtrándose en su corazón. Miró hacia arriba, atrapando la luz del sol que brillaba a su alrededor, convirtiéndola en algo etéreo. Su aliento se detuvo en su garganta.

"Estamos en esto juntos; tal vez deberíamos enfrentarlos juntos," sugirió Pilar suavemente.

José sacudió la cabeza. "No, necesito hacer esto solo. No quiero someterte a mi padre. Pero rezo para que sea la última cosa que tenga que enfrentar sin ti a mi lado." Su voz estaba cargada de temor.

"Quizás no sea tan malo como piensas una vez que expliques todo," ofreció Pilar, con un tono esperanzador.

Pero José sabía más. No tenía tales ilusiones.

"Oh, no tengo duda de que será malo," la risa de José fue dura. "A mi padre le gustará esto, contabilizando cada centavo que gastó en mi educación, solo para que yo me convierta en un agricultor de cacao. Él culpará a mi madre y no la dejará olvidar esto por el resto de sus vidas. No, mi querida, te lo prometo, ¡será horrible!"

Pilar sentía por él. Nunca se le ocurrió dudar del amor y apoyo de un padre. Sabía que la reacción inicial de su padre sería la ira, pero también sabía que él estaría allí para entregarla en el día de su boda. No podía comprender el temor que sentía José al enfrentarse a sus padres.

"José, ¿qué puedo hacer?" Pilar odiaba ver la angustia en su rostro.

"¡Ámame para siempre!" El temor estaba escrito en el rostro de José. Pilar se lanzó a sus brazos, y él la abrazó, enterrando su rostro en su cuello.

"Siempre estaré aquí—en nuestro hogar—y te amaré," susurró

Pilar, su voz firme con convicción. "Para siempre. Esa es mi promesa."

El pecho de José se apretó mientras una ola de emoción lo invadía. Se aferró a ella, su corazón latiendo contra el de ella hasta que los temblores de su miedo comenzaron a desvanecerse. Con Pilar a su lado, ¿qué importaba lo que pensara su padre? El destino le había robado su carrera en un solo golpe cruel—pero a cambio, le había dado a Pilar. Era más que un intercambio justo. Era todo.

Se detuvo mientras arrancaba la camioneta, mirando hacia atrás una última vez. Pilar estaba de pie en la puerta, su silueta bañada en luz, su mano levantada en un suave saludo. Su corazón se elevó, ahora firme. Cualquiera que fuera lo que viniera, lo enfrentaría.

Por ella. Por su futuro. Estará bien. Tenía que ser.

Sofía Vasquez estaba colocando un plato lleno de comida frente a su esposo cuando oyó el sonido del motor de una camioneta desconocida llegando por el camino de entrada. Su esposo no dijo nada; simplemente comenzó a comer. Ella se dirigió a la puerta. Su grito de alegría hizo que Hector volviera a mirar la puerta.

"¡Mijo, Mijo! ¡Esta es una visita feliz pero inesperada! ¿Por qué no nos avisaste que venías? ¡Te habríamos recogido en la estación del tren!" Sofía exclamó para cubrir su sorpresa.

La sonrisa de José se suavizó mientras se derretía en el cálido abrazo de su madre. Sus brazos se sentían como un santuario—familiares y seguros. Pero en el momento en que sus ojos se encontraron con los de su padre, el calor del abrazo se desvaneció. El anciano se había levantado de su silla, su expresión esculpida en piedra. No había bienvenida en su mirada—solo juicio.

Con el brazo de su madre aún entrelazado con el suyo, la dejó guiarlo hacia adentro. Al pasar junto a su padre, José extendió su mano. El hombre mayor la agarró firmemente—demasiado firmemente—pero no dijo nada. Tampoco lo hizo José.

El silencio se adhirió a ellos mientras se acomodaban en la mesa del comedor, los hombres enfrentándose como oponentes preparándose para la batalla. Su madre se movía de un lado a otro, preocupándose por los platos y las tazas, su charla alegre- un intento desesperado de suavizar el pesado aire entre ellos. Pero era inútil— ambos hombres estaban sentados con la espalda rígida, los ojos fijos, sus palabras no dichas llenando la habitación como una nube de tormenta.

"Debes tener hambre después de un viaje tan largo. Nos hubieras avisado que venías. Habría tenido todos tus favoritos en lugar de arroz y frijoles." dijo Sofía nerviosamente.

"No tengo hambre, gracias." Al ver la decepción de su madre, explicó. "Comí antes de venir."

Hector volvió a su comida, con la mirada baja, masticando lentamente—esperando. No pidió una explicación; esperaba que llegara.

Pero al mirar por la ventana, su tenedor se detuvo en el aire. La camioneta estacionada afuera llamó su atención. Vieja. Oxidada. El tipo que conducen todos los agricultores de cacao que apenas sobreviven en la zona. No el coche elegante que había imaginado que conduciría su hijo exitoso. La vista retorció algo en su estómago.

Sofía también lo había notado. Pero no era solo el camión. Era la mención de que José había comido antes de su llegada. Ese detalle le sentó mal. No había ningún lugar para detenerse entre "allí" y "aquí". Conocía bien el camino: cada curva, cada tramo de vacío.

Al acomodarse junto a su esposo, mientras él terminaba su comida, ella vio la tensión en la ligera rigidez de sus hombros. Hector se limpió la boca en su manga desgastada y empujó su plato hacia ella con un sutil asentimiento. Sin palabras.

Pero bajo el silencio, las preguntas hervían. Algo no estaba bien.

"Creo que han pasado al menos cuatro o cinco cosechas desde que te mostraste?" comentó Héctor sarcásticamente. "¿A qué debemos el placer de esta visita?" La voz de su padre era cortante, y José se irritó. Sofía cerró los ojos.

José tomó una respiración profunda, preparándose, y se lanzó. "He venido a darte algunas noticias. Buenas noticias. Me voy a casar. Los padres de Pilar son dueños de una finca de cacao, un poco más pequeña que esta, y viviremos allí," su voz titubeó.

"¿Pilar? ¿Pilar quién? ¿Qué pasa con tu trabajo en el Museo?" Sofía se volvió para preguntarle a su hijo. Héctor se recostó y permitió que Sofía hiciera sus preguntas.

José decidió dirigir sus respuestas a su madre. "Su nombre es Pilar Medina Díaz. Su padre es el curador del Museo en La Habana, donde trabajé."

"¿Donde trabajaste?" La voz de Héctor estaba sospechosamente controlada. "Dime, hijo mío, ¿tienes permiso de este hombre para casarte con su hija?"

José no estaba seguro de cómo responder a esa pregunta. "Bueno, sí, creo que sí. A él le gusto. Pongámoslo de esta manera; no me ha dicho que no." La respuesta incierta de José era todo lo que su padre necesitaba.

"Déjame asegurarme de que entiendo lo que estás diciendo. ¿Estás tirando tu educación, carrera y futuro por una chica con la que deseas casarte?" Héctor estaba rodeando, acercándose para dar el golpe.

"No, no exactamente. Renuncié al Museo. Me fui voluntaria-mente, pero..." La voz de José se desvaneció. ¿Cómo podría explicar a sus padres cómo y por qué se escapó de La Habana en plena noche?

"Entonces, ¿renunciaste a un puesto prestigioso para regresar a Baracoa?" La voz de Héctor goteaba sarcasmo mientras sus ojos se entrecerraban y su boca se endurecía. "¿Volviste para ser lo mismo que desprecias? No lo creo. Debe haber más en esta historia que un trozo de falda."

"Pilar no es un trozo de falda. Ella será mi esposa, y merece tu respeto," respondió José, insultado por la insinuación de su padre.

Eso era todo lo que Héctor necesitaba para encender su furia.

"¿Respeto? ¿Te atreves a hablarme de respeto?" escupió, su voz impregnada de desprecio. "¡Nunca me has mostrado ni una pizca de eso! ¡Sacrifiqué todo—trabajé estos campos de sol a sol—para que pudieras ser más que esto!" Lanzó su brazo hacia la ventana, seña-lando los campos de cacao que se extendían más allá. "Y ahora, después de todos estos años, vuelves—¡un agricultor educado!"

Héctor estaba de pie, su rostro enrojecido de rabia, sus puños apretados a los lados.

José permaneció sentado, con la mandíbula tensa, sus ojos fijos en su padre con una mezcla de desafío y dolor. El odio parpadeaba bajo la superficie, pero también el desamor de un hijo que buscaba la aprobación de su padre—una aprobación que siempre había estado fuera de su alcance.

Sofía se apresuró a colocar una mano reconfortante en el brazo de su esposo. Su voz temblaba de desesperación. "Por favor, Héctor. Déjalo hablar. Debe haber más en esto."

Héctor se dejó caer en su silla con un pesado suspiro, aunque la ira aún burbujeaba en sus ojos.

La voz de José era baja pero firme mientras exponía todo. Habló de su vínculo con Fidel Castro, su amor por Pilar y la mano despiadada de Manuel Batista que le había arrebatado su futuro.

Para cuando terminó, Sofía estaba en lágrimas, su mano aferrándose a la suya como si intentara protegerlo de la crueldad del mundo.

Héctor no dijo nada. Su rostro era como piedra, pero sus ojos—sus ojos revelaban la tormenta que rugía en su interior.

"Madre, no es tan malo como parece. Tengo a Pilar. Construiremos una vida juntos. Y de alguna manera, encontraré los medios para continuar mi trabajo—mi destino," dijo José suavemente, desesperado por aliviar el dolor grabado en el rostro de su madre.

"¿Tu trabajo? ¿Tu destino?" La risa de Héctor fue aguda, fría. "Conocí tu destino el día que naciste. Estaba aquí, en estos campos. Pero no—tu madre llenó tu cabeza con sueños de grandeza. Desperdició años aferrándose a la tonta esperanza de que estabas destinado a algo más." Su voz se oscureció, impregnada de desprecio. "¿Y ahora te sientas aquí, diciéndole que esos sueños yacen en ruinas—y que las cosas 'no son tan malas como parecen'? Has fallado, tal como siempre supe que lo harías."

Cada palabra cortó el corazón de Sofía. Sus ojos cayeron, las lágrimas fluyendo libremente en su regazo.

El pecho de José se apretó, sus manos se convirtieron en puños.

"No sabes nada de sueños—solo de aplastarlos," respondió. "Y no sabes nada de mi destino."

Héctor se inclinó hacia adelante, su voz grave. "¿Destino? Eso es para reyes y los mocosos de Batista. Hombres como nosotros—hombres como tú—rompemos nuestras espaldas bajo el sol para que esos bastardos puedan jugar con el destino. Esa es la verdad de nuestra condición."

José se levantó, su silla raspando el suelo. Enfrentó la mirada de su padre de frente. "Estás equivocado. Mi futuro no está en estos campos. No estaré encadenado a esta tierra como tú."

Héctor se levantó con los ojos entrecerrados. "Eres el hijo de un agricultor de cacao. Eso es todo lo que serás. Esto es Cuba. No puedes superar la tierra bajo tus pies."

"Eres un viejo amargado," José respondió, su voz temblando de ira. "Demasiado corto de miras para ver más allá del final de tus propios campos. Has hecho sufrir a mi madre por atreverse a esperar más—por mí. Has intentado romper toda mi vida. Pero no te lo permitiré. Me levantaré, con o sin tu bendición."

"¡Sal de aquí!" rugió Héctor, su rostro rojo de furia. Se volvió hacia Sofía, sus palabras afiladas como cuchillos. "Mira lo que has creado—un hijo demasiado orgulloso para conocer su lugar. ¿Qué te ha dado tu sacrificio, Sofía? ¡Nada! Tu precioso hijo no es mejor que yo. Un agricultor, como su padre. Como su abuelo. ¡Todos tus sueños se han convertido en polvo!"

José sintió el aire salir de sus pulmones. Vio a su madre estremecerse, el peso de la crueldad de su esposo aplastando su frágil figura. Su rostro, una vez tan lleno de esperanza por él, ahora se arrugó bajo la verdad que más temía—que no era más que un agricultor de cacao.

Ella encontró los ojos de José por un breve momento—ojos que alguna vez habían tenido orgullo, ahora nublados de tristeza. Sin una palabra, se dio la vuelta y huyó, sus sollozos ahogados quedando atrás.

El pecho de José se apretó mientras su corazón se rompía. Miró de nuevo a su padre—rígido, inflexible—y luego a la puerta donde su madre había desaparecido.

"Ahora estás solo," murmuró Héctor, su voz baja y definitiva.

José no respondió. No pudo. Se dió la vuelta, saliendo a la luz del sol que se desvanecía. Su pecho se agitó, y la opresión reprimida finalmente se rompió y las lágrimas corrían por su rostro. Lloró por su madre—su corazón roto, sus sueños destrozados. Lloró por el niño que alguna vez creyó que podía hacerla sentir orgullosa. Y derramó lágrimas por el hombre en que se había convertido—atrapado entre las ruinas de lo que fué y la frágil esperanza de lo que aún podría ser.

CAPÍTULO 6

EL EQUILIBRIO DEL PODER

El traslado de José a Baracoa no fue la catástrofe que Diego había temido. Mientras se sentaba detrás de su escritorio, las piezas de un nuevo plan comenzaron a encajar. El museo en Baracoa necesitaba desesperadamente a alguien con visión. La rica historia de la región—tan vital para el patrimonio cultural de Cuba—había sido descuidada durante demasiado tiempo. Sí, el museo era pequeño, sus recursos escasos, pero José era ingenioso. Allí prosperaría.

Diego se reclinó, con los dedos entrelazados, muy pensativo. Recordó el tranquilo entusiasmo de José por la exploración arqueológica en la zona. José nunca había confiado exactamente qué buscaba, pero Diego conocía el fuego del descubrimiento cuando lo veía. Si alguien podía dar vida a ese museo olvidado, era José. Y Diego, con sus conexiones, podría desviar fondos—discretamente—sin atraer la mirada del gobierno de Batista.

Sí, esto podría funcionar. Quizás, con el tiempo, resultaría ser una bendición.

La voz de Elena flotó en su mente—su emoción mientras empacaba para el viaje a Baracoa, con su decisión de regalar a los recién casados la escritura de la granja y los campos de cacao. Diego sonrió. No tenía ilusiones—José no era un agricultor. Pero Pilar amaba esa tierra. Ella sacaría vida de ella, así como siempre había nutrido a aquellos que amaba. Juntos, harían que la granja floreciera.

Diego sacudió la cabeza, riéndose suavemente de sus miedos anteriores. Se preocupaba demasiado. ¿No había sido su propia vida prueba de que el destino—aunque cruel a veces—también podría ser misericordioso? Había sido arrancado de las garras de la muerte en España, llevado a través del océano a Cuba, y se le había concedido una vida llena de amor, propósito y segundas oportunidades.

Cerrando los ojos, susurró una rápida oración de gratitud—luego añadió una súplica de que no había tentado al destino con su duda.

Abrió los ojos, renovado con propósito. Sacando una hoja de papel fresca, comenzó a esbozar planes para el Museo Arqueológico. Imaginó su expansión—nuevas exhibiciones, proyectos de excavación, un futuro donde Baracoa se erguiría como un faro de la historia cubana. Las ideas fluyeron de su mente a su pluma, y se perdió en el trabajo.

Tan absorto estaba que no escuchó el golpe en su puerta. No notó que su secretaria entrara a su oficina. Y no vio la sombra del hombre que la siguió a la habitación—hasta que fué demasiado tarde.

"Disculpe, profesor. Un caballero de la sede del general Batista está aquí para verlo. Dice que es un asunto de cierta urgencia," anunció su secretaria nerviosamente.

"La sede del general Batista," la cabeza de Diego se levantó al mencionar el nombre de Batista.

"El general Batista está solicitando una audiencia con usted mañana," dijo el hombre de manera brusca.

Mientras Diego lo miraba con confusión, no perdió tiempo en ir al grano. "El general quiere discutir la tarea que le asignó que completara para él."

Diego recuperó la compostura y respondió, "Ah, sí, puede asegurarle al general que he tratado el asunto como él solicitó."

"Estoy seguro de que el general estará feliz de escuchar eso de sus labios. Le informaré que lo verá en la mañana." El emisario no aceptaba un no por respuesta. Esto era una orden, no una solicitud—y cualquiera con un poco de sentido sabía que atraer la atención total del general era un riesgo que pocos se atrevían a tomar.

"Estaba planeando irme a Baracoa temprano en la mañana. ¿No hay forma de que pueda telefonear al general y hablar con él?" Diego estaba desesperado por salir de la audiencia.

"Señor, le informaré al general que estará en su villa a las nueve de la mañana. Le aseguro que no querrá otra visita mía en nombre del general. El no pide esto de manera cordial una segunda vez." No había duda del tono amenazante en la voz del hombre.

Diego sabía que no tenía elección. Derrotado, caminó hacia la puerta de su oficina y la abrió.

"Por favor, dígale al general que estaré encantado de verlo en la mañana," respondió Diego, manteniendo la puerta abierta para el emisario, levantando lentamente la cabeza para encontrar los ojos del hombre.

El mensajero se detuvo, tratando de encontrar un desafío en los ojos del hombre mayor. Sorprendentemente, vio compostura en lugar del terror habitual que acompañaba a una de sus visitas. Inclinó la cabeza y se puso su gorra. "El general estará feliz de escuchar esto. Buen día para usted, señor." El hombre se marchó, ya pensando en su próxima tarea.

Diego cerró la puerta. Su anterior sensación de felicidad se evaporó. No había anticipado este giro de los acontecimientos y no estaba seguro de cómo el general y su hijo aceptarían la noticia de la renuncia de José cara a cara.

"Señora Domínguez- le dijo a su secretaria- estaré fuera el resto del día y tomaré el resto de la semana libre para visitar la granja de mi esposa en las afueras de Baracoa." Agarró los papeles en los que había estado trabajando y salió apresuradamente por la puerta.

"Señor, espero que todo esté bien con usted y su familia," la señora Domínguez había escuchado cada palabra hablada en la oficina de Diego, pero no dijo nada.

Sus palabras lo detuvieron, y se volvió para mirarla. Ella era una empleada leal que sería discreta, pero podía ver que estaba asustada.

"Ah, señora, no hay nada que temer, un pequeño malentendido. Lo aclararé y pasaré una semana relajante con mi hija y mi esposa." Diego la tranquilizó con una sonrisa.

La señora Domínguez le sonrió de vuelta. "¿Solo su esposa e hija, nadie más?"

Nadie en el Museo podía ocultar un secreto de ella. Con un guiño, levantó su sombrero de Panamá, se inclinó ante ella y se rió, "Señora, ahora sé por qué usted y mi esposa se llevan tan bien. Tómese el resto de la tarde libre y visite a su hija y yerno." La implicación era evidente, y su risa siguió a Diego fuera del edificio.

Diego estaba seguro de que Elena encontraría una manera de sortear este pequeño inconveniente. El general Fulgencio Batista tenía problemas más significativos de qué preocuparse que un simple Profesor de Ciencias Naturales. El cambio en Cuba estaba en el aire. Los vientos de la revolución estaban soplando. Batista podía sentir cómo alteraban su forma de vida y alborotaban su dictadura.

Diego no perdió tiempo en apresurarse a casa y relatarle los últimos acontecimientos a Elena. Ella se sorprendió de que el propio general estuviera interesado en un asunto tan trivial y se preguntó en voz alta sobre el odio hirviente de Manuel Batista hacia José y Fidel.

"No lo sé; supongo que Batista apoya esto porque Manuel lo quiere. Tan pronto como Manuel esté satisfecho, el general desestimará el asunto, y estoy seguro que querrá resolverlo lo más rápido posible. Cuba está al borde de la revolución. La gente está inquieta y sufre demasiado bajo el yugo de su corrupción y tiranía," exclamó Diego.

Había visto este patrón en España y había sufrido por ello anteriormente. No estaba dispuesto a sufrir de nuevo por el capricho de un dictador. La agitación de Diego era evidente, y esta situación le trajo de vuelta recuerdos dolorosos que habían estado enterrados durante mucho tiempo.

Elena rodeó a su esposo con los brazos y apoyó su frente contra la suya. Él inmediatamente comenzó a relajarse. "La respuesta es simple, cariño. Diles lo que quieren oír. José se ha ido, y Manuel ha ganado. Al menos, eso es lo que él necesita pensar," le aseguró Elena, mirándolo. "Tienes razón, Cuba está cambiando, y Fidel es más una amenaza para Batista de lo que él puede darse cuenta. Déjalos descansar en esto y seguir adelante." Las palabras de Elena eran reconfortantes, y su lógica indiscutible.

La única manera de sobrevivir a esto era dejar que ellos pensaran que habían ganado, y él sabía que eso era lo que tenía que hacer. Diego se inclinó hacia Elena y la besó. Agradeció a Dios por sacarlo de España con vida y por darle a esta maravillosa mujer que lo amaba y era sabia en maneras que él no lo era. Se fue a la cama esa noche con Elena en sus brazos y una oración de agradecimiento en sus labios.

La villa del general Batista era un lugar de inmensa belleza. Construida por arquitectos españoles hacía muchos siglos en una colina con vista al mar considerada la residencia del rey de España en Cuba. La vista desde cada habitación era un panorama de la magnificencia de la isla. Los jardines estaban maravillosamente cuidados, con cada espécimen de flor y árbol floreciendo en la isla mientras los verdes exuberantes fluían hacia los innumerables tonos de azul que el mar proporcionaba. La villa estaba pintada de un blanco descollante, brillando tan intensamente que era visible para los barcos de vela a millas de la costa cubana.

La Sra. Batista decoró cada habitación con un estilo lujoso. Se enorgullecía de mantener las antigüedades y reemplazaba regularmente lo que no se podía reparar o necesitaba actualización, haciendo viajes prolongados a Europa. La oficina del general Batista estaba en la planta baja. El mármol italiano cubría la habitación de suelo a techo. Las ventanas francesas ofrecían una vista impresionante de la península. Estanterías adornaban una pared con libros de primera edición de autores desde Shakespeare hasta Hemingway. Un escritorio antiguo se encontraba en el centro de la habitación. La Sra.

Batista lo compró de inmediato cuando descubrió que una vez perteneció a Napoleón Bonaparte.

Al principio, el general se sorprendió cuando su esposa le presentó la cuenta. Por un breve segundo, estuvo furioso con el gasto, su conciencia pinchada por el pensamiento de cuántas espaldas cubanas fueron quebradas en los campos de caña de azúcar para proporcionarle tal regalo, pero cuando ella le dijo a quién perteneció, el pensamiento desapareció. Sin duda impresionaría a los dignatarios visitantes, especialmente a aquellos a quienes necesitaba someter.

En ese día, el general Fulgencio Batista estaba de mal humor. Los estadounidenses no estaban contentos. Los rumores de los partidarios de Fidel Castro se habían convertido en un clamor lo suficientemente fuerte como para llegar a oídos de Washington. Batista había pensado que liberar a Fidel de la prisión calmaría los problemas—que la libertad le quitaría su poder. En cambio, Castro había desaparecido en las densas montañas de la Sierra Maestra, reuniendo rebeldes y librando una guerra de guerrillas implacable contra el régimen. Lo que se suponía que era un final se había convertido en el comienzo de algo mucho más peligroso.

El gobierno estadounidense, olfateando sangre en el agua, se mostró ansioso por que Batista recuperara su control sobre Cuba. Tenían demasiado en juego—vastos intereses comerciales entrelazados con la economía de la isla—y la retórica incendiaria de Fidel Castro amenazaba todo. Desde su escondite en la Sierra Maestra, las transmisiones semanales de radio de Fidel encendieron las esperanzas de los cubanos comunes. Habló de una revolución nacida de los pobres, para los pobres. Prometió un futuro donde cada ciudadano pudiera leer y escribir, donde la atención médica fuera gratuita, y donde la tierra, despojada de corporaciones extranjeras, fuera devuelta al pueblo. Para Washington, éstos no eran solo ideales—eran amenazas.

Manuel Batista irrumpió en la oficina de su padre, su emoción apenas contenida. Se movió por el lujoso espacio con la despreocupada facilidad de alguien que ha conocido el privilegio toda su vida, pero que nunca lo ha ganado. La grandeza a su alrededor era un desperdicio para él—una herencia que ni valoraba ni respetaba.

Sintiendo la distracción de su padre, Manuel desaceleró su acercamiento. "¿Papá? ¿No recuerdas tu reunión?" se aventuró a preguntar con cautela.

Fulgencio Batista apenas registró la voz al principio, su mente enredada en asuntos mucho más graves. Cuando finalmente las palabras de su hijo atravesaron sus pensamientos, una irritación parpadeó en su rostro. Manuel—su único heredero—estaba una vez más preocupado por vendetas triviales, alimentando viejas heridas de la infancia como si importaran en una nación al borde de la revolución.

El contraste enfureció a Batista. Su poder, su legado y el futuro de su familia estaban en riesgo—todo podría desmoronarse bajo el peso de la creciente insurgencia de Fidel Castro. Y sin embargo, aquí estaba Manuel, obsesionado con saldar cuentas triviales.

Fulgencio se volvió lentamente para enfrentar a su hijo, su mirada pesada con la carga de un país que se le escapaba de las manos—y la decepción de un heredero que parecía incapaz de mantenerlo unido.

"Mis fuentes me dicen que José ya no está en La Habana. Parece que ha regresado a Baracoa en medio de la noche," dijo Fulgencio impacientemente. Esperaba que esta noticia hiciera que Manuel se diera cuenta de que había derrotado a su némesis de la infancia y dejara atrás esta fijación.

La sonrisa en el rostro de Manuel hizo que Fulgencio se apartara con desdén. "Esa es una buena noticia, padre. No puedo esperar a escuchar cómo José recibió la noticia de los labios del curador."

Batista no tuvo tiempo para reunirse con el curador del Museo. Y le preguntó: "Manuel, ¿es necesario reunirse con ese hombre? La acción está hecha." La impaciencia de Fulgencio con su hijo estaba en plena efervescencia. Esa tarde, Fulgencio iba a reunirse con el embajador de los Estados Unidos y debía tener algunas noticias concretas que darle al funcionario.

"Padre, ¿no quieres deleitarte en su humillación final?" Manuel no entendía la actitud de su padre. Su padre solía disfrutar mucho al derrotar a sus enemigos.

"¡Esto no es un logro! ¡Es mi rendición a tu espíritu mezquino y vengativo! ¡Nuestra forma de vida está en peligro! ¡Es hora de que crezcas y empieces a asumir alguna responsabilidad!" Batista giró sobre sus talones, enfrentando a su hijo, la furia consumiéndolo. Su frustración y rabia hicieron que Manuel retrocediera en shock, confundido por la reacción de su padre.

"Eres tú quien me enseñó a buscar la peor venganza posible contra mis enemigos. A disfrutar de su caída, a sentir orgullo por su desaparición," respondió Manuel, con voz baja.

Era una causa perdida. Manuel era un niño consentido y malicioso—una marca inconfundible del mayor fracaso de Batista como padre. El general sintió el peso de esa verdad asentarse sobre él como un sudario. Suspiró, no de ira, sino de derrota.

Lucharía por mantener su vida en Cuba unida, por aferrarse al poder mientras el suelo se movía bajo ellos—pero pelearía esa batalla solo. Manuel no era su aliado; era una carga.

Aun así, Batista abrazó a su hijo, aunque el gesto no tenía calidez. La resignación apagó sus ojos. Este era el heredero que tenía. El que estaba obligado por sangre, por nombre y por deber.

"Lo siento. Nos reuniremos con el curador, y disfrutarás de tu venganza," prometió el general.

¡Eso era más como debería ser! Pensó Manuel mientras devolvía el abrazo a su padre. Su madre mencionó que su padre estaba preocupado por los asuntos del Estado, pero a Manuel no le importaban los detalles.

"Él estará aquí pronto. Vamos a encontrarnos con él cerca de los establos," dijo Manuel, de vuelta a su buen humor.

"Los establos estarán bien. Bajaré en breve," murmuró Batista mientras sus pensamientos regresaban a su reunión con el embajador estadounidense. Tenía que convocar una reunión de liderazgo militar para obtener un informe completo de la insurgencia. Se movió hacia su escritorio y el teléfono. Era hora de hacer algunas llamadas, volviendo su atención a asegurar que Fidel Castro no sería más que una nota al pie de la Historia.

Manuel decidió que se vería imponente a caballo. Los caballos petrificaban a Manuel, así que eligió un semental que era tan poco impresionante como él—pequeño, lento e indiferente a las órdenes. Pero nada de eso le importaba a Manuel. Sentado rígidamente en la silla, agarrando las riendas como si su vida dependiera de ello, creía que si permanecía perfectamente quieto, podría proyectar la autoridad que anhelaba desesperadamente.

El mozo de cuadra, acostumbrado a las posturas de Manuel, sofocó un suspiro mientras tomaba las riendas y guiaba al caballo hacia la puerta. Caminaba con el lento y cansado andar de un hombre que sabía que era mejor no comentar, pero que sentía pena por la pobre bestia bajo su amo. Manuel, mientras tanto, se aferraba a la silla, con los nudillos blancos, haciendo su mejor impresión de un hombre en control.

Diego estaba cerca, su rostro una máscara de indiferencia, aunque la absurdidad de la escena no le pasó desapercibida. Observó cómo Manuel inspeccionaba el rendimiento del animal—aunque había hecho poco más que avanzar lentamente bajo la guía del mozo de cuadra. Manuel trató de ignorar a Diego como si su evaluación silenciosa llevara el peso del juicio de un rey.

Cerca, el general Batista se dirigió a los establos, su atención brevemente atraída por Elena Medina Díaz, sentada detrás del volante de su automóvil. El coche estaba lleno hasta reventar de equipaje y cajas—claramente, se estaban yendo—pero la vista solo se registró como una observación fugaz. Su mente ya se movía hacia su próxima reunión con sus generales, donde estaban en juego asuntos reales de poder y supervivencia.

"Manuel," llamó Batista, su voz impregnada de desdén. "¿Por qué ese caballo? Gasto miles en sementales de cría, y tú eliges... ¿esto?"

Movió una mano despectiva hacia el animal, apenas conteniendo su desprecio. "Recuérdame que lo dispare."

El general sacudió la cabeza, queriendo concluir esta reunión innecesaria lo más rápido posible. Con la cara roja y confundido, Manuel se enderezó en la silla, pretendiendo que no había escuchado. Diego, sin embargo, escuchó todo—detrás de su expresión estoica, saboreó el intercambio.

El estallido del general sacudió el falso aire de compostura de Manuel. "Padre, el curador del Museo está aquí."

"Ah, sí—señor Medina Díaz," murmuró Batista, sus ojos pasando por Diego como si fuera un mueble. Su tono era casual, pero el peso detrás de sus palabras era todo menos eso. "Es profundamente preocupante tener a un partidario de Fidel Castro en una posición tan visible. Espero que no haya infectado a otros con su forma de pensar."

Entonces, la mirada del general se agudizó, fijándose en Diego con una intensidad fría. La clase que hacía que los hombres entendieran exactamente dónde estaban—y cuán fácilmente podían caer.

Diego sostuvo la mirada con facilidad practicada, aunque su corazón latía con fuerza bajo su exterior calmado. Sabía lo que se requería. "Estoy agradecido por su vigilancia, general. No tenía idea de que tal amenaza acechaba dentro de mi personal. Una vez que usted y su hijo me lo hicieron notar, actué rápidamente y sin dudar. Tiene mi palabra."

Batista lo estudió, buscando grietas—signos de debilidad, engaño—pero el rostro de Diego permaneció firme. Satisfecho o quizás simplemente desinteresado en perder más tiempo, el general asintió brevemente.

"Estoy seguro de que lo hizo, señor Medina Díaz. Usted entiende lo que está en juego. Si se le vinculara—aunque sea de manera distante—con esta revolución..." Dejó que las palabras flotaran, pesadas y ominosas. "Podría perder... todo."

El aire entre ellos se tensó, pero solo por un instante. Luego, con un movimiento de su muñeca, Batista desestimó el asunto—como si borrara un nombre de un libro de cuentas.

Diego entendió claramente la amenaza. "José ya no es un empleado del Museo. Hasta donde sé, ha dejado La Habana y ha regresado a su hogar," les aseguró Diego.

"¡De vuelta a la finca de cacao donde pertenece!" Manuel se burló, su risa resonando, aguda y triunfante. ¡Había ganado! Su emoción asustó al perezoso semental debajo de él. El caballo se sacudió, sus músculos tensándose como si estuviera listo para salir corriendo, pero la cuerda que lo ataba a la puerta se mantuvo firme. Aún así, el sobresalto fue suficiente para hacer que Manuel se aferrara a las riendas en pánico, su bravura deslizándose momentáneamente. El breve susto fue una advertencia. Necesitaba terminar esta conversación y bajarse de la bestia antes de que su fachada se desmoronara.

"Bien. Me alegra que ésta desagradable situación esté detrás de nosotros," declaró Fulgencio Batista, su voz definitiva. "Vamos, señor Medina Díaz. Le acompañaré hasta su coche."

Diego forzó un asentimiento cortés, aunque su pecho se tensó. Esto era lo último que quería—estar más tiempo en la órbita del general. Cada paso junto a Batista se sentía como caminar por una cuerda floja sobre un abismo. Solo deseaba regresar al coche, a Elena, a las cajas empacadas y su rápida escapada. Pero por ahora, se puso al lado del hombre más peligroso de Cuba—su rostro calmado, pero con el corazón acelerado.

"¿Se va de la ciudad?" preguntó Batista cuando el coche apareció a la vista.

"Mi esposa y yo tenemos una pequeña finca de cacao fuera de Baracoa. La hemos descuidado durante algún tiempo," explicó Diego, eligiendo sus palabras con cuidado. "Nuestra hija ha decidido vivir allí." La respuesta nerviosa de Diego hizo que el general lo mirara con curiosidad.

"Es un viaje largo y arduo," comentó Batista, entrecerrando los ojos.

Pero justo cuando se acercaban al camino hacia el área de estacionamiento, uno de los ayudantes de Batista se apresuró hacia él, interrumpiendo la conversación. "General, los revolucionarios han secuestrado a veinticinco trabajadores estadounidenses de la United Fruit Company."

El general Batista rápidamente se olvidó de Diego, quien aprovechó la oportunidad para huir. Saltando al coche, ignoró las ansiosas preguntas de Elena hasta que estuvieron lejos de Fulgencio Batista y su nocivo hijo.

Batista caminó rápidamente hacia su oficina, donde sus asesores militares esperaban con rostros sombríos. La reunión se desmoronó rápidamente. La noticia era peor de lo que había temido. Los dieciséis bombarderos B-26 regalados por los estadounidenses habían demostrado ser casi inútiles contra las guerrillas de Castro. Escondidos en las impenetrables selvas de la Sierra Maestra, los rebeldes superaron cada ataque aéreo y asalto terrestre. Peor aún, los diez mil soldados que Batista había enviado para aplastar el levantamiento ahora estaban desertando, uniéndose a los mismos rebeldes que habían sido enviados a destruir.

Los informes llegaban de todos los rincones: pueblo tras pueblo había caído en manos de las fuerzas de Castro. Camagüey y Santa Clara, bastiones vitales en la provincia de Oriente, se habían perdido. Los insurgentes avanzaban implacablemente hacia La Habana, llevando la promesa de un nuevo Gobierno Revolucionario.

La rabia se convirtió en miedo—crudo y desconocido. Batista sintió que su control sobre el poder se deslizaba, cuyos hilos se deshacían con cada informe frenético. Sus puños golpearon la mesa, y su voz retumbó con acusaciones. Maldijo a sus generales y reprendió sus fracasos, pero en el fondo, sabía la verdad: su gobierno se estaba desmoronando.

Por fin, agotado y temblando de cansancio, Batista despidió a todos. Se colapsó en su silla, el amargo sabor de la derrota subiendo por su garganta. Se obligó a respirar, a reunir lo poco de compostura que le quedaba. No tenía tiempo para recuperarse. El embajador estadounidense estaba esperando.

Momentos después, la puerta se abrió de golpe. El embajador entró—su rostro tenso, su manera urgente. Batista vio la agitación en sus ojos y supo: la presión de Washington había alcanzado su punto máximo.

"¿Sabe qué es esto?" preguntó el embajador, agitando un periódico en su mano, "Esta es una copia del New York Times de mañana elogiando a Fidel Castro y al Movimiento 26 de Julio como el futuro de Cuba. Dice que es un anticomunista que ha librado guerra contra la dictadura militar de Batista y que restaurará la democracia en Cuba. Nos hace ver muy mal por apoyarle."

Batista no mostró emoción y miró al embajador antes de responder.

"No es nada. Mi ejército tiene el control de la situación. ¡Los rebeldes serán capturados para el final de la semana!"

Ni Batista ni el embajador realmente creían en las mentiras que intercambiaban, pero ninguno se atrevió a hablar la verdad. Admitir la derrota no era una opción. El embajador había apostado su reputación en Washington a la promesa de que Batista aún tenía las riendas del poder. Ahora, se aferraba desesperadamente a la ilusión, necesitando—quizás más que el propio Batista—creer que el régimen aún podía aplastar a los rebeldes y restaurar el orden.

"He dado mis garantías a Washington. Están observando a Cuba de cerca," advirtió el embajador.

Batista se levantó. "Amigo mío, créame, esto no es nada. Los rebeldes serán aplastados, y la vida volverá a la normalidad para ambos," El general muy diplomático, firmemente al mando, puso su brazo alrededor del nervioso embajador y lo llevó hacia la puerta. "Verá, esta revolución no será noticia la próxima semana."

Aplacado, el embajador se dejó llevar. "Espero recibir confirmación de eso," respondió mientras se despedía.

Batista se quedó en la puerta de su oficina, forzando una sonrisa diplomática mientras observaba al embajador retirarse. Mantuvo la ola practicada hasta que el hombre desapareció en la esquina, luego dejó caer su mano como una piedra. La máscara de cordialidad se desvaneció, reemplazada por las duras líneas de cálculo que lo habían mantenido en el poder durante años.

"Matteo," gritó, volviéndose hacia su guardaespaldas. El hombre se puso firme, pero Batista no pasó por alto el destello de inquietud en sus ojos. "Trae de vuelta a mi líderes militares. Ahora."

"Sí, presidente." Matteo asintió con firmeza y se alejó, sus pasos resonando por el corredor de mármol. Pero en lugar de dirigirse directamente a hacer las llamadas, se metió en una oficina vacía y marcó con dedos temblorosos. Su esposa respondió en la primera llamada como si hubiera estado esperando junto al teléfono.

"Es hora," susurró, echando un vistazo por encima de su hombro.

El guardaespaldas terminó la llamada y ajustó su chaqueta con una mano firme, ocultando el peso de lo que acababa de suceder. Tomó una respiración lenta, comportándose antes de reanudar su tarea oficial. Él y su esposa habían anticipado este momento durante mucho tiempo. Habían visto las señales mucho antes de que el presidente se atreviera a verlas.

CAPÍTULO 7

VIDA EN BARACOA

Pilar podía ver que José aún estaba molesto por la reunión con sus padres. Durante dos días, José había estado distante, perdido en sus pensamientos. Ahora, estaba de pie en la veranda, mirando el valle mientras amanecía. La primera luz del sol besaba las colinas cubiertas de niebla mientras el aire pesaba con la promesa de lluvia. No la oyó acercarse. Suavemente, Pilar deslizó sus brazos alrededor de su cintura, sosteniéndolo—anclándolo—sin decir una palabra.

"Mis padres llegarán hoy," susurró en su oído.

José colocó su mano sobre la de ella. "Sí, será agradable verlos."

Su vida no había terminado—solo estaba comenzando. El camino por delante no era lo que él y su madre habían imaginado, pero diferente no significaba peor. Aún así, el pensamiento de su madre hizo que su mandíbula se apretara, su cuerpo se tensara con el peso de la decepción y la culpa. Sintiendo el cambio, Pilar lo giró suavemente hacia ella. Envolviendo sus brazos alrededor de su cuello y acercándose, sus ojos buscaron los de él hasta que este no tuvo más remedio que encontrar su mirada.

"¿Te arrepientes de tu decisión de venir aquí? ¿De casarte conmigo?" preguntó. "Supongo que la visita con tus padres no fue buena. No has hablado de ello, pero has estado...." Su voz se desvaneció mientras sus miedos e inseguridades amenazaban con abrumarla.

José la miró y la abrazó más fuerte.

"La visita con mi padre fue como se esperaba," explicó José. "Lo más doloroso fue ver cómo se desvanecía la esperanza en los ojos de mi madre. Tenía sueños tan grandes para mí, y ahora me convertiré en la única cosa que nunca quiso que fuera," su voz se quebró, y el corazón de Pilar se partió.

"El agua tiene una forma de encontrar su nivel. No sabes lo que te depara el futuro. No renuncies a tus sueños, José, ni a los de tu madre," dijo Pilar.

José sabía que lo que Pilar decía era verdad, y la amaba aún más por decirlo. Se inclinó para besarla, vertiendo sus emociones en un beso que encendió un repentino torrente de pasión.

Habían prometido esperar—guardar su primera noche juntos para su boda—pero esa promesa se estaba volviendo más difícil de mantener con cada momento robado en los brazos del otro. Mañana no podía llegar lo suficientemente pronto. Si Pilar alguna vez había dudado del amor de José, el fuego en su beso había reducido esas dudas a cenizas. Anhelaba el día de su boda—no por su grandeza, sino por lo que significaría. Sería simple, pero sería suyo. Y tenía que ser perfecto.

Carmen, la ama de llaves que había estado con la familia de Pilar más tiempo que la misma Pilar, era el corazón y la voluntad de hierro del hogar. Gobernaba con la eficiencia de un general, su voz aguda cortando la quietud mientras marchaba hacia ellos, gritando órdenes a los trabajadores que la seguían. José y Pilar intercambiaron una sonrisa cómplice—todo encajaba cuando Carmen estaba al mando.

La boda coincidiría con el final de la cosecha de cacao, convirtiendo el día en una doble celebración—amor y trabajo arduo entrelazados. Carmen había sugerido que la recepción se celebrara en el jardín, y Pilar aceptó con entusiasmo. Ahora, su único adversario era el cielo. La lluvia se cernía como una amenaza lejana, pero nada podía apagar la esperanza de Pilar. Mañana era su comienzo.

"Pilar, debes estar en la modista en media hora, y aquí estás, todavía corriendo en tu bata de noche. Si tienes suerte, podrías tener tiempo para desayunar," dijo Carmen con brusquedad, observando la apariencia de Pilar. Pilar sabía que el ladrido de Carmen era peor que su mordida y le sonrió con cariño.

"¿Dijeron mis padres a qué hora llegarían cuando llamaron?" preguntó Pilar. Quería ir a la modista con su madre, pero también sabía que el tiempo era esencial.

"Dijeron que estarían aquí pronto," le respondió Carmen.

Elena se preocupó cuando no pudo encontrar su vestido de novia en La Habana, pero una rápida llamada telefónica a Carmen le aseguró que el vestido estaba en Baracoa. Elena le pidió a Carmen que lo llevara a la modista local para que lo ajustara a la medida de Pilar.

"Sé que quieres que tu madre te acompañe, pero no le has dado mucha anticipación a la modista, y el vestido necesita ajustes para que se adapte a tu pequeño cuerpo. Te prometo que tu madre será la primera en verte con él." Carmen le aseguró a Pilar.

Cuando Pilar bajó de la veranda, se detuvo y miró por encima de su hombro. José permanecía con la mirada fija en el horizonte—no con la pesadez de la desesperación, sino con la chispa de la determinación. Ella reconoció esa mirada. Él estaba trazando la tierra en su mente, dibujando líneas invisibles a través de las colinas, buscando —siempre buscando—la ciudad perdida de Atlántida. Pilar sonrió suavemente. Su sueño seguía vivo.

Pilar se vistió y se dirigió por el camino de piedra a lo largo del lado de la casa. Notó a Carmen paseando por los jardines, mirando con desdén al cielo. Carmen había encendido muchas velas, esperando orar para ahuyentar las nubes de lluvia. Ahora, Carmen parecía querer intimidarlas. Pilar se rió al ver cómo las nubes se abrían y la luz del sol se filtraba. Estaba justo fuera de alcance cuando Carmen llamó a los campesinos para que prepararan mesas y sillas en el jardín.

Diego había pasado las primeras dos horas del viaje desde La Habana relatando cada detalle de su conversación con el general y Manuel. Elena concluyó que había manejado la situación lo mejor que podía esperar. Necesitaban dejar atrás todo eso y mirar hacia adelante a la boda de su hija.

Mientras cruzaban la isla, la evidencia de la revolución de Castro estaba en todas partes. La población ya no ocultaba su apoyo revolucionario, incluso mientras pasaban junto a los soldados de Batista que marchaban a lo largo de la carretera, observaron que algunos lucían desanimados y apáticos, mientras que otros parecían desafiantes. Diego y Elena se miraron con sorpresa cuando un soldado levantó su brazo, los miró y gritó: "¡Viva Castro!"

Diego no tenía idea de que la revolución iba tan bien. Batista controlaba la estación de televisión y los periódicos en La Habana. Su versión de los eventos difería significativamente de la realidad que ahora estaban presenciando.

Elena se sintió aliviada al ver el camino que conducía a la granja. Estaba emocionada por ver a Pilar y ponerse al día sobre los planes de la boda. Cuando hablaron por teléfono, Pilar le confió que la reunión con los padres de José no había ido bien, y que José todavía era reacio a discutirlo.

Tan pronto como llegaron, Elena fue en busca de Carmen. Las dos amigas se saludaron calurosamente.

"Veo que estás muy ocupada," rió Elena, mirando a su alrededor en el caos controlado de la cocina.

"Sé que es un asunto pequeño según los estándares cubanos," dijo Carmen sonriendo, "pero aún tenemos comida que preparar para la recepción después del servicio de la iglesia."

"¿Cuántas personas?" preguntó Elena.

"Bueno, invité a las familias de todos los que trabajan en la propiedad, al sacerdote y a todos en la rectoría, así que alrededor de cincuenta personas," respondió Carmen.

"¿Dónde está Pilar?" preguntó Elena.

"Fue a la modista para ajustar su vestido, pero..." La voz de Carmen bajó a un susurro conspirador. "Creo que hizo una parada primero. Me preguntó si sabía dónde vivían los padres de José."

Elena sonrió para sí misma. Su hija estaba aprendiendo rápido. "Chica inteligente," le respondió Elena suavemente.

"Es mejor establecer expectativas temprano con los suegros," dijo Carmen, siguiendo el ejemplo de Elena.

"¿En qué puedo ayudar?" preguntó Elena.

"Los arreglos florales para la iglesia podrían usar tu toque elegante," ofreció Carmen.

Diego estaba ansioso por ver a José y discutir los planes del museo. Esperaba que José estuviera dispuesto a aceptar el trabajo de curador. Diego encontró a José todavía en la veranda, mirando al vacío, bebiendo limonada. "José, veo que estás en tus pensamientos," dijo Diego.

José se volvió al oír la voz de Diego.

"Señor, debo disculparme por cómo dejé La Habana," comenzó José, su tono serio. "Quería verle en persona para explicar mis acciones y pedirle la mano de su hija en matrimonio, pero Pilar pensó que era mejor que nos fuéramos de inmediato, y yo..." La voz de José se desvaneció. Su explicación era inadecuada, incluso para sus oídos.

Diego sonrió y abrazó a su futuro yerno. Podía sentir la tensión en sus hombros y se compadeció de él. "Hiciste lo correcto, José. Renunciar fue una idea brillante. Dado que tu puesto no fue terminado, puedo ofrecerte el puesto de curador en el museo local de la región. Es pequeño y está en mal estado, pero estoy seguro de que las escuelas de la zona serían receptivas a tu currículo de Ciencias Sociales. Sería un excelente lugar para comenzar algunos de tus programas piloto." Diego se dio cuenta de que estaba divagando mientras José lo miraba boquiabierto.

José no podía creer lo que oía. "Esto es realmente inesperado," respondió José. "¡Qué oportunidad tan increíble! Pensé que mi futuro como profesor de Ciencias Naturales había terminado." La mente de

José estaba acelerada. "Pero antes de que discutamos esto más a fondo," dijo José: "Tengo una pregunta que hacerle que ya es tiempo de abordar, señor. Por favor, siéntese." José hizo un gesto a su futuro suegro para que se sentara. Nunca había pedido la mano de nadie en matrimonio y de repente se sintió incómodo.

"¿Puedo ofrecerle un poco de limonada?" La nerviosidad de José era casi divertida para el hombre mayor. Diego entendía lo que José quería preguntarle, y sabía su respuesta, pero ningún padre espera que le pidan la mano de su hija en matrimonio. Diego tomó un sorbo de limonada con ansiedad, casi ahogándose.

José no se dio cuenta. "He estado enamorado de su hija durante mucho tiempo. Parece que ella siente lo mismo por mí. Sin embargo, como suelen hacer las fortunas, la mía ha cambiado rápidamente, pero me gustaría pedirle la mano de Pilar en matrimonio. Puedo prometerle que la amaré y la cuidaré hasta que muera, y su felicidad y bienestar serán mi prioridad...." José se quedó sin garantías, así que Diego se compadeció de él.

"José, sería un honor tenerte como yerno. Ahora es obvio para mí tu sentimiento hacia Pilar." La referencia de Diego a su ignorancia sobre su relación no pasó desapercibida para José. "Te doy mi bendición y solo pido que hagas feliz a mi hija."

Diego sentía sinceramente cada palabra dicha. No podría haber pedido un mejor hombre que José para su hija.

Abrumado por el voto de confianza que nunca había conocido de su padre, José estrechó la mano del hombre en señal de gratitud. ¡Su fortuna había cambiado! Ahora tenía una hermosa esposa y una familia amorosa y aceptante.

De lejos, Elena observó el intercambio desde la puerta de la veranda. Habiendo terminado con los arreglos florales para la iglesia, Elena había ido en busca de su esposo. Permitió a los hombres un momento para recomponerse antes de hacer notar su presencia.

"José, es maravilloso verte," exclamó Elena, abrazando a José antes de que pudiera reaccionar. "Todo este ajetreo, entiendo por qué te retiraste aquí." Carmen le habia compartido que José a menudo parecía perdido en sus pensamientos, mirando a la distancia desde la veranda.

"Confío en que tu futuro suegro te ha informado sobre sus planes de nombrarte curador del museo local. ¡Estoy segura de que harás cosas maravillosas!" Elena charlaba mientras los dos hombres sonreían. Fue bueno que hubieran discutido su nombramiento. Ningún hombre tenía la oportunidad de que las mujeres en sus vidas decidieran el curso de sus acciones. Ambos hombres continuaron de pie mientras Elena tomaba asiento y se servía un vaso de limonada.

"Es bueno verle, señora. Su esposo y yo estábamos discutiendo esta maravillosa noticia. Estoy emocionado por la perspectiva y estoy seguro de que Pilar estará feliz." José volvió la mirada hacia la casa. "¿Dónde está Pilar? Se fue hace varias horas. Ya debería estar de vuelta."

"José, una mujer puede pasar horas con la modista, especialmente para un vestido de novia. Sin embargo, creo que Carmen también le pidió que hiciera algunos mandados. Estoy segura de que estará en casa pronto," Elena tranquilizó a José mientras le daba tiempo a Pilar. "Dime, José, ¿cuáles son tus planes para el museo?" Elena pensó que era mejor distraerlo, pero mantuvo un ojo en la puerta mientras escuchaba la animada conversación de José sobre el futuro del museo local.

Pilar de hecho había emprendido una misión secreta. Prometiendo regresar con su madre para la prueba final, apresuró su visita con la modista. Tenía una tarea más urgente a la que necesitaba atender. Nunca había estado en una situación en la que tuviera que confrontar a un padre poco comprensivo y no tenía idea de qué decir a los padres de José. Mientras conducía hacia su granja, sus nervios casi la abrumaron.

Sofia escuchó el camión en la entrada, y su corazón se estremeció. Se sentía desconsolada por la partida de José y quería que él entendiera que estaba decepcionada por él, nada más. Hizo una rápida oración de agradecimiento al cielo por la oportunidad de hablar con su hijo nuevamente y hacer las paces entre ellos.

Corriendo hacia la puerta, la abrió de golpe solo para chocar con una joven, que levantaba su mano para tocar.

"Oh, lo siento mucho", Pilar exclamó con sorpresa mientras extendía los brazos para sostener a la mujer que se abalanzaba hacia ella.

"¡Santa Madre de Dios!" Sofía exclamó al chocar con Pilar. Se habría caído si no hubiera sido por la joven. Pilar la agarró por los hombros para estabilizarla.

A Pilar le tomó un momento recomponerse. "Señora, mi nombre es Pilar Medina Díaz."

La mujer desconcertada miró a Pilar mientras intentaba recomponerse. Al escuchar el nombre de la extraña, la miró de cerca. "¿La Pilar de mi José?"

Pilar asintió, y los ojos de Sofía se llenaron de lágrimas. Agarró la mano de la joven y la llevó dentro de la casa.

"¡Sé que le hice daño! La noticia que trajo fue tan impactante que no sabía cómo reaccionar. Necesito que sepa que lo amo. Siempre creeré en él," exclamó Sofía.

"Yo también creo en él, señora, y lo amo más que nada." Pilar apretó la mano de su futura suegra de manera tranquilizadora mientras intentaba asegurarle. "Sus sueños son mis sueños. Su destino es mi destino. Realmente siento eso y espero que usted lo crea." La sinceridad de Pilar conmovió a Sofía.

Se tomó un momento para mirar a Pilar. Su belleza era innegable, y su amor por José brillaba en sus ojos. Sofía comparó su matrimonio que había sido arreglado— que comenzó con deber y no con amor. Con el tiempo, había llegado a tolerar a Hector, pero el afecto nunca floreció. Una vez que le dio un hijo, cerró su corazón—y su puerta—contra él. Su casa ofrecía suficiente espacio para su separación silenciosa, y habían vivido como extraños bajo el mismo techo durante cuarenta años.

Pero ahora, mientras imaginaba a José con esta señorita—esta belleza regia que estaba frente a ella—se sintió encantada al darse cuenta de que José había encontrado algo que ella solo había soñado.

Su corazón se llenó de felicidad por su hijo. Miró a la impresionante mujer que estaba frente a ella y le hizo señas para que la siguiera a su dormitorio.

Pilar se acomodó en el pequeño sofá mientras observaba a Sofía ir a su armario y sacar de él una pequeña caja de porcelana. La trajo a Pilar y la colocó en sus manos; esta no podía apartar la vista del intrincado diseño de la pequeña caja, incapaz de resistir comentar sobre su belleza.

"Le pertenecía a mi abuela," explicó Sofía. "Ella lo trajo consigo cuando vino de España para casarse con mi abuelo," Sofía se sentó al lado de Pilar y abrió la caja. Pilar se inclinó para mirar el contenido. Dentro, acurrucadas sobre el terciopelo azul, había dos anillos de boda. Los delicados hilos de oro estaban entrelazados, formando un diseño intrincado. Eran los anillos más hermosos que Pilar jamás había visto.

"Están hechos de oro andaluz. Los estaba guardando para José para cuando encontrara a la mujer con la que se casaría, para cuando te encontrara a ti," la voz de Sofía era suave mientras hablaba.

Pilar levantó la vista para encontrarse con los ojos de su suegra. "Son exquisitas," susurró.

"Quiero que se las lleves a José. Dile que siempre lo amaré," dijo Sofía mientras comenzaba a llorar.

"No se las llevaré a José," afirmó Pilar decididamente, devolviendo la caja a Sofía. "¡Pero será usted quien dará este precioso regalo a su hijo cuando nos casemos mañana" Pilar miró a los ojos de su suegra mientras hablaba. "Mamacita, José siempre le amará, al igual que yo."

Sofía sonrió cuando Pilar usó el apodo de José para ella. Si José le había contado a Pilar de su apodo, Sofía se dio cuenta de que no había perdido el amor de su hijo. Cerró la tapa de la caja y besó a su futura nuera. "No me lo perdería por nada del mundo."

Caminando hacia la puerta, Pilar le dio a Sofía las direcciones de su nuevo hogar y la puso al tanto de las actividades del día de la boda. Al despedirse, Sofía prometió nuevamente no llegar tarde.

El éxito de su misión secreta llenó a Pilar de una alegría abrumadora. Al entrar en la cocina, vio a su madre y a Carmen en profunda conversación. Su corazón estalló de alegría al correr a saludarlas.

"Confío en que tu visita fue buena?" Elena abrazó a su hija.

"¿Y tu visita a la modista fue exitosa?" añadió Carmen.

Pilar miró a ambas mujeres con asombro. Nunca podría ocultarles nada. "Ambas visitas fueron muy exitosas. Otro invitado se unirá a nosotros para la boda. Y mamá, debemos regresar a la modista mañana por la mañana. Quería que fueras la primera en verme como novia."

EL DÍA de la boda llegó. El sol deslumbraba en un cielo azul sin nubes. Carmen no podría haber estado más feliz. Mientras Pilar y Elena se iban a la modista, José y Diego intentaron mantenerse fuera del camino de todos. Retirándose a la veranda, discutieron planes para el museo hasta que llegó el momento de prepararse.

Sin sus padres para ayudarle, Diego se ofreció. Este momento fue agridulce para José. Le hubiera gustado que su madre estuviera allí para verlo casarse. De repente, se dio cuenta de que no tenía un anillo para Pilar, y su pánico aumentó mientras le explicaba a Diego su dilema. Sin saber cómo resolver este problema, Diego buscó a Elena. José se sentó en la cama, con la cabeza entre las manos.

El toque en su hombro era familiar. Sin mirar hacia arriba, colocó su mano sobre la de su madre. "Mamacita."

"¿Crees que me perdería el día de tu boda?"

José se levantó para abrazar a su madre. "Mamá, lo siento mucho," comenzó. Pero Sofía lo detuvo.

"¡No tienes nada de qué disculparte! No puedes decepcionarme, y ahora me has traído a la nuera más hermosa que te ama con todo su corazón. ¿Cómo no puedo ser una Mamacita orgullosa y feliz?"

José la atrajo a otro abrazo, su barbilla descansando suavemente sobre su cabeza. Se dio cuenta de que ella había venido sola, y por eso, estaba agradecido. No quería que la mirada desaprobadora de su padre ensombreciera este momento. Pero luego, una ola de pánico lo golpeó al recordar su dilema.

"Mamacita, no tengo un anillo para Pilar," admitió con frustración. "Salimos de La Habana con tanta prisa, que ni siquiera se me pasó por la mente un anillo de boda."

Sofía sonrió a su hijo mientras le extendía la pequeña caja de porcelana que contenía los anillos de boda. Él reconoció la caja de inmediato, y una ola de alivio lo inundó al tomarla de sus manos. Esa fue la escena que recibió a un preocupado Diego y a una Elena notablemente serena al entrar en la habitación.

"Te dije que ya se había hecho, Diego. Por favor, cálmate," dijo Elena al entrar.

"Mamá, me gustaría que conocieras a los padres de Pilar, el señor Diego Medina Diaz y la señora Elena de Medina Díaz," anunció José, presentando a su madre sus futuros suegros.

"Señor y Señora," comenzó Sofía mientras les daba la mano.

"Por favor, llámanos Diego y Elena," insistió Elena mientras abrazaba cálidamente a Sofía.

"Ahora somos familia, después de todo," se rió aliviado Diego.

"Pilar no hizo justicia a estos anillos cuando describió lo hermoso que eran," respiró Elena, inclinándose para mirar los anillos que estaban en la caja que José aún sostenía en sus manos.

"Me alegra que tengamos un momento privado. Diego y yo tenemos un regalo para los recién casados," anunció Elena mientras Diego, confundido, miraba. Mientras él estaba allí, Elena le dio un codazo en los costados, recordándole el regalo que tenía en su bolsillo.

"Sí, lo tenemos," recordó Diego mientras alcanzaba un documento. "Queremos darte la escritura de la finca. Sería un honor si tú y Pilar hicieran su hogar aquí, al menos por ahora." Diego dejó de hablar mientras le entregaba el pergamino a José.

José miró la escritura y echó un vistazo a las caras de los presentes. Su madre y Elena irradiaban alegría, pero un miedo persistente lo carcomía—el miedo de que siempre sería nada más que un agricultor de cacao. Solo Diego, al parecer, podía sentir la inquietud que lo dominaba.

"Un hombre se define por lo que realiza por su familia y su país," susurró Diego a José, quien se volvió y asintió agradecido.

Con los anillos de boda en la mano, José se encontraba en el altar de la iglesia del pueblo, esperando a Pilar. Cuando la vio, le quitó el aliento. Parecía flotar hacia él. Después de haber colocado el delicado anillo en su dedo, José besó a su esposa, dándose cuenta de que nunca sería tan feliz como lo era en ese momento.

El trayecto de la iglesia a la casa para la recepción fue un respiro dichoso. José condujo con Pilar reclinada en el círculo de su brazo, su cabeza descansando en su hombro. La recepción duró hasta bien entrada la noche, con los invitados pasando por su mesa para bendecir a la feliz pareja y desearles una larga y alegre vida juntos. La música llenaba el aire, y la fiesta estaba en pleno apogeo cuando José y Pilar se escabulleron.

José llevó a Pilar a la cama y empezó a desnudarla delicadamente. Sus ojos se encontraron entre besos, su deseo profundizándose con cada caricia. Aunque ninguno había experimentado el amor de esta manera antes, sus cuerpos se movían suavemente y sin esfuerzo. Al unirse, sus corazones se entrelazaron, prometiéndose en silencio nunca soltarse el uno al otro.

Los días siguientes cayeron en una rutina. José iba al museo cada mañana, dejando a Pilar y Carmen a cargo de la finca de cacao. El tiempo se detuvo mientras José trabajaba para reparar el museo, catalogar los artefactos, implementar las reformas que quería e involucrar a las escuelas locales. Regresaba a casa cada tarde feliz con los esfuerzos del día. Sus noches estaban llenas de una pasión increíble. Al quedarse dormidos, saciados por el placer que se brindaban mutuamente, agradecieron al destino por su vida juntos.

En la víspera de Año Nuevo, el último día de 1958, yacían uno en los brazos del otro. Pilar besó la oreja de José y, con un susurro, le dijo que estaba embarazada. Sus besos de alegría alimentaron su deseo.

Más tarde, se quedaron dormidos, seguros de que su vida era perfecta. En esos días de dicha, no podían imaginar el giro que pronto tomarían sus vidas.

El 1 de enero de 1959, Fidel Castro tomó las riendas del poder de Fulgencio Batista mientras el general huía de una revolución que ya no podía sofocar. Los estadounidenses se marcharon masivamente mientras Castro repartía las propiedades de estos a los empobrecidos de Cuba. Estados Unidos respondió suspendiendo las importaciones cubanas, incluyendo azúcar y tabaco, con la esperanza de llevar al gobierno rebelde a una sumisión al presionarlo económicamente. Castro respondió restableciendo lazos con el enemigo de la Guerra Fría, la Unión Soviética. Este insulto a la supremacía estadounidense en la región no quedó sin castigo. Washington rompió todas las relaciones diplomáticas con Cuba e impuso un devastador embargo diseñado para romper la espalda económica de la isla. Fidel Castro prometió que su David nunca caería ante el Goliat de Estados Unidos.

CAPÍTULO 8
¡VIVA LA REVOLUCIÓN!

La Cuba de Castro estaba comenzando a tomar forma, aunque la capital y sus alrededores estaban atrapados por una creciente dificultad económica. Fidel Castro a menudo recordaba al pueblo que el sacrificio estaba inherente en el mismo tejido del espíritu cubano.

Para Pilar, su embarazo fue un tiempo de alegría, y a medida que entraba en su último trimestre, la necesidad de descanso se convirtió en su única concesión. Pero una tarde, al despertar de una siesta, un dolor agudo y punzante atravesó su vientre. Aún le quedaban tres semanas, pero el dolor volvió—más fuerte esta vez—dejándola sin aliento y abrumada.

El sonido de muebles estrellándose hizo que Carmen corriera para encontrar a Pilar en el suelo, la mesita de noche volcada y la lámpara hecha añicos. Su rostro se contorsionaba de agonía, su mano presionada desesperadamente contra su vientre. El corazón de Carmen se detuvo un momento cuando se dio cuenta de que el bebé estaba por nacer. La protuberancia anormal del vientre de Pilar le dijo que algo estaba terriblemente mal.

Gritando pidiendo ayuda, Carmen tomó la mano de Pilar mientras dos mujeres entraban apresuradamente. Juntas, la movieron a la cama, pero la transición pareció enviar a Pilar a un dolor aún mayor. La preocupación de Carmen se profundizó al ver a Pilar retorciéndose de dolor.

Rápidamente envió a una mujer a llamar a la partera y a otra a buscar a José. Con solo ver el rostro de Pilar, Carmen entendió la verdad: el bebé nacería mucho antes de que llegara la partera.

"Algo está mal, Carmen. Lo siento," dijo Pilar entre dientes. "El dolor es insoportable."

"El bebé se ha girado de la manera equivocada." Las manos de Carmen se movieron alrededor del vientre de Pilar. "Solo necesitamos girarlo, y estarás bien."

Intentó mover al bebé con manipulaciones suaves, pero sus acciones le causaron a Pilar una gran angustia.

"Intenta no empujar," ordenó Carmen mientras sus manos continuaban con su suave manipulación.

Pilar se concentró en el toque de Carmen, deseando que su bebé se girara en su vientre. Mientras Carmen trabajaba, la sangre brotó entre las piernas de Pilar, inundando las sábanas y salpicando a Carmen. Pilar no necesitaba mirarla para saber lo que estaba sucediendo. Agarró la mano de Carmen.

"¡Lo que sea que pase, prométeme que salvarás a mi bebé!" suplicó Pilar. "¡Toma mi vida si es necesario!" le imploró.

"No sé si puedo hacer eso." Carmen se arrodilló y besó a Pilar, sosteniendo su rostro entre sus manos. "Has sido como una hija mía desde que naciste en mis manos. Por favor, no me pidas eso," suplicó Carmen.

Pilar estaba vomitando por el dolor. Le tomó toda su fuerza hablar, pero sabía que tenía que hacerlo. "Este niño también nacerá en tus manos. Necesito que lo ames como me has amado."

Las lágrimas corrían por el rostro de Carmen mientras besaba a Pilar una vez más, sabiendo en el fondo que Pilar nunca sobreviviría a la pérdida de sangre. Con manos temblorosas, se limpió los ojos y se calmó. Ordenó a las mujeres temblorosas en la puerta que trajeran el cuchillo más afilado que pudieran encontrar y la botella de láudano que guardaba en la cocina.

El bebé nació de una débil Pilar, un gesto que marcó el final de su lucha. Carmen acunó a Pilar en silencio mientras se desvanecía, su cuerpo rindiendo su última fuerza.

Cuando José finalmente llegó, sus ojos buscaron en la habitación. Se congeló al ver a Carmen sentada en silencio junto a la cama, sosteniendo al bebé de Pilar en sus brazos. Mecía al recién nacido suavemente, susurrando una suave canción de cuna.

Las mujeres ya habían bañado a Pilar, limpiado las sábanas manchadas de sangre y la habían vestido con una bata de noche fresca. Para José, casi parecía que Pilar estaba durmiendo. Pero luego vio el rostro de Carmen—la expresión de devastación silenciosa—y su corazón se destrozó.

"¡No! ¡No!" gritó, corriendo al lado de su esposa. Tomó su cuerpo frío y sin vida en sus brazos, meciéndola de un lado a otro como si pudiera traerla de vuelta a él. Su dolor lo consumió, y el mundo entero dejó de existir.

Su madre llegó, haciendo guardia en la puerta, asegurándose de que nadie interrumpiera sus últimos momentos con Pilar. José nunca se separó de su lado. Susurró su amor por ella, la vida que nunca tendrían y los sueños que ahora solo vivían en su corazón destrozado. Sabía, con una certeza dolorosa, que nunca amaría a otra como amó a Pilar.

Finalmente la soltó solo cuando sus padres llegaron para ocupar su lugar. Pero su alma se sentía vacía, hueca, mientras tropezaba en la veranda, perdido y destrozado.

Un brazo fuerte se envolvió alrededor de sus hombros, y una mano cálida lo guió hacia un asiento. La luz comenzó a asomarse sobre el valle, pero José miraba a la distancia, sin ver nada—su mundo ahora reducido a un borrón de dolor y silencio.

"¿Papá?" murmuró José, su mente luchando por comprender porqué su padre estaba allí, pero demasiado abrumado por el dolor para rechazar el apoyo inesperado.

Su padre asintió mientras sostenía a su hijo en un agarre protector.

"Ahora, realmente he perdido todo."

Su padre respiró hondo antes de responder. "Sé que se siente así, pero Pilar te dejó un regalo precioso. Uno que debes pasar el resto de tu vida protegiendo y cuidando en memoria de tu esposa."

José no tenía idea de qué estaba hablando su padre y lo miró con confusión.

"Tu hija, José. La hija de Pilar. ¡Es hermosa más allá de las palabras!" La admiración en la voz de su padre sorprendió a José. Nunca antes había escuchado tanta ternura en el tono de voz de su padre. Mientras estaba allí, perdido en el momento, sintió que alguien se acercaba. Miró hacia arriba mientras su madre le colocaba suavemente algo en sus brazos.

A medida que la primera luz del amanecer iluminaba el pequeño bulto, José miró hacia abajo y vio el rostro de su esposa reflejado en las delicadas características de su hija. Sus ojos se abrieron lentamente, enfocándose en él con una intensidad que hizo que su corazón se acelerara. Y luego, un suave arrullo escapó de sus labios, y en ese momento, una inmensa ola de amor lo inundó—un amor tan abrumador, tan puro, que sentía como si lo consumiera por completo.

Las lágrimas brotaron en sus ojos, calientes y constantes, mientras una sonrisa escapaba de él, cargada de dolor. En medio de una tristeza insoportable, sintió una emoción de la cual nunca había vivido—un amor intenso y abarcador. Esta pequeña, su hija, lo salvaría.

"Bienvenida al mundo, mi pequeña Isabella. Estoy tan feliz de conocerte," susurró José, su voz cargada de emoción. Ella pareció sonreír, con una expresión fugaz y dulce antes de que sus párpados se cerraran, y se sumiera en un sueño pacífico en sus brazos.

José rió de nuevo, un sonido lleno de alegría y tristeza, y miró a su madre y luego a su padre. Ellos sonrieron cálidamente, envolviéndolo en un tierno abrazo mientras él abrazaba a su nieta. El dolor de la pérdida nunca lo dejaría, pero en este pequeño milagro, encontró una razón para volver a tener esperanza.

Elena y Diego estaban destrozados. Ni siquiera la vista de la hija de Pilar, con la belleza de su madre, pudo calmar el torrente de lágrimas que corría por sus rostros. José sintió profundamente su tristeza mientras miraba a Isabella, su pequeño cuerpo tan pacífico en el sueño. Entendió su dolor, pues reflejaba el suyo, pero no había nada que pudiera hacer para aliviar su sufrimiento. Así que tomó el control, organizando el funeral de Pilar con tranquila determinación, mientras luchaba contra el peso de su propia devastación.

La mañana del funeral de Pilar llegó bañada en un esplendor tan profundo que se sentía casi cruel. El sol salió, proyectando una suave luz dorada sobre el valle como si el mundo fuera ajeno al desamor que se desarrollaba. De pie en la veranda, sosteniendo a su hija en sus brazos, José no pudo evitar sentir la punzada de la ironía. En este momento de pérdida, el mundo a su alrededor parecía brillar con vida, un agudo contraste con el vacío que roía su corazón.

"Es hora de ir a la iglesia, José," anunció su padre en voz baja.

Asintiendo, José se volvió para seguir a su padre. Este hombre era un extraño para José; el nacimiento de la nieta de Héctor lo cambió. José le entregó a Isabela a su abuelo y se maravilló con la mirada de adoración y amor que suavizaba las características severas de su padre. Héctor había sido una fuente inesperada de fuerza y apoyo. Más de una vez, José se volvió hacia él en busca de orientación cuando el dolor amenazaba con abrumarlo. Su padre nunca se apartó de él.

Acompañado por sus padres y todas las personas que habían amado a Pilar, José enterró a su esposa mientras su hija dormía pacíficamente en sus brazos.

Hubiera seguido felizmente a Pilar a su tumba si no hubiera estado sosteniendo a su hija. Ver cómo su ataúd descendía a la tierra era una finalización que no podía enfrentar. No estaba listo para una vida sin Pilar. Con el corazón pesado, le entregó a Isabela a Carmen. Elena y Diego se fueron a La Habana justo después del funeral. José no pudo ofrecerles consuelo, y ellos lo entendieron.

Pero Fidel Castro no tenía el lujo del tiempo para permitir que José llorara. Cuba tenía una deuda que saldar, y Fidel vio a José como la clave para desbloquear el tesoro de Atlántida.

En un intercambio acalorado tras el funeral de Pilar, Fidel exigió que la búsqueda de Atlántida comenzara bajo la supervisión de José.

José confrontó a Fidel, su voz firme pero llena de convicción. "Marca mis palabras, Fidel," dijo, "la historia no verá tus acciones como tú las ves ahora."

"La historia me absolverá," pronunció Fidel con confianza.

Fidel insistió en que José organizara una reunión con su padre. José captó la mirada de su padre mientras Fidel exponía su plan y explicaba por qué quería la tierra de Héctor. Pero no pudo sostener la mirada. Héctor se volvió hacia Fidel y pidió unos días para pensarlo. Para sorpresa de todos, Fidel aceptó.

Cuando estuvieron a solas, la voz de Héctor cortó el silencio. "Entonces, ¿así es como estabas pasando tu tiempo? ¿No pensaste que esto era algo que valía la pena compartir conmigo?"

"No eras exactamente el padre más comprensivo," respondió José, las palabras escapándose antes de que pudiera detenerlas.

La respuesta de su padre fue tragada por una larga pausa. Después de un momento de silencio, Héctor habló, su voz más suave, casi vulnerable. "Siempre he amado a tu madre. Desde el momento en que la vi, supe que nunca podría amar a otra mujer. Fue un matrimonio arreglado, sí, y sabía que ella no me amaba. Pero esperaba, con el tiempo, que llegara a amarme como yo la amaba. En el momento en que naciste, perdí toda esperanza."

José miró a su padre pero no dijo nada, así que continuó. "Todo su amor, te lo dio a ti. Me excluyó de sus vidas. Me convertí en un espectador, siempre deseando hacerla tan feliz como a ti. Tenía celos de ti, José."

Ante la mirada incrédula de José, su padre se apresuró a continuar.

"Esa fue mi culpa, no la tuya. Cuando llegó la noticia de la muerte de Pilar, tu madre me pidió que viniera con ella para ayudarte. Me dijo que necesitarías a tu padre porque ella nunca podría enseñarte a ser uno. La forma en que me miró, la forma en que me suplicó, rompió mi corazón. Me pidió que fuera parte de tu vida para ayudarte porque me necesitabas por primera vez. ¡Yo, José! ¡Me necesitabas!" La voz de Héctor se quebró mientras la emoción lo dominaba.

"Entonces, vi a mi nieta y entendí que el destino me estaba dando una segunda oportunidad, con tu madre y contigo. Por el bien de mi nieta, tengo la intención de aprovecharla, y si renunciar a mi granja significa que puedo comenzar una nueva vida contigo, tu madre e Isabela, entonces lo haré sin dudarlo."

Hector cedió su tierra al pueblo cubano y se mudó junto con Sofía a la casa de José e Isabella, dejando atrás su pasado para ayudar a cuidar de su nieta. Dirigió la finca de cacao de Pilar a su nombre, asegurando que su legado continuara. Mientras tanto, José comenzó a excavar la antigua muralla enterrada en lo profundo de la tierra, reclutando a un equipo de doscientos hombres para desenterrar las grandes placas de Oricalco que estaban unidas a ella. Cada placa era tan grande como un panel de vidrio de piso a techo, una maravilla de la tecnología de una era lejana.

Seis meses después, José se despidió de a su hija con un beso y voló a Moscú, llevando una caja de muestras preciosas. Sabía que los rusos reconocerían las riquezas ocultas de Cuba y se preparó para el inevitable saqueo. No podía hacer nada para detenerlo.

El frío fue lo primero que golpeó a José cuando llegó a Moscú. Febrero no fue amable con un caribeño no preparado para la ferocidad de un invierno ruso. Nunca había visto su aliento antes, y los soplos blancos que escapaban de su exhalación forzada lo fascinaban. El frío roía sus huesos, obligándolo a buscar calor donde pudiera encontrarlo. El sol, al parecer, había olvidado por completo a

Moscú. Las interminables nubes grises oscurecían sus rayos, dejando a la ciudad en un crepúsculo perpetuo.

La segunda cosa que lo abrumó fue la inmensidad de Moscú. Su mundo siempre había sido las pequeñas y bulliciosas calles de Cuba, pero nada en La Habana lo había preparado para la vastedad de esta ciudad. Edificios imponentes desaparecían en el interminable cielo gris, mientras que cada árbol parecía doblarse bajo el peso del concreto que los rodeaba. La ciudad se sentía estéril y meticulosamente ordenada, un mundo muy diferente de la caótica armonía de Cuba, donde la naturaleza y el hombre luchaban por espacio. Incluso caminar por la histórica Plaza Roja, pasando por el imponente Kremlin, era agotador en el frío mordaz.

José no podía ir a ningún lado sin sus acompañantes, que hablaban tanto español como él hablaba ruso. Su introducción a este estado comunista estaba lejos de ser acogedora, y su inquietud crecía con cada día que pasaba.

Notó las miradas furtivas de los transeúntes, sus ojos parpadeando nerviosamente al mirarlo a él y a sus guardias. Esto lo inquietó, especialmente cuando pensaba en su gente en casa. El espíritu cubano no era uno de sumisión, no era uno que inclinara la cabeza como ovejas llevadas al matadero. José sintió una pesada sensación de temor en el aire, una tensión opresiva que le revolvía el estómago. Esta no era la forma en que Cuba aceptaría el control.

Los científicos rusos con los que trabajaba eran tan fríos y distantes como la ciudad misma. Su desconfianza se profundizaba con cada encuentro a medida que se convencía más de sus intenciones. Apenas hicieron algún progreso durante los primeros diez días, torpemente revisando sus muestras de Oricalco sin entender cómo manipularlas. Finalmente, admitiendo su ignorancia, le pidieron que presentara sus hallazgos. Había presentado un documento detallado sobre su investigación, y ahora se dirigía a conocer al científico principal que supervisaba la investigación.

Mientras cruzaba la vasta plaza, rodeado de sus guardias, una creciente inquietud se apoderaba en su pecho. Cada paso hacía que su confianza vacilara, el peso de lo desconocido presionando sobre él. El viento era mordazmente frío. Cerró bien su abrigo, sujetándolo con su mano enguantada, y bajó la cabeza mientras caminaba hacia el viento cortante.

Con los ojos en el suelo, siguió las botas frente a él. Miró hacia arriba sorprendido cuando pasaron por las oficinas a las que solía ir. Continuaron por un callejón oscuro a través de un largo túnel hasta llegar a una puerta escondida en lo que parecía una pesada caja de concreto. Esta se miraba fuera de lugar comparado con la grandeza de los edificios que conformaban la Plaza Roja. Furtivamente miró a su alrededor y se dio cuenta de que no podía ver la Plaza Roja ni los hermosos edificios que la rodeaban.

No tenía idea de dónde estaba, y la angustia comenzó a crecer a medida que la pesada puerta de metal se abría. No se movió mientras miraba hacia el oscuro corredor que tenía delante. Su guardia lo empujó, impulsándolo hacia adelante. No sabía qué esperar. Dos hombres custodiaban la entrada de otra enorme sala, mientras otro lo guiaba a través de la fila de cubículos a su derecha e izquierda. Cada uno tenía un mini-laboratorio con microscopios, tubos de ensayo y mecheros Bunsen. Contó veinte cubículos mientras caminaba. Los cubículos terminaban en una mesa donde habían equipos científicos más sofisticados. Detrás de la mesa, se encontraba una gran pizarra. Pasaron detrás de esta para llegar a una oficina anodina oculta de la vista por una pared de vidrio esmerilado. El guardia tocó la puerta, luego la abrió, haciéndole señas para que entrara.

José sabía que el miedo estaba escrito en su rostro, y miró al hombre frente a él con aprensión y este asintió con una leve sonrisa. José tomó este gesto como una señal de que no tenía nada que temer. Asintió en respuesta y caminó a través de la puerta. La oficina era sorprendentemente cálida y acogedora. Una estantería rodeaba la habitación, cada rincón y grieta atiborrados de libros. Dos sillas de cuero estaban frente a un fuego crepitante. Detrás de la chimenea, vio un gran escritorio iluminado por una sola lámpara, su resplandor verde iluminando al hombre que estaba detrás de este, que leía el informe de José. Música clásica flotaba en el espacio. El miedo de José se disipó mientras caminaba hacia la figura sentada en el escritorio, absorta en su lectura. Este hizo señas a José para que se sentara mientras terminaba de leer el informe. Sonriendo, le extendió la mano a través del escritorio.

"Bienvenido, amigo mío," dijo en perfecto español. "Mi nombre es Sergei Korolev. Soy el jefe del Programa Espacial Soviético."

"¿El Programa Espacial Soviético?" preguntó José, sorprendido. Nunca había oído hablar de un programa espacial. "¿Qué es eso?"

La profunda risa de Sergei resonó en el ambiente íntimo. "Mi trabajo es vencer a los estadounidenses en una carrera para viajar por el espacio. Rusia será la primera en colocar a un hombre en la luna," Sergei hizo una pausa, dándole a José tiempo para asimilar sus palabras. Tuvo el efecto deseado, ya que José se volvió hacia él con los ojos muy abiertos, comprendiendo.

"Creo que me acabas de dar la respuesta para ganar esa carrera," dijo Sergei, agitando el informe de José frente a él.

"Soy un científico natural, señor," murmuró José. "¿Cómo podría ayudarle con una tarea tan monumental? Solo sé lo que puedo encontrar aquí en la tierra."

"Ah, amigo mío. Lo que has encontrado en tu isla me ayudará a llevar a un hombre a la luna," dijo Sergei confiadamente. "¿Dónde están mis modales? ¿Te gustaría una taza de café?" ofreció Sergei.

José aceptó con gratitud, sintiendo un profundo alivio. No había probado una taza de café decente desde que dejó Cuba, y el anhelo por ello se había vuelto casi insoportable. Los rusos, al parecer, solo bebían té fuerte y vodka aún más fuerte—ninguno de los cuales le apetecía. Sergei le entregó la taza, y se movieron a las sillas junto a la chimenea.

Sorprendentemente, el café estaba fuerte y humeante, justo como le gustaba. Sorbió, saboreando el rico calor que cortaba el frío en sus huesos. No se había dado cuenta de cuánto lo extrañaba hasta ahora, y con una sonrisa genuina, miró a su anfitrión. "No creo haber disfrutado nunca una taza de café como esta," dijo con alivio.

Sergei sonrió ante la reacción de José. "Pasé diez años en Argentina," comenzó Sergei, su voz calmada pero teñida de historia. "Después de la Segunda Guerra Mundial, ayudé a científicos alemanes a reubicarse allí. Luché contra Hitler durante su invasión de la Unión Soviética, pero en mi esencia, siempre he sido un científico. A pesar de sus ideologías erróneas, Alemania produjo algunas de las mentes científicas más grandes de nuestra generación, y la Madre Rusia vio su potencial. Así que, la Unión Soviética organizó silenciosamente la expatriación de varios científicos prominentes a Argentina, y yo supervisé ese programa. Allí, desarrollé un gusto por el café fuerte... y las mujeres de cabello oscuro con temperamentos ardientes."

José sonrió mientras miraba hacia otro lado. Nunca había estado al tanto de secretos de estado como los que Sergei compartió con él. Se sintió abrumado por la intriga y el misterio de todo. Se sentaron en silencio, mirando el fuego.

"¿Es esto sobre el Oricalco?" preguntó José, rompiendo el silencio.

"Sí, lo es," respondió Sergei. "La misión de nuestro programa espacial es la exploración cosmonáutica del espacio," explicó Sergei, su tono pesado de frustración. "Para lograr esto, necesitamos vehículos de lanzamiento confiables y expandibles. Aunque tenemos varias opciones de diseño prometedoras, hay un gran obstáculo: encontrar una capa exterior que pueda soportar el intenso calor de la reentrada mientras también sirva como un sistema de alojamiento para el control de temperatura, telemetría y control de vuelo. Todo lo que hemos probado explotó durante el lanzamiento o destruyó vehículos de reentrada al entrar en la atmósfera de la Tierra. Hasta ahora, solo hemos perdido perros en estos experimentos, pero el Politburó exige resultados, y no tengo ninguno para presentarles."

"¿Quieren una misión tripulada?" preguntó José. La expresión seria de Sergei respondió a su pregunta. Así como Fidel había asignado a José la tarea de encontrar a Atlántida y elevarla para la supervivencia de Cuba, a Sergei se le dio la responsabilidad de poner a un hombre en la luna antes que los estadounidenses. Compartían una carga monumental. "¿Qué has estado usando para su exterior?" preguntó José.

"Aluminio y grafito," respondió Sergei. "Un diseño de cohete cónico proporciona mayor eficiencia y aerodinámica más estable. Usamos tanques de propulsante como una estructura de soporte para ayudar con la reducción de peso. Hacer funcionar las turbinas con gas de escape de las cámaras de combustión ha resultado en mayor eficiencia, pero con lanzamientos o reentradas de cápsulas fallidas."

"¿Y crees que el Oricalco será una capa exterior más efectiva y también funcionará como conductor para tus sistemas a bordo?" preguntó José.

"Sí, creo que sí. Pero no entiendo cómo manipular el Oricalco. No puedo encontrar una manera de derretirlo y moldearlo," dijo Sergei.

"¿Qué temperaturas has estado usando para fundirlo?" José terminó su café y caminó hacia la pizarra fuera de la oficina, con Sergei pisándole los talones. Llegaron a la pizarra juntos, cada uno tomando una tiza mientras Sergei limpiaba la pizarra.

"El aluminio se funde a 900 grados Fahrenheit, 480 grados Celsius," dijo Sergei mientras escribía los números en la pizarra.

"Pero este es un elemento mucho más fuerte que el aluminio, más duradero y conductor. El latón se manipula a 1500 grados Fahrenheit, 815 grados Celsius. El cobre a 1652 grados Fahrenheit, 900 grados Celsius," José escribió emocionado esos números en la pizarra. Cada uno de ellos dibujó líneas hacia un punto de conexión debajo de las tres cifras.

"Entonces, ¿crees que el Oricalco se manipula a..." comenzó Sergei.

"A una temperatura más alta que el latón y el cobre," José terminó la frase de Sergei. Ambos se quedaron en silencio, mirando la pizarra.

"¿Pero cómo fundían los atlantes a temperaturas tan altas? ¿Cómo podían manejar el metal con herramientas primitivas?" preguntó Sergei a José.

"Durante la excavación, encontramos pozos profundos cavados en la tierra, rodeados de montones de roca caliza. Pensé que eran pozos de agua, pero al mirar esto, veo que podrían haber sido fogatas—la versión atlante de los hornos. Recuerda, tenemos el producto terminado, pero si trabajaban el mineral en pequeñas cantidades, podrían manipularlo en lo que necesitaban con martillos y tenazas de metal. Seguidamente lo dejaban caer en un canal de fuego y hielo donde se solidificaba en nuestros platos actuales," respondió Jose.

"¿Hielo? ¿De dónde sacarían hielo? ¿Por qué necesitarían hielo?" preguntó Sergei.

"Montañas imponentes rodeaban Atlántida, sus picos coronados con casquetes de hielo que nunca se derretían," comenzó José, su voz baja con reverencia. "Estaban protegidos por un volcán activo, una fuerza de la naturaleza que finalmente destruyó su civilización. Pero dentro de ese fuego y hielo yacía la brillantez atlante. Aprovecharon ambos elementos—fuego para manipular el metal crudo y hielo para solidificarlo en los mismos platos que ahora poseemos."

Sergei respiró profundamente mientras su mente divagaba. Desde que se ha registrado la Historia, los hombres han sabido cómo trabajar los metales con fuego y hielo. Pero, ¿podría ese conocimiento haber venido de los atlantes? ¿Podrían haber sido el origen de esta antigua ciencia? Miró de nuevo la pizarra, las posibilidades girando en su mente. Era posible.

"¿Has encontrado la mina que es la fuente de Oricalco en la isla?" preguntó Sergei.

"No, no la he encontrado. Pero si, acres y acres de estas láminas. Si podemos encontrar una manera de manipularlas, tienes la corteza y tu conductor, suficiente para una docena de cohetes," anunció José emocionado mientras volvían a mirar la pizarra.

"Ahora comienza el verdadero trabajo," dijo Sergei con un profundo suspiro.

"¿Rusia tiene una instalación que puedas usar?" preguntó José. "Necesitarás un horno enorme con un río de hielo al lado." Nunca habiendo encontrado un lugar como el que describía, José no tenía forma de saber si Rusia poseía la tecnología de la que Fidel pensaba.

"En el norte de Rusia tenemos una instalación de minería y fundición en el área de Norilsk–Talnakh, cerca del río Yeniséi. Eso debería proporcionar todo lo que necesitamos. Si crees que hace frío en Moscú, espera ver las provincias del norte. Hace tanto frío allí que la nieve no se derrite hasta junio," Sergei se rió de la expresión de pánico de Jose.

"¿Por qué tengo que ir contigo? Pensé que me necesitas para regresar a Cuba y traerte más láminas" preguntó José, listo para irse a casa.

"Necesito tu ayuda para desarrollar el proceso que usaremos para manipular estas láminas. Necesito tu conocimiento de Atlántida y su historia para ayudarme a forjar el futuro de Rusia," respondió Sergei.

"Entonces, ¿quieres que vaya contigo?" preguntó José desalentado.

"Vendrás conmigo. Una vez que tengamos éxito, podrás regresar a Cuba y enviarme tantas láminas como necesite la Madre Rusia," respondió Sergei.

Tres días después, Sergei y José se sentaron en un lujoso vagón de tren que una vez perteneció al zar Nicolás II. Atravesaron la interminable extensión de Siberia en su camino hacia Krasnoyarsk Krai, cerca de Krasnoyarsk, la tercera ciudad más grande de la región. Sergei ciertamente no había subestimado el frío severo, y José dudaba que pudiera hacer que su cuerpo—o su mente—funcionara en tales temperaturas heladas. Pero había un fuego dentro de él que lo empujaba hacia adelante. Si podían perfeccionar el proceso de fundición, podría regresar a Cuba, a su familia, y, sobre todo, a su pequeña hija.

Siberia era una tierra despojada de color. Las interminables extensiones de nieve, árboles ennegrecidos y cada tono de gris intermedio se extendían hasta donde alcanzaba la vista. Lo único que parecía fluir era el vodka, y la gente de la tundra siempre tenía una botella al alcance de la mano. Era más desolada que Moscú, y José se encontró anhelando los colores vibrantes de su hogar isleño. Pero no podía dejarse consumir por la desolación. Tenía una misión—regresaría a casa, pero primero, tenía que resolver este problema.

En el primer día de la fundición, elevaron el horno a unos abrasadores 1650 grados Fahrenheit y colocaron la primera hoja en las llamas. Sergei y José se inclinaron cerca de la ventana del horno, sus rostros protegidos del calor insoportable. Pero no pasó nada. La hoja brillaba en el fuego, pero se negaba a derretirse. La frustración de José aumentaba. "Aumenta la temperatura a 1900 grados," instó, con la voz tensa de impaciencia.

Lo hicieron, y una vez más, él y Sergei presionaron sus rostros contra la pequeña ventana. La hoja parpadeó, pero aún así, permaneció inflexible. El fracaso lo carcomía.

"Dale todo lo que tiene la planta de fundición," exigió José, con la voz dura. Tenían que tener éxito. No había otra opción.

"No podemos mantener esa temperatura por más de diez minutos sin correr el riesgo de iniciar un incendio que destruirá toda la planta", dijo el gerente de la planta, descontento con la solicitud.

"Si no pasa nada después de siete minutos, apágalo," ordenó José. El gerente miró a Sergei en busca de confirmación, quien asintió en acuerdo.

"Será demasiado caliente para que se queden ahí. Vuelvan a la cabina conmigo," aconsejó el gerente. A regañadientes, José y Sergei dejaron su lugar en la ventana y lo siguieron. Miraron la hoja a través de binoculares mientras brillaba y saltaba en el calor, pero no cambiaba de forma.

"Eso es todo lo que podemos hacer hoy. Tenemos que darle tiempo al horno para que se enfríe," dijo el gerente mientras se miraban desalentados. Este fracaso era demasiado para soportar. El frío era paralizante después del calor de la fábrica de fundición, y José se dobló de dolor. Incluso a través del abrigo grueso, su piel sentía como si mil alfileres lo estuvieran pinchando. El gerente sugirió que Sergei llevara a José a la banya cercana, el sauna donde todos los trabajadores de la fábrica iban después de sus turnos. Era una simple estructura de madera que albergaba un baño de vapor, donde los trabajadores alternaban entre vapor húmedo y seco para ayudar a sus cuerpos a aclimatarse al frío castigador después de soportar el intenso calor.

Mientras José se sentaba en la banya, su frustración se profundizaba. Sergei atendía los carbones, añadiendo agua cuando el calor seco se volvía insoportable para José. Estaba acostumbrado a la densa humedad de Cuba, pero este calor seco era diferente—abrumador, casi sofocante. De inmediato una idea brotó en su mente, se sentó erguido cuando la respuesta le llegó.

"¡Sé lo que tenemos que hacer!" exclamó emocionado. "En Cuba, no tenemos calor seco; tenemos humedad. ¡Eso es!"

"¿Qué es eso?" preguntó Sergei.

"Fuego y hielo, amigo mío. ¡Fuego y hielo!" José podía ver que Sergei no entendía lo que decía. "No es hielo lo que necesitamos. ¡Tenemos que templar el fuego con vapor! Humedad además del calor. Eso hará que las hojas sean flexibles. Pensé que esos pozos eran hornos atlantes. La piedra caliza es porosa y no es un buen conductor de calor. ¿Y si usaron piedra caliza para filtrar el agua y crear humedad? Tenemos que hacer que llueva, Sergei. Necesitamos crear humedad junto con el fuego."

Trabajaron toda la noche para idear un diseño, pero no llegaron a ninguna conclusión. José sugirió que involucraran a los hombres de la fábrica. "En Cuba, si hay un problema que no se puede resolver, pedimos al colectivo que se una y encuentre una solución. Los hombres que trabajan en la planta de fundición saben lo que están haciendo. Tú y yo somos teóricos. Podemos desarrollar una idea, pero necesitamos ayuda para hacerla funcionar."

Convocaron una reunión y explicaron lo que estaban tratando de hacer. Los hombres no sabían qué estaban tratando de derretir ni por qué, pero se dejaron llevar por la emoción, y una verdadera hermandad surgió de su esfuerzo colectivo.

Andrik Dulka era de ascendencia eslava. Su familia había trabajado en la mina durante generaciones. Sergei reconoció de inmediato la chispa en él—una brillantez que era imposible pasar por alto. Vio potencial en el joven y, sin dudarlo, se encargó de guiarlo y ser su mentor, ansioso por nutrir su talento en bruto.

En el quinto día de deliberaciones, con la esperanza disminuyendo rápidamente, Andrik se acercó a José con un dibujo. El lenguaje ruso de José era limitado, y el español de Andrik era inexistente, pero mientras José examinaba el boceto, lo reconoció como la solución a su problema. Agarró a Andrik del brazo y encontró a Sergei. Juntos, discutieron el diseño del joven.

Era simple pero efectivo. En resumen, había creado una selva tropical. Canalizar el agua helada del río cercano sobre el horno generaría la humedad necesaria para manipular el metal a través de un sistema de rociadores. Era el equivalente moderno de los hornos atlantes que había encontrado en Cuba.

La anticipación era palpable el día que probaron el diseño. Sergei, José y Andrik estaban de pie, con los rostros presionados contra el vidrio de la ventana mientras Sergei señalaba para iniciar el horno a 1652 Fahrenheit. Cuando la hoja comenzó a brillar con el calor, hizo un gesto de aprobación para activar el sistema de rociadores. El vapor ocultó el Oricalco de la vista durante unos segundos, pero cuando se despejó, vieron los extremos de la hoja comenzar a rizarse. Varios minutos después, comenzó a derretirse y gotear en los tambores de retención, recolectando el Oricalco líquido. José, Sergei y Andrik se abrazaron mientras los vítores estallaban en todos los que presenciaban a una distancia prudente.

"Voy a necesitar tantas de esas hojas como puedas enviarme," manifestó Sergei a José mientras salían de la fábrica. "Estamos en una carrera contra el tiempo, y la Madre Rusia debe ganar."

José regresó a Cuba triunfante. Fidel ahora tenía el dinero para pagar las deudas de Cuba y cuidar de su pueblo.

Agosto de 1962 proporcionó el momento culminante de Sergei.

Con el éxito de Vostok 3, el cosmonauta Andriyan Nikholayev orbitó la Tierra sesenta y cuatro veces durante sus cuatro días en el espacio. Vostok 4 fue lanzado el día después de Vostok 3 con el cosmonauta Pavel Popovich a bordo, marcando la primera vez que más de una nave espacial tripulada estaba en órbita simultáneamente. Las dos misiones Vostok se acercaron a cuatro millas la una de la otra, resultando ser la primera nave espacial en establecer contacto por radio.

José estaba emocionado por su amigo Sergei y esperaba su llegada en el aeropuerto cubano en 1966. Pasarían los siguientes dos meses explorando otras aplicaciones para el metal milagroso. Sergei había insinuado que pensaba que las propiedades conductivas del metal se utilizarían mejor en sistemas de comunicación y quería explorar esta teoría con José. Pero este se sorprendió al ver a Andrik Dulka saludándolo mientras descendía los escalones de Aeroflot.

José miró más allá de Andrik mientras le daba la mano, pero no vio a Sergei.

"Bienvenido, camarada Dulka. Estoy feliz de verte, pero ¿dónde está mi buen amigo, Sergei Korolev?" preguntó José.

La sonrisa desapareció del rostro de Andrik. "¿Nadie te lo dijo?" Esperó a que José moviera la cabeza negativamente antes de continuar. "El camarada Sergei murió hace dos meses. Cirugía de rutina, pero murió por complicaciones durante la operación."

José sintió como si le hubieran dado un puñetazo en el estómago. No podría haber cumplido la misión de Fidel sin Sergei, a quien consideraba un querido amigo. Esperaba poder presentar a Sergei a su hija y su familia.

"Lamento traer tan devastadora noticia," dijo Andrik, su voz cargada de tristeza mientras daba la noticia de la muerte de Sergei. "Te debo todo a ti y al camarada Sergei."

José se recompuso ya que el peso de la noticia fue abrumadora. Se dió cuenta, casi ausente, de que todavía estaba sosteniendo la mano de Andrik. Con una profunda respiración, se enderezó, forzó una sonrisa y la estrechó firmemente. "Bueno, si hay alguien que puede llenar los zapatos de Sergei, eres tú, camarada Andrik. No importa las circunstancias, te doy la bienvenida a Cuba. Lloraremos a nuestro camarada perdido, pero también avanzaremos. Juntos, construiremos algo nuevo."

Los ojos de Andrik se suavizaron ante las palabras de José. Asintió, recogiendo su bolsa mientras su camarada lo guiaba hacia el coche que les esperaba. Un nuevo capítulo había comenzado para las relaciones rusas y cubanas.

CAPÍTULO 9

ANDRIK DULKA

No pasó mucho tiempo para que Andrik Dulka se enamorara de Cuba. Habiendo pasado su vida en el frío severo e implacable de su país, el calor de la isla calmó algo profundo dentro de él, apaciguando su alma inquieta. Por donde quiera que miraba, Cuba parecía cautivarlo—tonos interminables de verde extendiéndose por el paisaje. El mar y el cielo eran una sinfonía de azules, y los atardeceres, con sus tonos ardientes que iluminaban el horizonte, eran una exhibición impresionante. Cada tarde, se detenía, hipnotizado por la belleza que lo rodeaba. José se reía, llamándolo un soñador en Cuba—y de muchas maneras, Andrik encajaba perfectamente.

"Todos los cubanos son soñadores," le dijo José a Andrik.

"¿Por qué es eso?" preguntó Andrik.

"Sueñan con la única cosa que no pueden tener," respondió José de manera enigmática.

"¿Qué?" preguntó Andrik.

"Libertad," respondió José, mirando al joven a los ojos.

Andrik era inquisitivo—su educación en Moscú lo había moldeado en un pensador perspicaz, y estaba claro que su formación no había sido en vano. Escuchaba atentamente, absorbiendo cada detalle con una mente inquisitiva. Sus preguntas eran reflexivas, revelando una profundidad de comprensión que José admiraba. Aunque Andrik no era muy comunicativo, su comportamiento tranquilo solo hacía que su capacidad analítica brillara más. Era un solucionador de problemas, lo que José valoraba profundamente en el joven.

Cada día, Andrik se sumergía en el trabajo. Pasaba su tiempo en los campos, midiendo los diámetros de las parcelas de tierra y calculando cuántas hojas de Oricalco había en cada acre. Se maravillaba de la precisión de cada hoja, cada una idéntica en tamaño, y se encontraba perplejo por cómo los atlantes habían logrado tales medidas exactas con solo herramientas rudimentarias. José solo podía encogerse de hombros en respuesta—todavía había misterios sobre este descubrimiento que ninguno de los dos había desentrañado.

Una tarde, se sentaron juntos en la veranda de la casa de José. Mientras este se relajaba con la cálida brisa, Andrik estaba absorto en sus cálculos, escribiendo diligentemente en su cuaderno.

"Según mis cálculos, podemos tener otras diez mil hojas de Oricalco antes de que se acaben. Esa cantidad no será suficiente," reflexionó.

"¿Suficiente para qué?" preguntó José.

"¿Has encontrado la mina ya?" preguntó Andrik, ignorando la pregunta de José.

"¿La mina?" murmuró José.

"La fuente del Oricalco. Tienes el producto terminado, pero ¿dónde está el mineral en bruto? ¿Dónde está la mina?" preguntó Andrik.

"No he podido localizar la mina. Por lo que puedo decir, los campos terminan donde comienza la cordillera de El Yunque. Creo que el volcán que destruyó Atlantis formó la montaña," explicó José. "He estado por toda esa montaña. No pude encontrar una mina o entrada a un pozo o túnel. La erupción la destruyó, o está enterrada debajo de la montaña." José confiaba lo suficiente en Andrik como para responderle honestamente.

"Entonces, una vez que se recuperen todas las hojas de Oricalco, ¿eso es todo? ¿No habrá más Oricalco?" insistió Andrik.

"¿Por qué el interés en la mina? ¿Cuántas naves espaciales necesita Rusia?" preguntó José.

"¿Alguna vez has oído hablar del mineral mica?" preguntó Andrik. José sacudió la cabeza. "Encontramos pequeños depósitos de mica en Rusia, y mientras realizábamos algunas pruebas, pensamos que tiene propiedades similares al Oricalco," dijo Andrik.

"¿Qué tipo de propiedades?" preguntó José, con sumo interés.

"La mica es estable cuando se expone a la electricidad, la luz, humedad y temperaturas extremas. La mica en lámina es ideal para transmisiones de radio de alta frecuencia, y lo mismo ocurre con el Oricalco. Hemos utilizado Oricalco en nuestros componentes aeroespaciales, específicamente en sistemas de lanzamiento, láseres y sistemas de radar. El Oricalco tiene propiedades eléctricas, térmicas y mecánicas únicas, lo que lo convierte en un excelente aislante eléctrico y buen conductor térmico. Como descubriste, puede soportar temperaturas de hasta 900 grados Celsius y 1,650 grados Fahrenheit," explicó Andrik.

"¡Espera! ¿Están usando Oricalco para hacer armas?" preguntó José agitado. "Ese no fue nuestro acuerdo. Su uso era solo para la exploración espacial," exclamó José.

"No tenemos ningún acuerdo con Cuba sobre para qué lo usamos, José. El acuerdo es que Rusia le paga a Cuba por las hojas de Oricalco, y Cuba las suministra, nada más y nada menos," respondió Andrik.

José se recostó en su silla mientras digería las palabras de Andrik. Cuba no había puesto términos ni condiciones en la venta de Oricalco. Rusia compró lo que Cuba vendió, una simple transacción de venta. No había suficientes hojas de Oricalco en Cuba para satisfacer la demanda de Rusia ahora, y si no podían localizar la mina, Rusia ya no necesitaría a Cuba. Como único aliado comercial de la

Isla, solo era cuestión de tiempo antes de que los cubanos murieran de hambre y falta de suministros médicos.

"¿Cuánto tiempo tenemos?" preguntó José.

Andrik entendió lo que estaba preguntando. "Diecinueve, como máximo, veinte años si el consumo de Oricalco por parte de Rusia se mantiene en quinientas hojas anuales," respondió Andrik en voz baja, su voz apenas más que un susurro.

"Veinte años antes de que se acabe la prosperidad de Cuba," murmuró José.

"Necesitamos encontrar la mina, José," advirtió Andrik. "Conseguiré tanto equipo y ayuda de Rusia como necesitemos, pero me enviaron aquí para encontrar esa mina, y sabes lo que nos pasará a ambos si fallamos."

"Lo sé, sí," dijo José. "Déjame llamar a Liliana."

Liliana Suárez era mucho más que la secretaria de José; tenía un profundo conocimiento sobre el Oricalco. Nacida y criada en Baracoa, era la hija menor de Carmen.

Su hermana mayor, Gloria, se había ido a La Habana de niña después de que las monjas en Baracoa reconocieran su excepcional intelecto. Las monjas, impresionadas por su brillantez, arreglaron para que Gloria viviera bajo la tutela de Elena y Diego Medina Díaz para que pudiera asistir a las prestigiosas escuelas en las que Pilar se educó. Gloria destacó, graduándose eventualmente de la Escuela de Medicina. Más tarde se casó con Matteo Nasaré, un hombre que había ascendido en las filas de la policía para convertirse en el guardaespaldas personal de Fulgencio Batista. La pareja tuvo un hijo y estaban decididos a protegerlo de la tormenta política que los rodeaba.

Mientras José y Andrik revisaban los mapas que Liliana trajo, ella dejó la veranda para ir a saludar a su madre.

"Mamá, me alegra verte," Liliana se acercó por detrás de su madre, abrazándola mientras ella estaba sobre el fregadero, pelando papas.

"¡Liliana! Mi querida niña. ¿Qué haces aquí?" Carmen se dio la vuelta para abrazar a su hija.

"Traje algunos mapas para que José y su invitado los revisen. Tengo que volver con ellos pronto, pero quería verte primero," explicó Liliana. "¿Sabes algo sobre el amigo de José, mamá?"

"Puedo ver que es muy guapo," Carmen le dijo en broma a su hija.

Liliana sonrió a su madre mientras se sonrojaba, "¿Y?" preguntó.

"Es un ruso llamado Andrik Dulka. José trabajó con él cuando estuvo en Rusia. También es brillante, y José lo respeta mucho," le dijo Carmen todo lo que sabía acerca del huésped de José.

"Andrik. Nunca he oído ese nombre antes. Es tan hermoso como él," susurró Liliana.

"Es ruso. No sabemos nada sobre los rusos, Liliana, excepto que son muy diferentes a nosotros," advirtió Carmen. Luego, susurrando de manera conspirativa, confió en Liliana. "Quería decirte que escuché de tu hermana."

"¿Gloria? ¿Cómo?" preguntó Liliana.

"Ella envió una carta con un amigo que los visitaba desde Jamaica. Llegó ayer," dijo Carmen.

"¿Qué dice?" se preocupó Liliana. Era peligroso recibir una carta de Gloria.

"Están bien y les va bien. Gloria trabaja como pediatra, y Matteo es un policía marítimo. Se han establecido en Miami," respondió su madre. "Quieren enviarnos al niño para una visita."

"¿No es eso peligroso? Si alguien descubre quién es, lo matarán, ¡mamá! Todos estaríamos encarcelados. Espero que hayas dicho que no," respondió Liliana.

Gloria Suarez se casó con Matteo Nasaré poco después de conocerlo—fue amor a primera vista. Su boda tuvo lugar en la casa de su patrocinadora, Elena de Medina Díaz, marcando el comienzo de una vida privilegiada en La Habana. Un año después, Gloria dio a luz a su hijo en su aniversario. Pero con el régimen de Batista desmoronándose, Matteo vio muy clara la situación. Consiguió pasaportes jamaicanos para su esposa e hijo bajo nuevos nombres. Sin embargo, la revolución avanzó mucho más rápido de lo anticipado. Mientras Batista huía, Matteo y un pequeño grupo de leales permanecieron en la isla, intentando estabilizar el régimen en descomposición mientras Cuba transitaba bajo el gobierno de Castro.

Matteo envió a Gloria y a su hijo a quedarse con Carmen y Liliana en Baracoa, prometiendo que se uniría a ellos una vez que se calmaran las cosas. Luego, irían a Jamaica. Gloria suplicó a Carmen y Liliana que vinieran, pero Carmen, reacia a dejar a José y a la bebé Isabella, se negó.

Profundamente comprometida con la causa de Castro, Liliana eligió quedarse y luchar por la revolución. Sintiendo la necesidad de Elena y Diego de un nuevo comienzo tras perder a Pilar, Carmen imploró a Gloria que los llevara con ella. "Un nuevo comienzo les haría bien," dijo Carmen suavemente. "Especialmente después de perder a Pilar."

"No estarán a salvo en esta nueva Cuba," coincidió Gloria.

Carmen viajó a La Habana para convencer a Diego y Elena de que se fueran con Gloria. La pareja, llena de dolor, fue fácilmente convencida. Con pasaportes jamaicanos con nuevos nombres, volaron a Jamaica y pidieron asilo en la Embajada de Estados Unidos.

"Todavía tienen los pasaportes jamaicanos que usaron para salir de Cuba," explicó Carmen. "El niño será escoltado a Jamaica, y luego volará a La Habana desde allí."

"No me gusta," exclamó Lilliana.

"En algún momento, quieren regresar a Cuba," explicó Carmen. "A Elena y Diego no les gusta vivir en Estados Unidos. Quieren ver si los pasaportes jamaicanos funcionarán, entrando a Cuba desde Jamaica."

"Tiene sentido," razonó Liliana. "La inmigración cubana está en Jamaica. Si le niegan la entrada allí, puede regresar a Miami. Si se le permite abordar el avión, puede estar a salvo en Cuba con un pasaporte jamaicano. Aún así, es un riesgo a tomar con la vida del niño, mamá."

"Gloria quiere que conozca su lugar de nacimiento, Liliana. Le dirán qué decir y qué hacer. Tú y yo seremos cuidadosas con él a sabiendas dónde va y a quién ve. ¡Quiero abrazar a mi nieto si no puedo abrazar a mi hija!"

"Es peligroso para todos nosotros. Tendremos que ser muy cuidadosos," advirtió Lilliana. "Bajo ninguna circunstancia tu nieto debe saber lo que estamos haciendo con los rusos."

A Liliana no le gustaba el plan, para nada. Pero al ver cuánto significaba para su madre, estaba dispuesta a intentarlo. Liliana había mimado a su sobrino desde el día en que nació. Aceptó la oportunidad de verlo y conocerlo como un niño pequeño.

"Será tan maravilloso verlo de nuevo," exclamó Carmen mientras abrazaba a su hija. "Ahora, lleva estos sándwiches a los señores. Necesitarán tu consejo sobre lo que están discutiendo." Carmen sabía cuán talentosas eran sus dos hijas.

Con una hija en Cuba y otra en Miami, oró para que hubiera suficiente amor en sus corazones para cerrar la brecha si las dos ideologías que las separaban alguna vez encontraran un punto de equilibrio.

Mientras Liliana se alejaba con la bandeja, dijo una pequeña oración. Sabía lo que estaba en juego para Cuba, tanto con los rusos como con los estadounidenses. Su lealtad a Cuba chocaba con su deseo de ver a su madre feliz. Distraída, se unió a José y Andrik en la veranda.

No se dio cuenta de cómo Andrik la miraba mientras se acercaba a ellos. No percibió los ojos de Andrik mientras recorrían su rostro hasta su largo y elegante cuello, luego hasta la curva de sus pechos mientras se inclinaba para colocar la bandeja sobre la mesa. No notó cómo sus ojos se movían hacia sus delicadas manos.

Él extendió la mano para saludarla, pero fue devuelto a la realidad por José que le pidió a Liliana se uniera a ellos. Podrían usar su experiencia, explicó mientras ella se sentaba en la silla junto a Andrik.

"He explorado este lado de la montaña," dijo José mientras

rodeaba áreas en el mapa. "Desde Baracoa, puedes acercarte a la montaña por el sur. El terreno es fácil, con muchos senderos para recorrer. He llegado tan lejos como he podido a pie. Un pequeño camino te llevará al norte de la montaña por el lado oeste," explicó José mientras trazaba un camino en el mapa con su dedo. Andrik y Liliana estaban hombro a hombro mientras se inclinaban para seguir su dedo.

"¿Qué hay en el lado este de la montaña?" preguntó Andrik.

"Ahí está la Cascada Saltadero," explicó Liliana mientras señalaba un lugar en el mapa. "El punto más alto de la montaña El Yunque abraza el acantilado junto a la cascada. Es imposible acercarse a la montaña desde el este porque no hay más que agua."

"¿Agua dulce?" preguntó Andrik.

"¿Agua dulce?" repitió José, sin entender.

"Si el agua es salobre, entonces la fuente es el Mar Caribe, filtrada por la piedra caliza en la zona, pero si es dulce, entonces la montaña es la fuente del agua," explicó Andrik.

"Piedra caliza," respondió José. Entendía la importancia de la piedra caliza, y por sus exploraciones, sabía que estaba por toda la montaña.

"Exactamente," dijo Andrik. "Necesitamos retroceder tus pasos y tomar muestras de la montaña. Las analizaré, y con suerte, encontraremos trazas de Oricalco."

"Esa es una buena idea. Liliana conoce bien la zona. Llévala contigo y ve qué puedes encontrar. Usa este mapa para crear una cuadrícula que cubra la montaña sin perder nada. Liliana catalogará cada muestra que encuentres y anotará en el mapa dónde la encontraste," instruyó Jose.

"Regreso a Rusia en seis meses para contarles lo que he descubierto sobre la fuente de Oricalco."

José asintió seriamente. Entendía lo que estaba en juego. "Bueno, tienes seis meses para salvarnos a ambos. Te sugiero que tú y Liliana empiecen mañana."

Trabajaron en el mapa durante el resto de la tarde y hasta la noche, creando cuadrículas que podían cubrir diariamente. José sugirió que usaran caballos para la expedición, a lo que ambos estuvieron de acuerdo. Liliana se excusó para despedirse de su madre y le pidió que preparara un almuerzo para su caminata al día siguiente. Andrik la estaba esperando en la entrada mientras ella cerraba la puerta. Salió de la sombra del árbol contra el que se apoyaba, fumando un cigarrillo.

"Hola," dijo nerviosamente.

"¡Oh!" exclamó una sorprendida Liliana, girando. Se habría caído hacia atrás si Andrik no hubiera atrapado su brazo.

"Lo siento mucho," dijo Andrik, excusándose. "No quise asustarte."

"No me asustaste. Solo me sorprendiste. No esperaba verte aquí," dijo mientras se alejaba de él.

La dejó ir.

"Esperaba poder acompañarte a casa," dijo tímidamente.

"¿Por qué? Yo conduje. Ese es mi jeep, justo allí." Liliana señaló el jeep, a no más de tres metros de donde estaban.

"Oh. Sí, lo veo," Andrik miró al suelo, avergonzado.

Sonriendo, Liliana se inclinó para mirar sus ojos cabizbajos. "Te recogeré a las siete de la mañana. Recuerda, iremos a la granja para buscar los caballos." Liliana se estaba divirtiendo mientras lo molestaba.

Él sonrió con tristeza mientras levantaba la cabeza para mirarla. "Sí, lo recuerdo."

Liliana vaciló sonriendo al encontrar su mirada, su aliento se detuvo en su garganta. Los ojos de Andrik, tan azules como el Mar Caribe, la mantenían cautivada. No pudo moverse por un momento, hipnotizada por la intensidad de su mirada. Él se hizo a un lado para dejarla pasar, pero ella permaneció arraigada en su lugar, incapaz de apartar la vista. Él se quedó allí, mirándola como si esperara que ella rompiera el silencio.

"Oh, sí, mañana. ¡Cierto!" respondió ella torpemente. Mientras se alejaba, no pudo evitar mirar en el espejo retrovisor. Andrik todavía estaba allí.

La mañana comenzó con un sol tan brillante que hizo que el cielo se viera aún más azul. Todo parecía resplandecer dondequiera que el sol lo tocaba. Liliana se sintió tan ligera como el aire cuando llegó a la casa de José. Esperándola estaba Andrik, cargando una mochila con una gran sonrisa en su rostro. Ella le devolvió la sonrisa mientras él saltaba al jeep, y se dirigieron hacia la granja. Se sorprendió al ver a Andrik ensillar su caballo.

"Pensé que tendría que enseñarte a montar," dijo ella en tono de burla. "No sabía que podías montar caballos en la tundra de donde vienes."

Andrik le sonrió diciéndole: "Crecí montando. Es una de mis actividades favoritas" respondió mientras montaba su caballo en un movimiento fluido de sus piernas y caderas.

"Maravilloso," murmuró ella mientras se subía a su caballo. "Entonces compitamos hasta el río en la base de la montaña. Desde allí será lento, así que mejor nos divertimos antes de que comience el trabajo," gritó mientras salía a galope en su caballo.

Andrik espoleó su caballo hasta un galope completo y llegaron al río juntos. Siguieron el mapa enrejado religiosamente. Andrik recolectó muestras en el camino, guardándolas en su mochila. Cada tarde, cuando hacía demasiado calor para estar afuera, regresaban al laboratorio en el complejo, donde él analizaba cada fragmento a través del lente de un microscopio mientras Liliana tomaba notas y catalogaba cada muestra. Andrik finalmente tuvo que traer un gran barril de metal para desechar las rocas ya que no lograron encontrar ningún rastro de Oricalco en las muestras recolectadas.

A medida que pasaban los meses, el camino se volvía más traicionero. En varias ocasiones, se bajaban de los caballos y continuaban a pie, caminando por un saliente de no más de tres pies de ancho que rodeaba el lado de la montaña. Nadie había estado nunca donde ellos estaban pisando, y la realidad desvaneció sus esperanzas. La montaña El Yunque parecía decidida a mantener sus secretos.

Contemplaron esto mientras yacían uno al lado del otro en la alta hierba junto al río. Acababan de bajar de la montaña. No había nuevas muestras en la mochila de Andrik. El día estaba caluroso, y estaban cansados y desanimados.

Liliana estaba estudiando su mapa. "Hemos llegado tan lejos como podemos en este lado de la montaña", anuncio.

"Y no hemos encontrado nada," gruñó Andrik. Se sentó y lanzó una piedra al río.

"Todavía nos queda el lado este de la montaña," dijo Liliana mientras tocaba su brazo. Él se relajó con su toque.

"No hay evidencia de Oricalco. Ni siquiera hemos encontrado rastros de él. No tengo idea de dónde está la mina, Liliana," sonó tan derrotado como se sentía. Al contemplar el rostro desanimado de Liliana, trató de hacerla sonreír. "Quizás el lado este de la montaña nos traiga mejor suerte."

"De tu boca a los oídos de Dios," dijo ella, sonriendo de vuelta a él.

"¿Dios? Los buenos comunistas no creen en Dios," bromeó él.

"¿Has conocido a mi madre?" preguntó ella juguetonamente.

"De hecho, sí," respondió él. "Nuestras madres se llevarían muy bien. Comparten muchas de las mismas creencias, independientemente de sus afiliaciones políticas."

"Esperemos que ambas estén en la buena gracia del Señor, y que Él nos ayude a encontrar la mina."

Al día siguiente, no se dirigieron hacia las montañas. En su lugar, espolearon a los caballos en un galope completo y se dirigieron hacia la Cascada Saltadero. El paseo fue impresionante. Las flores silvestres estaban en plena floración. A medida que comenzaban la suave subida hacia la cima de las cascadas, cada rincón y grieta de un verde vibrante contenía un toque de color deslumbrante, todo el espectro de la rueda de colores representado en toda su gloria. Fue una sobrecarga sensorial para Andrik, quien estaba acostumbrado a paisajes grises. Se sentía inmensamente feliz y empujó a su caballo a ir más rápido.

Liliana observó cómo él pasaba a toda velocidad. Nunca había estado en la cima de las cascadas y no conocía bien la topografía. Al darse cuenta de que Andrik no escuchaba sus gritos de advertencia, espoleó su caballo para seguir a Andrik. Llegó justo a tiempo para ver cómo el caballo de Andrik se detenía de repente mientras este salía expulsado sobre la cabeza del caballo. Gritando de horror, Liliana desmontó, corriendo hacia donde estaba el caballo de Andrik, que danzaba nerviosamente mientras aseguraba su apoyo en la oscura y fértil tierra. La espesa y densa vegetación ocultaba la caída empinada hacia el agua.

Cautelosamente ella miró por el borde. Una pequeña cascada caía de una falda de la montaña cubierta de vegetación, abriéndose a un estanque abajo. Angustiada, se agarró de una enredadera y miró hacia el agua. No había señales de Andrik. Descendió por el acantilado, aferrándose a la vegetación firmemente arraigada en la roca como si hubiera estado allí para siempre. Estimó que había llegado a la mitad del camino cuando Andrik emergió, inhalando una gran bocanada de aire.

"¡Andrik! ¡Andrik! ¿Estás bien?" gritó.

Mirando alrededor salvajemente, sus gritos detuvieron su ajetreo. "No bajes más, Liliana. Tienes que volver a subir," le gritó.

"¿Qué? ¿Por qué? ¿Estás herido?" le respondió con pánico en su voz.

"Estoy bien," dijo, tratando de calmarla. "No hay salida. Debajo del acantilado hay rocas impenetrables. La montaña nos rodea. Este estanque parece ser un receptáculo para la cascada. Parece no tener fondo, y no veo una salida excepto por donde entré," le gritó.

"¿Entré? ¿De qué hablas?" preguntó Liliana.

"¿Puedes volver a subir?" le gritó Andrik. Al asentir, él continuó: "Sube de nuevo y toma la cuerda atada a la silla de mi caballo. Busca un árbol al que atarla, luego tírala hacia abajo."

"¿Es lo suficientemente larga, Andrik?" preguntó mientras comenzaba a subir de nuevo por el acantilado.

"Es una cuerda de cincuenta pies; según mis cálculos, debería llegarme justo," respondió.

Liliana se apresuró a la cima. Acarició al caballo asustado para calmarlo y agarró la cuerda atada a la silla. Con los ojos desorbitados y temblando, miró alrededor en busca de un árbol resistente para anclarla. Al encontrar uno, ató la cuerda de forma segura, corriendo de regreso al borde con el extremo de la cuerda en la mano. Pero subestimó su apoyo y cayó al agua junto a Andrik. Fuertes brazos la agarraron y la levantaron. Rompió la superficie, tosiendo y jadeando.

"¿Liliana? ¿Liliana? ¡Respóndeme! ¡Liliana, por favor!" Andrik estaba aterrorizado.

"Estoy bien. Estoy bien," jadeó mientras Andrik la sostenía con fuerza. No se había dado cuenta antes, pero había una pequeña cala con una playa diminuta frente a él. Sosteniendo a Liliana con un brazo, nadó hacia ella. El agua estaba helada, y su cuerpo sentía los efectos del agua fría. Podía oír los dientes de Liliana castañeteando. Acunándola, la levantó del agua y la colocó sobre la suave hierba. Miró alrededor en busca de leña para encender un fuego. Los cigarrillos en su bolsillo estaban destruidos, pero el encendedor aún funcionaba, y en poco tiempo encendió una fogata. El agua fría paralizaba a Liliana. Nunca había sentido tanto frío. Andrik se arrastró hacia ella, quitándose la ropa. Al llegar a ella, la tomó en sus brazos y comenzó a quitarle la ropa. Sus dientes castañeteaban demasiado para decir algo, pero Andrik pudo ver el pánico en sus ojos y se detuvo.

"Tengo que calentarte, Liliana. El fuego no es suficiente. Usaremos nuestro calor corporal para calentarnos, ¿sí?" imploró. "Por favor confía en mí. Nunca te deshonraría."

El ligero movimiento de su cabeza le indicó que continuara. La giró hacia el pequeño fuego y la cubrió con su cuerpo. La meció de un lado a otro, tratando de calmar sus miedos y confortarla mientras sus cuerpos se calentaban. Lentamente, ella se giró en sus brazos para mirarlo. Sus ojos se encontraron, y Andrik en ese momento supo que estaba enamorado de ella.

Liliana nunca se había sentido así antes. De hecho, no sabía lo que sentía, pero entendía que todo tenía que ver con Andrik. Ella suavemente tomó su rostro entre sus manos y llevó sus labios a los de él. La chispa de amor se encendió, y su beso se profundizó. Fue Andrik quien se apartó primero, abrazándola cerca de él.

"Te amo," dijo él.

"Te amo," repitió Liliana mientras se acomodaba en sus brazos. "Pero, ¿vamos a pasar el resto de nuestras vidas aquí, o nos sacarás de este lugar?"

Andrik comenzó a reír, y expresó: "Para salir de aquí, debemos volver al agua y nadar hasta la cuerda. Luego, escalar cincuenta pies por el costado de ese acantilado. ¿Estás lista para hacer eso?" preguntó.

Liliana sacudió la cabeza en señal de no y se acurrucó más en sus brazos. Él besó tiernamente su cabeza y disfrutó de tenerla tan cerca. Había soñado con esto desde el momento en que la conoció, y ahora que estaba aquí, no tenía prisa para renunciar a ello. Se acurrucaron juntos, calentándose cerca del pequeño fuego. Finalmente, Andrik se recostó, con un brazo detrás de su cabeza y el otro alrededor de Liliana. Miró pensativamente al cielo.

"Fallé Liliana, no sé dónde está la mina. No pude encontrar ninguna evidencia de ella por acá," dijo desalentado, pensando que su fracaso lo alejaría de la mujer que amaba.

"Ambos hemos fallado, mi amor."

Él volvió a mirarla. "No quiero que esto me aleje de ti. Debo regresar a Rusia y decirles que no sé dónde está la mina. Sin esa mina, Rusia abandonará esta isla tan pronto como no tenga nada más que dar."

Liliana levantó la cabeza, apoyándose en su mano para mirarlo. Sus pechos rozaron su cuerpo, y él se cubrió con sus pantalones, alejándose. No quería asustarla con su creciente deseo por ella.

"Entonces, no les digas," dijo Liliana mientras él se dio la vuelta para mirarla. Tenía su atención. "Diles que solo quedan unas pocas hojas, y que ya has comenzado a buscar la mina. Dales solo lo suficiente para satisfacerlos para que te envíen de vuelta a mí. Encontraremos una manera de hacer que esto funcione juntos, pero tienes que darnos algo de tiempo."

"¿Qué pasa cuando regrese a ti, Liliana?" preguntó con esperanza.

"¿Qué quieres que pase cuando regreses a mí?" preguntó coquetamente.

"Quiero casarme contigo," murmuró él, su voz baja y llena de deseo. "Quiero pasar cada noche abrazándote, besándote, haciendo el amor contigo—y construyendo nuestro futuro juntos." Acortó la distancia entre ellos, sus labios encontrando los de ella en un beso que prometía todo.

Ella devolvió su beso. "Vuelve a mí, y nos casaremos, Andrik. Pero primero, tienes que sacarnos de aquí."

"En un minuto," respondió él, besándola apasionadamente.

"Si no nos vamos pronto, Andrik, no podré llevar blanco en nuestro día de boda," respiró ella mientras salían a la superficie. La pasión no correspondida ardía en sus ojos, y Andrik se dio cuenta de que ambos estaban muy cerca del punto de no retorno. A regañadientes, la dejó ir y se levantó, sus pantalones cayendo al suelo. Liliana apartó la mirada mientras Andrik se agachaba a recogerlos, pero él vio una sonrisa en su rostro, y su corazón se aceleró.

Se vistieron rápidamente, y juntos, nadaron de regreso a la cuerda. Andrik subió mientras Liliana lo seguía lentamente, la levantó y la llevó a sus brazos cuando ella se acercó a la cima. Estaban congelándose de nuevo, pero el sol estaba alto en el cielo, secando su ropa. No habían encontrado la mina, pero se habían encontrado el uno con el otro, y eso era suficiente por ahora.

Montaron los caballos de regreso a la granja. José los invitó a unirse a él para cenar. Carmen se sentó con ellos mientras le informaban a José las malas noticias.

El corazón de José latía aceleradamente mientras Andrik le informaba que no había evidencia de una mina cerca o alrededor de la montaña. Se perdió las miradas amorosas y anhelantes que se intercambiaban Andrik y Liliana, pero Carmen no. Cuando Andrik terminó su informe, Carmen se volvió hacia él.

"¿Qué vas a hacer con esta información?" preguntó Carmen casualmente.

De nuevo, no se perdió la mirada entre Andrik y Liliana. "Regresaré a Rusia," comenzó Andrik. "Les diré cuántas hojas de Oricalco nos quedan y que estamos buscando la mina."

José se acomodó en su silla. "¿Vas a mentirle al Politburó? ¿Estás loco? Te matarán si descubren que los has engañado intencionalmente," le gritó José a Andrik.

"¡No estoy mintiendo, José! Estoy comprando tiempo. Cuando regrese a Rusia, les daré un conteo exacto de cuántas hojas de Oricalco le quedan a Cuba para vender. Eso establecerá una fecha de caducidad en sus mentes. Necesito darles algo, así que continuaremos buscando la mina. Castro está cortando todos los lazos con el Occidente, y si Rusia se aleja, Cuba caerá en la hambruna y la enfermedad. No puedo permitir que eso suceda."

"Estás haciendo un juego peligroso con tu vida, Andrik. ¿Por qué?" preguntó Carmen.

Andrik no dudó. "Mi futuro está aquí. Regresaré de Rusia, y con su bendición, me casaré con su hija. Luego, construiré una vida en Cuba con la mujer que amo."

Liliana extendió su mano hacia él mientras Carmen y José observaban.

José miró a Carmen. "¿Cuándo sucedió eso?" preguntó incrédulo.

"¡Mientras tu nariz estaba enterrada en un libro! ¿Qué esperabas que sucediera cuando los enviastes solos? Andrik ha tenido ojos para mi hija desde el momento en que la vio," respondió Carmen brevemente.

José continuó luciendo perdido, para gran molestia de Carmen. ¡Hombres! Pensó. ¿Cómo podrían ellos manejar el mundo?

"¿Mamá?" preguntó Liliana. "¿Nos darás tu bendición para casarnos?"

"Si Andrik regresa de Rusia en una pieza y quiere casarse contigo, les daré mi bendición. Pero entiende esto: vienen de mundos diferentes, y su amor puede no ser suficiente para unirlos. Respeto el deseo de Andrik de hacer de Cuba su hogar. Pero recuerda, ambos viven bajo regímenes donde sus vidas no son suyas para controlar. Liliana, debes estar lista para dejar Cuba y seguirlo a Rusia si es allí donde la vida te lleva. Piensa cuidadosamente en las consecuencias de esta unión antes de comprometerte," le advirtió Carmen.

Andrik y Liliana se miraron, sosteniendo la mirada del otro, buscando en las profundidades las seguridades que necesitaban. Al encontrarlas, asintieron.

"Entonces, buena suerte en Rusia, amigo mío," dijo José mientras extendía su mano hacia la de Andrik. "Parece que tu futuro depende de qué tan bien puedas convencer a las autoridades rusas de lo que está sucediendo en Cuba servirá a sus intereses."

Andrik condujo a La Habana y partió hacia Moscú dos días después. Aterrizó en Moscú, de regreso al gris que ahora se dio cuenta que odiaba. Todo lo que quería hacer era entregar su informe y volver a Cuba.

La reunión con sus superiores fue más apresurada de lo que esperaba. Todos parecían distraídos, y Cuba no era un tema en el que querían pasar mucho tiempo. Leonid Brezhnev y Alexei Kosygin estaban en una lucha de poder por el corazón y el alma de la Unión Soviética. El Politburó, el Comité Central y otros organismos gubernamentales esenciales estaban inmersos en una lucha por el poder. La jerarquía soviética creía en el liderazgo colectivo, pero esta lucha de poder fracturó la estructura del partido establecida y amenazó sus principios de liderazgo colectivo. Andrik caminó directamente al centro de esta dinámica.

Presentó su informe y lo sometió oficialmente al 'Archivo de Cuba'. Lo elogiaron por su buen trabajo y, dentro de una semana, lo enviaron de regreso a Cuba. José lo recibió en La Habana, y discutieron este último desarrollo mientras regresaban a Baracoa, acordando que ahora tenían tiempo para encontrar la mina.

José entregó a Andrik en los brazos esperanzados de Liliana, y su ceremonia de boda fue emotiva y llena de alegría. José estuvo al lado de Andrik como su padrino, y los brindis fluyeron, especialmente uno en memoria de su amigo fallecido Serge. Andrik levantó su copa, agradeciendo en silencio a su mentor por la extraordinaria vida que le había dado.

A medida que la noche terminaba, los recién casados se escabulleron, dirigiéndose a su nuevo hogar—una encantadora cabaña que Liliana había descubierto situada en el borde del mar Caribe. Andrik llevó a su novia sobre el umbral y directamente a su dormitorio. Tres días después, regresaron al complejo y fueron recibidos con los vítores y bromas de sus seres queridos. Aunque todavía estaban técnicamente en su luna de miel, ensillaron caballos y montaron hacia la cascada secreta, su lugar favorito.

Siete meses después, viajaron a La Habana para recoger al sobrino de Liliana, que venía de Jamaica para visitar a su abuela y su tía. Fue una ocasión trascendental—la primera vez que el sobrino de Liliana regresaría a Cuba desde que era un bebé. Esa noche, mientras yacían uno en los brazos del otro, Liliana compartió una maravillosa noticia a Andrik: estaba embarazada.

CAPÍTULO 10

¡EL HIJO PRÓDIGO REGRESA!

Steven Henriquez soltó un profundo suspiro mientras miraba al niño de diez años en el asiento a su lado. El nombre del niño era Gabriel. Steven estaba sumamente preocupado ya que no podía deshacerse de su inquietud sobre el plan de Matteo de enviar al niño de regreso a Cuba—ni siquiera por una corta visita.

Steven y Matteo Nasaré eran viejos amigos y socios comerciales hacía muchos años, pero no había duda de la presión en el pecho de Steven. Su familia tenía el contrato exclusivo para vender vehículos Ford en Cuba, un acuerdo posible gracias a la influencia de Matteo en el gobierno del dictador Fulgencio Batista. Pero a medida que la revolución se extendía por Cuba, todo cambió. Matteo había cerrado la concesionaria y, utilizando sus conexiones, envió todos los coches de vuelta a Steven. Eso salvó a la familia Henriquez de una devastadora pérdida financiera.

A cambio, Steven había ofrecido a Matteo el uso del nombre y legado de su familia—un regalo que Matteo había aceptado con gratitud. Con ello, Matteo y su familia huyeron de Cuba bajo nuevas identidades jamaicanas, todas con el apellido Henriquez. Había sido su salvación. Ahora, Gabriel estaba usando ese mismo pasaporte para hacer su propio viaje de regreso a Cuba.

Pero Steven no podía deshacerse de la sensación de que era una apuesta peligrosa que podría costarles a todos de maneras que no podían prever.

Gabriel Nasaré, de diez años, besó a sus padres y abuelos para despedirse, ofreciéndoles una valiente sonrisa mientras subía al coche con su tío. La semana en Jamaica había sido divertida, pero Gabriel podía sentir la corriente subyacente de preocupación que se aferraba a su familia. No entendía por qué no venían con él a Cuba o lo enviaban solo. Viajar sin ellos lo ponía nervioso, pero se contuvo, sin querer añadir a la creciente tensión.

El viaje al Aeropuerto Internacional Norman Manley de Kingston se prolongó, el paisaje difuminándose en una bruma. La voz del tío Steven rompió el silencio, aguda e insistente. "Escucha con atención, Gabriel. Tienes que recordar cada palabra de esta historia. ¿Entiendes?"

Gabriel asintió, su estómago se revolvió al encontrarse su mirada con la de su tío.

"Dímelo de nuevo. Todo." dijo Steven.

El peso de las palabras se asentó sobre Gabriel como una pesada carga. Repitió la historia, cada oración implicaba una salvación, pero la incertidumbre lo carcomía. ¿Porqué era tan importante? ¿Qué le esperaba realmente en Cuba?

"Ahora repítelo para mí, solo en español," instruyó su tío.

"Sí, mi nombre es Gabriel Henriquez. Vivo en Panamá. Mi familia es originaria de Jamaica, donde han vivido durante ocho generaciones. Mi bisabuelo dejó Jamaica para trabajar como ingeniero en el Canal de Panamá. Viajó allí con su hermano y dos primos, pero cuando los demás regresaron a Jamaica, el decidió quedarse en Panamá.

"Bien," dijo Steven, satisfecho con la recitación.

"¿Por qué tengo que contar esta mentira? No quiero ir a Cuba,"

Gabriel solo pudo expresar su aprehensión a su tío. No pudo atreverse a decírselo a sus padres.

Steven suspiró mientras miraba al niño.

"Un día, tu padre te explicará todo cuando sea el momento adecuado. Pero hasta entonces, tienes una abuela y una tía en Cuba, y es hora de que las conozcas. Solo son cuatro semanas, y cuando regreses a Jamaica, te llevaré de vuelta a Miami," Steven no estaba seguro de qué decirle al niño.

Sus palabras no hicieron nada para aliviar los miedos de Gabriel. "Ya tengo una abuela, Nini. ¿Por qué necesito otra?" preguntó Gabriel, mirando por la ventana.

"Cuba es una parte importante de tu historia, Gabriel. Un hombre no sabe a dónde va hasta que entiende de dónde viene. Apreciarás este viaje cuando seas mayor," prometió Steven. "Ahora, repite la historia para mí otra vez."

Steven guió a Gabriel al mostrador de inmigración cubano, sus pasos firmes mientras hablaba un español impecable. "Solo estoy dejando a mi primo. Él tomará el vuelo a La Habana," explicó con suavidad.

El oficial de inmigración echó un vistazo al pasaporte de Gabriel y reconoció inmediatamente el apellido—Henriquez. El nombre tenía peso. La familia era bien conocida en Jamaica, y sus lazos con Panamá y Jamaica estaban bien documentados. El oficial no dudó, aceptando la historia de Steven sin cuestionarla.

El programa de intercambio de verano de Cuba con Jamaica, establecido hacía muchos años por Fidel Castro y el primer ministro de Jamaica, fue diseñado para fortalecer los lazos entre las dos naciones—vecinos cercanos con profundos lazos históricos. La relación de Cuba con Panamá era igualmente fuerte, con Fidel Castro y el líder de Panamá compartiendo una profunda camaradería. Al no ver nada fuera de lo común, el oficial asintió y los dejó pasar.

Steven soltó el aliento que estaba conteniendo cuando el oficial estampó el pasaporte y prometió que cuidarían bien del joven.

Lo abrazó. "Mantente fiel a tu historia y trata de disfrutar. Tienes la oportunidad de conectar con tu pasado. Te prometo que serás un mejor hombre por ello."

Gabriel asintió mientras se despedía con un abrazo de su tío. A veces, los adultos a su alrededor hablaban en acertijos que estaba seguro de que nunca entendería, incluso cuando creciera. Siguió al oficial de inmigración hacia la sala de embarque sin mirar atrás y esperó para abordar el corto vuelo de Cubana a La Habana.

A medida que el avión comenzaba su descenso, Gabriel vio el famoso malecón. La Avenida de Maceo se extendía por cinco millas a lo largo de la costa de La Habana. Su alto muro de contención había protegido a la ciudad del Mar Caribe desde 1901. Ver las olas chocar contra el muro fascinaba a Gabriel. Se inclinó hacia adelante en su asiento para ver mejor a través de la pequeña ventana y sintió la atracción de su hogar en lo profundo de su corazón. Su miedo lo abandonó, y la curiosidad ocupó su lugar. Al salir del avión, la azafata tomó su mano y lo guió a través del aeropuerto. Dondequiera que miraba, había grandes imágenes de los héroes revolucionarios de Cuba.

Se detuvo a mirar la foto de Fidel Castro, leyendo la breve descripción de cómo Este liberó al pueblo cubano. La azafata esperó mientras él leía. No quería que la vieran apresurando a un niño lejos de aprender sobre El Comandante, pero tenía prisa. Quería llegar a casa con su familia con la comida y los regalos que compró en Jamaica que había guardado en su maleta de viaje. Si la atrapaban con la mercancía de contrabando, perdería su trabajo y su familia pasaría hambre. Impacientemente, tiró de la mano de Gabriel, y él la siguió a regañadientes más allá de imágenes similares de Camilo Cienfuegos, Celia Henriquez, Huber Matos y otros, incluido el Che Guevara.

Gabriel vio los zapatos de su tía antes de verla. Escuchó la voz que sonaba como la de su madre mientras sus ojos viajaban a su rostro. Ella era tan hermosa como su madre. Tenía el mismo cabello largo, tan negro que parecía azul cuando el sol lo iluminaba. Se relajó cuando ella se volvió para sonreírle. Reconoció la sonrisa. Ella tomó su mano, y él reconoció su toque. Conocía a esta mujer, y se sentía seguro. Se sentía en casa. Ella le habló en español, y tuvo que concentrarse para seguir lo que decía. Se recordó a sí mismo que solo podía hablar español allí. Ella lo llevó a un coche donde un hombre fumando un cigarrillo los esperaba. Era muy alto, con cabello rubio-blanco y ojos azules. El extraño saludó a la tía de Gabriel con un beso y sonrió a Gabriel mientras tomaba su pequeña maleta. Este hombre no es cubano, pensó Gabriel. También hablaba español con un acento curioso. Su tía presentó al hombre como el Tío Andrik, explicando que estaban casados. Gabriel no dijo nada, pero asintió, indicando que entendía.

Por mucho que La Habana lo fascinara, el campo era donde su corazón crecía y se expandía. Nunca había visto nada como Cuba. Jamaica era una isla mucho más pequeña. Miami era una gran ciudad, y no existía campo en ninguna parte allí. Podías conducir todo el día y la noche en Cuba y nunca ver la misma cosa dos veces. Estaba hipnotizado. Captó destellos de las hermosas playas a lo largo de la costa mientras pasaban por cuevas ocultas, cascadas precipitadas, granjas de café, coco y cacao. Finalmente, pasaron por el pueblo de Baracoa. Vio casas coloniales coloridas a medida que se acercaban al distrito del Malecón. Estaba fascinado por el Parque Martí, una plaza rodeada de puestos callejeros y tiendas mientras los lugareños jugaban dominó y ajedrez de manera ferozmente competitiva. Su tía señaló el Museo Arqueológico, donde trabajaba, y prometió llevarlo allí. Antes de que se diera cuenta, estaban entrando en el camino de una villa que daba al Mar Caribe. Miró a su tía, "Nunca he visto agua tan azul como esta. Es increíble," dijo en español.

"Por eso me enamoré de esta casa. El mar me recuerda el color de los ojos de tu tío."

Gabriel sonrió a Liliana antes de volverse a mirar a su tío. No parece un cubano, pensó de nuevo. Su abuela lo estaba esperando mientras él entraba. La abrazó con devoción cuando ella lo envolvió en sus brazos. Las lágrimas de su alegría cayeron sobre él mientras lo cubría de besos.

"¡Estoy tan feliz de verte, hijo mío! Mira lo grande que has crecido. Ya no puedo llevarte en mis brazos," exclamó Carmen.

Gabriel le sonrió, pero sus ojos fueron atraídos por el azul brillante del Caribe, asomándose desde el borde de la veranda. Anhelaba una vista más cercana y esperaba que hubiera una playa cercana donde caminar y pudiera nadar en el mar. Deslizándose de los brazos de Carmen, dio unos pasos hacia la veranda, y ella lo siguió de cerca mientras él se dirigía hacia afuera.

"Hice todos los platos favoritos de tu madre para la cena: empanadas, arroz con pollo, boniato con mojo y cocido de garbanzos," enumeró.

"Me encantan los moros y cristianos con maduros. Ese es mi favorito," respondió distraídamente.

Carmen se detuvo y lo miró. "Ese también es el favorito de tu madre," susurró.

Algo en el tono de Carmen hizo que Gabriel se detuviera y se volviera hacia ella. Lo que dijo la molestó, pero no entendía por qué. "¿Cómo te llamo?" le preguntó.

Carmen se secó los ojos y tomó su mano. "Puedes llamarme Nini."

"No," dijo. "Mi otra abuela es mi Nini. No puedo llamarte así."

Carmen miró la pequeña mano que sostenía. Solo había conocido a Elena y Diego como sus abuelos. Su viejo amigo y patrón eran su cariñosa Nini y Bao. Carmen no podía y no quitaría eso de él. Estaría eternamente agradecida con ellos por el amor que le habían mostrado a su nieto.

"Puedes llamarme Abuela," dijo ella alegremente.

Gabriel la miró de nuevo y le dio un beso en la mejilla. "Te llamaré Abuelita porque eres tan bajita."

Ella se rió.

Mientras Gabriel corría, gritó: "Espero que tengas pastelitos de guayaba o arroz con leche de postre. Esos también son mis favoritos."

Carmen juntó las manos y las sostuvo contra su corazón. Liliana estaba a su lado y escuchó a su madre susurrar: "Esos eran los favoritos de tu madre."

Lilliana no quería interrumpir esta feliz reunión entre su madre y su nieto, así que esperaría hasta que Gabriel saliera de Cuba para contarle a Carmen sobre su embarazo. Pusieron la cena en la mesa y vieron a Andrik traer a Gabriel, prometiendo que nadarían mañana por la mañana.

"¿Eres de los que se levantan temprano?" preguntó Andrik mientras comían. "Siempre nado por la mañana antes de ir a trabajar. A tu tía no le gusta nadar tan temprano porque el agua está demasiado fría, pero yo creo que es la temperatura perfecta," le guiñó un ojo a su sobrino mientras decía esto.

Gabriel sonrió de vuelta, "¿Hace frío de donde vienes?" preguntó inocentemente.

Andrik y Liliana se miraron nerviosamente. No querían que Gabriel supiera cuántos rusos vivían y trabajaban en Cuba.

"Vengo del lugar más frío de la tierra," bromeó Andrik.

"¿El Polo Norte?" preguntó Gabriel, intrigado. "¿Donde vive Santa Claus?"

"Así es," respondió Andrik, sin estar seguro de a dónde iba la conversación.

"Entonces, ¿qué haces aquí, casado con mi tía? ¿Qué trabajo haces?" preguntó Gabriel, fascinado con la confesión de Andrik. Nunca había estado en un lugar frío, y vivir donde vivía Santa Claus tenía que ser el lugar más frío del mundo. "¿Has visto nieve? Nunca he visto nieve. ¿Cómo se siente? ¿Qué tan frío se pone en el Polo Norte?" Gabriel ya se había distraído con las muchas preguntas que pensaba hacerle a su misterioso tío.

Riendo con aprehensión, Andrik sonrió a su sobrino. "Bueno, cuando vayamos a nadar mañana por la mañana, descubrirás cómo se siente."

Liliana suspiró aliviada y miró a su madre. Tenían que tener cuidado con este niño. Era curioso e inteligente, dos rasgos que podrían meterlos a todos en problemas.

Su abuela y su tía controlaron cuidadosamente sus movimientos durante los siguientes dos meses. A Gabriel le encantaba ir a trabajar con su tía. El museo era fascinante. No solo albergaba artefactos precolombinos y tesoros de civilizaciones pasadas, sino que el museo también estaba frente a un denso bosque que pedía ser explorado por un niño de diez años con una imaginación activa. El bosque escondía una red de cuevas utilizadas para rituales y ceremonias, incluyendo los restos humanos exhibidos en el museo. Todo esto alimentó la imaginación de Gabriel, y tuvo el mejor momento de su vida.

Con su abuela, exploró la ciudad de Baracoa. En el lado este del Malecón se erguía un monumento de piedra erigido para marcar el descubrimiento de la zona por Cristóbal Colón. Su abuela le enseñó la historia del pueblo explicándole que Baracoa estaba entre los primeros lugares donde los europeos desembarcaron en el Nuevo Mundo. Los invasores españoles nunca pudieron deshacerse completamente de la población indígena de la zona. Sus descendientes aún vivían en Baracoa, añadiendo a la diversidad del pueblo. Con inmenso orgullo, Carmen le explicó a su nieto que eran descendientes del Rey de los Taínos, parte de la nación Arawak que había llamado al Caribe su hogar desde que comenzó el mundo. Cuba estaba en su sangre, y no importaba a dónde fuera, siempre sentiría la llamada de Cuba regresando a sus costas.

A Gabriel le encantaba el monumento de piedra dedicado a Cristóbal Colón. El monumento de piedra cordonado vigilaba la Playa Boca de Miel, una oscura playa de arena marcada con protuberancias rocosas y un mar enfurecido que podía desgarrar los pies. Era el lugar favorito de Gabriel en Baracoa. Siempre que extrañaba a sus padres y abuelos, escapaba a la playa, miraba al mar y recordaba que Cuba era parte de él tanto como Jamaica y los Estados Unidos. La playa rocosa confortaba y calmaba su alma de diez años.

Antes de que se diera cuenta, su tiempo en Cuba estaba llegando a su fin. Mañana partiría hacia La Habana con su tío Andrik para tomar el vuelo a Jamaica. Como había hecho desde la primera mañana que despertó en Cuba, fue a nadar con su tío. No le gustaba el agua fría por la mañana temprano, pero amaba la sensación estimulante que le daba durante todo el día. Así que, cada mañana, seguía a Andrik a la playa frente a la villa y caminaba resueltamente hacia las frías aguas, sumergiéndose profundamente en su abrazo helado. Hoy, flotó en las olas y observó el amanecer sobre las montañas.

"Estás callado esta mañana, no gritando y aullando tan pronto como sales a la superficie," observó Andrik.

"Voy a extrañar esto. No tengo nada igual en casa. Donde vivo, es ruidoso, ocupado y en constante movimiento. Me gusta el silencio. ¿Es por eso que vives aquí, tío Andrik?" preguntó Gabriel inocentemente.

Andrik miró al joven. Le gustaba mucho. Entendía por qué su tía y su abuela lo extrañaban, a pesar de que era un bebé cuando se fue. Era un niño notable—amable, reflexivo y perspicaz. Sería una fuerza a tener en cuenta cuando llegara a la adultez.

"Vivo aquí porque todo lo que amo está aquí," respondió Andrik en voz baja, preparándose para la lluvia de preguntas. No había querido ser tan vulnerable y desprotegido con el niño..

Gabriel miró el perfil de su tío: rasgos afilados, nariz distintiva, mentón fuerte y mirada feroz. Sabía que su tío tenía secretos. Nunca invitaba a Gabriel a visitarlo en el trabajo ni hablaba de ello. El padre de Gabriel le pidió que prestara atención durante esta visita y determinara cuántos rusos viven en Cuba. Gabriel entendió que su tío era ruso.

"Puedo entender eso," respondió Gabriel.

Andrik se volvió hacia él.

Mientras se ponían de pie para irse, Andrik lo abrazó. "Seré el hombre más feliz si algún día tengo un hijo como tú." Se inclinó y besó la parte superior de su cabeza.

El viaje de Gabriel de regreso a Jamaica fue sin incidentes. Al día siguiente, partió hacia Miami con su tío Steven. Sus padres y abuelos estaban encantados de verlo. Escuchó a su tío decirle a su padre que los pasaportes nunca habían sido cuestionados en Jamaica o Cuba. Esa noche, Gabriel compartio con su familia las vistas y sonidos de una Cuba que extrañaban desesperadamente. Cuando llegó la hora de dormir, se metió entre sus padres y se acomodó en los brazos acogedores de su madre.

"La tía Liliana está casada," comenzó con vacilación. "Mi tío es un buen hombre. La ama y es muy bueno con Abuelita." Gabriel sorprendió a sus padres con esta noticia.

"¿Se casó con un hombre de Baracoa?" preguntó Gloria inocentemente, acariciando suavemente su cabeza.

Gabriel respiró hondo antes de responder. "No, se llama Andrik Dulka, y creo que van a tener un bebé." Sintió que el cuerpo de su madre se tensaba, y supo que sus padres se estaban mirando por encima de su cabeza. "Descubriré más cuando regrese el próximo verano," prometió.

CAPÍTULO 11

GABRIEL HENRIQUEZ

Fidel Castro gastó el dinero que recibió de Rusia en infraestructura y aprovisionar al pueblo de Cuba. Con Rusia protegiéndolo, se volvió audaz y declaró a Cuba un estado socialista, enfureciendo a los estadounidenses. José trabajó para desenterrar las hojas de Oricalco, y los envíos salían del puerto de La Habana hacia Rusia cada tres meses, regresando con comida, medicina y materias primas para construir la visión de Fidel de Cuba.

No pasó mucho tiempo para que el gobierno de los Estados Unidos se diera cuenta de los envíos. Su frecuencia alarmó al presidente de los Estados Unidos, John F. Kennedy, y exigió que la CIA averiguara qué estaba sucediendo. Solo pudieron determinar que los barcos habían llegado completamente cargados de Rusia y salieron de Cuba con una carga que no podían identificar. Los pocos espías que tenían en Cuba no pudieron determinar qué se enviaba a Rusia, pero descubrieron que los envíos se originaban en la provincia de Guantánamo, en el lado más oriental.

La CIA estaba tan intrigada como para respaldar a mil quinientos exiliados opuestos a Fidel Castro en lo que se llamaría la invasión de Bahía de Cochinos en 1961. La ira de Fidel Castro no conocía límites.

Su reacción fue rápida y viciosa mientras aplastaba la oposición rebelde en la Bahía de Cochinos y en toda Cuba con una ferocidad que solidificó su posición de liderazgo.

"¡Esta isla se hundirá en el mar antes de abandonar los principios del marxismo y el leninismo!" declaró Fidel en un discurso ardiente. Su odio hacia Estados Unidos se intensificó. A medida que esta nación impusiera un embargo comercial total a Cuba y utilizara su influencia para que esta fuera suspendida de la Organización de Estados Americanos, Castro utilizó la fallida invasión militar para convencer a Nikita Khrushchev de enviar treinta y seis ojivas nucleares a Cuba. Todas estas apuntaban a su enemigo, los Estados Unidos de América.

El mundo contuvo la respiración mientras los misiles nucleares soviéticos en Cuba provocaban un enfrentamiento entre Washington y Moscú. Al borde de una tercera guerra mundial, luchada con armas nucleares, prevalecieron las cabezas más frías mientras Fidel gritaba a los cielos para destruir a su enemigo de una vez por todas. Sin embargo, la Unión Soviética acordó retirar sus misiles siempre que los Estados Unidos acordaran no invadir Cuba y levantar el bloqueo impuesto a la isla. Fidel estaba furioso cuando las dos superpotencias mundiales firmaron el acuerdo.

"¿Cómo puede Rusia abandonar este camino? ¡Tenían la oportunidad perfecta de destruir al malvado imperialista de una vez por todas, y se inclinaron! Se arrodillaron ante el diablo, José. No son los socios que esperaba que fueran," dijo Fidel, caminando por la veranda de la casa de José. Su ira y decepción no podían ser apaciguadas. José había sido testigo de las brutales acciones de su amigo a lo largo de los años que tuvo el poder y se dio cuenta de que el estado de ánimo de Fidel era peligroso y pondría en peligro la vida de muchos cubanos.

"¡Fidel, el mundo está al borde de una guerra nuclear! La destrucción de Estados Unidos también habría sido nuestra destrucción. ¿No puedes ver eso? ¿Tu odio te ha cegado tanto que ayudarás a provocar tu propia caída?" José intentó razonar con él, pero Fidel lo interrumpió con un gesto.

"El pueblo de Cuba me ama. Les he dado todo lo que siempre han querido. Me seguirían hasta el infierno," exclamó Fidel con dureza.

José se compuso antes de responder. "Cuba ha estado luchando por la libertad durante generaciones. Les has dado médicos y escuelas, y sí, te están agradecidos, pero no les has dado su mayor deseo. Quieren ser libres para vivir sus vidas."

"¿Libre?" se burló Fidel. "¿Qué es la libertad? La libertad es una ilusión. Rusia me ha enseñado eso. El pueblo de Cuba entiende una mano firme. Harán lo que se les diga mientras tengan lo que quieren. Son como niños, José."

"Te estoy advirtiendo, amigo mío, estás perdiendo el contacto con los sueños de la gente. Te ven como un dictador y dejarán de amarte por eso," advirtió José. "Cuando llegaste al poder, prometiste restaurar nuestra Constitución y respetar las libertades y derechos de todos los cubanos, pero no lo has hecho. Nos has sumido en el comunismo, y ahora quieres pelear guerras que el pueblo cubano no quiere pelear..."

"¡Detente! Estás acercándote a una línea que no quieres cruzar—una línea que ni siquiera nuestra amistad te protegerá." La voz de Fidel era peligrosamente baja.

"¡Tío Fidel! ¡Tío Fidel!" Un chillido emocionado rompió la tensión entre ellos. Isabella se lanzó a los brazos de su padrino, envolviendo sus brazos alrededor del cuello de Fidel mientras él la atrapaba.

"¡Mi hermosa Bella! Creces cinco pulgadas más alta y más hermosa cada vez que te veo," dijo Fidel mientras la abrazaba.

"¿De verdad?" preguntó Isabella seriamente, sosteniendo su cara contra la suya con sus pequeñas manos. "Entonces necesitas venir a verme más a menudo. Te extraño tanto, Tío. Te quiero, Tío; te quiero. Te quiero," gritó, llenando su cara de besos.

"Eres el amor de mi vida, mi hermosa Bella. Cuando seas lo suficientemente mayor, vendrás a La Habana y vivirás conmigo mientras asistes a la universidad, ¿no es así, mi preciosa niña? Deja a tu viejo padre con sus libros polvorientos y ven a divertirte conmigo en la gran ciudad." Fidel siempre obtenía esta promesa de Bella cuando la veía, para su deleite.

Ella se rió mientras él frotaba su barba contra su mejilla. "Lo prometo, Tío."

"Al menos alguien aquí me ama incondicionalmente," le lanzó una mirada amenazante a José.

José bajó la cabeza mientras Fidel dejaba a su hija en el suelo y le daba un beso en la cabeza. Ella corrió hacia su padre, abrazando sus piernas. "Un pueblo que ama la libertad, al final, será libre," dijo José, sin mirar hacia arriba mientras su mano encontraba la mano de su hija.

"¿Me estás citando?" preguntó Fidel.

José miró a su amigo más antiguo en el mundo. "No, Simón Bolívar."

"Entonces, de un revolucionario a otro, ¡brindemos!" gritó Fidel.

LOS AÑOS PASARON mientras Fidel consolidaba su control sobre Cuba, burlándose de los estadounidenses en cada oportunidad que tenía. Intentó luchar contra el capitalismo y la democracia dondequiera que pudiera encontrarlos. Los Estados Unidos habían tomado la Bahía de Guantánamo y establecido una base naval allí durante la Guerra Hispanoamericana en 1898. En 1903, los Estados Unidos y Cuba firmaron un contrato de arrendamiento extendido, consolidando una presencia militar estadounidense en la isla. Un contrato que Castro no podía romper. La CIA ahora renovó su interés en la base, dándose cuenta de que podían usarla para descubrir el secreto del continuo apoyo de Rusia a la isla.

Gabriel llegó a Cuba en agosto de 1980. Ahora en sus veintes tardíos, un trabajo lo había traído de vuelta a las costas de Cuba.

Isabella Vasquez celebró su vigésimo primer cumpleaños en La Habana con una fiesta en el Palacio de la Revolución organizada por su adorado padrino, Fidel Castro. Había completado con éxito su carrera en Ciencias Naturales en la Universidad de Moscú y, dentro de una semana, comenzaría su puesto en el departamento exploratorio del gobierno cubano. Mientras bailaba toda la noche, no tenía idea de que Gabriel observaba cada uno de sus movimientos.

Gabriel se apoyó casualmente contra una pared, bebiendo un mojito. No pudo evitar sentirse cautivado por Isabella. Su confianza natural brillaba intensamente en su sonrisa, y su gracia era evidente en su baile. Sus ojos, tan oscuros que parecían contener los secretos del universo, lo hipnotizaban. Se dio cuenta de que estaba mirando demasiado intensamente, pero no pudo evitarlo.

"Creo que mi sobrino está enamorado," rió Liliana al aparecer a su lado.

Él le sonrió pero no dijo nada.

"Siempre fue una niña hermosa, y se ha convertido en una mujer impresionante," comentó Liliana, mirando en dirección a Isabella.

"Quizás, pero no tan hermosa como mi tía," Gabriel sonrió mientras la levantaba en sus brazos y la movía hacia la pista de baile. El movimiento llamó la atención de Isabella. Ella y Gabriel se miraron a los ojos momentáneamente.

Liliana Dulka estaba nostálgica mientras su sobrino la movía por la pista de baile. Deseaba que su hija, Valentina, estuviera con ellos para disfrutar de la fiesta, pero ella estaba en Moscú con su padre. Valentina, una adolescente inteligente y precoz de diecisiete años, asistiría a la Universidad de Moscú después de graduarse de la escuela secundaria en La Habana con honores. Andrik acompañó a su hija a Rusia para pasar tiempo con su familia antes de entregarla a su nueva escuela. Liliana los extrañaba terriblemente y lamentaba profundamente no poder hacer el viaje. Pero las cosas no iban bien en Cuba. El colapso de la Unión Soviética trajo dificultades imprevistas al pueblo cubano. El éxodo de Mariel en 1980 llevó a una migración masiva de más de ciento veinticinco mil refugiados cubanos hacia los Estados Unidos para escapar de las dificultades en Cuba mientras tenían la oportunidad.

Fidel Castro estaba fuera de sí, amenazando la vida de José si no encontraba la mina de Oricalco. Los rusos reunieron el dinero y compraron las últimas hojas de Oricalco que Cuba tenía para vender. Enfrentando la ruina financiera, Fidel Castro tuvo que encontrar otros aliados, abriendo el turismo a los mercados canadienses y europeos. Tan desesperado por fondos, inició el turismo médico hacia los países de Oriente Medio, animando a sus ricos e influyentes jeques a venir a Cuba para procedimientos médicos que eran reacios a realizar en sus propios países por miedo a ser percibidos como enfermos y débiles.

El dinero no era suficiente para reemplazar los fondos de la venta de Oricalco, y Fidel consideró a regañadientes revertir la prohibición de usar dólares estadounidenses en la isla. Para hacer eso, tendría que permitir que los mercados internacionales accedieran a su banco central y enfrentar el escrutinio estadounidense, lo cual le desagradaba hacer. Aun así, muchos de sus ciudadanos dependían de las remesas de familiares en los Estados Unidos para comprar alimentos y otras necesidades del hogar.

La presión sobre José Vásquez para encontrar la esquiva fuente del precioso Oricalco era abrumadora, y Liliana renunció al viaje a Rusia con su familia para ayudarlo.

El regreso de su sobrino fue una distracción bienvenida. Enviado por la Unidad de Ingeniería de la Fuerza de Defensa de Jamaica, Gabriel Henriquez llegó a Cuba como una adición de última hora a un grupo de trabajo conjunto con el gobierno canadiense. Su objetivo era crear un plan estratégico caribeño para proporcionar apoyo de ingeniería de emergencia para los esfuerzos de ayuda y recuperación en naciones en desarrollo.

Con la esperanza de aliviar la tensión entre Estados Unidos y Cuba, Canadá pidió al gobierno estadounidense que alojara al equipo internacional en los cuarteles no utilizados en la Bahía de Guantánamo. Sorprendentemente, los estadounidenses aceptaron, y el equipo de ingenieros y personal militar cubano, jamaiquino y canadiense se mudó. Gabriel pidió ser alojado con su tía, y su solicitud fue concedida sin cuestionamientos. Cada día, viajaba entre la casa de su tía y la base, regresando a tiempo para la cena.

Gabriel acompañó a su tía a la celebración del cumpleaños de Isabella en La Habana, que estaba en pleno apogeo y a medianoche cuando Liliana decidió retirarse. La siguió mientras se abría paso a través de la multitud de bienquerientes para despedirse de Isabella. Gabriel notó un intercambio tenso entre Fidel y José en un rincón lejano. Observó cómo José le decía buenas noches a Isabella, notando la decepción y el dolor en su rostro mientras se iba abruptamente.

"Querida, te ves impresionante esta noche," dijo Liliana, besando la mejilla de la chica. Liliana no estaba equivocada. Isabella llevaba un vestido blanco que se ajustaba a su figura esbelta. Una amplia banda roja proporcionaba un dramático toque de color desde su hombro a través de sus pechos hasta su cintura delgada. Su cabello oscuro caía en pesadas ondas alrededor de su rostro y hombros. El maquillaje sutilmente aplicado resaltaba dramáticamente sus ojos llamativos y pómulos altos. Gabriel pensó que era aún más hermosa de cerca.

"¡Liliana! Estoy tan feliz de verte. Vi a Andrik y Valentina antes de que se fueran. Estaba tan decepcionada de que no estuvieran aquí esta noche, pero Andrik me lo compensó llevándome a dar un paseo a tu cascada secreta. ¡Ese tiene que ser el lugar más hermoso de Cuba!" exclamó Isabella.

Liliana se rió del entusiasmo de la joven. Andrik quería que Isabella viera la zona. Entendía que ahora tenía la tarea de encontrar la mina de Oricalco. Fidel Castro se aseguró de que ella recibiera educación y las habilidades necesarias para completar la tarea que su padre había fracasado en lograr. Andrik pasó el tiempo antes de irse revisando mapas y gráficas, explicándole a Isabella todo lo que había aprendido sobre el Oricalco en los años que pasó en Cuba buscándolo. Andrik creía que la cascada y la piscina que alimentaba guardaban el secreto de la mina. Pero en todo su tiempo explorando la zona, nunca le había dado acceso a sus secretos.

"Sí, Andrik y yo hemos pasado muchas horas felices allí," sonrió Liliana, mirando por encima de su hombro. "Quiero presentarte a mi sobrino, Gabriel. Estará quedándose conmigo por unos meses." Liliana se apartó, presentando a Gabriel.

Isabella miró hacia arriba y se encontró con los ojos más hermosos que había visto jamás. Los ojos verdes de Gabriel estaban salpicados de oro. Su mirada era penetrante, y a Isabella le tomó un minuto completo darse cuenta de que esos ojos increíbles pertenecían a un rostro guapo con una boca que le quitaba el aliento. Vio sus labios moverse y trató de concentrarse en lo que él decía.

"Feliz cumpleaños," dijo Gabriel. "Es un placer conocerte." Tomó su mano. Sus labios eran suaves mientras le besaba la muñeca dulcemente.

"Gracias," se sonrojó Isabella.

"Debemos irnos," interrumpió Liliana. "Mañana tomaré el tren temprano de regreso a Baracoa."

Isabella apartó su mirada de Gabriel para despedirse de Liliana. Gabriel tomó el brazo de su tía y comenzó a alejarse. Isabella los observó irse, pero antes de mucho, un grupo de chicas la rodeó, suplicándole que bailara. No pudo resistir y se fue corriendo con ellas justo cuando Gabriel se dio la vuelta para echarle un último vistazo.

Dejando a Liliana en la estación de tren a la mañana siguiente, Gabriel condujo a través del tráfico de hora pico de La Habana hacia la Alta Comisión Canadiense.

Ian Davidson estaba sentado en su escritorio, leyendo un expediente. Era el oficial consular senior en la Alta Comisión Canadiense en Cuba. Su amigo y colega, Lucien Walker, estaba sentado frente a él. Lucien era un canadiense/americano que se unió recientemente a la Alta Comisión en Cuba. Solo Ian conocía su posición real dentro de la Alta Comisión. Era el encargado de Gabriel.

"¿Qué necesito saber sobre Gabriel Henriquez?" preguntó Ian, arrojando un expediente en el cajón de su escritorio.

"Es tan americano como el pastel de manzana. Quarterback de la escuela secundaria que salió con la porrista principal. Se unió al ejército después de la escuela secundaria, asistió a la universidad gracias al Tío Sam y se graduó con honores. La CIA lo reclutó después de otra etapa en el ejército. Pasó sus veranos de infancia en Cuba hasta que su abuela murió cuando tenía quince años. Su tía materna es Liliana Dulka. Está casada con Andrik Dulka, un ruso... pero lo más importante, es la mano derecha de José Vasquez," explicó Lucien. "Y su verdadero nombre es Gabriel Nasaré."

"¿Matteo Nasaré es su padre?" preguntó Ian, sorprendido por la revelación.

Lucien asintió. "Gabriel piensa que se ofreció como voluntario para esta misión, pero nosotros lo elegimos."

"¡Vaya!" respondió Ian. "Ese es un árbol genealógico bastante interesante. ¿Cuánto sabe?"

"No mucho," respondió Lucien. "Le dimos algunas tareas de reconocimiento, pero quería que estuvieras conmigo antes de informarle completamente."

"¿Cómo quieres manejar esto, Lucien?" preguntó Ian.

"Él tiene un pasaporte jamaicano bajo el nombre de Gabriel Henriquez. Lo usamos para traerlo aquí como ingeniero adjunto con la Universidad de las Indias Occidentales de Jamaica. Tendrá una participación mínima en tu grupo de trabajo, pero se ocultará bajo su cobertura," explicó Lucien.

El gobierno estadounidense se acercó al gobierno canadiense, pidiéndoles que patrocinaran el grupo de trabajo para proporcionar la cobertura de Gabriel. Tres años antes, la CIA compró una muestra de Oricalco a un desertor ruso, junto con el informe original de José Vasquez y un documento escrito por Andrik Dulka sobre la manipulación del mineral y sus diversos usos. Quedaron atónitos al descubrir el secreto de Cuba, pero rápidamente se centraron en apoderarse del valioso mineral. Todos los esfuerzos hasta la fecha habían resultado inútiles, pero se había formado una tormenta perfecta con la desesperada necesidad de Fidel Castro de moneda fuerte y el deber patriótico de Gabriel hacia el país que lo acogió.

Debido a su larga amistad y empleo mutuo en los servicios de sus respectivos gobiernos, Ian y Lucien estaban a cargo de lograr el objetivo del gobierno estadounidense.

Un golpe en la puerta interrumpió su conversación. Lucien se levantó para abrirla y condujo a Gabriel a la oficina, presentándolo a Ian.

"Encantado de conocerlo, señor," dijo Gabriel mientras tomaba el asiento ofrecido frente al escritorio de Ian y enfrente de Lucien.

"Bienvenido de nuevo a Cuba, Gabriel," dijo Lucien.

Dos días antes de que se fuera a Cuba, Gabriel recibió el documento escrito por Andrik Dulka que describía el misterioso mineral que se le había encargado encontrar. En su paquete de información había otro informe, escrito por un autor desconocido, que afirmaba que el mineral provenía de la ciudad perdida de Atlántida.

"Gabriel," dijo Ian, captando su atención. "Lamento que hayas regresado a la isla durante uno de sus momentos más difíciles. Pero esperamos que lo que descubras salve a Cuba."

"Hay una tensión en el aire que nunca he sentido antes", reconoció Gabriel. "En Baracoa, no he sido testigo de las privaciones que he visto en La Habana y sus alrededores."

"Baracoa y la provincia de Guantánamo son el granero de Cuba," afirmó Ian. "Pero es solo cuestión de tiempo antes de que comiencen las escaseces de alimentos."

"¿Qué has descubierto en Baracoa, Gabriel?" preguntó Lucien.

"Nada más que lo que es de conocimiento común. Las planchas de metal provenían de una antigua finca de cacao fuera de Baracoa," explicó Gabriel.

"¿Conoces su ubicación?" preguntó Lucien, emocionado.

Gabriel sacudió la cabeza. "No, es un secreto muy bien guardado."

"¿Algo más?" preguntó Ian, curioso por saber cuánto había podido descubrir Gabriel viviendo bajo el techo de Andrik y Liliana.

"Las planchas fueron desenterradas y vendidas a la antigua Unión Soviética. Hay mucha actividad porque el gobierno cubano está buscando desesperadamente la mina, pero...." La voz de Gabriel se desvaneció mientras hacía una pausa.

"¿Pero qué?" preguntó Lucien.

"Mi material de lectura incluía un informe sobre la ciudad de Atlántida. No sé quién es el autor, pero la premisa del informe es que la isla de Cuba se asienta sobre los restos de esa ciudad," comentó Gabriel, perplejo.

Lucien e Ian se recostaron en sus sillas y se miraron. Gabriel no pudo evitar notar la mirada cómplice que pasó entre ellos y dirigió su atención a Lucien cuando comenzó a hablar.

"El autor cree que las planchas de Oricalco cubrían la muralla exterior que protegía la antigua ciudad de Atlántida. Según nuestra investigación, Estados Unidos cree que tiene razón," dijo Lucien.

"Sin perjuicio del valor histórico de encontrar la ciudad de Atlántida," comenzó Ian. "Encontrar la mina que produce el metal de Oricalco pondrá fin a los problemas financieros de Cuba por generaciones, sin mencionar el beneficio para las naciones del mundo."

"¿Entonces esa es mi misión? ¿Encontrar la mina?" preguntó Gabriel.

"En resumen, sí," respondió Lucien.

"¿Y Atlántida?" preguntó Gabriel.

"Creemos que no son mutuamente excluyentes," respondió Ian.

"Gabriel, debes saber," interrumpió Lucien. "José Vasquez es el autor del documento sobre la teoría de Atlántida. Creemos que su hija Isabella ha sido asignada para localizar la mina."

"¿José Vasquez?" preguntó Gabriel, sorprendido.

"Sí. ¿Lo conoces?" preguntó Lucien inocentemente.

Gabriel se rió para sí mismo antes de responder. Las piezas del rompecabezas comenzaban a encajar. "Mi tía Liliana trabaja para él, pero más importante, mi tío Andrik trabaja con él."

Lucien e Ian se miraron de nuevo. Habían elegido al hombre adecuado para el trabajo.

"¿Crees que Isabella Vasquez es la clave para encontrar la mina?" preguntó Gabriel.

"Sí," respondió Lucien. "Nuestra fuente nos dice que el mismo Castro le ha dado el trabajo. ¿La conoces?

"La conocí anoche," respondió Gabriel, distraído por sus pensamientos. "Fidel Castro organizó su fiesta de cumpleaños en el Palacio de la Revolución. Ella es su ahijada."

De nuevo, Lucien e Ian se miraron. "Síguela, Gabriel, y encontrarás lo que queremos," declaró Lucien.

"A partir de ahora, tu misión es Isabella Vasquez," añadió Ian.

Gabriel asintió distraídamente mientras recordaba a la hermosa mujer con los ojos encantadores y la sonrisa cautivadora.

CAPÍTULO 12

LA BÚSQUEDA
DE ATLÁNTIDA

Isabella trató de relajarse y disfrutar de la emoción de conducir su nuevo vehículo. Fidel no escatimó en gastos respecto al regalo de cumpleaños de su ahijada, un nuevo Jeep importado de Canadá.

"Es una inversión, mi amor," dijo Fidel, mirándola. "Tengo grandes esperanzas en ti y en lo que harás por Cuba."

Isabella desvió la mirada. Juró que no cometería el mismo error. Desde su decimosexto cumpleaños, cada momento de vigilia había estado consumido por la búsqueda de la mina de Oricalco perdida. Su mente a menudo regresaba al año que había hecho añicos su mundo. Su abuelo, la única persona que siempre había sido su apoyo, murió repentinamente de un infarto fulminante. Su pérdida la dejó inconsolable.

Héctor Vásquez había sido su fuente de amor y consuelo. Aunque sabía que José su padre la amaba, estaba obsesionado con la búsqueda de Atlántida y tenía poco tiempo para ella. Fue su abuelo quien estuvo allí cuando luchaba con las tareas escolares, cuando discutía con amigos, o cuando tuvo su primer enamoramiento. Él era la constante en su vida, y cuando murió, sintió como si todo se hubiera desvanecido bajo sus pies.

En el funeral, Fidel se levantó y pronunció un discurso apasionado, llamando a su abuelo un patriota ferviente que había dado todo por Cuba. Isabella lloraba, con el corazón roto, mientras su padre se sentaba impasible a su lado. Cuando Fidel sugirió que viniera a La Habana para continuar su educación, Isabella no dudó. Empacó sus cosas en silencio, y sin una palabra de protesta de su padre, se fue con su padrino, prometiendo nunca regresar a vivir en la casa de su padre. Mantuvo esa promesa.

Ahora, vivía en la antigua casa de los abuelos en la granja, una decisión práctica, se decía a sí misma. El puesto de mando para la búsqueda de Oricalco se había ido formando allí, y la casa estaba a poca distancia. Le daba más tiempo para concentrarse en su trabajo.

Al girar hacia el camino de entrada, aparcó frente a la casa, agarró su maleta y entró. El familiar crujido de las tablas de madera bajo sus pies la calmó. La casa siempre había sido su santuario, el lugar que le daba la fuerza para enfrentar la fría distracción de su padre. Se detuvo junto a la silla de su abuelo, sentándose en su brazo, mirando por la ventana. La ira de Fidel era palpable; el fracaso de su padre por descubrir la fuente de Oricalco había sumido a Cuba en una crisis, y ella lo sabía.

Obsesionada con encontrar la mina, Isabella pasaba cada momento libre, cuando no estudiaba en Moscú, revisando archivos polvorientos, buscando pistas. Su interés en Atlantis la había llevado a un pequeño grupo de gitanos, vagabundos que habían coleccionado artefactos antiguos durante generaciones. Afirmaban tener el único relato sobreviviente de la destrucción de la ciudad, una historia escrita a mano por la sacerdotisa Salustra, la única sobreviviente de Atlántida, sirviendo en el templo de Poseidón cuando la ciudad cayó. Hambrienta y medio muerta, Salustra vivió lo suficiente para relatar la catástrofe. Después de interminables súplicas, Isabella convenció a los gitanos para que le concedieran el precioso texto.

Metió la mano en su mochila, sacó cuidadosamente el delgado

libro encuadernado en cuero y lo colocó en la mesita de noche junto a su cama. El peso de su historia parecía asentarse en la habitación con ella.

Con un pesado suspiro, salió de casa. Tenía diez minutos para encontrarse con su padre. Mientras caminaba hacia el gran e imponente edificio en el centro del campamento, pasó junto a pequeños almacenes y tiendas. Sus ojos miraban dentro de cada una, catalogando lo que había dentro, su mente trabajando de manera eficiente, siempre en la tarea. Saludó brevemente a los trabajadores que pasaban apresurados, cada uno absorto en sus deberes, llevando a cabo tareas que su padre o Liliana habían asignado. Pero incluso en su prisa, no podían escapar de la corriente de tensión que flotaba en el aire. Era la misma tensión que la alimentaba: su determinación de encontrar la mina de Oricalco y, finalmente, demostrar su valía.

Andrik creía que la Cascada Saltadero y el pozo que alimentaba contenían la clave para descubrir la mina, pero no había encontrado nada que probara su teoría. Su padre pensaba que la mina estaba profunda en el Mar Caribe, perdida para toda la eternidad. Por el bien de todos, ella esperaba que eso fuera solo las reflexiones de un hombre desilusionado.

"Hola Papá," dijo mientras entraba en la oficina de su padre en la parte trasera del edificio. Su oficina solo tenía un escritorio, una pizarra y una sola silla junto a una lámpara de pie en la esquina. Su padre estaba sentado en la silla, leyendo un expediente. Lo cerró y miró a su hija mientras ella estaba de pie en la puerta.

El sonrió pero ella no le devolvió su sonrisa. José odiaba la distancia que había crecido entre ellos. Quería culpar a Fidel por su ruptura. Isabella siempre idolatró a su padrino, y a medida que crecía, acentuaba su adoración hacia él. Pero, como su madre señaló antes de morir cuando Isabella estaba en Moscú, José no había hecho nada para protegerla de Fidel y su poder sobre las personas. En un momento de dura honestidad, se dio cuenta de que era más fácil permitir que Isabella tuviera su fascinación que luchar por su amor y atención.

"Bienvenida a casa."

"Gracias, Papá," respondió ella torpemente.

"Confío en que disfrutaste de tu fiesta de cumpleaños."

"Sí," dijo ella, frunciendo el ceño. "Pero si hubiera sabido lo difíciles que eran las cosas en Cuba, le habría pedido a tío Fidel que la cancelara."

"Ah," dijo José, asintiendo. "Tu padrino hace grandes esfuerzos para ocultar lo desagradable." Su tono era condescendiente.

Isabella se irritó por el comentario. "Mi padrino se despierta cada mañana, listo para luchar por el pueblo cubano que es voluble. Están atraídos por la sociedad de consumo de Estados Unidos. No se dan cuenta de que la igualdad, la justicia y la equidad no existen en la cultura estadounidense como lo hacen en nuestra sociedad cubana."

José levantó la mano para detenerla. "Un revolucionario necesita un enemigo, querida. Los Estados Unidos siempre le proporcionarán a tu padrino ese enemigo," exclamó José. "El pueblo de Cuba quiere la libertad de decidir su destino. Pensé que tu tiempo en Moscú te habría enseñado eso." El sarcasmo goteaba de cada una de sus palabras.

Isabella se contuvo en responder. Los últimos dos años en Moscú habían sido un infierno, ya que las viejas normas políticas se estiraban hasta el punto de quiebre y las ideologías eran desafiadas por dificultades inimaginables. Incluso ella tuvo que admitir que el comunismo era un fracaso. El socialismo democrático que lo reemplazó en Rusia era una fachada que pronto se desmoronó bajo el peso de sus mentiras y su avaricia, dando paso al fascismo, como su novio de Crimea le había advertido cuando la puso en el avión de regreso a Cuba.

"Los héroes se convierten en tiranos cuando son corrompidos por el poder y la riqueza. Recuerda eso," dijo mientras la besaba para despedirse. "¡Reza por Rusia! ¡Reza por mí!"

Isabella supo entonces que nunca lo volvería a ver y no dijo oraciones por Rusia ni por él. No quería entrar en una discusión política prolongada con su padre. Todo lo que quería hacer era concentrarse en completar la tarea que su padre había fracasado en lograr.

"Andrik piensa que la Cascada Saltadero es la clave para encontrar la mina. Estoy de acuerdo con él," dijo Isabella, cambiando el tema.

"Por supuesto que sí," respondió José irritado. Al ver el destello de ira en sus ojos, moderó su siguiente pregunta. "¿En qué se basa tu hipótesis?"

"Mientras estaba en Rusia, encontré los escritos de una sacerdotisa que servía en el templo de Poseidón," dijo Isabella, entrando en su oficina. "Ella escribió que la energía volcánica estaba hirviendo bajo el Monte Atla, creando suficiente vapor para descongelar el mar helado y hacerlo caer. Creo que se refería a la energía térmica."

"¡Espera! ¿Quién?" preguntó José, intrigado.

"La sacerdotisa Salustra era una sirvienta en el templo de Poseidón en el anillo más externo de islas que rodean a Atlántida," respondió Isabella, tratando de ser paciente. "Ella sobrevivió a la destrucción de la ciudad. Habló del mar fluyendo bajo la tierra hacia vastas cavernas subterráneas. Estas paredes de las cavernas estaban desgastadas, causando que la presión aumentara, desplazando estratos y creando seísmos marinos."

"¿Cavernas?" preguntó José escépticamente. "En su apogeo, Atlántida era el centro del mundo civilizado. Crearon una sociedad urbana; su arquitectura e ingeniería eran incomparables, incluso por los estándares de hoy. Nobles y plebeyos los gobernaban por igual. Desarrollaron creencias basadas en la filosofía, la alfabetización y el gobierno. Crearon una cultura, una forma de vida, una economía basada en el comercio y la agricultura. Según todos los informes, crearon la sociedad moderna. ¿Y tú crees que las cavernas submarinas los destruyeron? ¿Un pueblo tan erudito como ellos?" José se burló de ella.

"¡Romantizas demasiado a Atlántida! Siempre ha sido tu talón de Aquiles. ¡Eran simples mortales, como nosotros!" Isabella estaba perdiendo la paciencia con su padre. Tío Fidel tenía razón. José estaba demasiado enamorado de la idea de Atlántida para encontrarla.

"Entonces crees, como lo hace tu padrino, que el único valor es encontrar la mina, no la ciudad de Atlántida?" preguntó José, con un tono frío.

"Sí, lo creo," respondió Isabella. "El único valor que le queda a Atlántida es la mina de Oricalco."

"Entonces te deseo suerte en encontrar lo que tantos otros han fracasado en hacer," dijo José, dándose la vuelta.

Su dura desestimación no debería haberle herido los sentimientos. Estaba acostumbrada a la desaprobación de su padre, pero esta desestimación tenía una finalización que desgarraba su corazón. Sin decir una palabra, salió por la puerta, rozando a Liliana en su apresurada partida.

Liliana se dio la vuelta, pero Isabella ya no estaba. Liliana entró en la oficina de José, con una pregunta en los labios, pero cuando vio a José con lágrimas en sus ojos, no dijo nada.

Isabella fue al establo, ensilló un caballo y se dirigió hacia la Cascada Saltadero sin decirle a nadie a dónde iba.

Gabriel sabía que Isabella había regresado a Baracoa—Liliana lo había mencionado en la cena. Recordó la cascada secreta que ella había mencionado. Deseoso de aprender más, le preguntó a su tía si Isabella se refería a la Cascada Saltadero, pero Liliana rápidamente cambió de tema. Ninguna otra cascada estaba tan oculta como esa. Gabriel recordó su propia travesía secreta hacia las cascadas, siguiendo silenciosamente a su tío durante su último verano en Cuba. Se subió a un cuatrimoto y se dirigió hacia las cascadas, dejando atrás el campamento base de Guantánamo.

Isabella ató su caballo a un árbol en la cima de la cascada y se dio la vuelta para enfrentar la poza abajo. El cielo azul se extendía ante ella, reflejado en las aguas iridiscentes de abajo. Observó cómo las nubes flotaban perezosamente sobre la superficie, pero su corazón se detuvo un momento cuando se separaron.

Allí estaba.

El contorno brillante de Atlántida se materializó bajo el agua—pasarelas, columnas imponentes y estatuas de diosas custodiando la gran entrada que conducía hacia el templo de Poseidón. Parpadeó, la incredulidad nublando sus pensamientos, pero la visión era innegable, su belleza simétrica grabada en su mente. Un destello de luz llamó su atención a la derecha, y lo vio—una entrada tallada que conducía bajo la montaña, llamándola. Algo la atrajo, llevándola más profundo. Sin dudarlo, se zambulló en las frescas y acogedoras aguas.

Gabriel observó desde la distancia, congelado en su lugar, mientras Isabella miraba la poza de abajo. Lo que sea que la cautivara en el agua la mantenía prisionera. Su corazón se aceleró al verla zambullirse en las profundidades antes de que pudiera siquiera llamarla. El miedo lo atrapó—pisó a fondo el pedal del acelerador, conduciendo el cuatrimoto hacia la cima de las cascadas. El vehículo patinó hasta detenerse, y saltó, sus ojos examinando el agua. Las últimas ondas se desvanecían, ocultando a Isabella de su vista. Sin pensarlo dos veces, se zambulló tras ella.

Isabella nadó hacia la visión debajo de ella, con la mano extendida mientras descendía más profundo en las aguas que se oscurecían. No tenía idea de cuán lejos había ido o cuánto tiempo podría aguantar la respiración. Pero en ese momento, no importaba. Lo único que importaba era alcanzar la pasarela que conducía al templo de Poseidón. Podía verlo—claro y vívido—mientras estiraba su mano hacia el fondo, atrayéndola aun más profundo.

Los pulmones de Gabriel ardían mientras se adentraba más, examinando el agua debajo. Vio a Isabella nadando con propósito, moviéndose hacia algo en las profundidades. ¿Qué estaba buscando? ¿Qué la estaba arrastrando tan profundo? Nadó más fuerte, desesperado por alcanzarla antes de que llegaran al punto de no retorno. No podía dejar que se alejara demasiado. Tenía que alcanzarla.

Isabella sintió un poderoso brazo envolverse alrededor de su cintura, deteniendo su descenso. Luchó contra él, pero el agarre solo se apretó, forzándola a girar. Miró a un rostro que no reconocía, pero algo en esos ojos le parecía familiar. El pánico la invadió mientras miraba por encima de su hombro, de regreso al templo. Las estatuas estaban tan cerca ahora, los brazos de granito del templo a solo un paso.

Pero entonces, la estaban arrastrando hacia arriba. La imagen del templo y los pasillos se desdibujaron y se desvanecieron en las profundidades sombrías debajo de ella.

Gabriel sintió el cuerpo de Isabella volverse flácido en sus brazos, y en ese instante, se dio cuenta de que se había desmayado. Su corazón latía con fuerza mientras los impulsaba hacia la superficie, pero estaban subiendo demasiado rápido—arriesgando una descompresión. Podía ver la luz filtrándose a través del agua arriba, la superficie tan cerca. Con una última patada poderosa, rompió la superficie, jadeando por aire mientras arrastraba a Isabella con él. Ella seguía sin responder, su cuerpo frío contra el suyo. Sus ojos buscaban el horizonte, desesperados por ayuda. A lo lejos, divisó la silueta de una tienda.

Apretándola contra él, nadó hacia la orilla. Logró sacarla a la pequeña playa, sus manos temblando mientras la giraba sobre su espalda, comenzando la respiración cardio pulmonar. Ella tosió expulsando agua, respirando por su cuenta, pero seguía inconsciente.

La frustración y el miedo surgieron dentro de él mientras miraba a su alrededor. Vio la tienda y, con un sentido de urgencia, la levantó y la llevó hacia adentro. Su ropa estaba empapada, y el frío le mordía, pero los labios azulados de Isabella eran su prioridad. Encontró una pequeña estufa de propano en la esquina y, con manos temblorosas, la encendió. El calor fue un alivio bienvenido. Se movió hacia la cama de madera rustica frente a la estufa, y encontró varias mantas en un pequeño baúl al pie de la cama.

Desvistió suavemente a Isabella, envolviéndola en una de las mantas antes de acostarla en la cama. ¿Qué la había hecho zambullirse tan imprudentemente en la poza? ¿Qué había visto? Ella respiraba suavemente, pero su cuerpo se sentía como hielo contra la tela.

Después de ajustar las mantas a su alrededor y acercar la cama a la estufa, se quitó su propia ropa mojada, envolviéndose en una manta antes de salir, llevándose su ropa empapada con él.

Isabella flotaba a través de una neblina onírica, sin estar segura si estaba despierta o aún perdida en las profundidades de su visión. Vagó por los pasillos de Atlántida, maravillándose de los techos a dos aguas y las altas ventanas, los edificios encerrados en coral y brillando bajo el resplandor del agua. Todo brillaba en tonos de azul, como un mundo congelado en el tiempo.

Delante, vio el gran arco que conducía a un torrente de luz brillando a través de una cortina de agua. La llamaba. Se movió hacia adelante, deteniéndose ante las sirenas de piedra que flanqueaban la entrada. Su mirada fija en el arco resplandeciente la instó a avanzar.

Pero sus pies se negaron a moverse.

La atracción de la luz era demasiado fuerte, tan fuerte que deseaba que sus piernas la llevaran, pero no podía avanzar. Se quedó allí, paralizada, mirando impotente la luz centelleante.

Entonces, lentamente, sintió un calor que la rodeaba, levantándola lejos de la ciudad. Un grito de desesperación escapó de sus labios mientras la visión de Atlantis se desvanecía, deslizándose hacia las sombras debajo del agua, dejándola anhelando el sueño al que no podía aferrarse.

Gabriel la oyó gritar y corrió de regreso a la tienda. Isabella abrió los ojos justo cuando él se arrodillaba a su lado, asustándola.

"¿Dónde estoy?" preguntó Isabella, mirando a su alrededor.

"Tú dime," respondió Gabriel suavemente.

Isabella miró al extraño a su lado con asombro. Escudriñó la habitación antes de responder. "Cascada Saltadero. Esta es la tienda de Andrik."

"Bueno, eso explica por qué una tienda de campaña de fabricación rusa está en una cala en Cuba," murmuró Gabriel, mirándola intensamente.

"¿Te conozco?" preguntó Isabella, confundida. Le parecía familiar, especialmente sus ojos, pero no podía ubicarlo.

"Me llamo Gabriel. Mi tía es Liliana Dulka. Nos conocimos brevemente en tu fiesta de cumpleaños," explicó Gabriel, mirándola.

Isabella devolvió su mirada. Sí, lo reconozco. De repente, el recuerdo de lo que había visto en el fondo de la poza volvió a inundarla. El corazón de Isabella se aceleró mientras saltaba de la cama, aferrándose fuertemente a la manta. Sin pensarlo dos veces, corrió hacia la puerta. Los ojos de Gabriel se agrandaron con alarma mientras la seguía, sus pasos resonando detrás de ella.

"¿Qué estás haciendo?" preguntó.

"¡Voy a volver a entrar!" respondió. "Estaba tan cerca de la entrada del templo, y luego," miró a su alrededor confundida. "Luego desperté aquí." Miró la tienda, sus pensamientos aún incoherentes.

"¡Casi te ahogas!" exclamó Gabriel, tratando de agarrar su brazo. "¿Por qué saltaste a la poza?"

"¿Qué quieres decir?" preguntó impacientemente. "¿No viste la ciudad? ¿El templo?"

"¿Qué templo?" preguntó Gabriel, mirándola con aprensión. "No vi nada."

Isabella se volvió hacia Gabriel, la incertidumbre en su rostro. Sabía lo que había visto en las profundidades del agua—¿cómo podía él no verlo también? Se envolvió la manta más apretadamente alrededor de los hombros, sus piernas desnudas expuestas mientras caminaba hacia el borde del agua. Lentamente, pisó el agua, sus pies hundiéndose en las frescas profundidades mientras avanzaba, cautelosa pero decidida.

"El agua está tan fría, por favor no vuelvas a entrar," suplicó Gabriel. "Sequé tu ropa junto a la estufa. Póntela, y tratemos de resolver esto," imploró suavemente mientras se acercaba a ella con su ropa.

De mala gana, Isabella se volvió. Tomando su ropa, caminó hacia la tienda para cambiarse. Sabía lo que había visto. Su mente no le estaba jugando trucos. Antes, acusó a su padre de romantizar a Atlántida. ¿Era ella culpable de eso también? ¿Quería encontrar la mina tan desesperadamente que su imaginación le estaba jugando trucos? ¿Y quién era este hombre misterioso? Recordó a Liliana presentándola a él en su fiesta de cumpleaños. Liliana mencionó que era su sobrino, pero ¿cómo encontró las Cascadas? ¿Por qué estaba aquí? Terminó de vestirse y se dio la vuelta para salir de la tienda. Atlántida era el secreto de Cuba; su cautela natural le instó a tener cuidado con lo que revelaba a este extraño.

Gabriel esperó a Isabella afuera de la tienda. Junto a esta había una pequeña nevera con café, una cafetera francesa y dos tazas para café. Encontró azúcar moreno, galletas duras, leche condensada, frijoles, arroz y salchichas secas dentro de una caja de lata. Junto a la nevera había un pequeño fogón de hierro, con pedernal asegurado debajo de la parrilla. Al lado había una pequeña pila de leña con un hacha atada al lado de la tienda. Reconoció la mano de Andrik en la organización del campamento.

El crepúsculo proyectó largas sombras sobre la cala mientras el sol comenzaba su descenso detrás de la montaña. La temperatura bajó considerablemente, lo cual era inusual para una isla tropical tan cerca del ecuador. Gabriel dejó el café para que se preparara mientras caminaba hacia el borde del agua, mirándola oscura frente a él. Se arrodilló, llenando la olla que había traído. Se dio la vuelta justo cuando Isabella salía de la tienda. Ella se detuvo y miró a su alrededor antes de moverse hacia el calor del fuego—su manta alrededor de los hombros.

Ella se sentó en el taburete de campamento que él había colocado allí mientras vertía frijoles en el agua para que se remojaran antes de cocinarlos con la salchicha. Isabella observó a Gabriel moverse alrededor del fuego, sirviendo el café y acomodándose en el taburete frente a ella después de entregarle una de las tazas. Él le dio la leche condensada y observó cómo ella vertía un poco en su café, agitando la taza para mezclarlo. Se miraron con desconfianza, cada uno inseguro de qué decir.

"Tendremos que pasar la noche aquí," comenzó Gabriel. "No quiero meterme en esa agua fría en la oscuridad de la noche."

"Siempre está fría," murmuró Isabella.

"¿Conoces bien esta área?"

"Sí, creo que guarda un secreto valioso," respondió ella, con la guardia baja. Sin darse cuenta, le dio la oportunidad que él había estado esperando.

"¿Qué secreto?"

"¿Cómo dijiste que te llamabas?" preguntó Isabella rápidamente, dándose cuenta de su desliz y esperando dirigir la conversación en una nueva dirección.

"Gabriel Henriquez," respondió él. "Nos conocimos en tu fiesta de cumpleaños en La Habana."

"¡Cierto! ¿Eres el sobrino de Liliana?" dijo ella mientras el recuerdo de sus ojos regresaba a ella.

"Nací en Cuba, pero mis padres se fueron cuando era joven. Crecí en Panamá, aunque pasé tiempo con mi familia en Jamaica," dijo él, su mirada desviándose brevemente. "Soy ingeniero de la Fuerza de Defensa de Jamaica."

"¿Qué haces aquí?" preguntó ella, señalando la cascada.

Gabriel la estudió intensamente antes de responder. Confiaba en ella tan poco como ella confiaba en él. "Soy parte de un grupo de trabajo conjunto con el gobierno canadiense," dijo, manteniéndose en su historia de cobertura. "Estamos trabajando en un plan estratégico caribeño para proporcionar asistencia de ingeniería de emergencia para la ayuda y recuperación de desastres."

Isabella no respondió. Su explicación sonaba lo suficientemente convincente. El silencio colgaba entre ellos mientras Gabriel colocaba la olla de frijoles sobre el fuego, rompiendo la salchicha seca en trozos y arrojándolos a la olla burbujeante.

"Mencionaste un secreto," dijo Gabriel, mirándola.

"¿Lo hice?" respondió Isabella distraídamente.

"Mira, si no quieres compartir tus secretos, está bien. Pero me gustaría saber por qué te lanzaste de cabeza a una poza de agua de la que tuve que sacarte," respondió Gabriel irritado.

Isabella suspiró. "Pensé que vi algo. Pero ahora creo que fue mi imaginación jugándome trucos." La tristeza en su voz atenuó la impaciencia de Gabriel.

"¿Qué crees que viste?" preguntó Gabriel, su voz calmada pero inquisitiva mientras le entregaba un tazón con frijoles. Ella no respondió, sus ojos distantes, perdida en sus pensamientos. El silencio entre ellos se espesó mientras comían.

Una vez que la comida terminó, Isabella se levantó, llevando los tazones, la olla vacía y los utensilios al borde de la poza. El suave chapoteo del agua contra las piedras era el único sonido mientras ella los enjuagaba, sus movimientos eran mecánicos. Gabriel observó en silencio, su mirada nunca dejándola.

Regresó al campamento con un enfoque tranquilo, empacando todo metódicamente. Finalmente, mientras el fuego crepitaba entre ellos, se sentaron uno frente al otro. Ninguno habló, pero sus miradas se encontraron, evaluándose en silencio—cada uno esperando que el otro hiciera el primer movimiento.

Finalmente, Isabella rompió el incómodo silencio. "Mañana por la mañana, podemos nadar hasta la escalera de cuerda que cuelga a lo largo de la cara de la roca. Podemos salir por ahí."

Gabriel se estremeció al pensar en volver a meterse en el agua fría. "¿Sabes por qué el agua está tan fría?" preguntó. "Nunca he sentido agua tan fría en el Caribe antes."

Isabella le sonrió. "Andrik piensa que esta poza es alimentada por manantiales profundos bajo tierra, alimentados por antiguos témpanos enterrados hace mucho tiempo."

"¿Es eso lo que piensas?" preguntó Gabriel.

"No sé qué pienso ya." Se levantó, girando hacia la tienda. Estaba agotada, y todo lo que quería era dormir. Justo antes de entrar en la tienda, se volvió a mirarlo. "¿Vienes?"

"¿Si vengo?" preguntó él.

"Nunca he pasado la noche aquí, pero Andrik dice que hace frío por la noche. Ese fuego se va a apagar," explicó ella.

"Solo hay una cama allí," señaló Gabriel.

"¿Y qué? Prefiero compartir una cama con un extraño que morir de frío."

"No voy a morir de frío en una isla del Caribe," respondió despectivamente.

"Como quieras," dijo mientras entraba en la tienda. Exhausta, se acostó en la cama, de espaldas a la pared.

En las primeras horas de la mañana, Gabriel no pudo soportarlo más. Nunca había tenido tanto frío, y la manta áspera no hacía nada para protegerlo de las temperaturas en descenso. Silenciosamente, se deslizó dentro de la tienda y se acostó al lado de Isabella, con su espalda hacia él.

"¡Tus pies están helados!" lo acusó mientras se giraba para mirarlo. Al ver su incomodidad, se suavizó y se metió en sus brazos, usando su calor corporal para calentarlos. "Pon tus pies debajo de mis piernas. Eso los calentará rápidamente."

Gabriel le dirigió una mirada interrogante mientras ella respondía. "Fui a la escuela en Rusia. Sé cómo lidiar con el clima frío."

Isabella se quedó dormida, con su cara contra su pecho mientras su barbilla descansaba sobre su cabeza. El calor que generaban los tranquilizaba a ambos. Pero antes de mucho, Isabella estaba nadando en Atlántida de nuevo. En su sueño, se movía por el camino hacia el templo, siguiendo el sendero interior. Como antes, vio el rayo de luz atravesar la oscuridad más allá, pero no pudo impulsarse hacia adelante. Miró a las sirenas de piedra a cada lado de ella. Sus manos parecían llamarla, pero la expresión tensa en sus rostros la detuvo. Se despertó en los brazos de Gabriel, sollozando mientras él intentaba consolarla.

"¡Isabella! ¡Despierta!" dijo, sacudiéndola suavemente. "Estás teniendo una pesadilla," dijo, tratando de tranquilizarla.

"¡No puede ser!" exclamó, empujándolo. "Tiene que ser verdad; tiene que ser la ubicación de la mina," lloró entre sollozos.

"¿Qué mina?" preguntó Gabriel.

Isabella le dirigió una mirada de pánico, tratando de zafarse de sus brazos y alejarse de él. Pero su espalda estaba contra la pared de la tienda, y Gabriel la sostenía firmemente en sus brazos.

"¡No! ¡No! ¡No!" seguía repitiéndose a sí misma, una y otra vez.

Gabriel decidió arriesgarse. "¿Sabes dónde encontrar la mina de Oricalco?"

Isabella miró a Gabriel con terror, luego trató de empujarlo lejos de ella. "¿Quién eres?" le gritó.

Usó el peso de su cuerpo para mantenerla debajo de él, obligándola a mirarlo a los ojos. "¡Soy el sobrino de Andrik y Liliana Dulka!" respondió firmemente. "Los he estado visitando desde que era un niño. Mi tío compartió su investigación conmigo. ¡Él es la razón por la que me convertí en ingeniero!"

Isabella dejó de luchar mientras él hablaba. Su explicación sonaba sincera, pero Andrik no estaba en Cuba y no lo estaría durante otros dos meses. Quizás Liliana podría verificar lo que dijo. Isabella miró a los ojos de Gabriel, insegura de qué hacer a continuación. "¿Qué te dijo Andrik?"

Gabriel se sentó, liberándola. Isabella se movió al borde de la cama, que estaba cerca de la entrada de la tienda. Su posición estratégica no pasó desapercibida para Gabriel mientras la estudiaba. Había memorizado el informe de Andrik; le dio una versión condensada de lo que este había escrito. "Si crees que la mina está en el fondo de esta poza, tengo el equipo necesario para localizarla. Puedo ayudarte, Isabella, así como pretendía ayudar a Andrik."

Isabella se levantó y comenzó a caminar de un lado a otro en el pequeño espacio de la tienda. La confianza no era su fuerte, pero Andrik no estaba aquí, y basándose en donde pensaba que estaba la mina, no podía encontrarla por su cuenta. El futuro de Cuba dependía de que ella encontrara esa mina.

"Esto sonará loco, pero debes creerme si quieres que confíe en ti!" exclamó Isabella, mirándolo. Esperó hasta que él asintió con la cabeza. "Vi la ciudad de Atlántida reflejada en la poza desde la cima de las cascadas."

Ella miró a Gabriel en busca de su reacción. Al no ver ninguna, continuó. "Vi las cúpulas de edificios unidas a columnas que desaparecían en el coral que se formaba a su alrededor. No todo estaba oscurecido por el coral porque vi pasarelas prístinas frente a mí. Nada las mancillaba. Al final del camino había un arco. Creo que esa es la entrada al templo de Poseidón, y el templo conduce a la mina.

Gabriel no dijo nada mientras continuaba mirándola. Era difícil creer que ella vio todo lo que describía desde la cima de las cascadas. Él no había visto nada. Su mente decía que no era posible, pero algo sentía en su corazón, y en su imaginación. "¿Qué te hace pensar eso? ¿Qué más viste?" presionó Gabriel.

Isabella miró hacia otro lado antes de responder. Lo que vió fue la razón por la cual estaba convencida de que la mina yacía en el templo, pero sonaba increíble, incluso para ella. "Vi un rayo de luz dorado reflejándose en el agua detrás de él."

"¿Oricalco?" preguntó Gabriel.

"¡Sí! ¡Así lo creo!" le respondió mientras se giraba para mirarlo.

Gabriel la observó fijamente. Ella confiaba en su visión; él podía verlo en sus ojos, así que asintió. "Durmamos un poco. Mañana, reuniremos el equipo que necesitamos y volveremos. Juntos, encontraremos tu mina."

Se movió a un lado para que ella pudiera subir a la cama, dándole la espalda mientras se acomodaba a su lado. Ninguno habló, cada uno perdido en sus pensamientos sobre Atlantis mientras se quedaban dormidos acurrucados en el cálido consuelo uno del otro.

Despertaron justo cuando amanecía, el sol proyectando sombras profundas alrededor de la cala. Se movieron en silencio, ordenando todo de vuelta como lo encontraron—cada uno incómodo con el otro, inseguro de si podían confiar entre ellos. El sol, el guardián eterno de sus secretos, estaba alto en el cielo mientras subían por la escalera de cuerda y se dirigían hacia el árbol que dominaba las cascadas. Se miraron el uno al otro. Gabriel habló primero. "Necesitaremos trajes de neopreno térmicos y al menos dos tanques de oxígeno cada uno. ¿Sabes bucear y cómo operar el equipo submarino?"

"Sí, sé," respondió Isabella. "Pero no tengo nada como eso." Se detuvo, insegura de cuánto podía decir sobre el campamento, que había estado envuelto en secreto durante décadas.

Gabriel pudo ver que ella se estaba alejando, así que cambió su enfoque. "Tengo todo lo que necesitaremos. Me tomará un par de horas recogerlo, especialmente si tengo que conseguir todo sin ser visto. ¿Por qué no nos encontramos aquí en tres horas?"

"¿Tienes trajes de neopreno térmicos, múltiples tanques de oxígeno, luces submarinas?" preguntó Isabella con desconfianza.

"Tengo acceso a todo, sí," respondió Gabriel con cuidado. "El gobierno canadiense suministra la fuerza de tarea. ¿Recuerdas que necesitamos el equipo para la investigación que estamos haciendo?" preguntó, la irritación dándole un tono agudo a su voz.

"Correcto," respondió Isabella. "¿Para los programas de recuperación para respuestas a desastres?" Lo observó de cerca, esperando su reacción, cualquier cosa que aliviara sus dudas persistentes sobre él.

"Oye, si te sientes incómoda con mi ayuda, siempre puedes intentar hacerlo por tu cuenta," dijo mientras se daba la vuelta.

"¡No!" exclamó. Al volverse hacia ella, continuó. "Necesito tu ayuda. No puedo hacer esto sola."

"Está bien. Confías en mí para llevarte allí abajo," dijo, señalando hacia la poza. "Y yo confiaré en ti para encontrar lo que vamos a buscar allí. ¿Trato?" Extendió su mano hacia ella.

"Trato," le respondió, estrechando su mano firmemente.

"Genial, te veré aquí en tres horas. Y... Isabella, trata de no matarnos, ¿de acuerdo?" dijo, sonriendo.

"Sé lo que vi," respondió defensivamente.

Su sonrisa se desvaneció mientras se acercaba hasta quedar cara a cara con ella. Apretándole el hombro, dijo: "Creo que sí."

Se alejó de ella y subió al cuatrimoto, acelerando sin mirar atrás. Isabella se quedó junto al árbol, acariciando su caballo, que aún pastaba cerca. No había vuelta atrás ahora. Poseidón la eligió para revelar sus secretos, y ahora tenía que confiar en el hombre que la había sacado de las profundidades de Atlántida. Se volvió hacia su caballo y se montó en la silla.

Estaba en su escritorio cuando su padre y Liliana entraron. En el escritorio estaban los mapas que Andrik usó cuando exploró la Cascada Saltadero. Ella los estudió mientras entraban.

"Estás aquí temprano," comentó Liliana mientras se acercaba al escritorio que ocupaba Isabella. Su padre estaba en la puerta de su oficina, escrutando a Isabella. Podía sentir su agitación.

"Quería echar un vistazo más de cerca a los mapas de Andrik," respondió, tratando de mantener su voz tranquila. "Pensé que tomaría unos días para mirar de nuevo." Miró a Liliana.

"¿Por si acaso el tiempo ha producido algo nuevo?" preguntó José.

Isabella evitó la mirada escéptica de su padre. "Sí, algo así," respondió.

"Buena suerte," replicó José, regresando a su oficina.

Isabella ignoró a Liliana mientras recogía los mapas. Se detuvo en su casa el tiempo suficiente para empacar algunas prendas en su mochila, luego se detuvo al ver el libro encuadernado en cuero en su mesita de noche. Era su posesión más preciada, y no había compartido su contenido con nadie. Pasó los dedos por la antigua encuadernación mientras consideraba llevarlo con ella. Decididamente, lo metió en su mochila y salió de la habitación antes de cambiar de opinión. Su última parada fue el pórtico al aire libre junto a la casa. Quitó la lona verde camuflada del antiguo camión. El camión de su abuelo, en el que ella había aprendido a conducir. Era todo metal crujiente, tan amarillo como el sol del Caribe y tan agonizante para cualquiera que no fuera lo suficientemente fuerte como para forzar el obstinado volante a girar o coaccionar el temperamental embrague para operar las marchas.

Amaba el viejo camión y sabía que sostendría el bote inflable de vinilo verde con los remos de madera. Metió el bote en la caja del camión y se subió al asiento del conductor, arrojando su mochila al asiento del pasajero a su lado. Con cuidado, retrocedió el monstruo amarillo por el camino de tierra, lo giró con fuerza y se dirigió con determinación hacia su destino.

CAPÍTULO 13

LA CAZA

Al llegar a la Bahía de Guantánamo, Gabriel recogió rápidamente todo lo que anticipó que podrían necesitar, moviéndose sigilosamente para evitar ser notado. Una vez que tuvo todo, levantó el teléfono y marcó a Ian Davidson en la Embajada de Canadá.

"Sr. Davidson, me voy a desconectar por unos días," comenzó.

"¿Tienes alguna pista?" preguntó Ian.

"Creo que sí. Al menos lo suficiente como para investigar a fondo." ¿Cómo podría explicarle a Ian que estaba siguiendo una corazonada? Confiar en la visión de Isabella era una locura, pero ella era tajante sobre lo que había visto. Le creía, pero no estaba seguro de poder explicarle a nadie por qué le creía.

"Está bien," respondió Ian. "Encuéntrame en La Habana el próximo viernes y dame una actualización."

Gabriel colgó sin responder. Unos días era todo lo que tenía. Tendría que ser suficiente.

Isabella estaba sacando el bote inflable del camión cuando Gabriel llegó en un vehículo con un remolque enganchado en la parte trasera, con todo el equipo que había asegurado.

"Buena idea con el inflable," la saludó.

"Podría ser lo único que no tienes aquí," comentó Isabella mientras inspeccionaba el contenido del remolque.

Él le sonrió mientras le entregaba una mochila impermeable. "Si tenemos que pasar unas noches en el campamento, traje más comida."

Sonriendo, Isabella tomó la mochila, se la colgó al hombro y caminó hacia el borde de la cascada. Con cuidado, miró las aguas abajo, confusa por lo que vio ayer. Hoy, estaba ansiosa mientras miraba el agua, temiendo haber imaginado todo. Gabriel podía sentir su aprensión.

Pensó en su plazo mientras miraba a Isabella con cautela, luego caminó hacia donde ella estaba y se puso a su lado.

"¿Todavía lo ves?" preguntó Gabriel. Al girarse Isabella hacia él, vio la incertidumbre en sus ojos.

"No tan claramente como ayer, pero la silueta todavía está ahí," respondió ella. "¿Ves algo?"

Gabriel la miró antes de responder. "No, no lo veo. Pero creo que tú sí." Se dio la vuelta, regresó al remolque y comenzó a descargar el contenido.

Juntos, arrojaron el inflable al agua de abajo, sosteniéndolo con la larga cuerda que usaron para atarlo. Luego, comenzaron el tedioso proceso de transferir todo del remolque, bajando la escalera de cuerda, y a la lancha de abajo. Con cuidado, transportaron el equipo y los suministros a la pequeña cala. Se necesitaron ocho viajes agotadores, y para cuando terminaron, el sol estaba bajo en el cielo.

Isabella salió de la tienda donde había colocado la linterna en la pequeña mesa portátil junto al colchón que Gabriel había proporcionado. "¿Dónde quieres poner tu tienda?" preguntó mientras miraba alrededor del campamento.

Bajo un toldo que habían erigido, Gabriel organizó ocho tanques de oxígeno, trajes de neopreno, máscaras de buceo con luces submarinas adjuntas y su aparato de respiración. Aseguró uno de los reguladores al chaleco en su regazo. Cada chaleco podía llevar dos tanques de oxígeno. Concentrándose en lo que hacía, no miró hacia arriba mientras le respondía.

"No traje otra tienda," dijo. "Solo traje el colchón inflable más grande con una bomba solar." Volvió a verla, sabiendo que ella ya había visto el colchón montado en la tienda. Puso el chaleco a un lado y caminó hacia donde ella estaba de pie. "No tenía espacio en el remolque para una tienda, así que pensé que eso tendría que funcionar. Podemos inflarlo con aire caliente para protegernos del frío por la noche. No quiero usar un calentador portátil con esta vieja lona," dijo, tocando la tela de la tienda.

"¿Quieres compartir el colchón?" preguntó Isabella, sorprendida.

"¿Por qué no?" respondió Gabriel, mirándola. "Funcionó anoche, y no nos congelamos hasta morir." Gabriel pudo ver la incertidumbre en su rostro. "Confío en que te comportes como una dama y no aproveches la situación."

Relajándose, ella le sonrió. "No te preocupes. Estás a salvo conmigo." Se quedaron mirándose por un momento. Ninguno podía negar la atracción que sentían, pero no se confiaban el uno al otro, y eso era difícil de superar con tanto en juego.

Gabriel se frotó las manos por los brazos y alcanzó su chaqueta. El sol comenzó a caer, y la temperatura bajó de inmediato. "¿Por qué crees que hace tanto frío aquí abajo?" preguntó, cambiando de tema.

Isabella sostenía el delgado libro encuadernado en cuero y se movió a una de las sillas plegables frente al fuego. Anteriormente, ella había puesto una olla con frijoles y salchichas sobre la fogata, que burbujeaba mientras se inclinaba a revolverlo. "Conseguí este libro en Rusia. Una banda de gitanos que pasaba por el campo fuera de San Petersburgo lo tenía. Tuve que comer pelmeni y borscht durante un mes porque usé mi asignación de comida para comprárselo a ellos."

"¿Pelmeni?" le preguntó mientras agarraba dos tazones y un poco de pan crujiente. Luego se movió a la segunda silla frente a la fogata. Sabía lo que era el borscht.

"Es el plato nacional de Rusia," explicó Isabella mientras servía el guiso de salchichas y frijoles en los tazones y le entregaba uno. "Son una masa delgada parecida a una pasta rellena de carne picada y untada con mantequilla."

"¡Oh! ¿Como empanadas?" preguntó, tomando su tazón de ella, luego sentándose y sumergiendo el pan en el tazón.

"Sí, pero se hierven, no se hornean," respondió ella mientras se sentaba. Comiendo, tomó el libro y comenzó a hojear las páginas.

"¡Guau!" dijo Gabriel mientras la miraba. "¿Y ese libro valió la pena el sacrificio?"

"La sacerdotisa Salustra escribió este libro. Ella fue una gran sacerdotisa en el templo de Poseidón en el anillo más externo de Atlántida. Este es su relato de primera mano de la destrucción de la ciudad," explicó Isabella mientras hojeaba las páginas con cuidado.

Gabriel dejó su cuenco, centrándose en Isabella mientras comenzaba a leer. "La ciudad colapsó como una canoa rompiéndose contra los bancos de arena mientras la tierra se hundía. Millones perecieron sin un sonido y sin una oración a los dioses. Debajo del Monte Atla, desconocido para los atlantes, burbujeaba suficiente energía volcánica para destruir la ciudad. El vapor de la Tierra se filtró durante la oscuridad de la noche. Un calor tan grande que descongeló el mar helado y lo hizo caer sobre nuestras cabezas. Había ruido, polvo y confusión por todas partes mientras el mar se precipitaba bajo la tierra hacia las vastas cavernas subterráneas. La fuerza de las aguas derretidas golpeó las antiguas paredes, y la inmensa presión causó un retumbar constante y aterrador. El aire se volvió frío mientras el mar se agitaba en grandes olas, estrellándose como un trueno bajo nuestros pies, desplazando las capas y creando seísmos marinos." Isabella terminó su lectura y miró a Gabriel.

"¿Crees que esta cala está sobre un glaciar?" preguntó Gabriel con incredulidad.

"Eso explicaría porqué la temperatura cae tan drásticamente, especialmente cuando se pone el sol," respondió ella.

Gabriel se levantó y caminó hasta el borde del agua. "Y por qué el agua está tan fría," murmuró. Al darse la vuelta, regresó hacia ella. "¿Qué más dice ese libro?"

"Bueno, ella habla sobre las lecciones aprendidas de la destrucción de Atlántida. Ella culpa a los atlantes y su arrogancia por el colapso. Dice: "Cuando una nación comienza a decaer por dentro, está madura para la conquista desde fuera," Isabella leyó del libro.

"Entonces, ¿hubo una amenaza externa para Atlántida?" preguntó Gabriel. "¿Otra cultura superior a la suya?"

"No lo creo," explicó Isabella. "Ella habla de una sociedad obsesionada con lujos y comodidades, una sociedad que se pudre desde dentro porque conocen el precio de todo y el valor de nada. En su relato, la sacerdotisa recuerda una conversación con los gobernantes de Atlántida, donde lamentaban que un líder solo podía llegar tan lejos como la ambición y la voluntad del pueblo lo permitieran. Les dijo la verdad: que la gente era corrupta y cobarde, ansiosa por ser alimentada, protegida, entretenida y provista desde la cuna hasta la tumba. Un estado de bienestar de parásitos, alimentándose del trabajo de otros."

"Esa es una acusación definitiva de un estado comunista," dijo Gabriel.

Isabella se irritó. "¿Lo es? Eso podría ser una descripción precisa del capitalismo descontrolado, las élites viviendo a costa de los hombres de trabajo."

"¿Qué más dice?" preguntó Gabriel, ignorando su comentario.

Ella replicó: "Ella habla sobre las diferentes filosofías de Atlántida y cómo las doctrinas se contradicen entre sí."

"¿Cómo así?" preguntó él.

"Ella argumenta que la igualdad es el grito de guerra del demócrata, pero el cínico responde que no sabemos nada de la verdadera igualdad. La verdadera felicidad, dice, radica en la simplicidad natural—un regreso a la esencia de la naturaleza, donde la humanidad es inherentemente buena. Sin embargo, reconoce que seguimos siendo susceptibles al mal. Se adentra en el panteísmo, donde Dios, el universo y el hombre son uno, todos moviéndose hacia un objetivo desconocido. Contrasta esto con una sociedad ideal donde los individuos son meros engranajes en una máquina más grande, girando al unísono por el bien común. Sobre todo, enfatiza el poder de la educación, creyendo que es la clave para liberar las mentes de las cadenas de la ignorancia. Un hombre que no es enseñado a pensar, insiste, no es mejor que un tonto." Isabella miró a Gabriel, leyendo la última frase directamente del libro.

"La educación de la rutina sin pensamiento seduce a la multitud," murmuró Gabriel.

"¿Qué?" preguntó Isabella.

"Algo que leí una vez. Hay una inevitabilidad en la decadencia de una civilización. El proceso comienza con la lucha, luego avanza a través de los ciclos de crecimiento, prosperidad, lujo y finalmente declive," explicó Gabriel.

"Esa es la definición misma de un cínico," respondió Isabella.

"¿Lo es?" preguntó Gabriel, mirándola con seriedad. "Nadie puede contar con lo que alguien dice o hace. Conocemos la verdadera naturaleza de las personas al ver lo que quieren hacer."

"Entonces, ¿crees que la humanidad no puede crecer? ¿No puede evolucionar? Quiénes somos no define quiénes podemos ser. Siempre podemos elegir," replicó Isabella.

"¿Podemos?" preguntó Gabriel con toda seriedad. "Lo que tu sacerdotisa describe llevó a la destrucción de Atlántida y al colapso de cada civilización desde entonces."

"Cuba no es una civilización. Su historia es una de pobreza e insurrección, con solo el sueño de libertad que el pueblo cubano nunca abandonó. Estamos felices y satisfechos con lo que tenemos. Queremos los medios para mantener nuestro estilo de vida," respondió Isabella con sinceridad.

"Pero el pueblo cubano no es libre. La libertad es prosperidad en sus manos, la libertad de elegir su destino," comenzó Gabriel.

"¿Y el pueblo jamaicano es libre?" dijo Isabella, con la ira oscureciendo sus ojos. "La mentalidad consumista estadounidense les fascina. Una cultura que promete que todos serán iguales si pueden comprar cada lujo que desean. No se dan cuenta de que la igualdad no existe en los Estados Unidos porque están esclavizados al consumismo, que los mantiene en deuda y encadenados para siempre a sus amos capitalistas. ¿Dónde está el bien común en esa doctrina?"

"Sostenemos que estas verdades son evidentes por sí mismas, que todos los hombres son creados iguales, que son dotados por su creador de ciertos derechos inalienables. Entre estos están la vida, la libertad y la búsqueda de la felicidad," recitó Gabriel.

"Eso es hermoso," respiró Isabella, desarmada por la magia de sus palabras. "¿Qué revolucionario dijo eso?" preguntó.

"¡Thomas Jefferson! En la Declaración de Independencia de los Estados Unidos de América," respondió Gabriel, esperando su reacción.

"¡Pero ellos no practican lo que predican!" le siseó, su ira regresando con toda fuerza.

"¡Los líderes fallan!" replicó Gabriel. "Tu sacerdotisa dice lo mismo," hizo una pausa, señalando el libro que aún tenía en la mano.

Tomó un respiro antes de continuar. "Él seguirá fallando al pueblo cubano, especialmente si le das los medios," dijo Gabriel suplicante, sus ojos implorándole que entendiera. Pero no había anticipado la profundidad de su desconfianza hacia él.

Los ojos de Isabella se entrecerraron, y su aguda inhalación le advirtió a Gabriel que había presionado demasiado, demasiado pronto. Sus ojos eran dagas dirigidas hacia él, y sus palabras eran tan bajas que tuvo que acercarse más para oírla. "¿Quién eres?"

Hizo una pausa antes de responderle. Él también tenía una misión. "Soy solo un cubano que anhela la libertad," respondió lo más sinceramente posible.

Estaban en un punto muerto, y ambos lo sabían.

"Deberíamos dormir un poco," anunció Isabella, entrando en la tienda.

"Isabella," imploró, pero ella ya había pasado por la puerta de la solapa. Se tomó su tiempo apagando el fuego y lavando la olla y los cuencos, pero ya no podía retrasar lo inevitable. Cuando entró en la tienda, su espalda estaba hacia él, y se había envuelto bien en una manta. Se acostó a su lado, de espaldas a ella. Miró la pequeña mesa junto al colchón. El libro escrito por la sacerdotisa Salustra no estaba a la vista.

Cuando despertó, tanto Isabella como su mochila habían desaparecido. En pánico, se levantó y corrió afuera. Ella estaba sentada junto al fuego, su bolsa asegurada a sus pies, bebiendo café mientras lo esperaba. En silencio, se volvió a mirarlo, su rostro inquebrantable.

"El café está caliente," dijo, señalando la cafetera francesa frente a ella. Isabella escudriñó el rostro de Gabriel en busca de alguna pista sobre lo que estaba pensando. No había podido dormir y trató de no tensarse cuando él se acostó a su lado. Suspiró de alivio cuando él le dio la espalda. Sus palabras la habían sacudido. Su creciente confianza en él se hizo añicos en un millón de pedazos. Pero lo necesitaba. No podía encontrar lo que buscaba sin su equipo y experiencia. Ninguna parte de Cuba ofrecía lo que él le brindaba. Tenían todo lo que necesitaban para la expedición de buceo y la exploración de la poza. ¡Y el campamento! El campamento que él había organizado tenía todo lo que necesitaban para una estancia prolongada. Cosas que nunca soñó que necesitarían.

Soñó con una Atlántida que la esperaba en el agua cuando se quedó dormida. Caminó por los senderos, siguiendo los brazos abiertos de bienvenida de las estatuas. Como antes, se detuvo ante la cortina brillante de luz dorada, desesperada por atravesar el frágil velo que ocultaba su secreto. Pero sabía que no podía hacerlo sola. Esta realidad la despertó de su sueño, y yació en silencio, sintiendo el calor del cuerpo de Gabriel que la calentaba. Podía enviarlo lejos. Podía llamar a su padrino y tener un equipo de científicos en la cascada antes de que terminara el día, pero no podía hacer que eso sucediera.

Los secretos de Atlántida eran suyos para encontrarlos. ¡Los dioses la habían elegido! Sentía la responsabilidad de su confianza para mantenerlos ocultos de todos aquellos que los destruirían de nuevo. No tenía dudas de que su padrino aplastaría la ciudad submarina hasta convertirla en arena para descubrir su tesoro, lo que hacía a Gabriel valioso para ella, al menos por el momento.

Gabriel no dijo nada mientras se servía una taza de café y tomaba una de las tostadas que estaban en el lado de la parrilla portátil que había instalado. El pan cubano estaba tibio y mantecoso, y lo masticó lentamente mientras la observaba por el rabillo del ojo, moviendo su silla para que no estuviera en su visión periférica. Estaba demasiado nervioso para quedarse dormido mientras yacía a su lado. Se dio una patada por haber bajado la guardia. Fue un error de novato, y pudo ver el daño instantáneo que había hecho a la frágil confianza que estaba cultivando. No fue hasta que ella se acercó a él en su sueño, tocando sus espaldas, que finalmente se quedó dormido.

Isabella se levantó y caminó hasta el borde del agua. Enjuagó su taza de café, luego se quedó de pie y miró la poza frente a ella. Estaba ansiosa por comenzar, impaciente por encontrar la mina y enviar a Gabriel a empacar. Se volvió hacia él. "¿Listo?"

Gabriel asintió. Se cambiaron a sus trajes de neopreno, ayudándose mutuamente a ponerse los pesados chalecos, y revisaron sus reguladores y máscaras. Él le mostró cómo operar las luces que les permitirían ver bajo el agua. Isabella sintió que su emoción crecía mientras caminaban hacia el borde de la piscina.

"Seguiré tus indicaciones. Si sientes que te toco el tobillo, detente inmediatamente y gírate hacia mí. Cuando te toque la pierna, puedes proceder. Si necesitas comunicarme algo, deja de nadar y espera a que te alcance," instruyó Gabriel. Esta expedición era peligrosa, y no iba a arriesgar sus vidas.

Isabella lo miró, asintiendo que entendía sus instrucciones. Avanzando delante de él, caminó más profundo en el agua. Suspirando, Gabriel la siguió.

Tan pronto como la cabeza de Isabella estuvo bajo el agua, Atlántida se abrió ante ella. Fascinada, nadó hacia las estructuras con sus torretas y cúpulas que sobresalían del coral que las rodeaba. Gabriel observó cómo su cabeza se movía de lado a lado, captando solo imágenes que ella podía ver. Miró a su alrededor, tratando de ver lo que ella estaba viendo, pero todo lo que podía distinguir eran colinas y valles de formaciones de coral. A medida que descendían más, se dio cuenta de que las formas no eran coral, sino roca sedimentaria fusionada expuesta a calor y presión extremos durante miles de años. Los valles eran cráteres que parecían haber sido formados por impactos intensos. Cuanto más profundo buceaban, más fría se volvía el agua.

Sin previo aviso, Isabella giró a la izquierda y parecía saber exactamente a dónde iba. Gabriel la siguió de cerca mientras Isabella nadaba por el camino de adoquines que conducía al templo de Poseidón. Las columnas de piedra ornamentadas la guiaban mientras las sirenas de piedra en la entrada señalaban el camino. Los depósitos de oricalco iluminaban el camino hacia el centro del templo. Los haces de luz se separaron para darle la bienvenida mientras nadaba a través de la columnata. El inconfundible sonido del agua corriente la guiaba mientras ascendía a una laguna de roca cavernosa, con agua corriendo por las paredes y un estruendo sobre ellas. Al mirar a su alrededor, una enorme estatua de Poseidón dominaba el borde de la laguna, protegida por la montaña de roca que la rodeaba en un semicírculo. Se quitó la máscara facial y sacó el regulador de su boca. Los ojos de granito de la estatua se encontraron con los suyos, y por más que lo intentara, no pudo apartar la mirada.

Gabriel emergió junto a ella, sus ojos fijos en su rostro. Su expresión de sorpresa lo hizo voltear para ver a qué estaba mirando; Poseidón medía sesenta pies de altura y se alzaba sobre la laguna. Estaba de pie con un pie delante del otro; su tridente apuntaba a través de la laguna hacia la cascada que golpeaba detrás de ellos. Isabella no podía moverse, hipnotizada por la figura frente a ella. Lentamente, su mano se movió para agarrar la mano de Gabriel, su agarre se apretó mientras entrelazaba sus dedos con los de él.

"Esto debe ser el salón de adoración. Se parece a la descripción de

Salustra en su libro," explicó Isabella mientras se volvía hacia Gabriel. La admiración que sentía se reflejaba en su rostro. "Por favor, dime que ves lo que yo estoy viendo?"

"¡Sí!" le aseguró. "Una estatua de Poseidón. ¡Lo lograste, Isabella! ¡Encontraste Atlántida!" Gabriel le dio a su mano un apretón reconfortante antes de soltarla y nadar hacia el otro lado de la laguna.

Luchó contra la corriente, solo para ser empujado de nuevo al agua de abajo, tratando de encontrar su equilibrio en las rocas resbaladizas. Al deslizarse bajo la superficie, ¡lo vio! La cascada ocultaba el pasadizo escondido que conducía fuera del templo. Al emerger, nadó hacia el lado de la cascada, el corredor ahora visible y lo suficientemente grande para que pudieran pasar. El sonido del agua chocando contra la pared de la caverna sobre la laguna lo puso nervioso. Parecía venir en olas, y cronometró los intervalos para que Isabella pudiera oírlo por encima del ruido.

"¡Isabella!" llamó, pero ella no pudo oírlo. Esperó a que la ola de arriba disminuyera. "¡Isabella! Hay un pasadizo por aquí. Conduce fuera de la cámara."

Isabella se volvió hacia Gabriel. Con una mirada hacia atrás a la estatua, nadó hacia él. Intentó concentrarse en lo que Gabriel le estaba mostrando y en lo que decía, pero su mente estaba en llamas. ¡Era real! Atlántida era real, como su padre había creído todo el tiempo. Estaba tan concentrada en encontrar el pote con oro al final del arcoíris que no estaba preparada para la gloria de este.

Ella siguió a Gabriel a través del túnel oscuro. Arriba y abajo de ellos, el agua retumbaba y aplaudía, cayendo por las paredes en suaves cascadas o en rápidas cascadas que tenían que sortear. Continuaron, sintiendo el cambio de temperatura a medida que se movían hacia la superficie. Sin previo aviso, emergieron del túnel en un denso bosque, el dosel tan grueso que la luz del sol no podía penetrar el suelo.

Con Gabriel aún liderando, abrieron camino y lucharon a través de la densa vegetación. Isabella se dio cuenta de que ningún ser humano había pisado donde ellos ahora avanzaban, y el pensamiento era sobrio. De repente, el bosque se abrió a una pequeña franja de arena con el agua más verde que jamás habían visto, acariciando los bancos poco profundos. El fondo marino era rocoso y estaba salpicado de un brillante depósito dorado, convirtiendo las aguas azules en verdes. Gabriel e Isabella se miraron antes de lanzarse al agua y recoger los trozos más grandes del mineral.

"¿Oricalco?" preguntó Gabriel con cautela.

Isabella asintió, una sonrisa iluminando su rostro. "Está incrustado en el sedimento a lo largo de esta cala. ¡Mira!" exclamó mientras corría de cresta a cresta, justo debajo de la superficie del agua, agarrando las muestras sueltas que salpicaban la arena.

Gabriel avanzó hacia el agua; le llegaba hasta el muslo en el punto más profundo. El agua verde velaba las suaves pendientes que encerraban el mineral precioso a su alrededor, pero no había señal de la mina. Miró a su izquierda y luego a su derecha. ¡Su corazón se sobresalto! Isabella vio la expresión en el rostro de Gabriel y se volvió hacia donde él miraba. La sonrisa desapareció de su rostro. Juntos, caminaron por la pequeña franja de arena de regreso a la maleza hasta que emergieron en un saliente que sobresalía sobre el mar profundo. El agua era el azul más oscuro que Isabella había visto. Gabriel se arrodilló para tocar la superficie bajo sus pies. Era una capa impenetrable de lava fusionada. Isabella caminó hasta el borde y miró hacia el agua abajo. Podía ver las poderosas corrientes subterráneas girando bajo la superficie, listas para arrastrarla a sus profundidades para siempre si se lanzaba. Un pequeño sollozo escapó de sus labios, y se volvió hacia Gabriel mientras las lágrimas se formaban en sus ojos.

"¿La mina?" preguntó.

"Creo que sí," respondió suavemente. Si la mina estaba allí abajo, estaba perdida para ellos.

La densa vegetación oscurecía la vista de todo lo que los rodeaba. No podían ver nada más allá del horizonte directamente frente a ellos. Gabriel sacó un receptor de posicionamiento global de mano mientras Isabella se sentaba en el saliente mirando hacia el agua.

Tomando la longitud y latitud de su posición, hizo anotaciones en el pequeño cuaderno que sostenía.

"El Puerto de Baracoa está en la latitud 20 grados, 21' 11" N y longitud 74 grados, 30' 13" W. La Montaña El Yunque está en 20 grados, 21' 08" N y longitud 74 grados, 34' 26" W. Según mis cálculos, estamos en la base misma de la cuenca de El Yunque," dijo.

"¿Qué?" preguntó Isabella, aún en las profundidades de la desesperación.

"La Montaña El Yunque es una meseta. Tiene aproximadamente 3691 pies de ancho y 1886 pies de alto. Creo que estamos en la base misma de la cordillera," explicó Gabriel. Al darse cuenta, se rió y sacudió la cabeza. "La casa de Andrik y Liliana está a dos millas al oeste de aquí. Eso explica por qué el agua siempre está tan fría durante nuestras nadadas matutinas," razonó. La fuente de la mina estaba a dos millas de donde vivía Andrik mientras la buscaba. La ironía no se le escapó a Gabriel.

Isabella estaba consumida por la angustia, su mente sorda a las palabras de Gabriel. Él vio el peso de su tristeza en sus ojos. Cansados, fríos y hambrientos; retrocedieron en silencio. Isabella apretó las muestras que había recogido, su agarre firme como si fueran el último vestigio de algo que valía la pena aferrarse.

Cuando recuperaron su equipo de buceo del túnel, Isabella nadó hacia el centro de la laguna, su mirada fija en la estatua de Poseidón. Sus ojos parecían seguirla, inquietantemente fijos e inquebrantables. Gabriel le dio un momento, dejándola absorber la escena antes de tocar suavemente su hombro, señalando que era hora de irse. Esta vez, Isabella se movió sin una palabra, sus ojos dirigidos hacia abajo mientras nadaba hacia la orilla más allá de las profundidades inquietantes.

De regreso al campamento, con sus cuerpos abrumados por el agotamiento y la derrota, se quitaron su equipo mojado y se cambiaron a ropa seca. Gabriel se puso a calentar sopa de frijoles negros mientras Isabella se sentaba inmóvil junto al fuego, mirando el agua oscura como si buscara respuestas en sus profundidades.

"Ver un sueño hacerse realidad puede ser aterrador," dijo Gabriel, tratando de involucrarla. Su tristeza lo perturbaba.

"¿Qué sueño se ha hecho realidad?" respondió, sin mirarlo.

"Encontraste la mina, Isabella," dijo Gabriel con tono tranquilizador.

"¿Lo hice?" le respondió con desdén. "Si la mina está allí, está bajo una capa impermeable de roca, en aguas con corrientes tan fuertes que ningún hombre puede sobrevivir. Cuba no tiene el equipo ni la experiencia para extraer el Oricalco bajo esas condiciones, incluso si supiéramos que la mina estaba allí, lo cual no sabemos."

"¿Qué te dice tu instinto, Isabella?" preguntó.

Su risa fue dura. "Mi instinto me dice que he fracasado."

Al principio, fue un suave sollozo, luego un grito gutural que desgarró el aire, rompiendo el corazón de Gabriel con cada sonido desgarrador. Isabella se hundió en el suelo junto al fuego, su rostro entre sus manos mientras el peso del día la aplastaba. La alegría de descubrir el templo de Poseidón había sido un subidón efímero, una vertiginosa oleada de triunfo. Pero la realidad de que solo había encontrado trazas del mineral que necesitaba, hizo que todo se viniera abajo.

Gabriel percibió el dolor que irradiaba de ella, pero no sabía cómo aliviarlo. Su sentido del deber lo tironeaba, pero su corazón lo instaba a seguir adelante. Sin decir una palabra, cruzó a su lado, atrayéndola hacia sus brazos. Sus susurros de consuelo caían suavemente en su cabello mientras ella temblaba en su abrazo. Gradualmente, sus sollozos se calmaron, su cuerpo relajándose contra el suyo, el calor de sus brazos un pequeño refugio en la tormenta de su dolor.

Su rostro surcado de lágrimas se levantó para encontrar la mirada de Gabriel. Sin dudar, con sus ojos nunca apartándose de los de ella, se inclinó. El beso fue suave al principio, una promesa silenciosa, antes de que ella respondiera, acercándose más.

El color los rodeaba. Enmarcados por las llamas danzantes detrás de sus cuerpos entrelazados, los azules proyectados por la sombra de la luna se combinaban con el verde del agua brillante, envolviendo su unión en un resplandor etéreo. Durmieron donde yacían, calentados por el fuego a sus espaldas y encontrando consuelo en los brazos del otro.

Despertaron durante la noche; ella con frío, y él de hambre. Comieron la sopa tibia directamente de la olla. Gabriel corrió hacia la tienda para agarrar dos mantas; una la extendieron debajo de ellos, la otra la usaron para cubrir su desnudez. Luego, hicieron el amor de nuevo, purgando la última emoción del día al proporcionar el alivio que ambos necesitaban.

"Lo resolveremos por la mañana," le prometió. Ella asintió, quedándose dormida con la cabeza apoyada en su pecho, el latido constante de su corazón, una canción de cuna en su oído.

Gabriel despertó primero, permaneciendo quieto para no perturbar a Isabella, que dormía plácidamente en el círculo de sus brazos. Su cuerpo presionado contra el suyo, él saboreó la sensación de su calor. Su presencia anclándolo de una manera que jamás había sentido. Pero a medida que la niebla del sueño se disipaba, su mente se agudizaba, el peso de la situación asentándose. El deber luchaba con el honor, como siempre lo hacía.

La mina, sabía, estaba enterrada profundamente bajo la roca madre, girando en las aguas de abajo. Estados Unidos tenía la tecnología para extraerla—de eso, no tenía dudas. Su mente giraba con las complejidades de todo. La caída desde el saliente de roca hasta el agua era de al menos cincuenta pies, demasiado empinada y traicionera, y las corrientes demasiado fuertes para su equipo de buceo recreativo. Pero si podían acercarse desde el puerto, podrían mapear las corrientes. Las mareas, las corrientes de resaca y los remolinos eran todos peligros oceánicos, pero cada uno tenía su propio ritmo e intensidad. Si podían entender el flujo, entonces podrían encontrar la mina. Y esa era la clave.

Se sentó de repente, sobresaltando a Isabella. Ella se dio la vuelta mientras él saltaba y corría hacia la tienda donde guardaban el equipo. Isabella se frotó el sueño de los ojos.

"¿Qué pasa?" preguntó.

"Si podemos averiguar hacia dónde van esas corrientes y luego descubrir cuán fuertes son, podríamos encontrar una forma de entrar a la mina," explicó mientras rebuscaba en las bolsas debajo de la tienda.

"¿De qué hablas?" preguntó Isabella, confundida.

Gabriel encontró lo que buscaba y se volvió hacia ella. Ella miró lo que él sostenía en su mano, su escepticismo evidente. Gabriel pudo ver la pregunta en sus ojos.

"Traje esto por si teníamos que marcar hacia dónde íbamos," explicó.

"¿Pelotas de playa?" preguntó ella, aún sin entender.

"Cuando están inflados, actúan como boyas. Cuando yo iba a bucear en cavernas submarinas de niño, mis amigos y yo las usábamos para encontrar el camino de regreso," dijo emocionado. "Podemos dejar estas caer del borde de la roca y ver a dónde van y qué tan rápido viajan. Entonces sabremos cómo llegar a la mina."

"¿Puedes determinar eso de una pelota de playa que se deja caer al agua?"

"Bueno, no es exactamente científicamente preciso, pero nos señalará la dirección correcta," el respondió. "Tendremos que acercarnos al borde desde la bahía en algún momento. Necesitamos obtener las coordenadas de ubicación exactas desde esa dirección. Luego necesitamos encontrar mapas de las corrientes si es que existen." De repente se dio cuenta de que estas aguas pueden no estar cartografiadas.

"Eso tiene sentido," respondió Isabella con esperanza.

"¿De verdad?" preguntó él, sorprendido.

"En los mapas que tenía Andrik, había uno de las corrientes de la bahía, pero no puedo recordar qué tan cerca llegaban a la costa."

Él le sonrió, y ella sonrió de vuelta. Comenzaron a empacar con entusiasmo en una bolsa todo lo que necesitaban. Dejaron de lado las emociones de la noche anterior y se concentraron en lo que necesitaban hacer.

Después de un rápido desayuno, se zambulleron en las aguas frescas. Para cuando atravesaron el templo, entraron en el túnel y bajaron por el camino oculto hacia el borde de la roca, ya era media tarde.

Gabriel infló las pelotas con un compresor de aire portátil a batería. Luego sacó una varita de la bolsa con un pequeño ventilador en un extremo.

"¿Qué es eso?" preguntó Isabella.

"Es un medidor de flujo. Mide la velocidad del agua en movimiento. Podemos contar el número de revoluciones del rotor por minuto para determinar la velocidad del agua."

"¿Y eso nos dirá qué?" preguntó ella. No cuestionó por qué él habría pensado en traer algo así. Si lo hubiera hecho, Gabriel habría respondido que era equipo estándar para su investigación en Cuba. Su misión lo motivaba, y no arriesgaría despertar sus sospechas.

Él la miró antes de responder. "Qué tan rápidas son las corrientes."

Volvieron a las pelotas de playa infladas. Gabriel le entregó una mientras tomaba las otras dos, una en cada mano. Isabella lo miró expectante.

"Está bien," instruyó él. "Necesitamos dejar caer cada pelota exactamente con treinta segundos de diferencia. Tú dejas caer la tuya primero, luego comienza a tomar fotos con esta cámara de alta definición de a dónde van. Mientras yo dejo caer la segunda y la tercera, toma la foto para que puedas ver las tres. Mientras haces eso, yo dejaré caer el medidor de flujo y mediré las revoluciones."

Él la miró mientras ella asentía, entendiendo.

"A la cuenta de tres, deja caer tu pelota," dijo él mientras se posicionaban en el borde de la roca. Comenzó a contar; Isabella dejó caer la pelota y luego agarró la cámara, apuntándola hacia la pelota. Treinta segundos después, Gabriel dejó caer la segunda pelota y luego la tercera. Siguieron la corriente como patos en fila, agrupándose y girando justo antes de desaparecer bajo el borde.

"¿Qué opinas de eso?" preguntó Isabella, mirando a Gabriel.

"Bueno, es obvio que el agua fluye bajo la roca. A dónde terminan es la pregunta. En cuanto a ese pequeño anillo alrededor de la rosita que hicieron, bueno, eso indica una corriente extrema, posiblemente un remolino," respondió mientras preparaba el medidor de flujo.

Dejó caer el medidor de flujo en el agua. En segundos, la cuerda fue arrancada de su mano, y el medidor desapareció en las profundidades.

"No esperaba eso," murmuró Gabriel, sorprendido.

"¿Qué significa eso?" preguntó Isabella.

Gabriel se encogió de hombros. "Las corrientes son demasiado fuertes para entrar al agua desde arriba."

"¿Qué significa eso?" indagó ella.

"Significa que no tengo idea," dijo él, mirándola. "Deberíamos empacar y regresar. No hay nada más que hacer aquí."

Los hombros de Isabella cayeron al sentir el peso de otro fracaso más. Retrocedieron hasta que volvieron al templo de Poseidón. Mientras Gabriel revisaba el equipo para el viaje submarino de regreso a la cala, Isabella nadó hacia la estatua de Poseidón. Salió del agua y se sentó a sus pies, mirando hacia arriba para ver los ojos de piedra de la estatua, que la miraban casi expectantes.

"Estoy intentando, pero estoy fallando. Podría usar tu ayuda," suplicó mientras apartaba la mirada.

Una pregunta surgió en su mente, y miró hacia arriba a la fría y severa mirada de la estatua. "¿Por qué deseas esto con tanto fervor?"

"Quiero esto para mi gente. Quiero que Atlántida renazca en ellos," se escuchó decir mientras examinaba la estatua. Su expresión permaneció igual. Suspiró pesadamente y apartó la mirada.

Gabriel se unió a ella entonces, nadando en el agua mientras señalaba su equipo flotando a su lado. "¿Listo?"

Ella asintió, luego se sumergió en las aguas tranquilas. Gabriel la ayudó a ponerse el tanque de oxígeno y ajustó su máscara, acariciando su rostro. No le ofreció nada más que consuelo, y ella lo entendió.

El silencio los separó mientras aseguraban el equipo y preparaban la cena. El sol había comenzado su descenso, y la temperatura bajó en la cala. Gabriel envolvió una manta alrededor de los hombros de Isabella mientras se sentaban uno al lado del otro, cenando.

"¿Dijiste que Andrik tenía mapas de las corrientes y sus rutas para la Bahía de Baracoa?" preguntó Gabriel, rompiendo el silencio.

"Sí," respondió Isabella.

"¿Puedo verlos?" preguntó con cautela.

"Están de vuelta en mi oficina," Isabella se detuvo. La ubicación de la base de operaciones de Oricalco seguía siendo un secreto muy bien guardado.

Gabriel entendió su vacilación. "En Jamaica, mi tío Steven tiene una empresa llamada Diving Technologies. Su socio, Sean Francis, es un buzo de construcción submarina. Su enfoque principal es la reparación, mantenimiento y rehabilitación de arrecifes, incluyendo la reubicación de corales, pero de vez en cuando, realizan operaciones de salvamento para financiar sus esfuerzos de preservación ambiental."

"¿Cuál es tu punto?" preguntó Isabella.

"Hacen dragado y levantamiento submarino, incluyendo soldadura y corte."

Isabella lo miró, aún sin entender su significado.

"Creo que las islas del Caribe tienen la maquinaria y la tecnología para excavar la mina," respondió pacientemente.

"¿Importa? ¡No podemos encontrarla!" dijo, con evidente frustración.

"Solo porque no podemos verlo no significa que no lo hayamos encontrado."

Ella lo miró entonces mientras la comprensión se extendía como una ola a través de su cuerpo. "¿Los mapas de Andrik?"

"Sí, necesitamos navegar esas corrientes y encontrar un camino hacia la repisa desde la bahía," explicó.

La sospecha y la duda invadieron su mente. Se levantó y se alejó, poniendo distancia entre ella y Gabriel. Él no la siguió.

Finalmente, volvió a mirarlo. "Gabriel, no podría haber llegado tan lejos sin ti. Eres tan responsable de encontrar Atlántis como yo."

Gabriel la interrumpió. "Isabella, tú encontraste Atlántida. No yo. Todo lo que hice fue creerte." Tomándola en sus brazos, la besó, acercándola más mientras ella profundizaba el beso.

Fue Isabella quien se apartó primero. "Te llevaré a mi casa. Luego conseguiré los mapas. Pero Gabriel, debes prometer que te quedarás en mi casa. No te vayas, y bajo ninguna circunstancia me sigas." Ella lo miró intensamente mientras hablaba.

Él miró en sus ojos. No había ternura en ellos. Asintió y se apartó de ella. Con propósito en cada paso, ella entró en la tienda, saliendo minutos después, lista para irse.

Gabriel se movió hacia la lancha, empujándola al agua y sosteniéndola mientras ella subía. En silencio, remó hacia la escalera de cuerda. La dejó proceder mientras aseguraba la lancha a la escalera y la seguía. Nuevamente, no se dijo nada entre ellos.

Isabella esperó en la vieja camioneta. No miró a Gabriel mientras él subía al asiento del pasajero a su lado. Cuando cerró la puerta, ella encendió el vehículo y condujo hacia su casa.

Ella aparcó junto a su casa, y Gabriel la siguió.

"Hay comida en el refrigerador si tienes hambre. Volveré en una hora," dijo Isabella, saliendo por la puerta.

Gabriel se quedó junto a la ventana mientras ella se iba. Cuando ella estuvo fuera de vista, se dio la vuelta y miró a su alrededor. La puerta del dormitorio cerrada le intrigaba. Justo cuando giró la manija para abrir la puerta, un coche entró, deteniéndolo en seco. Con cautela, se movió hacia la ventana, mirando hacia afuera para ver quién era, sorprendido al ver a José Vasquez caminando hacia la puerta.

Mientras José se acercaba a la puerta con determinación, Gabriel se dio cuenta de que estaba desbloqueada. José entró en la casa mientras Gabriel se hundía de nuevo en las sombras. Como si sintiera una presencia, José se volvió hacia donde estaba Gabriel, sorpresa en sus rostros.

Gabriel se recuperó primero y extendió su mano, acercándola al hombre incrédulo. "Buenas tardes, Señor Vasquez, es un placer conocerlo. Soy Gabriel Henriquez, amigo de Isabella" dijo Gabriel, sin apartar la vista del rostro de José.

Al escuchar el nombre, José recuperó su compostura, y su rostro se endureció. Gabriel vio el cambio en su comportamiento y retiró su mano.

"¿Gabriel Henriquez?" preguntó José.

"Sí Señor, soy el sobrino de Liliana—el nieto de Carmen. Nunca nos hemos conocido...," comenzó Gabriel titubeando.

"Sé quién eres," dijo José, la tensión en su voz agudizando su tono. "¡Y sé que eres un espía americano!"

José observó cómo sus palabras hicieron que Gabriel retrocediera. "Quiero saber por qué estás en la casa de mi hija y por qué te llamas amigo de ella?" preguntó José, creyendo que su hija estaba en peligro.

Gabriel entendió el miedo en el rostro de José. "Isabella está a salvo," le aseguró Gabriel. "Ella fue a buscar unos mapas que necesitamos."

"¿Mapas? ¿Necesitas?" preguntó José, no dispuesto a ceder.

"Necesitamos," respondió Gabriel, con tono severo. "Estoy ayudando a Isabella."

"¿Ayudándola a hacer qué?" preguntó José.

Pero Gabriel estaba preparado para dar la vuelta a la situación con José; él acusó a Gabriel de ser un espía americano, y Gabriel necesitaba averiguar por qué—antes de que Isabella regresara.

"No, mi turno," dijo, acercándose a José. "¿Por qué me llamó espía americano?"

José miró al joven. ¡El joven cree que puede intimidarme! pensó José. Gabriel perdió su ventaja en el momento en que le dijo a José que Isabella estaba a salvo.

"Tenemos un amigo en común," dijo José, sacando la silla para poder sentarse en la mesa de la cocina frente a Gabriel.

Gabriel sacó la silla frente a él y también se sentó. "Sí, Liliana y

Andrik Dulka," dijo Gabriel, tratando de relajarse, preparándose para su historia de cobertura.

"Ian Davidson," dijo José, y el color del rostro de Gabriel cambió.

"¿Está trabajando con los canadienses?" preguntó Gabriel, incluso cuando la respuesta le llegó. "¿Por qué? ¿Con qué fin?"

José se encogió de hombros pero no dijo nada. Gabriel era un chico inteligente; podía verlo en sus ojos.

"¿Elige trabajar con los canadienses para derrocar a Fidel Castro en lugar de con los Estados Unidos?" preguntó Gabriel.

José respondió. "Los canadienses no tienen ambiciones imperialistas. Su único propósito es ayudar al pueblo cubano a alcanzar la misma libertad de la que ellos disfrutan. No actúan descontroladamente como un toro en una tienda de porcelana, destruyendo todo a su paso, y luego se llevan todo lo que no han roto, dejando al pueblo cubano recogiendo los afilados fragmentos que quedan."

"¡Los Estados Unidos no son así!" respondió Gabriel defensivamente.

"¿No?" preguntó José, levantando una ceja con incredulidad en cada palabra. "¿Por qué? ¿Por personas como tú?"

"¿Personas como yo?" preguntó Gabriel sospechosamente.

"¿Te llamas cubano-americano?" preguntó José, sin esperar a que Gabriel respondiera. "¿Es así como justificas volver aquí para llevarte lo que quieres sin considerar cómo tus acciones afectarán al pueblo cubano que vive en esta isla? Si tu gobierno te hiciera elegir a qué país le jurarías tu moralidad, ¿cuál elegirías?"

Gabriel desvió la mirada. José hizo la misma pregunta con la que él estaba luchando.

José reconoció la indecisión del joven y sintió empatía por él. Este tiene conciencia, pensó para sí mismo.

"¿Qué mapas fue a recoger Isabella?" preguntó José.

Gabriel no estaba en su mejor momento y respondió honestamente. "Ella dijo que Andrik tenía mapas de las corrientes y mareas de la Bahía de Baracoa."

"¿Entonces, has encontrado la mina?" preguntó José.

Gabriel casi se cae de la silla. "¿Sabe dónde está?"

"Andrik y yo tenemos una idea bastante buena. No sabemos la ubicación exacta y hemos decidido no buscarla. Puedes entender por qué," respondió José, mirando a Gabriel.

Este no dijo nada. Estaba tratando de entender qué estaba pasando.

José se rió. "Andrik sabía que Isabella la encontraría. Se fue de la isla para no estar aquí para ayudarla. No teníamos idea de que la descubriría tan rápido," dijo, admirando las capacidades de su hija. Mirando a Gabriel con desdén, su rostro se endureció. "Pero nunca te vimos venir."

Gabriel recuperó la compostura. "Ella encontró más que la mina."

Esta admisión sacudió a José, y no pudo ocultar su reacción a Gabriel. Ambos respetaban a Isabella, y esa era su conexión.

José sacudió la cabeza. "Pocos hombres tienen la fuerza de carácter para evitar la corrupción del poder."

Gabriel sonrió irónicamente a José. "Quizás esa fuerza solo se encuentra en mujeres que pueden amar más que a sí mismas."

José no estaba sonriendo ahora. "Supongo que Isabella no conoce tu verdadera identidad?"

Gabriel sacudió la cabeza, incapaz de mirar a los ojos de José. "Sospecho que no querría tener nada que ver conmigo si lo supiera. Ella no comparte sus sentimientos por El Comandante."

José asintió. "No, no lo es. ¿Es mi hija tu misión?"

"Mi misión es encontrar la mina," respondió Gabriel honestamente. "Su hija es una complicación."

"Ya veo," respondió José.

El dilema de Gabriel era evidente en la tensión de su rostro.

Enfrentando a José, Gabriel tomó una decisión. "Pero le prometo que protegerla será mi única prioridad".

José miró tristemente al joven. "¿Y quién la protegerá de ti?"

La angustia invadió a Gabriel, y su mirada triste conmovió a José.

"Me alejaré antes de lastimarla," prometió Gabriel, y José pudo ver que la promesa le rompía el corazón.

Isabella estaba demasiado asombrada de ver a su padre y a Gabriel sentados en la mesa de la cocina para descifrar la tensión entre ellos.

"¡Papá!" exclamó Isabella, mirando de un lado a otro entre los dos hombres. "No los esperaba."

"Solo estaba curioso para ver si habías vuelto," respondió José. "Este joven me recibió en la puerta, y solo estábamos poniéndonos al día." José miró directamente a Gabriel, sugiriendole con la mirada que siguiera su ejemplo. Gabriel sonrió a Isabella.

"¿Poniéndose al día?"

"Sí, lo conocí de niño. Gabriel es el nieto de Carmen. Si recuerdo correctamente, su abuela y su tía Liliana lo adoraban," respondió José.

Gabriel tomó eso como una señal para irse. Su secreto estaba a salvo con José, al menos por el momento. "Creo que me daré una ducha. ¿Por qué no platicas con tu papá un rato?" sugirió Gabriel, dirigiéndose al baño frente a la puerta cerrada de la habitación de Isabella.

Isabella lo siguió con la mirada, avergonzada de lo cómodo que estaba en su casa. Su padre seguramente sospecharía algo. Se volvió nerviosamente para enfrentar a su padre, quien la observaba atentamente.

"Entonces, ¿qué has estado haciendo?" preguntó José casualmente.

Isabella se volvió para enfrentar a su padre, sonrojándose al escuchar a Gabriel abrir el agua en el baño. "Papá, él es un amigo. Me ha estado ayudando." José la detuvo.

"Isabella, eres una mujer adulta. No necesitas explicarme nada." Pero su reacción solo confirmó sus sospechas, y su preocupación por el bienestar de su hija aumentó. "¿En qué te ha estado ayudando?"

Isabella olvidó su incomodidad, y la sonrisa en su rostro derritió el corazón de José. Se sentó en el asiento que Gabriel había desocupado y tomó las manos de José sosteniéndolas en las suyas. No había hecho eso desde que era una niña.

"¡Papá, la encontré! ¡Encontré Atlántida!" gritó, y los ojos de José se abrieron de par en par.

"¿Qué? ¿Dónde?" preguntó, fingiendo sorpresa.

"En las aguas de la cala, en la base de la montaña Saltadero. ¡Justo donde Andrik siempre pensó que estaba!" Isabella no pudo contenerse. Se levantó y comenzó a caminar de un lado a otro. "Estaba mirando hacia el agua, ¡y la vi! Desplegada ante mí tal como la sacerdotisa Salustra lo describió." La maravilla de su descubrimiento aún le quitaba el aliento.

"¿La viste debajo del agua?" preguntó José, atónito por su confesión.

"Sí, Papá. Sabía exactamente dónde encontrar el camino al templo de Poseidón, y cuando nadamos a través de la cueva, se abrió a una caverna con la estatua de Poseidón de pie allí, completamente intacta," Isabella miró el rostro de su padre y se dio cuenta de que la estaba mirando con asombro. Se acercó y se arrodilló ante él mientras él se giraba para tomar su rostro entre sus manos.

"¿Encontraste Atlántida? ¿La viste, caminaste por los pasillos y descubriste el templo?" La voz de José se llenó de asombro.

"Lo hice, Papá. Lo hice," la convicción de Isabella lo conmovió hasta las lágrimas.

"¡Pensé que estaba perdido para siempre en el tiempo!"

"Tienes que verlo, Papá," suplicó Isabella.

"La veo, mi amor, a través de tus ojos. Perdí la esperanza de encontrarla alguna vez, así que dejé de buscar," dijo él, con lágrimas corriendo por su rostro. "Pero Poseidón eligió revelártelo a ti. Te ha confiado este descubrimiento, querida. No a mí." José miró a su hija, con una pregunta en sus ojos.

Los rasgos de Isabella se endurecieron, se levantó y se alejó de su padre. "¿Quieres que lo mantenga en secreto? Atlántida pertenece al pueblo cubano."

"Él no es el pueblo cubano, Isabella. Todo lo que quiere es el

Oricalco. Si le dices lo que has encontrado, destruirá Atlántida para llegar a la mina," argumentó José.

En su corazón, Isabella sabía que su padre decía la verdad. No se había dado cuenta antes, pero su padrino era implacable en la búsqueda de cualquier cosa que quisiera.

"Papá, ¿por qué crees que Poseidón destruyó Atlántida?" Isabella lo miró, suplicándole que le diera la respuesta que su conciencia necesitaba.

José extendió la mano para tomar la suya. "Poseidón destruyó Atlántida porque su sociedad le falló."

"No fallaré al pueblo cubano, Papá."

Su padre creía en ella.

Cuando Gabriel salió del baño, José ya se había marchado. Escuchó cada palabra que dijeron y esperó para ducharse hasta que José se fue. Isabella estaba de pie junto a la ventana, y el sol de la tarde la bañaba de luz. Se veía frágil mientras permanecía perdida en sus pensamientos. La expresión pensativa en su rostro hizo que su corazón se sobresaltara.

"¿Conseguiste los mapas?" le preguntó, sacándola de su ensueño.

"Sí, lo hice," dijo ella, girándose para mirarlo.

"Entonces deberíamos volver a la cala. Tengo curiosidad por ver dónde terminaron nuestras pelotas de playa," dijo él, moviéndose hacia la puerta.

"¿Crees que están en el templo de Poseidón, verdad?" preguntó ella, captando su pensamiento.

"Si las encontramos allí, entonces sabemos que hay un camino bajo el saliente hacia la mina," respondió él, mirándola.

Isabella se rió de la ironía. "Y sabemos que la mina está a través de la bahía, no de la cala." Ella lo miró. Sospechaba que él sentía lo mismo que su padre y quería mantener en secreto la ubicación del templo de Poseidón y los restos de la ciudad.

"Encontrastes Atlántida, Isabella, y el templo de Poseidón," respondió él de manera objetiva. "Lo que hagas con ese conocimiento es entre tú y tu conciencia."

Él besó su cabeza, tomó las llaves que estaban sobre la mesa de la cocina y salió por la puerta. Ella lo siguió.

Mientras conducían de regreso a la cala, Gabriel explicó que tendría que irse a La Habana al día siguiente. Le dijo que estaba obligado a asistir a una reunión en la Alta Comisión Canadiense. Isabella no vio razón para dudar de él.

El sol estaba ocultándose cuando nadaron en las aguas de la cala. Como siempre, Gabriel siguió el liderazgo de Isabella y emergió frente a ella. Su máscara estaba fuera, y una sola lágrima recorría su mejilla mientras miraba hacia la estatua de Poseidón. Tomando su rostro entre sus manos, lo giró hacia la estatua. Flotando serenamente a los pies de Poseidón había tres pelotas de playa de colores brillantes.

CAPÍTULO 14

¿QUIÉN SABE QUÉ SE ESCONDE DEBAJO?

Eran cerca de la medianoche cuando regresaron a la casa de Isabella. Él la siguió en su vehículo todo terreno mientras ella conducía la camioneta. Ella estaba abriendo la puerta cuando él la empujó hacia ella, un brazo rodeando su cintura mientras su rodilla separaba sus piernas y la presionaba desde atrás. La pasión de Isabella coincidió inmediatamente con la de Gabriel. La montaña rusa emocional del día había pasado factura. Al abrir ella la puerta, Gabriel la sostuvo contra él para que no cayera. Isabella apartó los mapas de la mesa de la cocina, igualando la urgencia de Gabriel. Él enterró su rostro en su cuello, incapaz de mirarla a los ojos mientras hacían el amor. Su liberación fue simultánea, pero Gabriel sintió solo culpa y vergüenza mientras se alejaba de ella, subiendo sus pantalones. Estaba engañando a Isabella, y su deshonestidad manchó su amor.

Isabella no sabía nada del tormento que sufría Gabriel. Aún acostada en la mesa, se estiró languidamente y le sonrió de manera seductora. Ella le rompió el corazón. La besó de manera castigadora; ella respondió con un deseo tan ardiente que él se derritió en ella. Por una noche, se permitiría sucumbir a sus crecientes sentimientos por ella. Con un gemido de sumisión, la llevó al dormitorio e hizo el amor con ella hasta que ella suplicó por liberación.

El amanecer era una promesa en el cielo cuando la besó para despedirse mientras ella dormía. Ella se movió pero no despertó. Se detuvo el tiempo suficiente para dejar una nota diciendo que tenía que irse a su reunión. Cerró la puerta firmemente detrás de él, montó en su vehículo y condujo hacia la base sin mirar atrás.

Tuvo tiempo suficiente para una rápida ducha antes de conducir al lugar de la reunión, donde los miembros del grupo de trabajo ya estaban abordando el helicóptero para el vuelo hacia La Habana. Una gran bandera canadiense estaba pegada a un lado de la aeronave de pasajeros. Agarrando su mochila, saludó a su líder de equipo antes de entregarle un informe a la vista de los otros miembros.

Andrew Simpson, el líder del equipo, había preparado el informe y lo dejó para él. Andrew era un Sargento Mayor de Brigada en la Fuerza de Defensa de Jamaica y sabía para quién trabajaba Gabriel. Steven Henriquez y su socio comercial, Sean Francis, estaban bajo el mando de Andrew en una unidad de la fuerza de reserva jamaicana creada específicamente para esfuerzos de desastre y ayuda. Los tres hombres eran buenos amigos y compañeros de bebida. Cuando Steven le pidió a su comandante un favor que involucraba una gran discreción, Andrew le concedió sin dudar.

Gabriel se acomodó en su asiento y saludó a los miembros del equipo. Los otros jamaicanos en el equipo lo miraron con cautela, pero una mirada de Andrew hizo que devolvieran el saludo a su esquivo compañero de equipo. Había mucha especulación sobre Gabriel en el equipo jamaicano. No estaba participando en el proyecto y parecía pasar gran parte de su tiempo solo.

Cuando aterrizaron en la pista, Andrew y Gabriel se quedaron atrás mientras el equipo salía y se dirigía a una furgoneta que los esperaba.

"¿Estás bien?" Andrew le preguntó a Gabriel en patois jamaicano mientras el ruido del helicóptero disminuía.

"Yo estoy bien, gracias," le aseguró Gabriel, respondiendo en patois.

"No te ves bien," respondió Andrew. "Le prometí a tu tío que te cuidaría, así que ¿qué necesitas, Gabe?" Andrew insistió.

"No hombre, yo estoy bien. Te lo aseguro."

Cuando llegaron a la Alta Comisión, Andrew proporcionó el escudo que Gabriel necesitaba cuando se desvió para tomar un pasillo que conducía a una pequeña sala de conferencias en el medio del edificio. Llamó dos veces y entró en la sala donde Ian Davidson y Lucien Walker los estaban esperándo.

"Gabriel, bueno verte," lo saludó Lucien mientras Gabriel cerraba la puerta detrás de él. Sacando la mochila de su hombro, la colocó en el asiento junto al que había tomado.

"Estamos ansiosos por escuchar lo que has podido averiguar," Ian no perdió tiempo.

Gabriel rebuscó en la mochila y, sin decir una palabra, sacó las muestras que había tomado en secreto de la playa junto al acantilado.

"¿Es esto lo que espero que sea?" preguntó Lucien con emoción en su voz.

"Espero que sí," respondió Gabriel. "Tendrás que hacer pruebas para demostrar que es Oricalco."

"¡Dios mío!" suspiró Ian. "No creía que fuera cierto hasta este mismo momento."

"¿Dónde encontraste estas rocas?" preguntó Lucien, ahora muy serio.

"En una pequeña playa a orillas de la Bahía de Baracoa," respondió Gabriel.

"Por favor, dime que tienes las coordenadas," preguntó Lucien. Al asentir Gabriel, continuó. "Conseguiré un equipo aquí y encontraré la fuente de inmediato."

"¡Espera!" exclamó Gabriel.

"¿Qué?" preguntó Ian alarmado.

"Necesitamos encontrar la fuente y reclamarla antes de que alguien más lo haga," dijo Lucien.

"Cuba es una nación soberana y un enemigo de los Estados Unidos. ¡No puedes simplemente enviar un grupo de desembarco a tomar lo que quieras!" explotó Ian.

"¿Sabes dónde está la mina?" preguntó Lucien a Gabriel, ignorando a Ian.

Gabriel respiró hondo antes de responder. "No, esto es todo lo que encontramos."

"¿Nosotros?" preguntó Lucien.

Gabriel se dio cuenta de su error. "Isabella Vasquez estaba conmigo."

"¿Ella sabe la ubicación de la mina?" preguntó Lucien, frunciendo el ceño.

"Ella la encontró," respondió Gabriel.

"¿Es ella la única otra persona que sabe?" preguntó Lucien.

"¡Lucien! ¡Dios mío, no!" exclamó Ian. "No puedes empezar a asesinar personas en suelo cubano para tu beneficio."

Gabriel quería golpear a Lucien. De alguna manera, mantuvo la calma. "Estados Unidos no puede invadir Cuba. El acuerdo de 1962 entre Kennedy y Khrushchev sigue vigente. Los Estados Unidos hicieron una declaración pública de que no invadirían Cuba. Traerías la condena del mundo sobre nuestras cabezas si invadieras, especialmente para robar algo que no pertenece a los Estados Unidos," dijo Gabriel.

"Eso sería cierto," respondió Lucien, mirándolos con ojos entrecerrados. "Si Cuba no hubiera perpetrado un acto de agresión en suelo estadounidense."

"¿Qué?" Ian estaba gritando ahora. "¿Qué acto de agresión?"

El corazón de Gabriel se hundió. "El Éxodo del Mariel," murmuró mientras Ian le dirigía miradas interrogativas. "Castro usó el éxodo para enviar espías a los Estados Unidos. No solo eso, vació sus prisiones y envió a todos los criminales a las costas estadounidenses.

Su misión era crear tanto caos como fuera posible para proporcionar cobertura a sus actividades de espionaje." Gabriel explicó. Recordó a su padre quejándose de esto muchas veces, condenando la política de 'pie mojado, pie seco' de Estados Unidos hacia Cuba.

La sonrisa en la cara de Lucien decía mucho. "Hemos estado guardando eso. Ahora tenemos una razón para usarlo."

Gabriel se dio la vuelta para evitar atacar al arrogante bastardo.

"Tengo llamadas que hacer," dijo Lucien mientras se levantaba para salir de la habitación.

"Antes de que hagas cualquier llamada, me aseguraría de que tienes lo que crees que tienes," dijo Gabriel, desesperado por ganar algo de tiempo.

"¿De qué estás hablando?" preguntó Lucien, volviéndose hacia Gabriel.

"¿Sabes lo que estás sosteniendo?" preguntó Gabriel, señalando la roca que el hombre sostenía posesivamente. "Yo no."

Ian entendió lo que Gabriel estaba tratando de hacer. "El gobierno canadiense ya no apoyará tus esfuerzos, Lucien. No a menos que puedas probar que el Oricalco existe," dijo Ian, con voz severa y amenazante.

"Tiene razón, Lucien" agregó Gabriel. "Necesitas confirmación antes de llevar esto al Pentágono. Nunca lo aprobarán hasta que lo hagas."

Lucien miró de un lado a otro entre los dos hombres.

"Y no aprobaré que Gabriel te dé las coordenadas hasta que vea el sello del gobierno de los Estados Unidos en una confirmación oficial," continuó Ian.

"Gabriel, recuerda para quién trabajas," amenazó Lucien.

"Él trabaja para mí," respondió Ian. "En lo que respecta a tu gobierno, el gobierno jamaicano y mi gobierno, él trabaja para mí."

"Está bien, tomaré el próximo avión fuera de esta maldita isla," dijo Lucien mientras se dirigía a la puerta. Antes de abrirla, se volvió hacia los dos hombres. "La próxima vez que me vean, será con un grupo de desembarco armado", advirtió, cerrando la puerta de un golpe al salir.

"Esa no es una amenaza vacía."

"¡Ahora lo entiendo!" respondió Ian, exasperado.

"Hubiera sabido que esto vendría ."

"Puedo decir honestamente que no lo hice," respondió Ian, mirando a Gabriel. Sus ojos se entrecerraron ante la apariencia de Gabriel. Se veía cansado y desgastado. "Dijiste que tú e Isabella Vasquez encontraron las rocas. ¿Juntos?"

Gabriel miró a Ian. "Juntos."

Ian vio todo lo que necesitaba saber en los ojos de Gabriel. "Ah, ya veo. Lo primero que te enseñan en la escuela de espías es no involucrarte emocionalmente, sin importar cuán fuerte sea la tentación."

Gabriel se recostó en la silla y se frotó los ojos. "Nunca fui a la escuela de espías, y no era tentador. Era imposible," suspiró Gabriel. "Conocí a José Vasquez. Tuvimos una larga charla," dijo Gabriel, mirando a Ian y cambiando de tema.

Ian asintió. "Sí, escuché sobre esa conversación."

"Supuse que lo harías," dijo Gabriel, la lucha abandonando su cuerpo cansado. "¿Qué hacemos ahora? ¿Alguna idea?" le preguntó a Ian. La angustia en su voz conmovió a Ian.

"Bueno, eso depende de cuán profundo quieras ir en la madriguera del conejo," dijo Ian.

Gabriel entendió lo que Ian estaba preguntando y no dudó. "Hasta el fondo."

"Entonces, lo primero que necesitamos hacer es hacerlo público," explicó Ian.

"¿Público?" preguntó Gabriel.

"¿Has oído hablar de la Autoridad Internacional del Fondo Marino?" Ante el movimiento negativo de la cabeza de Gabriel, Ian continuó. "Se estableció para organizar, regular y controlar todas las actividades relacionadas con minerales en la mayoría de los océanos del mundo."

"¿Establecida por quién?" preguntó Gabriel.

"Esa es la belleza de esto. La Convención de las Naciones Unidas sobre el Derecho del Mar la estableció. Actualmente tiene 167 naciones miembros, incluyendo la Unión Europea."

Gabriel se sentó. "Esa es la cobertura que necesitamos."

"¡Precisamente! Ellos te darán a ti y a Isabella la publicidad necesaria para proteger los intereses de Cuba."

Gabriel se levantó y comenzó a caminar de un lado a otro. "¿Dónde están basados, y cómo llegamos a ellos?"

La sonrisa de Ian detuvo el andar de Gabriel. "Kingston, Jamaica. Brian Mian es el Secretario General y un nacional británico."

"¿Un amigo tuyo?"

"Mucho," respondió Ian, recostándose en su silla. "¿Puedes convencer a Isabella de que te acompañe a Jamaica?"

La sonrisa de Gabriel desapareció ante la pregunta. No, no podía, no sin decirle quién era. "No, no puedo. Pero sé quién puede."

"Toma el helicóptero de la embajada de regreso a Baracoa. Haz que José me llame en cuanto ella acepte, y te llevaré a Jamaica," dijo Ian, siguiendo el hilo de pensamiento de Gabriel.

Dada su relación tensa, Ian dudaba que José pudiera persuadir a su hija para que fuera a Jamaica. Sin embargo, también entendía por qué Gabriel no estaba listo para revelar su verdadera identidad a Isabella todavía.

Gabriel agarró su mochila, agradeciendo a Ian mientras corría hacia la puerta al helipuerto en el techo. Antes de que pudiera pensarlo, estaba regresando a Baracoa. Al aterrizar, decidió encontrar a su tía primero. Oró para que su dolor y enojo por su engaño no eclipsaran lo que necesitaba que ella hiciera.

Le revelaría su verdadera misión y oraría para que su amor por él superara el riesgo. La encontró en su casa.

"¡Gabriel! No te esperaba," dijo Liliana. Al ver la preocupación en el rostro de su sobrino, detuvo lo que estaba haciendo. "¿Está todo bien?" preguntó, alarmada.

"Tía, necesito hablar contigo," dijo, tomando sus manos en las suyas y sentándose frente a ella en una silla. Le contó todo. Cada vez que ella intentaba retirar sus manos, él apretaba su agarre.

"¿Eres un espía americano?" preguntó, dudando de su confesión.

"Lo soy, sí," respondió honestamente.

"¿Intentando encontrar la mina de Oricalco?" preguntó mientras trataba de entender la confesión de su sobrino.

"Sí, el gobierno estadounidense sabe que existe ahora," le aseguró Gabriel.

"¿Porqué se lo dijiste?" preguntó Liliana, su enojo aumentando.

Gabriel respiró hondo. "Sí, se lo dije."

"Gabriel, ¿cómo pudiste?" preguntó Liliana, retirando sus manos de su agarre. "Eres un hijo de Cuba. ¿Cómo pudiste traicionar tu herencia así?"

Gabriel no dijo nada. No tenía respuesta a esa pregunta.

"¿Y sedujistes a Isabella para que la encontrara por ti?" preguntó acusadoramente.

"¡No, eso no lo hice yo!" Gabriel fue tajante, y la fuerza en su voz sorprendió a su tía.

"¿Estás enamorado de ella?" preguntó Liliana.

Gabriel apartó la mirada de su tía. "No lo sé."

"¿Pero quieres que la convenza para que vaya a Jamaica contigo a hacer qué exactamente?" insistió Liliana.

"Si podemos registrar el mineral con la Autoridad del Fondo Marino en Jamaica, entonces el mundo sabrá que el Oricalco pertenece al pueblo cubano y a nadie más", explicó Gabriel.

"¡Y a nadie más!" El rostro de Liliana se puso pálido, y su mano apretó a su garganta mientras intentaba respirar.

"¡Tía!" Gabriel se levantó y le agarró el brazo para estabilizarla.

Liliana lo empujó hacia la puerta. "¡Tenemos que encontrar a José!" dijo, arrastrándolo hacia afuera. Él condujo mientras ella le indicaba a dónde ir. Pasaron por la casa de Isabella. Gabriel notó que su camioneta todavía estaba estacionada en la entrada. Sintió que el alivio lo inundaba, pero sería de corta duración.

No tuvo tiempo de mirar a su alrededor. Estacionó frente al edificio que Liliana señaló y la siguió mientras ella entraba a las oficinas. Mapas y gráficos cubrían las paredes, y grandes escritorios estaban dispuestos en filas, pero su tía caminó con determinación más allá de todos ellos hacia una puerta en la parte de atrás. Sin llamar, abrió la puerta. Un sorprendido José levantó la vista de su escritorio.

"¿Liliana?" preguntó. "¿Gabriel?" José se sorprendió al ver a Gabriel seguir a Liliana a su oficina.

"¡José, necesitamos hablar!" La urgencia en la voz de Liliana atrajo su atención.

"Gabriel me dice que los estadounidenses saben sobre el Oricalco," comenzó Liliana.

"¿Se lo dijiste?" José se volvió hacia Gabriel acusadoramente.

Gabriel se estremeció. "Lo hice, sí. También se lo dije a Ian Davidson."

"¿Quién es Ian Davidson?" preguntó Liliana. Por la expresión en el rostro de José, Liliana pudo ver que José sabía quién era.

"No importa," respondió José, su agitación creciendo.

"Andrik no está solo en Rusia para dejar a Valentina en la escuela," dijo Liliana. Ambos hombres se centraron en ella. "Los rusos saben que Castro está desesperado por dinero. Han perdido la fe en su capacidad para encontrar la mina, así que han encontrado otra forma para que Cuba gane dinero."

"¿Cómo?" preguntó José, temiendo la respuesta.

Liliana respiró antes de responder. "Rusia ha encontrado una debilidad que pueden explotar en Estados Unidos."

"¿Qué debilidad?" preguntó Gabriel.

"Las relaciones raciales," respondió Liliana.

"¿Las relaciones raciales?" preguntó Gabriel, sorprendido.

"Los rusos tienen un departamento entero dedicado a estudiar los constructos socioeconómicos estadounidenses", explicó Liliana. "La falta de mejora en las circunstancias sociales y económicas de las minorías en Estados Unidos está bien documentada. Pueden verse a sí mismos como móviles hacia arriba, pero aún viven en enclaves segregados."

"¿De qué estás hablando?" preguntó Gabriel, frustrado.

"El racismo puede cambiar y ajustarse, manifestándose en muchas formas," respondió José, entendiendo el concepto. "En una economía sin crecimiento, todas las razas sufrirán, y cada una buscará a alguien a quien culpar. Mirarán la cultura de una raza y la diseccionarán para encontrar fallas."

Gabriel comenzaba a entender. "¿Como culpar a la cultura de las drogas a las personas negras e hispanas?"

"Exactamente," respondió José. "La guerra estadounidense contra las drogas apunta a esos demográficos con precisión de punto de aguja. Es una narrativa que resonará si se utiliza de manera efectiva."

"Rusia quiere usar la proximidad de Cuba a los Estados Unidos para iniciar una campaña de desinformación para explotar el deterioro de las relaciones raciales en tu país." Liliana prácticamente siseó la palabra "tu" a Gabriel.

"¿Con qué fin?" preguntó Gabriel, sin entender.

"Porque un país en guerra consigo mismo no puede ir a la guerra contra una fuerza externa," respondió José mientras la realidad lo golpeaba.

"Quieren que Estados Unidos se destruya desde adentro, y quieren que Cuba inicie la campaña que los rusos financiarán," explicó Isabella.

"¿Cómo podrían meter suficientes operativos en Estados Unidos para que eso suceda?" preguntó Gabriel incrédulo.

"Ya están allí," respondió Liliana.

La realidad casi hizo que las rodillas de Gabriel cedieran.

"¡Dios mío! ¡El éxodo de Mariel!" exclamó Gabriel. "Han estado allí todo el tiempo, esperando su momento."

"Andrik está enfermo por la tarea, pero sabes lo que los rusos le harán a él, a nosotros, si se niega," Liliana estaba a punto de llorar.

"¿Qué tarea?" preguntó José.

"¡Rusia le ha ordenado ser el enlace entre Cuba y la Unión Soviética para el proyecto!" dijo Liliana, con los ojos llenos de lágrimas.

José no pudo sostenerse y cayó en la silla a su lado. "¡Estados Unidos y Rusia irán a la guerra sobre nuestras cabezas!" exclamó José. "Estados Unidos nos destruirá por hacerles eso, y Rusia también nos destruirá para ocultar la evidencia si fracasamos. De cualquier manera, ¡Cuba está condenada!"

"No necesariamente," dijo Gabriel.

"¿De qué hablas?" preguntó José.

"Ian Davidson está dispuesto a organizar una reunión para Isabella y para mí con la Autoridad Internacional del Fondo Marino en Jamaica. Si registramos el descubrimiento de Oricalco con ellos, pondrá a Cuba en el escenario mundial," explicó Gabriel. "Estados Unidos no podrá invadir y capturar la mina para sí misma, y con la atención del mundo en Cuba, llevar a cabo una campaña de desinformación rusa dirigida a Estados Unidos desde la isla será imposible."

"Eso puede funcionar," dijo José pensativamente.

"Tiene que funcionar," respondió Liliana.

"Pero tengo una condición," comenzó Gabriel.

"No estás en posición de poner condiciones," respondió José, irritado.

"Escucha al chico," le suplicó Liliana.

Mientras José fruncía el ceño a Gabriel, este comenzó a hablar. "Bajo ninguna circunstancia se le debe decir a Isabella sobre mi parte en todo esto. Se lo diré cuando esté listo."

"¿Quieres que convenza a mi hija de que vaya a Jamaica con un traidor?" gritó José.

"¡No soy un traidor!" gritó Gabriel de vuelta.

"En algún momento, tendrás que elegir un lado," aconsejó Liliana a su sobrino. "Y no importa qué lado elijas, alguien saldrá herido."

"Lo sé. Pero prefiero que sea yo y no Isabella."

José no dudaba de la sinceridad de Gabriel.

"Liliana y yo hablaremos con Isabella," dijo José. "Dime dónde encontrarte."

Nadie se atrevió a reconocer la única variable que podría deshacerlo todo: Fidel Castro. Su furia, una vez provocada, era imparable, y cualquiera atrapado en la línea de fuego de su ira enfrentaría consecuencias mucho peores de lo que podrían imaginar.

CAPÍTULO 15

JAMAICA

Gabriel y José llamaron a Ian Davidson en la Embajada de Canadá.

Atónita y en silencio Liliana observó mientras José conectaba hábilmente un pequeño dispositivo a la toma del teléfono. "Esto detendrá a las autoridades cubanas de rastrear o grabar la llamada," explicó. Los ojos de Liliana se abrieron con incredulidad mientras él terminaba de hablar con Ian y le pasaba el teléfono a Gabriel.

Al hablar Gabriel con Ian, José aprovechó la oportunidad para explicar su conexión con Ian a Liliana. Su silencio decía mucho, pero no dijo nada mientras Gabriel transmitía el plan: el helicóptero canadiense los recogería en un lugar designado y los llevaría a Pedro Bank, donde el tío de Gabriel, Steven Henriquez, los estaría esperando para transportarlos a Jamaica. Desde allí, Isabella y Gabriel pasarían el fin de semana en la casa de Sean Francis en Kingston antes de reunirse el lunes con Brian Mian, el Secretario General de la Autoridad del Fondo Marino. Al menos, ese era el plan apresuradamente ideado que Gabriel e Ian habían elaborado.

En el helicóptero, el piloto confirmó todos los arreglos a Gabriel.

Cuando Isabella finalmente llegó, estaba visiblemente molesta, su silencio decía mucho. Subió sin una palabra, rechazando el intento de Gabriel de ayudarla. No había tiempo para preguntas; tenía una mochila llena de muestras de Oricalco. José le entregó a Gabriel una sección de Oricalco procesado, quien se detuvo a admirar la antigua artesanía atlante antes de asegurarla cuidadosamente en una bolsa a sus pies.

Gabriel extendió la mano para tomar la de Isabella, pero ella se echó atrás, negándose a mirarlo. A medida que el helicóptero ascendía, ella se dio la vuelta y recostó su rostro en el pecho de Gabriel, quien la envolvió con sus brazos, sintiendo un alivio que lo recorría.

La mente de Isabella era un torbellino de ira y tristeza. ¿Era la rabia lo que alimentaba sus lágrimas? ¿O era el aplastante peso de la traición? Su padre era un espía para una superpotencia, mientras que Liliana y Andrik servían a otra. Ahora, ella se sentía atrapada en su telaraña, usando los sentimientos de Gabriel por ella para arrastrarlo a un juego alevoso. Estaba traicionando a su padrino, Fidel, para protegerlos a todos. La ira ardía intensamente en su pecho mientras se limpiaba las lágrimas de la cara, tratando de ahogar la tormenta interior.

Recordó lo que su padre le dijo sobre la Autoridad del Fondo Marino en Jamaica y las Naciones Unidas. En su mente, reproducía la conversación con su padre, memorizando los detalles. El ruido del helicóptero hacía imposible la conversación, por lo que estaba agradecida. Aún se sentía demasiado avergonzada para enfrentar a Gabriel.

Gabriel podía sentir su cuerpo relajarse, y sus brazos se apretaron a su alrededor. Tomaría un par de horas llegar a su destino. El Pedro Bank estaba a cincuenta millas al suroeste de Jamaica y una vez fue una ruta de envío muy transitada entre Europa y las islas del Caribe en los siglos dieciséis y diecisiete. Sus arrecifes y bancos poco profundos estaban dispuestos como una gigantesca serpiente, y los historiadores estimaron que más de 300 naufragios yacían a lo largo de sus cuarenta y tres millas de longitud. Inglaterra capturó el Banco

Pedro en 1863 y lo anexó a Jamaica en 1882. El banco era ahora el principal lugar de recolección de la reina concha en el Caribe. Era valioso para la comunidad pesquera de Jamaica, que había estado utilizando el banco y sus pequeños cayos como base desde la década de 1920.

Steven Henriquez era dueño del barco pesquero industrial más grande de la isla de Jamaica, la Reina Jamaicana. El barco podía llevar hasta veinte buzos. Tenía suficiente espacio para que todos vivieran cómodamente durante los viajes de pesca de una semana y todo el equipo necesario para el sistema de suministro y recolección que utilizaban para cosechar la concha.

Gabriel trabajó en el barco durante tres veranos durante sus días de universidad. Piloteaba uno de los barcos más pequeños con dos buzos, pasando días recolectando la captura de la concha y luego transportando la pesca y a los buzos de regreso a la Reina cada noche mientras la oscuridad se asentaba sobre el mar Caribe. El dinero que ganaba pagaba sus gastos de vida en la escuela, y aprendió a usar el equipo de buceo especializado necesario para cosechar la concha gigante que se encuentra en su hábitat más profundo.

Recordando una fiesta a la que asistió en uno de los cayos más pequeños cerca de los terrenos de pesca; vino a su mente la experiencia única de comer la fruta de pan o pana asada sobre las brasas calientes del fuego de leña, acompañada con un delicioso pescado cocinado en un espetón.

La voz del piloto llegó a través de su auricular, interrumpiendo su ensueño. "El barco está a la vista; deberíamos aterrizar en quince minutos," aconsejó.

"¿Aterrizaje? ¿Aterrizar dónde? La Reina no tiene una plataforma de aterrizaje", respondió Gabriel.

"Bueno, el barco que estoy mirando tiene una bonita y grande, así que si no tienes más objeciones, voy a aterrizar en él," respondió el piloto, irritado.

Gabriel miró por la ventana, despertando a Isabella.

"¿Qué demonios?" murmuró Gabriel para sí mismo. Estaban

aterrizando en un barco de Greenpeace. Se volvió hacia Isabella y le aseguró el cinturón de seguridad para el aterrizaje. No esperaba un barco desconocido, y eso lo puso nervioso.

Gabriel no esperó a que nadie abriera la puerta corrediza. Diciéndole a Isabella que se quedara quieta, abrió la puerta y miró alrededor, aliviado de ver a su tío saludándolo.

Steven tomó la mano extendida de Gabriel, notando la tensión salir del cuerpo de su sobrino. "¿No reconociste el barco, verdad?" bromeó Steven.

"¿De dónde sacaste un barco de Greenpeace?" preguntó Gabriel.

"Están aquí para revisar la cosecha de la reina concha," respondió Sean Francis, acercándose por delante del helicóptero con el capitán del barco. "Asegurándose de que no estamos sobreexplotando," replicó Sean, dándole una palmada al capitán en la espalda. "Así que pensamos que nos subiríamos para recogerte."

Gabriel sonrió en saludo a Sean y luego se volvió hacia Isabella, que aún estaba sentada en el helicóptero. Le extendió una mano, que ella tomó mientras salía.

Steven apartó a Gabriel e Isabella del helicóptero para que pudieran hablar en privado. Sean se unió a ellos mientras Gabriel hacía las presentaciones.

"¿Estás bien?" preguntó Steven. "No estaba muy seguro de cuál era tu situación cuando recibí una llamada diciéndome que te recogiera en medio del Mar Caribe."

"Estoy bien." Por el rabillo del ojo, vio a Isabella bajar la cabeza mientras su ceño se fruncía. "¿Pasaremos la noche en el barco?" preguntó Gabriel.

"Sí. Nos han asignado dos cabinas abajo. Mañana por la mañana, un transporte de la Fuerza de Defensa de Jamaica nos recogerá," explicó Sean mientras caminaban hacia las escaleras, que los llevarían a la cubierta inferior.

"Los tres tendremos que caber en una cabina para que Isabella pueda tener algo de privacidad," dijo Steven, caminando delante de ellos. Se perdió la mirada de pánico que Isabella le lanzó a Gabriel, pero Sean no.

"¿Por qué no los acomodamos primero?" ofreció Sean. "Gabriel, te trajimos un cambio de ropa. La habitación de Isabella tiene una ducha, así que ¿por qué no te cambias allí? Luego nos reuniremos para cenar en una hora."

Gabriel miró a Sean con gratitud mientras Steven le echaba una mirada interrogativa a Sean.

"Las habitaciones están una al lado de la otra. Recoge tu ropa y acomoda a Isabella," continuó Sean, guiñándole el ojo a ella. Isabella no dijo nada hasta que Gabriel cerró la puerta detrás de ellos.

"¡Gabriel, lo siento mucho!" comenzó Isabella, su voz ansiosa.

¡Lo siento! ¿¿Por qué demonios?? pensó Gabriel, pero no dijo nada, apartando la mirada para que ella no viera la sorpresa en sus ojos.

"¡No tenía idea de que mi padre era un traidor!"

Gabriel no pudo ocultar la sorpresa en su voz. "¿Un traidor?" preguntó.

"Ha estado trabajando con los canadienses para derrocar a Cuba y apoderarse de la mina," continuó Isabella.

"¿Los canadienses?" preguntó Gabriel.

Isabella malinterpretó la sorpresa en su voz. "Parece que mi padre está trabajando con occidente para apoderarse de Cuba, así como tu tía y tu tío están trabajando con oriente para hacer lo mismo," explicó.

"¿Está bien?" tartamudeó Gabriel, sentado en la cama mientras Isabella caminaba de un lado a otro en el pequeño espacio.

"No creo que ninguno de ellos creyera que realmente encontraría la mina," dijo Isabella, evitando la mirada de Gabriel. "Cuando se lo conté a mi padre, le confió a Liliana lo que había hecho. Y ella, a su vez, le dijo lo que Andrik estaba planeando." Su voz se volvió más aguda a medida que hablaba. "El único movimiento que le queda a Cuba ahora es hacerlo público. Nos protegeremos de los cazadores furtivos reuniéndonos con la Autoridad Internacional del Fondo Marino y para reclamar la mina."

Ella apretó la mandíbula, la frustración burbujeando bajo sus palabras. "Es difícil de creer que las personas que amo me obligaron a esta posición."

Gabriel sacudió la cabeza, sorprendido. Isabella lo tomó como desánimo.

Han asumido la responsabilidad por lo que yo he hecho, pensó Gabriel.

"Lamento haberte involucrado en esto. Liliana pensó que serías la cobertura que necesitaba para entrar en Jamaica, y mi padre usó su contacto en la Alta Comisión Canadiense para hacerlo posible. Estuviste en el lugar equivocado en el momento equivocado, y lo siento de verdad," suplicó Isabella, sus ojos pidiendo perdón.

Gabriel apartó la mirada. José y Liliana habían tomado hilos de la verdad y los habían tejido en una mentira creíble, usándola para convencer a Isabella de hacer pública la mina. Se habían sacrificado para que él pudiera mantener las apariencias. La vergüenza lo inundó. Nuevamente, Isabella malinterpretó la expresión en su rostro.

"Entendería si quisieras alejarte de mí y nunca mirar atrás," dijo Isabella, sus ojos suplicándole que no lo hiciera.

"Encontrastes Atlántida. Nadie puede quitarte eso. Encontramos la mina juntos, y enfrentaremos las consecuencias juntos," le aseguró Gabriel. Su conciencia le picó mientras la abrazaba.

Necesitaba encontrar a Steven y Sean y ponerlos al tanto. "¿Por qué no te duchas y descansas?" ofreció Gabriel. "Si quieres, traeré la cena aquí para ti. Podía notar que ella estaba exhausta.

"¿Dormirás aquí conmigo?" preguntó Isabella tímidamente, agradecida de que él no la hubiera dejado.

Gabriel le besó la frente. "Lo haré. Lo prometo," le apretó la mano, tranquilizándola, y luego salió de la habitación.

Fue recibido con una lluvia de preguntas al cerrar la puerta de la otra cabaña.

"¡Gabe! ¿Qué demonios, hombre? ¿Por qué un extraño me está llamando desde una Alta Comisión Canadiense en Cuba haciendo planes para traerte a ti y a la ahijada de Castro, nada menos?" Steven estaba furioso.

"¿Qué está pasando, Gabe?" Sean preguntó un poco más calmado.

Gabriel se puso un dedo en los labios y señaló hacia la delgada pared que separaba las dos pequeñas cabinas. Se volvió hacia los dos hombres cuando escuchó que la ducha se encendía.

"¿Alguna vez han oído hablar de un mineral llamado Oricalco?" Cuando ambos hombres sacudieron la cabeza, continuó. "Cuba se encuentra sobre la ciudad perdida de Atlántida. Isabella encontró la ciudad y, con ella, un depósito del mineral más valioso de la tierra."

"¿Cuán valioso?" preguntó Steven.

"Suficiente para controlar el mundo, valioso," respondió Gabriel. Ante las miradas en blanco de los hombres, continuó. "Los campos petroleros sauditas multiplicaron eso por decenas de miles."

"¿Castro tiene control de toda esa riqueza?" preguntó Steven incrédulo.

"¡Santo cielo!" exclamó Sean.

"Él tendrá control," Gabriel se burló entre dientes apretados, "Si ella no registra la mina con las Naciones Unidas el lunes."

"¿Sabes dónde está la mina?" preguntó Sean.

"Sí. Tengo las coordenadas, pero tú puedes ser el único que pueda llegar a ella," respondió Gabriel, señalando a Sean.

"¡Explica! ¡Ahora!" ordenó Steven.

"Está bajo una roca madre de lava fundida en las profundidades de las aguas del puerto de Baracoa", explicó Gabriel, mirando de un lado a otro entre los dos hombres. "Y encima de eso está la montaña El Yunque."

"¡Santo cielo!" gritaron ambos hombres al unísono.

Cuando Gabriel escuchó que la ducha se apagaba, bajó la voz. "Isabella no sabe quién soy, y no sabe qué estaba haciendo en Cuba."

"¿Qué sabe ella?" preguntó Sean.

"Soy su novio jamaicano, que inadvertidamente la ayudó a localizar el hallazgo más significativo en la historia. Ahora la estoy ayudando a protegerlo para el beneficio y bienestar de Cuba y de un padrino que adora, Fidel Castro," respondió Gabriel.

"¡Santo cielo!" ambos hombres exclamaron de nuevo mientras Gabriel los callaba, señalando de nuevo a la delgada pared.

"Necesito una bebida," dijo Gabriel, pasándose la mano por el cabello.

"Apuesto a que sí," murmuró Sean.

"Vamos, vamos a cenar," ofreció Steven.

"Le prometí a Isabella que le traería la cena," dijo Gabriel, "Y también que pasaría la noche en su cabina."

"Por supuesto que lo hiciste," murmuró Steven irritado. "Sal de aquí antes de que lo tire todo por este maldito barco."

Mientras los hombres comían, Gabriel se tomó dos vasos de ron y explicó lo que había sucedido en Cuba.

"Entonces, ¿cuál es exactamente tu plan?" preguntó Steven.

Gabriel dejó escapar un profundo suspiro. "Una vez que la mina esté registrada con la Autoridad del Fondo Marino, el mundo sabrá que Cuba la posee. Con suerte, eso será suficiente para detener a los estadounidenses de invadir Cuba y a los rusos de apoderarse de Cuba con la esperanza de destruir a los Estados Unidos. Luego averiguamos cómo sacar el Oricalco de su tumba submarina."

"¿Los estadounidenses?" Steven se rió. "Ustedes son los estadounidenses, ¿recuerdas?"

Gabriel se tomó el último trago de ron en su vaso. "Hasta nuevo aviso, soy un ingeniero jamaicano asignado a la fuerza de tarea de la isla para esfuerzos de desastre y ayuda."

"En algún momento, necesitarás elegir un lado," dijo Sean seriamente.

"Desearía que la gente dejara de decirme eso", respondió Gabriel mientras recogía las cenas en caja para él e Isabella y dejaba a los hombres con su botella de ron.

Isabella llevaba una camiseta de gran tamaño y bragas cuando

Gabriel regresó con la cena. Como si no estuviera lo suficientemente distraído, pensó Gabriel amargamente mientras ponía las cajas en la pequeña mesa junto a la puerta. Pero cuando vio lo que ella estaba estudiando, se olvidó de lo que llevaba puesto.

"¿Son los mapas de Andrik?" preguntó esperanzado.

"Lo son," confirmó ella.

"¡Increíble!" dijo él mientras ella lo miraba. "Con la conmoción de los eventos de hoy, me sorprende que tuviste la previsión de traerlos."

Ella hizo una mueca al recordar cómo había progresado el día. "Me desperté esta mañana llena de esperanza y empecé a hacer planes. El día ciertamente no terminó como esperaba. Simplemente tomé todo lo que había en la mesa del comedor en mi mochila, y, bueno, aquí estamos." Se volvió a mirarlo, moviendo su brazo alrededor de la habitación.

Ella vio las cajas con la cena en la mesa y fue hacia ellas. Al entregarle una a Gabriel, él se sentó en el borde de la cama mientras ella se acomodó en la silla junto a la mesa. Comenzaron a comer, ambos hambrientos.

"Entonces, ¿qué planes estabas haciendo?" preguntó Gabriel, gesticulando con su tenedor hacia los mapas.

"Bueno, tú lo dijiste," dijo ella, poniendo su tenedor en la caja vacía. "El Caribe tiene la tecnología y el equipo para extraer el Oricalco. Si podemos hacer una unión, entonces todos podríamos beneficiarnos."

"Continúa," animó Gabriel mientras ella hacía una pausa.

"Tío Fidel siempre decía que el Caribe es donde el mundo colisionó, donde comenzó la explotación de los recursos humanos y naturales. Somos cuarenta y cinco millones de personas que compartimos la misma historia, tenemos los mismos problemas de abandono y hemos tenido que unirnos para sobrevivir sin importar la etnia, el color o la credo. Somos el puente que conecta el este y el oeste," explicó ella.

Gabriel dejó de comer, cautivado por sus palabras.

"¿Y sí el Caribe se uniera como lo hizo Europa cuando formaron la Unión Europea? ¿Y si las islas del Caribe formaran una Unión Caribeña? ¡Seríamos una fuerza a tener en cuenta!" dijo Isabella emocionada.

"Intentaron hacer eso en Jamaica a principios de la década de 1960, pero no era un concepto popular," dijo Gabriel.

"En esos días, las autoridades británicas lo sugirieron como un medio para impulsar a las islas del Caribe hacia la autogobernanza," respondió Isabella. "La desconfianza entre las islas individuales y cómo se distribuiría el poder causó la desaparición de la Federación. Eso ya no es un problema."

"¿Realmente crees que puedes hacer que veintiséis islas, que hablan seis idiomas diferentes con ideologías políticas distintas, se unan para formar una unión económica?" preguntó Gabriel incrédulo.

"Si los libera de la pobreza y las malas condiciones en las que trabajan, entonces sí, creo que eso será suficiente para unirlos," respondió Isabella, mirando a Gabriel directamente a los ojos.

"¿Y quién presidirá esta unión?" preguntó Gabriel, cruzando los brazos frente a él. "¿De verdad crees que el dictador más antiguo del Caribe no intentará imponer su voluntad e ideología a las otras islas a cambio de este auge económico?"

Entonces, Isabella desvió la mirada de él, masticando pensativamente su labio inferior. ¡Mierda, ya había pensado en esa eventualidad! pensó Gabriel para sí mismo. ¡Había una grieta en su armadura en lo que respecta a su padrino!

"Es solo un pensamiento," respondió Isabella, con voz baja y llena de duda.

Él tomó el rostro de Isabella entre sus manos, obligándola a mirarlo. "Es una aspiración brillante; si alguien puede hacerlo realidad, eres tú. Voy a tomar una ducha. ¿Por qué no guardas todo para que podamos ir a la cama? Estoy exhausto, y mañana será otro día largo."

Se movió hacia el pequeño baño y cerró la puerta detrás de él.

Agarrando los lados del pequeño lavabo con sus manos, miró su reflejo en el espejo. "Puede que haya una salida de esto para ambos, después de todo."

Cuando regresó del baño, Isabella estaba dormida, acostada de lado en la pequeña cama. Había suficiente espacio para que él se metiera a su lado. Tomándola en sus brazos, ella suspiró y se acurrucó contra él. Él se relajó de inmediato y se quedó dormido.

El fuerte golpe en la puerta los despertó temprano al día siguiente. Gabriel tropezó hacia la puerta y la abrió, parpadeando para despejar el sueño de sus ojos.

"Buenos días, dormilón," lo saludó Sean alegremente. "Salimos en cuarenta y cinco minutos. ¡Asegúrate de que tú y la Bella Durmiente estén listos para ir!"

Gabriel asintió y volvió a caer en la cama. Isabella se dio la vuelta y se acurrucó junto a él. Su cuerpo era tan cálido y acogedor. Dudó si tenían suficiente tiempo o no y luego se sacudió mentalmente. Había demasiado en juego para arriesgarse. Pero cuando esto terminara, se prometió a sí mismo una semana de tiempo ininterrumpido con Isabella.

"Isa, tenemos que levantarnos," la instó suavemente.

Ella abrió un ojo y lo miró. "¿Isa? ¿De dónde salió eso?"

"Estoy demasiado cansado para decir tu nombre completo, así que Isa será," murmuró antes de besarla. Sabía que su padrino la llamaba Bella. Se negó a llamarla por ese apodo. Isa le quedaba, y nadie más que él la llamaba así.

"Me gusta."

Casi perdiendo su determinación, se levantó, la sacó de la cama y la empujó hacia el baño. De alguna manera, lograron ducharse, cambiarse y recoger sus pertenencias en el espacio confinado sin ceder a sus impulsos.

Steven y Sean esperaban junto al helicóptero del JDF mientras Gabriel e Isabella se acercaban. "Parecen dos adolescentes enamorados," comentó Sean.

"Pero no lo son, ¿verdad? El futuro del mundo descansa en sus manos, y todo lo que Gabriel ha hecho es mentirle. ¿Qué crees que va a pasar cuando ella se dé cuenta de eso?" susurró Steven.

Gabriel entendió la mirada desaprobadora de Steven. Lo que él estaba haciendo a Isabella era injusto y podría herirla terriblemente. No fue criado para manipular y mentir a una mujer; Dios sabe que respetaba la inteligencia y el impulso de Isabella. Tenía que creer que los medios justificaban el fin, pero la mirada severa de su tío le hizo dudar de su objetivo. El vuelo de cuarenta y cinco minutos de regreso a la base del JDF en Kingston fue silencioso.

Steven condujo el coche, con Gabriel en el asiento del pasajero y Sean e Isabella en el asiento trasero. Sean era un habitual encantador, haciendo reír a Isabella y estirando su cuello para mirar los lugares que él señalaba mientras conducían a través del tráfico de Kingston hacia la carretera que se adentraba en las colinas, proporcionando un majestuoso telón de fondo a la ciudad en expansión abajo.

"Esa es la Posada Blue Mountain," dijo Sean a Isabella. "Es el mejor restaurante de la isla. Mira," señaló. "Está en una antigua plantación de café, así que los edificios tienen esa arquitectura colonial antigua. La cascada en la parte trasera de mi propiedad alimenta el río que la atraviesa."

Isabella estaba hipnotizada por la belleza que la rodeaba. La flora crecía salvaje, abrazándolos en la sinuosa carretera que tomaron para subir la montaña. "Es como un bosque encantado aquí arriba," observó.

"¡Espera a ver dónde vive Sean!" exclamó Gabriel.

Isabella estaba hipnotizada mientras giraban en un pequeño camino que conducía más adentro del bosque. En minutos, entraron en un sendero cubierto rodeado de árboles y en un garaje. Desde un lado, Isabella podía ver escalones de piedra de concreto que llevaban a la puerta principal de la casa más hermosa que había visto. La planta baja era de concreto y pintada de un suave tono amarillo. La entrada y el piso de arriba estaban construidos de caoba natural, con verandas que rodeaban la longitud y el ancho de la casa.

Gabriel llevó sus maletas y la guió a través de una pequeña entrada con baldosas de piedra cortada en el suelo y hacia una gran sala de estar. La enorme chimenea en el extremo más alejado de la sala de estar ocultaba la cocina y el comedor de la vista.

"¿Una chimenea?" preguntó Isabella, sorprendida.

"Estamos a cuatro mil pies sobre el nivel del mar", explicó Sean.

"Puede hacer frío aquí arriba por las noches," añadió Steven, sonriendo a Isabella. No podía aprobar la relación romántica entre Gabriel y ella. Estaban nadando en un océano de mentiras, y era solo cuestión de tiempo antes de que una ola rebelde cayera sobre ellos.

"Gabe, ¿por qué no llevas a Isabella al desván? Pueden quedarse allí," ofreció Sean.

Gabriel asintió mientras Isabella lo seguía por una escalera. En el descansillo entre el primer y el segundo piso, Isabella se detuvo a admirar una pintura de paisaje que pensó que era del área circundante.

"¡Qué pintura tan hermosa! El artista la hace parecer tan real," dijo ella.

Gabriel se dio la vuelta para ver de qué estaba hablando y se rió. "No es una pintura, Isa. Es una ventana."

"¿Qué? ¡No!" exclamó ella.

"Tócala," le dijo Gabe. "Es una ventana que Sean diseñó para parecer un marco porque la vista es tan pintoresca."

Cuando Isabella tocó el cristal, exclamó: "¡Ay Dios mío! Eso es lo más hermoso que he visto en mi vida!"

"Sí," dijo él, moviéndose para pararse detrás de ella. "De ahí la razón del marco."

No pudo evitarlo. La besó cuando ella se dio la vuelta para mirarlo. "Eres lo más hermoso que he visto en mi vida."

Isabella metió su brazo por el de él mientras este la guiaba por la última escalera hacia un altillo. En el centro de la habitación había una gran cama con dosel con pliegues ondulantes de una tela blanca vaporosa que cubría el marco. Estaba contra una media pared que ocultaba un baño con una ducha al aire libre. Un sofá encajaba perfectamente en un rincón al lado de la cama, pero la vista desde la cama le quitó el aliento a Isabella.

En tres esquinas de la habitación había una veranda cubierta que la rodeaba con una vista panorámica del bosque abajo y las montañas más allá. Cuando ella caminó a través de las puertas corredizas de piso a techo hacia la veranda, Isabella quedó hechizada.

"Nunca he visto nada como esto, ni siquiera en Cuba," respiró Isabella. El aire era tan fresco y limpio que podía sentir cómo se relajaba mientras contemplaba las impresionantes vistas de las colinas circundantes. Una paz la invadió, y se apoyó en la barandilla.

Gabriel se quedó mirándola. En ese momento, quería confesarle cada una de sus transgresiones.

"¿Tu tío Steven vive aquí también?" preguntó Isabella, sacándolo de su ensueño.

"No," respondió Gabriel, sonriendo a su pregunta no tan sutil. "Él vive en Kingston con su esposa Margaret," respondió Gabriel, enfatizando el nombre de su tía. "Sean es viudo. Construyó esta casa para su esposa, pero ella murió antes de que pudieran mudarse. Esta se suponía que iba a ser su habitación."

"Eso es desgarrador," exclamó Isabella, consternada. "Quizás no deberíamos dormir en esta habitación."

"Isa, no lo habría ofrecido si no quisiera que nos quedáramos aquí," le aseguró Gabriel. "Ella murió hace doce años, y Sean no es un monje."

"¿Pero nunca se volvió a casar?"

"No, nunca lo hizo," dijo Gabriel, mirándola. "Una vez me dijo que él y Steven eran el tipo de hombres que amaban profundamente y a menudo, pero que solo se enamorarían verdaderamente una vez en sus vidas."

Se quedaron allí, atrapados en una mirada silenciosa, hasta que Isabella finalmente rompió el hechizo. "Deberíamos bajar. Estoy segura de que nos están esperando, y les debemos una explicación de por qué estamos aquí."

Encontraron a Steven y Sean en la cocina. Sean estaba preparando el almuerzo mientras Steven tomaba una cerveza Red Stripe. Ambos hombres hablaban español en presencia de Isabella, pero ahora Steven le dijo algo a Gabriel que ella no podía entender. Ella hablaba español, inglés y ruso, pero no tenía idea de lo que Steven estaba diciendo.

"¡Llama a tu madre! Ella está quemando el teléfono de la casa," dijo Steven, hablando deliberadamente en patois para que Isabella no pudiera entender lo que decía.

Mientras Gabriel salía de la habitación para hacer la llamada, Sean explicó. "Gabriel salió a llamar a su madre. Ella es muy protectora. Si no escucha de él regularmente, llama a todos los que conoce para rastrearlo."

Isabella asintió, luego miró hacia otro lado. Cuando estuvo en Rusia, su padre había pasado meses sin contactarla. "¿Dónde están los padres de Gabriel?" preguntó inocentemente.

Steven se negó a responder.

"Viven en Panamá," respondió Sean, mirando hacia otro lado.

"¿Nacieron en Jamaica?" preguntó Isabella, tratando de hacer la conexión.

Steven tomó un largo sorbo de su cerveza, declinando participar en la conversación.

"No," respondió Sean, dándole una mirada de reojo a Steven. "Steven conoció al padre de Gabe cuando vino a Jamaica a estudiar ingeniería en la Universidad de las Indias Occidentales. Se hicieron amigos de toda la vida, y todos nos metimos en negocios juntos. Hemos conocido a Gabriel toda su vida."

Al menos parte de eso era cierto. Los tres hombres estaban en negocios juntos.

"El padre de Gabriel nos pidió, específicamente a Steven, que lo cuidáramos cuando viniera a Jamaica," explicó Sean. "Steven es su padrino y puede ser tan protector como su madre."

Isabella entendió rápidamente, dándose cuenta de que era la razón de la fría actitud de Steven hacia ella, quien no se había molestado en ocultar su desaprobación de su relación con Gabriel. Decidida a evitar más tensión, cambió de tema.

"Tienes un hogar hermoso," dijo, volviéndose hacia Sean. "Confundí la ventana en la escalera con una pintura."

Ambos hombres rieron, y se rompió el hielo. "Todos los que lo ven lo hacen," dijo Sean, complacido.

"Algo huele realmente bien," dijo Gabriel al regresar a la cocina. "¡Estoy muerto de hambre!"

"Mientras comemos, puedes contarnos qué pasó en Cuba," dijo Steven, dejando claro que el momento de ligereza había terminado. Gabriel tomó los tazones que Sean puso en la encimera y los llevó a la mesa del comedor. Sostuvo la silla de Isabella para ella, apretándole el hombro en apoyo mientras se sentaba y luego se acomodó en la silla a su lado.

Mientras se servían en sus platos y comenzaban a comer, Isabella contó su historia. "Mi padre nació en una finca de cacao en la provincia de Guantánamo, cerca de Baracoa. Un día, desenterró una hoja de lo que pensó que era oro. Pero no lo era." Hizo una pausa para tomar un bocado de comida. Gabriel tenía razón; olía delicioso, y ella tenía hambre.

"Si no era oro, ¿qué era?" preguntó Steven, incitándola.

"Resultó ser un mineral llamado Oricalco," respondió Isabella.

"Nunca he oído hablar de eso," respondió Steven.

"¡Jesús, Steven! Deja que la chica cuente su historia," estalló Sean.

Steven reanudó su comida mientras Sean asentía a Isabella, animándola a continuar.

"Mi padre tenía una teoría. Creía que Cuba, específicamente Baracoa, se encontraba sobre la ciudad perdida de Atlantis. Al investigar su teoría, descubrió el Oricalco, un mineral precioso que los atlantes usaban para fortificar la muralla alrededor de su ciudad," explicó Isabella.

Sean y Steven dejaron de comer, con los ojos puestos en Isabella.

"Mi padre obtuvo una beca para el Colegio Belen en La Habana.

Allí, encontró material fuente que probaba su teoría, con el apoyo de su compañero de cuarto, Fidel Castro."

"Entonces, ¿tu padre y Fidel Castro fueron a la escuela juntos?" dijo Sean, haciendo la conexión.

"¿Cómo demostró que el mineral era Oricalco?" preguntó Steven. Toda la historia le sonaba como una mala película de ciencia ficción.

Isabella tomó un bocado de comida y masticó, perdida en sus pensamientos. Estaría revelando secretos del estado cubano a dos extraños. Era difícil para ella hablar sobre lo que ahora tenía que hacer si Cuba iba a beneficiarse de su secreto mejor guardado.

Gabriel vio el dilema en su rostro y tomó su mano debajo de la mesa.

"Cuba necesitaba dinero. Tío Fidel estaba desesperado, y los rusos estaban dispuestos a intercambiar comida y medicina por las hojas que encontró mi padre," dijo Isabella.

"¿Por qué querría Rusia eso?" preguntó Sean.

"Mi padre llevó varias hojas a Rusia. Experimentaron con ellas y descubrieron que tenían propiedades similares a la mica. Andrik Dulka descubrió cómo manipular las hojas, y hemos estado suministrando a Rusia todo lo que tenemos durante veinte años, al menos hasta ahora," dijo Isabella, poniendo su tenedor al lado del plato.

"¿Qué propiedades?" preguntó Steven.

"¿Por qué hasta ahora?" preguntó Sean.

"Los rusos usaron Oricalco para ganar la carrera espacial contra los Estados Unidos. Lo usaron como una piel para sus naves espaciales y como conductor para sus sistemas a bordo. Desde entonces, han innovado su uso en todo, desde circuitos de acoplamiento hasta electrónica de defensa," explicó Isabella, mirando a Steven. "Nos hemos quedado sin hojas," continuó Isabella, volviéndose a mirar a Sean. "Se me asignó la tarea de encontrar la mina, la fuente del Oricalco."

"¿Encontraste la ciudad de Atlántida?" preguntó Sean.

Mientras Isabella miraba a Gabriel en busca de ayuda, Steven explotó.

"¿Por qué demonios importa eso, Sean? Rusia ha estado usando este mineral para hacer la guerra contra occidente. ¿Te perdiste la parte donde dijo que lo usaron para electrónica de defensa? ¡Eso significa armas, Sean! Máquinas de matar en manos de un régimen que no valora la vida." Steven estaba fuera de sí y golpeó la mesa con su puño, haciendo que Isabella saltara de miedo.

"Es suficiente," la voz de Gabriel era peligrosamente baja.

Steven miró a Gabriel con sorpresa. Gabriel nunca le había hablado en ese tono amenazante. Antes de que Steven pudiera reaccionar, Sean intervino.

"Vamos a lidiar con la crisis de hoy antes de que empecemos a juzgar el pasado," sugirió Sean mientras Steven le fruncía el ceño.

"Isabella encontró la ciudad," comenzó Gabriel, sin apartar la vista de Steven. "Y nos llevó a la mina. Pero la mina no es accesible desde donde ella encontró la ciudad."

Isabella rebuscó en su mochila y encontró el libro escrito por la sacerdotisa Salustra. Hojeando las páginas, puso el libro en el centro de la mesa y señaló un diagrama.

"El último sobreviviente conocido de Atlántida escribió este libro. El diagrama muestra que la ciudad estaba en medio de estos círculos concéntricos," explicó, señalando. "No fue solo un volcán el que destruyó la ciudad, sino una ola gigante formada en el mar por otro volcán. El templo de Poseidón está al final del círculo exterior, más cerca del agua. Salustra era una sacerdotisa allí. Conocía la zona al dedillo. Según su relato de lo que vio y oyó, creo que la mina está bajo la montaña, muy por debajo de la Bahía de Baracoa," explicó Isabella.

"¿Cómo puede haber una mina bajo la arena y las rocas y también bajo el agua?" preguntó Steven.

"¡Porque es una gran geoda!" respondió Sean con asombro.

"O una serie de geodas interconectadas," contraatacó Gabriel.

"Accesible sólo desde la costa," dijo Sean, siguiendo el hilo de pensamiento de Gabriel.

"Con corrientes tan fuertes que pueden destrozar a un hombre en minutos," dijo Gabriel.

"¿Los viste?" preguntó Sean.

"Sí. Son brutales. Si hay un camino a través de ellos, está muy bajo el agua," ofreció Gabriel.

"¿Te das cuenta de lo que necesitarás para acceder a esa mina?" preguntó Steven.

"Un barco con suficiente potencia hidráulica para una motosierra de diamante submarina, y eso es si puedes llegar a la mina. Primero, necesitarías buzos con cascos Kirby Morgan para caminar por el fondo del mar, lo que significa que necesitas mangueras de aire con líneas lo suficientemente largas para seguirlos a través de corrientes que podrían desgarrar las líneas," explicó Sean. "Incluso si encuentras el camino, necesitas uno lo suficientemente grande para que las bolsas de elevación floten el mineral a la superficie y de regreso al barco. Esta es una operación de salvamento, Gabriel. En las peores condiciones submarinas."

"¿Puede un barco de ese tamaño siquiera entrar en la Bahía de Baracoa?" preguntó Steven mientras la magnitud de la operación le caía en la cuenta.

"¿Crees que la tecnología existe en el Caribe?" preguntó Isabella. "Con todas las industrias en el Caribe, desde operadores de salvamento submarino, plataformas petroleras y exploración en alta mar hasta pesca en aguas profundas, ¿crees que las islas del Caribe tienen lo que se necesita para hacer que esto suceda?" preguntó Isabella insistente.

Sean miró a Isabella. "Individualmente, no. Colectivamente, tal vez."

"Puedo trabajar con tal vez," dijo ella, recogiendo su libro. "¿Tienes una computadora que pueda usar?" preguntó a Sean.

"Hay una en el estudio a través de esa puerta," dijo Sean, señalando en la dirección donde había visto a Gabriel desaparecer cuando llamó a su madre.

"Gabriel, aquí están los mapas de Andrik sobre las corrientes y mareas en la Bahía de Baracoa," dijo ella, entregándole los mapas. "Ve si puedes hacer algo con ellos en conjunto," le instruyó antes de salir de la habitación.

Gabriel se volvió para mirar a los dos hombres, ambos mirándolo con la boca abierta y listos para soltar una ráfaga. "¡Ni una palabra!" exclamó, deslizando un expletivo jamaicano para enfatizar. "¡Lo sé!"

"Esta es una misión suicida," dijo Sean, caminando de un lado a otro.

"Si crees que voy a permitir que arriesgues tu vida por la codicia americana y un trozo de carne...," comenzó Steven, señalando en la dirección donde Isabella desapareció.

"¡Tío, no!" advirtió Gabriel. "Ya no soy un niño pequeño."

"Que se joda esto y de regreso," gritó Steven groserías en dos idiomas.

Sean intentó poner una mano reconfortante en el brazo de Steven, pero el miedo de Steven se había convertido en ira.

"¡Sean, más te vale controlar a tu chico!" dijo Steven, recogiendo sus llaves del coche y saliendo.

Sean observó a Steven irse, luego se volvió hacia Gabriel. "Déjame ver esos mapas."

Revisaron los mapas mientras Gabriel señalaba coordenadas e intersecciones que podrían ayudar.

"Escribe las coordenadas de la mina," instruyó Sean a Gabriel, y luego le pidió que se sentara y esperara.

Gabriel terminó la cerveza sin acabar de su tío y fue a buscar otra. Estaba sentado en la mesa cuando Sean regresó, sosteniendo lo que parecían ser fotos satelitales de la Bahía de Baracoa. Tenían sellos de tiempo militar de EE. UU.

"¿Cómo y, más importante, por qué tienes eso?" preguntó Gabriel, rezando para que Isabella no entrara.

"Los conseguí, bueno, no legalmente," admitió Sean. "Los tengo en caso de que los necesitemos."

"¿Por qué?" preguntó Gabriel, sorprendido.

"Le pedimos a Andrew Simpson que te vigilara," admitió Sean.

"Cuando nos dijo que pasabas mucho tiempo alrededor de la Cascada Saltadero y la Bahía de Baracoa, quise mapas de la zona."

"Por el amor de Dios, ¿por qué?" preguntó Gabriel de nuevo.

"En caso de que desaparecieras, y necesitáramos encontrarte," respondió Sean, mirando a Gabriel.

Gabriel desvió la mirada. Era una posibilidad distinta.

"Según tus coordenadas, el agua debajo de este saliente tiene alrededor de doscientos pies de profundidad. Las corrientes son complicadas porque la repisa de roca arriba oculta algunas corrientes de resaca bastante peligrosas," dijo Sean mientras señalaba las marcas en los mapas. "Las corrientes comienzan a retorcerse y girar a trescientos pies en la bahía, llevando directamente a la repisa. Ningún barco del tamaño que necesitamos puede acercarse a menos de trescientos cincuenta pies. ¿Te das cuenta de lo que eso significa?

"¿Lo hago?" dijo Gabriel, siguiendo el dedo de Sean en el mapa. "Las líneas de oxígeno que alimentan el casco Kirby Morgan no funcionarán."

"No a menos que tuvieran algo sobre ellos, protegiéndolos."

"¿Qué?" preguntó Gabriel.

"He estado trabajando en algo para buceo en trincheras," dijo Sean, mostrándole a Gabriel un dibujo de un enorme pasillo cubierto.

"Parece un túnel submarino," comentó Gabriel. "¿Cómo evitas que la presión del agua lo aplaste?"

Sean se rió. "Te va a encantar la ironía. Compramos submarinos de bloques soviéticos desactivados para chatarra."

Gabriel estaba demasiado intrigado para comentar sobre la paradoja. "¿Los has usado? ¿Funcionan?" preguntó Gabriel.

"Los usamos en la Trinchera de las Caimán en un proyecto con una empresa de soluciones energéticas y conservación. El objetivo es usar el agua de mar fría en la trinchera como una fuente de enfriamiento alternativa en lugar de electricidad. En el último conteo, tenemos alrededor de cuatrocientos pies de cobertura," anunció Sean con orgullo.

Gabriel recordó vagamente algo sobre el proyecto. "¿Crees que podría funcionar en las aguas de la Bahía de Baracoa?" preguntó Gabriel, examinando el diseño.

"Creo que podría funcionar si encuentras un camino hacia la mina a través del agua," respondió Sean honestamente.

Gabriel asintió y se volvió para mirar por la ventana detrás de ellos, ajeno a la hermosa vista.

"¿Qué es?" preguntó Sean.

"Isabella encontró Atlántida, Sean. La vi zambullirse en la laguna desde la cima de la Cascada Saltadero. Me dijo que vio la ciudad extendida en el agua de abajo. ¡No pude verla! Hasta el día de hoy, no puedo verla. Pero la seguí a esa agua, y ella sabía exactamente a dónde iba y nos llevó directamente al Templo de Poseidón," Gabriel hizo una pausa.

"¿Y qué?" insistió Sean. "¿Crees que tiene una conexión mística con Atlántida?" preguntó Sean.

"Si alguien puede encontrar ese camino, es Isabella."

"Entonces, ¿cuál es el problema?" preguntó Sean, viendo la expresión en el rostro de Gabriel.

"No sé si puedo dejar que arriesgue su vida para encontrarlo," dijo Gabriel, la angustia en su voz inconfundible.

"Ella es tu oportunidad única en la vida," dijo Sean. No era una pregunta. Dejó a Gabriel solo con sus pensamientos.

CAPÍTULO 16

EL CARIBE SE UNE

Isabella estaba furiosa mientras se sentaba frente a la computadora. Su mente resonaba con la dura crítica de Fidel a la mentalidad de "pronto vendrá" del Caribe: "Todos en el Caribe están esperando que alguien más haga algo, así que nunca se hace nada, excepto esperar." ¿Cómo podría Cuba asociarse con personas que parecían tan fijadas en el problema en lugar de buscar activamente una solución?

El padre de Isabella había organizado que se reuniera con la Autoridad Internacional del Fondo Marino, permitiendo a Cuba aprovechar sus poderes legales internacionales para reclamar la mina como propia. El problema era claro. Tenían que encontrar una manera de acceder a la mina. Estaba segura de que las industrias caribeñas tenían el potencial de ofrecer una solución. El verdadero obstáculo era asegurar el apoyo financiero para hacerlo realidad, algo que necesitaba atención urgente.

La Autoridad Internacional del Fondo Marino se había establecido para regular y controlar las actividades minerales en la mayoría de los océanos del mundo, incluido el Mar Caribe. Sin embargo, a pesar de sus ambiciones elevadas, la autoridad no había cumplido con sus promesas iniciales de extracción de minerales en aguas profundas, principalmente debido a la falta de la tecnología necesaria.

Veremos sobre eso, pensó Isabella amargamente. La gente del Caribe siempre había sido ingeniosa, sobreviviendo y prosperando con lo que tenían a mano. Era algo natural para ellos, vivir de los desechos del mundo.

Pero entonces algo llamó su atención. El mandato establecía que el lecho marino, el fondo oceánico y el subsuelo estaban bajo jurisdicción nacional—una revelación poderosa. Cuba poseía legalmente la única mina de Oricalco conocida en el mundo, y ninguna otra nación podía impugnar ese reclamo. Una ola de alivio la inundó. Si Estados Unidos o Rusia intentaran apoderarse de la mina, la reacción internacional sería rápida e implacable.

Se hacía tarde y ella estaba cansada. Estaba a punto de apagar la computadora cuando algo llamó su atención. La Autoridad Internacional del Fondo Marino tenía un fondo de dotación. Isabella hizo clic en el enlace. Sus ojos se abrieron al leer. "El Fondo de Dotación promueve y alienta la investigación científica colaborativa a través del apoyo a científicos y personal técnico de países en desarrollo para la investigación científica marina, proporcionando iniciativas financieras para apoyar sus actividades."

Isabella no podía creer lo que veía. La solución estaba justo frente a ella—el dinero que necesitaba estaba en Jamaica, y la Secretaría era la clave para acceder a él. Entonces la realidad la golpeó como un rayo: ¡Brian Mian era el jefe de la Secretaría!

Todo encajó. Su padre no era un traidor. Era un patriota. Al alinearse con los canadienses, aseguró el respaldo de una nación poderosa, una que podría aprovechar su influencia para proteger los intereses de Cuba si surgía la necesidad. No solo estaban jugando a la defensa. Estaban liderando la carga. Con su alcance diplomático, los canadienses podrían reunir a otros países como Alemania y el Reino Unido, formando una coalición protectora alrededor de Cuba. La estrategia estaba clara ahora, y sintió un aumento de admiración por la previsión de su padre. Estaban al borde de algo monumental.

"Por favor, perdóname por dudar de ti, Papá," susurró en la oscuridad.

Lo que fue más difícil de reconciliar, sin embargo, fue el papel de su padrino en todo esto. Solo Fidel podría haber enviado a Andrik a Rusia para negociar el acuerdo de la campaña de desinformación contra Estados Unidos. La idea de su padrino regocijándose con la recompensa—su objetivo final de destruir a su mayor enemigo— dejó un sabor amargo en su boca. Su corazón dolía por Andrik y Liliana, atrapados en la red de sus maquinaciones. Apagando la computadora, tomó su mochila y subió las escaleras; la presión implacable de todo se asentó pesadamente sobre ella.

Gabriel estaba de pie en la veranda. No se dio cuenta de que ella estaba detrás de él hasta que ella lo abrazó. Al volverse, Gabriel la envolvió en sus brazos y besó su frente. En voz baja, Isabella le contó a Gabriel lo que había descubierto.

"Si Fidel pone sus manos en esa mina, será un arma de control masivo. La usará para aplastar a cualquiera que se atreva a desafiarlo. Su control sobre el poder sofocará la esencia de la libre voluntad a nivel global."

"¿Qué puedo hacer para ayudar?" preguntó Gabriel.

"¿Me ayudarás a reclamar el Oricalco para el pueblo de Cuba? ¿Y así poder construir un futuro mejor para las islas del Caribe?" preguntó, mirándolo a los ojos.

"Lo haré, Isa," prometió. "Haré todo lo que esté en mi poder para ayudarte."

Mientras Isabella dormía a su lado, él repasó su conversación con su padre. Cuando llamó a casa, su madre contestó el teléfono al primer timbrazo.

"¡Ay Dios mío, Gabe! Estaba tan preocupada," dijo Gloria cuando escuchó la voz de su hijo.

"¿Por qué, mamá? ¿Pasó algo?" preguntó Gabriel, preocupado.

"Tu tía llamó, y estaba llorando. Dijo que te fuiste repentinamente a Jamaica, y estaba molesta. No sabía qué pensar," respondió Gloria, con lágrimas en la voz.

"Ay Mamá, estoy bien. No necesitas preocuparte por mí," le aseguró. "Estoy bien, mamá, te lo aseguro."

"Me alegra tanto escuchar eso," respondió ella, su alivio evidente.

"Pero mamá, necesito hablar con papá. ¿Está por ahí?" Gabriel trató de hacer que su voz sonara casual.

"Sí, sí, él está aquí," dijo, entregando el teléfono a Matteo.

"Hola Gabe, sí, estoy aquí," dijo Matteo, tomando el teléfono. "¿Estás con Steven y Sean?"

"Sí, papá. Estoy en casa de Sean. Volveré a Cuba en un par de días, pero necesito hablar contigo sobre algo," dijo Gabriel, alejándose de la cocina.

"¿Qué pasa?" preguntó Matteo.

"¿Todavía estás rastreando a las personas que llegaron en el Mariel Boatlift?" preguntó Gabe, recordando las largas horas de su padre con inmigración, registrando a todas las personas que arribaron en y alrededor del área de Miami.

"En un momento, estábamos monitoreando a más de diez mil personas, pero a lo largo de los años, hemos perdido la pista de la mayoría que se ha asimilado a la sociedad. ¿Por qué? ¿A quién buscas?" preguntó Matteo.

"Ese es el problema, papá. No lo sé," dijo Gabriel. "Creo que Castro envió espías a los Estados Unidos durante ese éxodo para encontrar una debilidad que pudiera explotar. Él cree que ha encontrado una y planea iniciar una campaña de desinformación."

"¿Con qué fin?" preguntó Matteo.

"Para iniciar una guerra racial, volviéndonos unos contra otros y destruyendo así a los Estados Unidos desde adentro," dijo Gabriel.

"¡Madre de Dios!" exclamó Matteo. "¿A quién busco?"

"No lo sé; no tengo nombres," dijo Gabriel. "La única forma de encontrarlos es por sus acciones."

"Dime," instó Matteo.

"Serán individuos involucrados en información y tecnología, con ideologías radicales y extremistas. Algunos podrían estar incrustados en empresas de seguridad, ciberseguridad o incluso en comercialización—todos con una agenda peligrosa y violenta," explicó Gabriel, intentando armar un perfil de los posibles enemigos de su padre.

"¡Jesús!" murmuró Matteo.

"Creo que estamos tratando con neo-fascistas que idolatran la violencia y predican la supremacía racial. Estarán bien financiados y organizados. Pero, ¿el verdadero peligro? Podrían no ser ni siquiera los que llegaron en el éxodo. En este punto, podrían ser los hijos de esos radicales—lavados de cerebro e indoctrinados para llevar a cabo sus creencias retorcidas."

"¿Una organización terrorista local que parece un grupo de odio común y corriente?" preguntó Matteo.

"Exactamente, sí," dijo Gabriel.

"Hay rumores en y alrededor de Little Havana—principalmente objeciones. Los cubanos allí son patriotas estadounidenses hasta la médula. No tienen interés en apoyar a los anarquistas, pero podrían indicarme la dirección correcta," ofreció Matteo.

"Papá, no puedes hacer esto solo," enfatizó Gabriel. "Estas personas están jugando a largo plazo."

"Entiendo, mijo," aseguró Matteo a su hijo. "Lo llevaré por la cadena de mando. No será difícil de vender, y formaremos un grupo de trabajo."

"Gracias, Papá," dijo Gabriel, aliviado. "Tengo que irme, pero dile a Mamá que la amo. Los amo a los dos."

"Mantente a salvo, hijo, y vuelve a casa pronto."

"Lo haré, lo prometo", tranquilizando a su padre mientras colgaban el teléfono.

Gabriel miró a Isabella mientras yacía sobre su pecho, con su brazo alrededor de ella y su cara vuelta hacia él en sueño. Ella dormía pacíficamente, segura en el círculo de su brazo, reconfortada por su presencia. Pero Gabriel estaba lejos de estar en paz. Hizo promesas hoy a ella y a sus padres, pero no tenía idea si podría cumplir alguna de ellas.

Si cumplía su promesa a Isabella, traicionaría a sus padres y al país que amaba. Si cumplía la promesa a sus padres, traicionaría a Isabella y al país que ella amaba. No importaba lo que hiciera, las personas que amaba se verían heridas. José tenía razón. Era un traidor. Pero a quién, aún estaba por determinar.

Mañana sería domingo, y Gabriel sabía que podría ser el último día que tuviera con Isabella antes de que todo cambiara—y se vería obligado a tomar una decisión. Exhaló un largo suspiro, e Isabella se movió contra él. Salió de la cama en silencio, cuidando de no perturbarla.

Quería mostrarle cuánto ella significaba para él, incluso si no podía expresarselo con palabras. Admitir la verdad significaría elegir un bando, y no estaba listo para tomar esa decisión—al menos no todavía.

"Bueno, sí que estás bien despierto y animado esta mañana!" bromeó Sean mientras Gabriel bajaba corriendo las escaleras hacia la cocina.

"Quería preparar un desayuno de picnic para Isabella y para mí. Voy a mostrarle la cascada." Gabriel comenzó a hacer sándwiches de pan con mantequilla.

"¡Genial! Regresa a tiempo para el almuerzo dominical. Steven y Margaret se unirán a nosotros." Ante la mueca en el rostro de Gabriel, Sean continuó. "Dale un respiro a tu tío. Todo lo que haces le preocupa mucho. Puede reaccionar a veces, pero solo porque te ama."

El rostro de Gabriel se suavizó. "¿A qué hora?"

"A las dos," respondió Sean.

"Ay mierda, tía Margaret!" exclamó Gabriel.

"No te preocupes," le aseguró Sean. "No es su primera vez al bate. Sabe ser discreta. Pero lo que le informe a tu madre, ¡ningún hombre puede controlar eso!"

"Ay, caramba!" Gabriel gimió. No había pensado en eso.

Sean miró a Gabriel. Estaba tramando demasiado, y algo estaba destinado a fallar tarde o temprano. Sean esperaba que Gabriel supiera lo que estaba haciendo.

Isabella entró a la cocina mientras Gabriel ponía los sándwiches en una mochila pequeña. Ella saludó a Sean, pero Sean pudo ver que Isabella solo tenía ojos para Gabriel. Se acercó a su lado, besándolo en la mejilla. Él se volvió y la besó en la boca.

"Pensé que podríamos desayunar junto a la cascada. Luego tal vez ir a nadar." Él le guiñó el ojo juguetonamente, haciéndola reír.

"Suena divertido," respondió ella.

"¡Solo regresen a tiempo para el almuerzo!" gritó Sean a sus espaldas que se alejaban.

Gabriel llevó a Isabella por la escalera trasera y hacia un sendero que se adentraba en el bosque detrás de la casa.

Ella volvió su rostro hacia la luz del sol que se filtraba a través del espeso follaje. Siguiendo a Gabriel, se dio cuenta de cuánto necesitaba este día para relajarse y recuperarse. Había pasado tanto en tan poco tiempo; sería abrumador si se detenía a pensarlo.

De repente, le vino a la mente una conversación que había tenido con Andrik. Le había preguntado qué lo había llevado a dejar Rusia para establecerse en Cuba. Hablaron justo antes de que él partiera a llevar a Valentina a la escuela, en un viaje que ahora entendía era la excusa para esconder la verdadera razón del viaje a Rusia. Andrik había considerado su pregunta antes de responder.

"Principalmente, fue amor por Liliana, pero no es pequeña parte mi respeto y admiración por el pueblo cubano que es entusiasta de la vida. Su ética de trabajo rivaliza con la de los rusos, pero la honestidad de la vida aquí es lo que amo. Los cubanos no tienen ilusiones sobre cómo eligen vivir. Trabajan incansablemente cada día, persiguiendo un futuro más brillante."

"Por el sudor de nuestra frente," respondió Isabella, sonriéndole.

Andrik se volvió hacia ella, y Isabella notó que su sonrisa no llegaba del todo a sus ojos cuando repitió el mantra de Fidel: "Por el sudor de nuestra frente."

Ahora entendía su renuencia. Estaba lejos de estar satisfecho con su misión en Rusia o que su hija estuviera siendo utilizada como palanca para asegurarse de que hiciera su trabajo.

Gabriel vio la tristeza en sus ojos y la tensión en su sonrisa cuando lo miró. Tomó su mano. "Casi estamos allí," dijo, señalando hacia adelante. "Está justo alrededor de esa curva."

Isabella podía oír el murmullo del agua cercana. Su rostro se iluminó, y Gabriel le apretó la mano en respuesta.

Cuando doblaron la esquina, entraron en una oásis mágico. Una suave cascada alimentaba un pequeño estanque. La luz del sol se filtraba, besando el agua y convirtiendo el estanque poco profundo en un arcoíris de colores.

"No es nuestra cascada," se encogió de hombros Gabriel. "Pero pensé que te gustaría."

Isabella soltó la mano de Gabriel y se movió hacia sus brazos. "Nuestra cascada es donde sea que el agua fluya a nuestro alrededor, y yo estoy en tus brazos."

Gabriel ignoró el punzón de culpa mientras la abrazaba. Al separarse, se quitó la ropa y entró en la poza natural. Felizmente, ella se desnudó y lo siguió en el agua fresca.

"¿Sabes qué vas a decir mañana?" preguntó Gabriel.

"¿Cuáles son tus planes?" contraatacó Isabella.

"¿Estás respondiendo a mi pregunta con otra pregunta?" respondió Gabriel, sin estar seguro de lo que ella le estaba preguntando.

"Sé que tienes un trabajo que hacer, el que te enviaron a Cuba a completar," comenzó Isabella mientras el corazón de Gabriel latía apresurado y sus ojos se entrecerraban ligeramente. "Has descuidado ese trabajo porque te involucré en ayudarme. Sé que mi padre y Liliana usaron tus sentimientos por mí para manipularte y que lo abandonaras por completo. Por eso, lo siento de verdad," dijo Isabella con sinceridad.

Gabriel dejó escapar el aliento que había estado conteniendo. "Isa," interrumpió, con la verdad en su lengua.

"¡No! Déjame terminar," suplicó ella. "¿Considerarías venir a Cuba y trabajar en este proyecto conmigo?"

Gabriel no dijo nada mientras su cabeza y su corazón iban a la guerra.

Isabella malinterpretó su silencio. "Gabriel, no podría haber hecho esto sin tu ayuda. Lamento haberte ocultado cosas y también lamento profundamente cómo fuiste manipulado. Pero mereces esto tanto como yo."

"Encontrastes Atlántida, el templo y la mina. No me necesitabas, Isa," dijo Gabriel, su voz angustiada mientras la culpa lo consumía.

"Entonces tal vez necesitar es la palabra equivocada," dijo ella, moviéndose al círculo de sus brazos y susurrándole al oído. "Quiero hacer esto contigo. Te quiero."

Los brazos de Gabriel se apretaron a su alrededor mientras la sostenía contra él. Ella suspiró, pero era todo lo que Gabriel podía hacer para controlar las facciones en guerra de su cuerpo. Este temblaba con el esfuerzo. Isabella pensó que era pasión y comenzó a besar su cuello mientras sus piernas rodeaban su cintura en anticipación. En su mente, la reacción de su cuerpo era la respuesta que buscaba, y él podía sentir su sonrisa contra su piel. Cerró los ojos, forzándose a calmarse. Luego la dejó ir, sorprendido de que ella flotara fuera de sus brazos.

"Deberíamos regresar," dijo, evitando su mirada inquisitiva. "Mi tío y mi tía estarán aquí para el almuerzo pronto."

Decepcionada, Isabella trató de mirar a Gabriel, pero él ya estaba saliendo de la poza.

"¿Gabriel?" El dolor y la confusión en su voz hicieron que Gabriel se encogiera.

Se puso los pantalones cortos de un tirón, con la espalda aún hacia ella. Se dio la vuelta para mirarla antes de ponerse la camiseta por la cabeza, tratando de ocultar la mentira en sus ojos. "No estoy diciendo que no, Isa," dijo. "Pero firmé un contrato y tengo que ver si puedo salir de él."

Su alivio por la fuente de su vacilación levantó su ánimo. "No te preocupes por eso. Haré que el gobierno de Cuba haga una solicitud oficial para tu participación. Nadie puede decirle que no a Fidel Castro," dijo, saliendo de la poza y vistiéndose, el desayuno olvidado.

Gabriel se dio la vuelta para liderar el camino de regreso, haciendo una mueca ante sus palabras. ¡Genial! Pensó Gabriel para sí mismo. El tío Steven se regocijará al tener que ayudarme a evitar eso.

Entraron en una cocina vacía. Sean no estaba por ninguna parte.

"Voy a ducharme," anunció Isabella, pasándolo y dirigiéndose a las escaleras. Él asintió. Agarró una Red Stripe de la nevera y buscó a su tío. Lo encontró en la veranda en el extremo de la casa, y no estaba solo.

"Tío Steven," saludó Gabriel a su tío, sentado en una silla al lado del sofá de Sean. Gabriel se hundió en el asiento junto a Sean con un profundo suspiro.

"¿Problemas en el paraíso?" preguntó Sean.

"No sé cuánto tiempo más puedo seguir mintiéndole," gruñó Gabriel. "¿Cómo demonios se complicó tanto? Tenía una misión..." La voz de Gabriel se desvaneció.

"¿Cuál era exactamente tu misión?" preguntó Steven. Gabriel le dirigió una mirada sombría, y Steven repitió la pregunta.

"Encontrar la mina de Oricalco," respondió Gabriel con desdén.

"¿Cumpliste tu misión? preguntó Sean.

"Sí," respondió Gabriel.

"¿Y qué pasó cuando informaste tus hallazgos a tu encargado?" preguntó Steven.

"Amenazó con invadir Cuba y condenar a los Estados Unidos a ser la nación más odiada del mundo," respondió Gabriel.

"Entonces, ¿qué hiciste?" preguntó Sean.

"Lo detuve," respondió Gabriel.

"Usando cualquier medio necesario, detuviste a tu superior de sumergir a los Estados Unidos, el Caribe y posiblemente al mundo en la Tercera Guerra Mundial," ofreció Steven.

"No se percibirá de esa manera en Washington," contraatacó Gabriel.

"Pero es la realidad," respondió Sean. "Tienes dos superpotencias a punto de ir tras un recurso valioso en una pequeña isla indefensa junto a una cadena de islas más pequeñas y aún más indefensas. Cuba tiene el derecho de hacer lo que quiera con sus recursos. Nadie puede decir lo contrario y estar en lo correcto."

"Mi padre no lo verá de esa manera," murmuró Gabriel.

"Estuve allí cuando hiciste tu juramento a la CIA," dijo Steven, con voz baja. "Recuerdo que juraste apoyar y defender la Constitución de los Estados Unidos contra todos los enemigos, extranjeros y nacionales."

"Mi padre estaba tan orgulloso de mí ese día. Pero, ¿estaría orgulloso de mí ahora?" preguntó Gabriel.

"Tu padre siempre ha sido un patriota," añadió Steven. "Dio todo lo que tenía por Cuba y pensó que estaba haciendo lo correcto por la isla que amaba. Está haciendo lo mismo por el país que lo acogió. No esperaría menos de ti."

"¿Cuál es tu punto?" preguntó Gabriel, mirando de un lado a otro entre los dos hombres.

"Traer a Isabella a Jamaica y hacer que se reúna con la Autoridad Internacional del Fondo Marino es el movimiento correcto para la paz mundial, para nuestra paz," afirmó Sean.

"Pero traer a Isabella aquí para aliviar tu conciencia mientras trabajas en tus sentimientos por ella está mal en todos los niveles," añadió Steven.

"Necesito decirle la verdad, pero no puedo," gemía Gabriel.

"¿Por qué no?" insistió Sean.

"Porque ella acaba de ofrecerme un trabajo," dijo Gabriel. "Para trabajar con ella y ayudar a Cuba a beneficiarse de este mineral. Si le digo la verdad ahora, hará precisamente lo que Fidel Castro quiere y atacará a los Estados Unidos. Pero, si me quedo y le ayudo, puedo protegerla de la tormenta que se está formando a su alrededor," razonó Gabriel, desesperado por justificar su deseo de quedarse con Isabella.

Las líneas de preocupación surcaban la frente de Steven. Este y

Sean se miraron. ¿Quién protegería a Gabriel de la ola gigante que podría romperlo contra la fuerza de la ira de Fidel Castro?

Antes de que pudieran decir algo, Isabella salió a la veranda.

"¡Ay Dios mío, esta es la vista más increíble hasta ahora!" exclamó, caminando hacia la barandilla. Vio por encima de los árboles, la montaña que más allá era una silueta en el cielo de la tarde.

"¿Pensé que tu esposa se uniría a nosotros?" preguntó, volviéndose para mirar a Steven.

"Ese era el plan, pero surgió un asunto familiar que necesitaba su atención," explicó Steven.

"Probablemente es lo mejor. Deberíamos tener un almuerzo de trabajo," dijo Sean, levantándose. Isabella, ¿qué debemos hacer para ayudarte con tu presentación mañana?"

"Estaba pensando en eso," respondió mientras se dirigían hacia adentro.

Durante el almuerzo, Isabella expuso su plan. Presentaría a Brian Mian pruebas irrefutables de la existencia del Oricalco y evidencia de que la mina estaba ubicada dentro del territorio cubano. Proporcionaría un mapa si era necesario, pero mantendría la ubicación exacta vaga. Una vez que Cuba registrara oficialmente la mina como su propiedad, se acercaría a él para solicitar apoyo financiero.

"¿Apoyo financiero?" preguntó Sean, sorprendido. "¿De dónde?"

"La Autoridad del Fondo Marino tiene acceso a un patrimonio," explicó Isabella emocionada. "El fondo es para financiar la investigación científica de los países en desarrollo y proporcionar iniciativas financieras para apoyar sus actividades."

"¿Cuánto tienen?" preguntó Steven, sorprendido.

"¡Suficiente para contratar a tu empresa para encontrar la mina y extraer el Oricalco!" declaró intensamente. "¡Imagina lo que podríamos hacer por las islas del Caribe! Con la tecnología ya disponible en Jamaica y Trinidad, podríamos extraer el Oricalco. Cuba podría establecer una planta de fundición, luego enviar el mineral a las islas más pequeñas, construyendo fábricas para procesarlo en productos terminados: aislantes para electrónica, aislamiento térmico para electrodomésticos y dieléctricos para capacitores. Con las ganancias, el Caribe nunca necesitaría limosnas nuevamente. Podríamos levantarnos de las sombras de la pobreza, asegurar nuestra independencia y finalmente ocupar nuestro lugar legítimo en el escenario mundial."

"Has pensado mucho en esto," comentó Sean.

"Es todo en lo que he pensado desde la infancia," le aseguró Isabella. "Y, con la ayuda de Gabriel, espero que hagamos esto posible para todos nosotros." Miró a Gabriel, su rostro brillando de orgullo y algo más.

El rostro de Gabriel pasó de la sorpresa a la admiración y pudo imaginar la visión de Isabella tan claramente como ella había visto la ciudad perdida de Atlantis.

Steven miró a Sean. Se preocupaban por Gabriel; estaba jugando un juego peligroso con graves consecuencias.

El almuerzo se convirtió en cena y más allá, mientras finalizaban los planes de Isabella para su presentación a Brian Mian. Cuando salieron del comedor, era cerca de la medianoche.

Gabriel siguió a Isabella hasta el altillo. Ella se volvió hacia él, el calor de su cuerpo la encendió.

"Sí, Isa," respiró. "Acepto tu oferta de trabajo." La besó, y cayeron sobre la cama en un enredo de extremidades.

El viento soplaba sobre las montañas, un papelote silencioso surcaba el cielo nocturno. Susurrando a las hojas y deslizándose entre ellas como el toque de un amante. Las puertas del altillo se abrieron de par en par para dar la bienvenida a la brisa, su suave caricia haciendo que la delicada tela a su alrededor ondeara y pulsara. Bajo el suave zumbido de la noche jamaicana, sus cuerpos se movían juntos, entrelazados en un ritmo que solo la oscuridad podía comprender.

CAPÍTULO 17

AUTORIDAD INTERNACIONAL DEL FONDO MARINO

La oficina de la Autoridad Internacional del Fondo Marino estaba ubicada en un imponente edificio con vistas al puerto de Kingston. Al girar en la calle Port Royal, Isabella reconoció su bandera oficial ondeando junto a la bandera jamaicana. Contra los beiges intensos del edificio, ese pequeño toque de color la calmó. Pero, al conducir hacia la parte trasera del edificio, las pesadas puertas de hierro contra la piedra cortada reforzada estaban diseñadas para intimidar, y su determinación vaciló.

Caminaban a través del vestíbulo, salpicado de grandes macetas de terracota desbordantes de follaje verde, pasando junto a una cascada de piedra cortada. Un escritorio circular se encontraba al final del largo pasillo, donde un guardia de seguridad esperaba para recibirlos. El escritorio le recordaba a un foso, protegiendo el castillo donde se decidiría su futuro.

Sean, Steven, Gabriel e Isabella siguieron al guardia de seguridad hacia un pequeño ascensor. Gabriel se situó detrás de Isabella. Podía sentir la tensión en su cuerpo. Suavemente, pasó su mano por su espalda, sintiendo cómo su cuerpo se relajaba.

Brian Mian los recibió en el ascensor. Saludó a cada uno con la mano extendida, pero se detuvo al tomar la mano de Isabella.

"Señorita Vasquez, es un enorme placer conocerla", dijo con un acento inglés muy correcto.

"Como lo es para mí, señor," respondió Isabella.

Brian los condujo por otro pasillo estrecho hasta una puerta escondida detrás de gruesas columnas. Al abrir la puerta, les hizo señas para que entraran. Gabriel reconoció la habitación. Se parecía a la que tenía la Alta Comisión Canadiense en Cuba. Una larga mesa de conferencias rectangular dominaba el espacio en el centro de la habitación. Tres de las cuatro paredes tenían espejos oscuros que Gabriel sabía que ocultaban cámaras. El se dio cuenta de que la reunión sería grabada para la posteridad, suponiendo que la habitación también era a prueba de sonido.

Con un sutil toque en su hombro, le indicó a Isabella que procediera con cautela, sus dedos trazando el movimiento familiar de un gesto de buceo que le había enseñado.

Solo Gabriel vio el rápido asentimiento de su cabeza. Cuando todos estaban sentados, Brian se volvió hacia Isabella.

"Querida, el piso es tuyo," invitó.

"Gracias, Sr. Mian," comenzó Isabella, tomando una respiración profunda. "Cuando mi padre era un joven que trabajaba en la finca de cacao que pertenecía a nuestra familia, encontró una hoja de lo que llegó a creer que era el mineral Oricalco. Encontró millas y millas de estas hojas enterradas en y alrededor del área de Baracoa. Durante años, el pueblo cubano ha desenterrado estas hojas."

"¿Y qué han hecho con ellas?" preguntó Brian, interrumpiéndola.

"Las vendimos para proporcionar comida y medicina al pueblo cubano cuando occidente nos abandonó," replicó Isabella.

Gabriel sonrió ante su respuesta.

Brian Mian no dijo nada, solo asintió para que continuara.

"A lo largo de los años, aprendimos a manipular las hojas, descubrimos las propiedades del mineral y lo usamos en muchas innovaciones," dijo Isabella.

"¿Qué innovaciones?" preguntó Brian, su tono ya no era amistoso.

Isabella titubeó por primera vez. "Se ha utilizado como la piel de naves espaciales y como conductor para sistemas a bordo."

"¿Esto es lo que los rusos usaron para ganar la carrera espacial a la luna?" preguntó Brian.

Isabella asintió con brusquedad. "También se ha utilizado para circuitos de acoplamiento."

"¿Para sistemas de defensa?" preguntó Brian mientras la realidad de cómo los rusos usaron el mineral le golpeaba.

"¡Eso no es todo lo que puede hacer!" replicó Isabella, exasperada. "Puede usarse como aislantes para equipos electrónicos, dieléctricos en capacitores y aislamiento en motores eléctricos. Las posibilidades son infinitas."

"¿Tienes alguna muestra contigo?" preguntó Brian.

Gabriel abrió la bolsa de lona a su lado y llevó la hoja a Brian, colocándola frente a él. Brillaba bajo la luz fluorescente.

"¡Dios mío!" exclamó Brian, tocando la hoja. Parecía ondular a su toque. "¿Cuántas de estas te quedan?" preguntó, mirando a Isabella.

"No muchas," le respondió. Se inclinó para abrir su bolsa y colocó las rocas minerales sobre la mesa frente a ella, en la línea de visión de Brian.

"¿Qué es esto?" preguntó Brian, inclinándose hacia adelante para recoger una de las rocas.

"Oricalco," dijo Isabella, mirándolo. "En su forma original."

"¿Encontraste la mina?" preguntó Brian con incredulidad.

"Sí," respondió Isabella. "La mina está en Cuba y es propiedad exclusiva del pueblo cubano." Sacó el mapa de su bolsa y caminó hacia donde estaba Brian, extendiéndolo frente a él. Señalando el área marcada en rojo, dijo: "Está en esta área general."

Brian estudió el mapa cuidadosamente. "¿Está en tierra o en el agua?"

Isabella lo miró. El hombre no era un tonto. "Puedes entender mi preocupación por darte las coordenadas exactas hasta que el mundo acepte que Cuba posee los derechos sobre el mineral."

"¡Lo hago! Y puedo respetar eso," contraatacó Brian. "Organizaré que muestras de estas rocas vayan a las Naciones Unidas junto con el mapa y lo registre con la Federación." Se volvió a mirarla antes de continuar. "Entiendes que esto comenzará una locura de corporaciones tratando de obtener los derechos mineros. Sospecho que también quieres mantener eso como una operación cubana. ¿Cómo puedo ayudarte?"

Isabella sonrió por primera vez desde que entró en la habitación. "Creo que las naciones del Caribe tienen la capacidad y la tecnología necesarias para extraer este mineral, luego procesarlo y fabricar elementos vendibles para su uso. Tienes acceso a un fondo." Ella dejó de hablar. Brian le sonrió; sabía a dónde quería llegar con esto.

"¿Cuánto quieres?" le preguntó a Isabella.

"Todo."

Brian se reclinó en su silla. Ian Davidson no lo había guiado mal. Este era el descubrimiento que cambiaría el futuro de las islas del Caribe.

"Tienes el apoyo del gobierno canadiense en tu empeño. Sospecho que los canadienses también podrán hablar con otros países influyentes sobre apoyar a Cuba. Pero la política de tu gobierno actual y cómo compartirán esta bonanza con el resto del mundo no será fácil de vender," dijo Brian, expresando una preocupación que Ian discutió con él.

"Entiendo tu aprensión. Pero este tira y afloja político tiene que terminar. Cada país tiene el derecho soberano de gobernar como su pueblo lo considere adecuado."

"Esa no es la opinión de tu líder actual," dijo Brian.

"Pero es mi opinión," replicó Isabella. "Hablo por mi pueblo. En esto, soy Cuba."

Ian le había aconsejado a Brian que anticipara una respuesta así de Isabella.

"Entonces tenemos un trato," dijo Brian. "El dinero es tuyo. Me aseguraré de que las Naciones Unidas registren tu reclamo y organizaré que accedas a ese fondo."

"Gracias," respiró Isabella, sin creer lo que oía.

"Te dejaré la habitación mientras preparo la documentación," dijo Brian, pero se detuvo en la puerta antes de abrirla. "¿Isabella?" preguntó, volviéndose hacia ella. "¿Alguna vez encontraste la Ciudad de Atlántida?"

Los ojos de Isabella se abrieron de sorpresa. Ni una sola vez había mencionado la fuente del Oricalco.

"No," respondió, frunciendo el ceño. "Lamentablemente, la Ciudad de Atlántida está perdida para siempre en las arenas del tiempo."

Brian asintió sin decir una palabra y se volvió para abrir la puerta. Gabriel lo siguió.

"¿Sr. Mian?" dijo Gabriel. Brian se volvió a mirarlo. "¿Le importaría apagar el equipo de vigilancia en la habitación? Creo que Cuba se ha ganado su privacidad."

Los ojos de Brian se entrecerraron con sospecha cuando dos hombres se unieron a él desde una habitación más abajo en el pasillo. "¿Gabriel, verdad?" preguntó. "Ian te mencionó en varias ocasiones," respondió, levantando una ceja de manera incisiva.

Brian se volvió hacia los dos hombres y dijo: "Apaguen los dispositivos de vigilancia y grabación." Los hombres regresaron a la habitación que acababan de desocupar para cumplir con la orden de Brian.

"Gracias," pronunció Gabriel.

Brian asintió, sin decir una palabra, pero la condena en sus ojos hablaba volúmenes.

Gabriel regresó a la sala de conferencias, cerrando la puerta detrás de él. Isabella, Sean y Steven estaban en una profunda discusión.

"La Reina Jamaiquina está en puerto," explicó Sean. "Puedo equiparla en tres días, y podemos estar en Cuba en dos."

"Probablemente sea mejor que regreses a Cuba tan pronto como se firme este trato," dijo Steven, dirigiéndose a Isabella.

"Estoy de acuerdo," agregó Gabriel. "Me quedaré para ayudar a Sean y viajar con él."

Isabella miró a Gabriel. "Sean, Steven, ¿les importaría dejarnos la habitación por un minuto?"

"De todos modos tengo que usar el baño," dijo Sean mientras Steven lo seguía fuera de la habitación.

"¿Puedes creer lo que acaba de pasar?" preguntó Isabella.

"¡Lo hiciste!" alabó Gabriel.

"¡Lo hicimos!" rió Isabella.

Gabriel ignoró sus palabras. "Es solo el comienzo, Isa. Si Fidel Castro desaprueba tus acciones, puede que tenga que navegar hacia la Bahía de Baracoa para sacarte de la prisión."

"Puedo manejar a mi padrino," respondió ella. "Las escamas se han quitado de mis ojos en lo que a él respecta." Su tono era amargo.

Gabriel le creyó. "Y debemos encontrar una manera de llegar a la mina," concedió Gabriel.

Isabella tomó su rostro entre sus manos. "Juntos, Gabriel, podemos hacer cualquier cosa, incluyendo encontrar la entrada a la mina."

Ella lo besó. Gabriel se relajó en el beso. Ese sería el problema de mañana.

Rompiendo el beso, la abrazó. "Isabella," susurró en su oído, haciéndola estremecer. "Estoy tan orgulloso de ti."

Brian entró y salió de la habitación mientras esperaban que se redactara la documentación. Isabella la revisó y firmó el documento final. Presionó "enviar" en la máquina de fax con la solicitud oficial a las Naciones Unidas. Brian tenía almuerzo para ellos, y todos celebraron con champán.

"Isabella, he organizado para que regreses a Cuba. Tenemos un avión privado en el aeropuerto. Si te vas ahora, estarás en casa en menos de una hora," le informó Brian.

Isabella asintió. Estaba lista. Recogió su bolso y tomó la mano de Gabriel, indicando que debería esperar un momento.

"Supongo que te veré en Cuba," dijo suavemente.

"Cinco días," respondió Gabriel. "Yo seré el que esté en la cubierta agitando locamente para atraer tu atención," le aseguró.

"Siempre tendrás mi atención," respondió Isabella.

"Así como siempre tendrás la mía," prometió él.

Esa fue la forma más cercana en que Gabriel pudo decirle a Isabella que estaba enamorado de ella.

Gabriel ayudó a Isabella a acomodarse en el helicóptero en el techo de la Autoridad del Fondo Marino. Aseguró su cinturón de seguridad, sin apartar la vista de ella. Isabella le dijo adiós con los labios, y él se lo devolvió.

Después de que el helicóptero despegó, se unió a Steven y Sean, que esperaban en el vestíbulo junto con Brian Mian.

Este se negó a estrechar la mano de Gabriel. Sus ojos eran duros, y su tono enojado cuando se dirigió a él. "Confío en que no tendré que lidiar con amenazas estadounidenses de retener fondos para la Autoridad porque desaprueban lo que sucedió aquí hoy."

"No lo sé," respondió Gabriel honestamente. No soy los Estados Unidos de América y no tengo autoridad para hablar por mi país."

Sean y Steven estaban detrás de Gabriel, la amenaza implícita. Brian Mian se rió con desdén.

Steven le dio una palmadita en la espalda a Gabriel mientras salían del edificio. "Supongo que elegiste un lado," le dijo a Gabriel.

Este sacudió la cabeza. "No, ni siquiera cerca. Pero sé, sin lugar a dudas, que lo que hicimos hoy fue lo correcto."

CAPÍTULO 18

DE REGRESO A CUBA

Cuando Isabella aterrizó en La Habana, se sorprendió al ver a Andrik esperándola en el aeropuerto. "¿Cuándo regresaste de Rusia?" le preguntó, abrazándolo.

"Liliana me llamó el día que te fuiste a Jamaica. Estaba en un avión a Cuba esa noche," respondió mientras la apresuraba fuera del aeropuerto.

"¿Está todo bien?" preguntó ella, la tensión en su rostro era obvia.

"Tu padrino ha solicitado tu presencia."

Los ojos de Isabella se abrieron. "¿Cuánto sabe?"

"Suficiente," respondió Andrik honestamente. "Tu padre y Liliana han sido sus invitados desde la noche antepasada. Me pidieron que te recogiera." Miró a Isabella, y ella vio el miedo en sus ojos.

Ella entendió la razón de su miedo. El terror le robó la voz mientras se acomodaba en el asiento del pasajero junto a Andrik quien aceleró el motor y salió rápidamente del aeropuerto.

Pasaron por La Habana y se dirigieron a las afueras de la ciudad. Isabella se dio cuenta hacia dónde iban y se relajó un poco. Fidel no la llevaría a su residencia privada si sus seres queridos estuvieran en peligro.

Punto Cero se encontraba a quince millas de La Habana, una imponente fortaleza enclavada en una aislada extensión de setenta y cinco acres. El santuario privado de la familia Castro era la única comunidad cerrada en Cuba. A primera vista, el complejo se asemejaba a una fortaleza militar: torres de vigilancia con guardias que custodiaban su alto cerco perimetral en cada esquina. Centinelas armados escudriñaban el área, siempre atentos a cualquier intruso. Isabella y Andrik pasaron por las puertas de acero reforzado, escoltados por más guardias armados. Los terrenos meticulosamente cuidados se extendían ante ellos, su camino serpenteando a través de un vecindario de grandes casas, su simetría imponente y bien diseñada.

En veinte minutos, llegaron a la casa de Fidel, enclavada en el corazón del complejo. Otra rigurosa revisión de seguridad les esperaba antes de que Andrik aparcara el coche en la serena zona del jardín junto a la casa. Un guardia, de pie en atención, estaba listo para escoltarlos adentro, sus ojos escudriñando en busca de cualquier señal de problemas.

"Señor, lo llevaré a reunirse con su esposa. Señorita, su padrino la está esperando adentro," dijo el guardia mientras señalaba en la dirección a la que Isabella debía ir.

Isabella entró en el jardín secreto, el mismo que ella había nombrado en su juventud. Siempre había sido su santuario dentro de la extensa propiedad de su padrino. El patio al aire libre se sentía como un refugio oculto escondido detrás de una puerta secreta en la biblioteca. Su serenidad, un agudo contraste con el mundo exterior, nunca dejaba de tranquilizarla.

Mientras caminaba por el sendero serpenteante, vibrantes estallidos de color de flores y exuberante vegetación la envolvían. Se detuvo por un momento, absorbiendo la tranquilidad de todo. En el centro, dos sillas estaban opuestas una a la otra junto a una pequeña mesa enmarcada por la belleza de la naturaleza. Y allí, en una de las sillas, estaba Fidel Castro, con los ojos cerrados en tranquila contemplación.

Él está envejeciendo, pensó Isabella para sí misma. El hombre una vez robusto y viril que la levantaba y la lanzaba sobre sus hombros, metiendo su pequeño cuerpo junto a su cabeza mientras la sostenía con un fuerte brazo, ya no estaba. Se veía más pequeño de lo que recordaba, incluso encogido, y la fragilidad era ahora su amiga.

"Padrino," dijo ella en un tono bajo.

Fidel abrió los ojos y le sonrió, señalando la silla frente a él e invitándole a sentarse. "¡Mi hermosa Bella! Estoy tan feliz de verte," la saludó.

Se inclinó para besarle la mejilla antes de sentarse. Su barba ya no le hacía cosquillas. Se sentía como papel de lija. "Hola padrino, es bueno verte."

Él la miró sin hablar durante un momento completo. Ella sostuvo su mirada con frialdad. "Te ves bien, mi niña. Rezo para que tus esfuerzos hayan sido exitosos," dijo, su voz traicionándolo. Estaba controlando su ira.

"¡Encontré la mina!" No tenía sentido mentirle a un mentiroso consumado. "Está bajo la Bahía de Baracoa."

No esperaba su confesión tan pronto, y eso lo sorprendió. "¿Qué quieres decir con que está bajo la Bahía de Baracoa? ¿Bajo el agua?" su voz era incrédula.

"Sí. Por eso fui a Jamaica. Creía que tendrían la tecnología para acceder a la mina y el dinero para hacerlo posible." No había vuelta atrás ahora. Dejando de lado la parte sobre la Ciudad de Atlántida y el templo de Poseidón, le contó cómo usó el libro de la sacerdotisa Salustra para localizar la mina y encontrar las muestras minerales.

Comprometiéndose con las mentiras y medias verdades, colocó una roca sobre la mesa entre ellos. "Recuerdo que me contaste sobre la pesca de la Caracol Reina en los Bancos de Pedro y cómo pensabas que los grandes barcos que usaban dañarían los arrecifes y el ecosistema de la zona. ¿Recuerdas que le gritaste al Primer Ministro de Jamaica durante toda una hora?" se detuvo para evaluar su reacción.

"Lo recuerdo, sí," respondió él. "Eso fue hace muchos años."

"Sí," ella lo interrumpió. "Pero lo recordé. Estuve contigo cuando recorriste uno de los barcos atracados para reparaciones. Dijiste entonces que la tecnología había avanzado, y tal vez no era tan mala como pensabas, ¿recuerdas?" Ella lo miró antes de continuar. "Así que fui a Jamaica para ver cuánto ha cambiado la tecnología, ¡y pueden hacerlo! Pueden encontrar el mineral para nosotros y llevarlo a la superficie."

Los ojos de Fidel se entrecerraron, pero las suaves líneas de su rostro no se endurecieron. "Si estás segura de que así debe hacerse, podemos convertir nuestros barcos, luego contratar a estos jamaicanos para que nos muestren qué necesitamos hacer, y nosotros extraeremos el mineral nosotros mismos."

"Sí. Podríamos hacer eso, pero tomaría tiempo y dinero, que sabemos que Cuba no tiene."

"Hmmm, veo tu punto." Pero sus ojos lo traicionaron. "Déjame pensar. Encontraré una solución."

"No sería tu ahijada si no hubiera encontrado uno. Una respuesta que hará realidad tu mayor sueño." Ella hizo una pausa para dar efecto. "Un Caribe unificado y próspero. Sin deberle nada a nadie por nuestro sustento."

"Dime," él invitó, inclinándose ligeramente hacia adelante en su silla.

Entonces, ¿vamos a continuar este baile hasta el final? Isabella pensó para sí misma. Así sea.

"La Autoridad Internacional del Fondo Marino tiene acceso a un fondo," comenzó ella.

"¿Un fondo?" preguntó él. Parecía genuinamente sorprendido de escuchar eso, e Isabella aprovechó al máximo la situación.

"Un fondo utilizado para financiar la investigación científica en países en desarrollo," respondió ella, luego tomó una respiración profunda. "Registré la mina en nombre del pueblo cubano ante las Naciones Unidas. Nadie puede invadirnos sin traer la condena del mundo sobre sus cabezas. Somos libres de beneficiarnos de nuestra mina, utilizando el dinero del fondo de la Autoridad Internacional del Fondo Marino."

"¿Cuánto del fondo obtuviste?" preguntó Fidel, con voz serena.

"Todo," dijo ella, mirándolo a los ojos. "Obtuve todo."

Fidel se recostó en su silla, haciendo rodar la pequeña piedra en su mano. Finalmente, miró a Isabella. "Parece que te he subestimado, mi hija."

"Solo he hecho lo que tú habrías hecho," dijo Isabella, bajando la mirada para que él no viera la mentira en sus ojos. "Estoy siguiendo el ejemplo de un gran líder, esperando que algún día yo pueda liderar tan bien como tú lo has hecho."

Jaque. "¿Así que esa es la recompensa que quieres?" preguntó Fidel. "Los reinados del poder."

Mate. "Sí, quiero liderar al pueblo de Cuba y el Caribe hacia el futuro y a su lugar legítimo en la mesa del mundo."

"¿Y cómo se ve ese futuro?" preguntó Fidel.

"En cinco días, la Reina Jamaicana navegará hacia la Bahía de Baracoa. Encontraremos la entrada a la mina y comenzaremos a extraer Oricalco," dijo Isabella, exponiendo su plan. "Quiero construir una planta de fundición donde primero descubrimos las hojas procesadas del mineral. Luego, expandiré las capacidades de atraque en la Bahía para enviar el mineral refinado a las islas del Caribe, donde construiremos plantas para fabricar componentes vendibles."

"¿Tienes suficiente dinero para hacer todo eso?" preguntó Fidel, con incredulidad en su voz.

Isabella levantó la mirada para mirarlo. "Eso y más." Sus ojos nunca vacilaron.

Fidel se recostó en su silla, entrelazando los dedos y descansándolos bajo su mentón. "El liderazgo no viene sin sacrificio, mi querida. Los pocos lujos que me he permitido palidecen en comparación con la sangre, el sudor y las lágrimas que he derramado por Cuba. El peso del poder puede aplastar el alma."

"Has dado al pueblo de Cuba un techo sobre sus cabezas, comida en sus estómagos y el derecho a la educación y la atención médica," dijo Isabella con sinceridad en cada palabra. "Ahora es tiempo de darles la libertad de vivir una vida hecha por ellos mismos con el sudor de su frente."

"Con el sudor de su frente," repitió Fidel. "¿Usas mis propias palabras en mi contra?"

"No, Padrino," dijo Isabella, arrodillándose ante él y tomando sus manos en las suyas. "Hablo con la sabiduría de mi mentor. Uno que sabe que ha llegado el momento de apartarse para dar paso al futuro. Ahora es el momento de otorgar al pueblo de Cuba la libertad que hemos anhelado—no libertad de gobernanza, sino la libertad de prosperar económicamente. Es hora de empoderar a nuestro pueblo con los recursos para desatar su creatividad, para alimentar la innovación que nos permitirá florecer y crecer más allá de las limitaciones que hemos conocido."

Fidel la miró antes de decir algo. Muchos hombres se habían acobardado ante la intensidad de su mirada, pero Isabella nunca había temido a su padrino.

"Pon en marcha tus planes. No me interpondré en tu camino ni lo dictaré. Cuando llegue el momento, me apartaré y te nombraré como mi sucesor. Luché por el derecho a liderar al pueblo de Cuba. Ahora, tú luchas por su prosperidad, y la recompensa será el manto del futuro de Cuba."

Isabella apoyó su cabeza contra el pecho de su padrino. Podía escuchar su latido bajo su oído. "No te fallaré."

"Sé que no lo harás, mi Bella," dijo él, acariciando su cabeza. "No está en tu naturaleza fallar. Lo vi en ti incluso cuando eras una niña."

Isabella levantó un rostro sonriente hacia su padrino. Él devolvió su sonrisa, admiración en su rostro. Pero ninguna de las sonrisas llegó realmente a sus ojos.

"¿Nos unimos a los demás para cenar?" preguntó él, gesticulando hacia la casa.

José se puso de pie cuando Fidel e Isabella entraron en el comedor. Su rostro no podía ocultar su preocupación, e Isabella fue directamente hacia él. Abrazándolo, susurró: "Te quiero, Papá."

José se apartó para mirarla, sorprendido. No le había dicho esas palabras desde que era una niña. Sacó su silla para que pudiera sentarse a su lado.

"Parece que no disfrutaré del placer de su compañía más allá de esta noche, mis amigos," dijo Fidel, mirando a cada persona. Liliana se llevó la mano a la garganta y trató desesperadamente de no estallar en lágrimas. Fidel sonrió ante su angustia. Disfrutaba del drama, pero dejó de sonreír cuando vio el rostro de José.

La ira de José era notable, y Fidel sintió un atisbo de vergüenza.

"Nuestra Bella ha tenido éxito donde tú has fallado, amigo mío," dijo Fidel, con un tono burlón.

La ira de José hervía justo debajo de la superficie, amenazando con estallar. Después de que Isabella se fue con Gabriel, la policía armada irrumpió en su oficina, ordenando a José y Liliana que salieran. El personal de seguridad de la Dirección de Inteligencia, la infame agencia de inteligencia de Castro, llegó y dejó claro: o los acompañarían voluntariamente o por la fuerza. La tensión en el aire era densa, y el miedo de Liliana era palpable. José se centró en ella, haciendo su mejor esfuerzo por controlar su pánico. Su mente se calmó sólo cuando se dio cuenta de que los llevaban al complejo de Fidel.

La incomodidad regresó cuando Andrik se unió a ellos para el desayuno a la mañana siguiente. Explicó en voz baja cómo los servicios de seguridad lo recibieron en el aeropuerto y lo escoltaron directamente al complejo. No se dijeron nada, el peso de su creciente alarma presionando sobre ellos con cada hora que pasaba. Sus alojamientos eran cómodos, pero no vieron a Fidel hasta esa noche. El silencio pesaba entre ellos, cada uno preparándose para lo que estaba por venir.

"¿Y por eso me arrastraste aquí? ¿Para decirme de mi fracaso?" La voz de José era profunda y ahogada por la furia.

Isabella notó que las manos de su padre agarraban la mesa con tanta fuerza que sus nudillos se pusieron blancos.

Fidel fingió sorpresa. "¿He crecido tanto en temor que mi amigo más antiguo piensa que lo traería a mi casa solo para hacerle daño?"

José hervía de rabia mientras Fidel se burlaba de él. Isabella se movió incómodamente en su silla.

"Papá," declaró Isabella, obligándolo a mirarla y ver la advertencia en sus ojos. "Quería contarles a ti, Liliana y Andrik sobre nuestros éxitos, pero no quería esperar hasta regresar a Baracoa, así que le pedí a Tío que los trajera aquí para poder compartir las buenas noticias con todos ustedes." Isabella le apretó la mano, señalando que debía seguir con la mentira.

José miró de su hija a Fidel, quien sonreía con desdén, instándole a desafiar a su hija.

"¿Tu viaje fue exitoso?" preguntó Liliana, el ligero temblor en su voz traicionando la ansiedad que aún la mantenía en su poder.

"Sí. Como sugeriste, me reuní con Steven Henriquez y Sean Francis de Diving Technologies," Isabella miró fijamente a Andrik.

Sus ojos se abrieron, pero su rostro no traicionó su sorpresa. Asintió y miró hacia otro lado mientras Fidel se giraba brevemente hacia él.

Isabella mantuvo su voz ligera. "Me aconsejaron reunirme con la Autoridad Internacional del Fondo Marino con sede en Kingston y registrar el mineral y la mina con las Naciones Unidas," continuó.

Andrik aún no podía creer que ella hubiera encontrado la mina. Cuando Liliana se lo dijo por primera vez, tuvo que sentarse en shock. "¿Les diste la ubicación exacta de la mina?"

"Seguí tu consejo y di la región general en la que se encuentra, pero no las coordenadas exactas," dijo Isabella.

"Esa fue la decisión correcta," intervino Fidel. "Bella, cuéntales sobre el dinero."

Andrik, Liliana y José estaban con rostros de piedra, temerosos de revelar algo, pero escucharon con asombro.

"El Fondo Marino tiene acceso a un patrimonio sobre el cual tienen total discreción en el gasto. El dinero es para financiar la investigación científica en países en desarrollo, ¡y es mucho dinero!"

Isabella hizo una pausa, pero nadie dijo nada. "Suficiente dinero para que contrate a Diving Technologies para encontrar la mina, extraer el mineral, construir plantas de fundición y enviar el metal refinado a todas las islas del Caribe donde lo fabrican en partes vendibles."

José fue el primero en darse cuenta de la magnitud de lo que ella estaba diciendo—prosperidad para las islas del Caribe y libertad para el pueblo cubano. Isabella había negociado todo eso con el dictador más antiguo del mundo y el hombre más ambicioso y despiadado que José había conocido.

"Si estás dispuesto, me gustaría irme a Baracoa ahora," continuó Isabella.

Ante la mirada de sorpresa de Fidel, ella explicó su prisa. "La Reina Jamaiquina llega a Baracoa en cinco días, y tenemos mucho que hacer antes de que lleguen. Andrik, tú y yo estaremos muy ocupados," su voz se desvaneció mientras José arrojaba su servilleta sobre la mesa y se levantaba.

"¿Ahora? ¿Quieres irte ahora, Bella?" preguntó Fidel. "Tendré que organizar el transporte."

"No es necesario," respondió José. "Podemos tomar el Land Rover y estar a medio camino a casa antes de la medianoche." Se acercó a Fidel.

Andrik y Liliana lideraron el camino con Isabella justo detrás, mientras se deslizaban por la puerta y se dirigían hacia la salida.

"¡José!" dijo Fidel, tomándole del brazo.

José se giró para abrazarlo, creando un escudo para ocultar su partida.

"Gracias por darte cuenta de que es hora de que ambos entreguemos el futuro de Cuba a la generación que hemos criado para amar y protegerla. Espero con ansias sentarme contigo, viendo cómo el sol se pone sobre nuestro tiempo y sale sobre una nueva Cuba próspera." José susurró mientras besaba fuertemente a Fidel en la mejilla y se alejaba, dejando al líder de Cuba solo en una habitación vacía.

Andrik ya estaba detrás del volante, Liliana a su lado, e Isabella en la parte de atrás cuando José salió de la casa de Fidel. Sin decir una palabra, saltó al asiento trasero detrás de Andrik, quien aceleró antes de que la puerta se cerrara. El silencio en el coche era sofocante, cada uno cauteloso, sabiendo que el vehículo podría estar intervenido.

~

PASÓ una hora antes de que José sintiera que era lo suficientemente seguro detenerse. Condujeron a través de un tranquilo pueblo costero, que finalmente conducía a una cala apartada. El resplandor inquietante del agua fosforescente iluminaba la noche, proyectando una luz de otro mundo contra la vasta extensión negra del mar. Arriba, las estrellas colgaban bajas, sus reflejos extendiéndose por la superficie del agua, mezclándose con la oscuridad tinta más allá. El aire estaba cargado de anticipación, el peso de lo que acababa de ocurrir presionaba sobre todos ellos.

"Detengámonos," murmuró José a Andrik.

Estacionando el Land Rover en un terraplén, caminaron hacia la cala sin decir una palabra. Andrik sostuvo a Liliana cerca mientras José caminaba adelante con Isabella.

"Papá, lo siento mucho," dijo Isabella, avergonzada de mirar a su padre. "No vi a Fidel por lo que era. Todos esos años, poniéndolo antes que a ti, no puedo devolvértelos."

"No tienes nada de qué disculparte," dijo José, tomando su mano. "Vi lo que él estaba haciendo y no hice nada para protegerte. Nunca he sido tan fuerte en mis convicciones como él."

Isabella miró a su padre entonces, pero él parecía perdido en pensamientos del pasado. "Quiero llevarte a ver Atlántida cuando lleguemos a casa," dijo.

José la miró entonces. "No le dijiste a Fidel sobre Atlántida, ¿verdad? ¿Sobre el templo?" Su tono era agudo, y le dolió a Isabella.

"No, papá. Él nunca comprendería la sacralidad ni honraría la santidad del descubrimiento."

El tono de José se suavizó. "Tienes razón. No lo haría."

"¿Me dejarás llevarte a ver Atlántida?" preguntó Isabella.

"He estado en las Cascadas de Saltadero muchas veces, pero nunca he visto lo que tú has visto en sus profundidades."

"Papá," Isabella se ahogó, una lágrima rodando por su mejilla.

"No, mi querida, no creo que alguna vez vea lo que tú ves. Creo que estaba destinado solo para tus ojos."

Isabella asintió. Una tranquila realidad se apoderó de ella, reconociendo que él podría tener razón.

"No le digas a nadie su ubicación," aconsejó José firmemente.

"¡Papá! ¿Por qué?" preguntó Isabella con sorpresa.

"Guarda algo para ti. Para Gabriel," dijo José. "Con el tiempo, descubrirás que ese lugar guarda los recuerdos que te sostendrán."

Isabella quería preguntarle qué quería decir, pero Liliana los interrumpió.

"Isabella, ¡estaba tan preocupada! ¿Está bien Gabriel? ¿Por qué no está contigo?" Los nervios de Liliana la estaban superando.

Isabella soltó la mano de su padre para abrazar a Liliana. "Gabriel está bien. Está en Jamaica y llegará con la Reina Jamaicana."

Mientras se dirigían a la cala, Liliana explicó la participación de Gabriel a Andrik, detallando cómo había ayudado a Isabella. Andrik, aunque sorprendido por la revelación, también estaba furioso. No podía sacudirse la ira por el peligro en el que Gabriel los había puesto a todos. Aún así, contuvo su frustración, honrando su promesa a Liliana de no hablar de ello hasta que hubiera escuchado toda la historia.

"¿Encontraste la mina?" preguntó Andrik a Isabella.

José y Andrik sabían que ella la encontraría. Era su miedo más profundo, pero también una fuente de inmenso orgullo para ambos.

"Lo hicimos."

"¿Nosotros?" preguntó Andrik.

"Gabriel y yo," dijo Isabella. Andrik no pudo evitar ver la luz en sus ojos al pronunciar el nombre de Gabriel. Su corazón se hundió.

"¿Y dónde está?" preguntó Andrik.

Escucharon mientras Isabella les decía la ubicación y el plan para encontrar la entrada y extraer el mineral.

"En los próximos días, necesitamos encontrar el paso a través de la bahía y acercar a la Reina Jamaicana lo más posible a la mina. Gabriel me dio el peso y las dimensiones del barco, así que sabemos la profundidad de agua en la que puede maniobrar; necesitamos marcar el canal para ella."

Andrik asintió mientras tomaba el papel de ella.

"Liliana, necesitaremos alojamiento para la tripulación y espacio de trabajo en el complejo. Ya no necesitamos mantener su ubicación en secreto, y es el lugar perfecto para una base de operaciones," dijo Isabella.

"Papá, quiero usar el resto de la tierra agrícola para construir una planta de fundición," dijo Isabella con firmeza. "Necesitaremos una fuente de agua confiable, electricidad constante y una ruta directa desde la granja hasta la Bahía de Baracoa. Ahí construiremos un nuevo puerto." Hizo una pausa y luego agregó: "Gabriel te envió el plano y las especificaciones de todo lo que necesitaremos."

"Parece que has pensado en todo," dijo José, ignorando la referencia a Gabriel.

"¡No, papá! Estoy segura de que no lo hemos hecho, pero como dice Gabriel, tendremos mucha ayuda para averiguar qué hemos pasado por alto," respondió Isabella con confianza.

"¿Y cuándo llega todo el mundo?" preguntó Liliana.

"Tenemos cinco días," respondió Isabella. "Gabriel se mantendrá en contacto y me informará sobre su progreso."

"Entonces mejor nos dirigimos a casa," ofreció Andrik. "Tenemos mucho que hacer en poco tiempo."

Compartieron las responsabilidades de conducción para que llegaran a Baracoa al mediodía. Isabella condujo la última parte del viaje. Al dejar a su padre en su casa, él se acercó al lado del conductor y le besó la frente. Su sonrisa la calentó.

Dejó a Andrik y Liliana en su casa y luego condujo a su casa. Tan pronto como abrió la puerta, llamó a Gabriel.

"¡Isa!" su voz estaba ansiosa. Isabella no había llamado a Gabriel como habían acordado, y cuando él intentó comunicarse con ella por su teléfono de casa, no hubo respuesta. El pánico se apoderó de él. Para frustración de Sean, caminó sin parar, desgastando el suelo de bambú. Steven y Sean, que nunca habían visto a Gabriel tan inquieto, se quedaron cerca, negándose a dejarlo solo a pesar de sus intentos de ocultar su angustia.

"Hola, Gabriel."

"¿Estás bien?" su voz era brusca.

"¡Estoy bien! ¿Por qué no lo estaría?" preguntó Isabella, sorprendida por su reacción.

"No supe de ti. Comenzaba a preocuparme."

"El cronograma se adelantó, pero todo salió según lo planeado. Estoy sorprendida de cómo las cosas encajaron tan perfectamente," comenzó.

"Cuéntame todo," exhaló Gabriel, relajándose por primera vez ese día.

Andrik tomó a Liliana en sus brazos e hicieron el amor. Después de que yacieron juntos, Liliana le contó todo lo que había sucedido.

"¿Gabriel es un qué?" preguntó Andrik, sentándose en la cama.

"Un espía americano," respondió Liliana en voz baja.

"¿Y él ayudó a Isabella a encontrar la mina?" preguntó, tratando de comprender todo lo que ella le decía.

"Lo hizo," respondió Liliana.

"¿Y está enamorado de Isabella? ¿Quién no sabe que es un espía?"

"No estaría hablando de él tan elogiosamente si supiera, ¿verdad?" dijo Liliana.

"Ella claramente está enamorada de él. ¿Estás seguro de que él siente lo mismo? ¿O solo la está usando a ella y a nosotros?"

"Puede que aún no lo comprenda completamente, pero definitivamente está enamorado de ella. Lo que haga al respecto está por verse," dijo Liliana mientras se acurrucaba más cerca de su esposo.

"¡Ese pequeño 'pendejo' nos va a enviar a todos a una prisión siberiana!" dijo Andrik, en un tono de voz directo..

"¡No, no lo hará!" dijo Liliana, sentándose y girando su rostro para mirarlo. "Debes saludarlo como a tu querido sobrino cuando lo veas. ¡Hacer menos es condenarnos!" Liliana lo besó, y él se inclinó hacia ella, empujándola hacia abajo y moviéndose para cubrirla con su cuerpo.

José AGARRÓ una botella de ron y fue a sentarse en la veranda. Bebiendo directamente de la botella, miró hacia las estrellas.

"Pilar," imploró. "Si estás allá arriba cuidando de nuestra niña, ella necesita tu ayuda ahora más que nunca."

CAPÍTULO 19

BAHÍA DE BARACOA

Gabriel trabajó como un hombre frenético preparando a la Reina Jamaiquina para salir hacia Cuba. Se despertó antes del amanecer y se fué a la cama cuando su cuerpo ya no pudo funcionar. La mañana que dejaron Jamaica, caminó por la cubierta, ansioso por estar en camino.

"Si salimos dentro de una hora, deberíamos estar en Cuba mañana por la tarde," dijo Gabriel, ayudando a Sean con su equipo mientras él y Steven abordaban.

"¿Cuál es tu prisa?" preguntó Steven sarcásticamente.

Gabriel lo ignoró. "Isabella llamó anoche. Encontraron un canal que nos lleva a menos de doscientos setenta y cinco pies del saliente."

"¿Doscientos setenta y cinco pies? ¿Estás seguro?" preguntó Sean escépticamente.

"Es un canal profundo y estrecho. No hay espacio para maniobrar, pero hay suficiente para entrar y salir," respondió Gabriel.

"Sean, vas a tener que llevarla adentro," respondió Steven, mirando a Sean. "Solo tú tienes la experiencia para enhebrar esa aguja."

"Yo conduciré la lancha de pilotaje y te guiaré," ofreció Gabriel. "Isabella y Andrik han marcado el camino con boyas."

Isabella observó emocionada cómo la Reina Jamaiquina entraba en la Bahía de Baracoa y aceleraba la lancha de pilotaje hacia ella. Usando sonar de fabricación rusa, identificaron un canal lo suficientemente ancho para la profundidad del barco, lo que les permitió anclar de manera segura. El día anterior, ella y Andrik colocaron la última boya en su posición. Una ruta bien definida guió a la Reina Jamaiquina hasta estar a la vista de la plataforma, más cerca de lo anticipado.

Andrik sacudió la cabeza con pesar mientras contemplaba el paisaje ante él.

"¿Qué es?" preguntó Isabella.

"Esa es mi casa allá," dijo Andrik mientras señalaba la casa en la colina que daba a la bahía. "Buscar esta mina me trajo a Cuba, y he estado buscando algo a menos de dos millas de donde construí mi vida."

"No teníamos la tecnología hasta ahora," dijo Isabella, entendiendo su sentimiento. "Honestamente, no estoy segura de que tengamos todo lo necesario para que esto suceda. Pero sé que tenemos las mejores mentes del Caribe trabajando en ello."

Desde la cubierta de la Reina Jamaiquina, Gabriel vio a Isabella abajo en la lancha de pilotaje. Una ola de anhelo lo golpeó, más fuerte de lo que había esperado. Mientras ella dirigía la pequeña lancha junto al casco imponente del barco, él lanzó una escalera de cuerda por el costado. Bajando rápidamente, saltó a la lancha, su sonrisa se amplió mientras abrazaba a Isabella.

"¡Te he extrañado!"

"¡He estado ocupada!" respondió Isabella, derritiéndose en él.

"Así que, veo," se rió Gabriel, mirando la línea de boyas ante él.

"¿Y ahora qué?" preguntó Isabella mientras Gabriel se movía hacia la silla del capitán. Al acomodarse, tiró de Isabella para que se pusiera frente a él, rodeándola con sus brazos mientras agarraba el volante.

"¡Mira esto!" dijo mientras giraba la lancha y la maniobraba frente al gran barco, que estaba en la línea de visión directa de Sean en el puente.

"¿Qué estás haciendo?" preguntó Isabella, intrigada.

"Me estoy alineando, así que estoy en el centro exacto de la Reina," explicó Gabriel. "Sean me seguirá directamente al canal."

"¿Lo estás piloteando adentro?" preguntó Isabella.

Gabriel le sonrió y le mordió el hombro juguetonamente. "¡Por eso se llama lancha de pilotaje!"

Isabella observó cómo Gabriel se concentraba en la tarea que tenía entre manos. De vez en cuando, hablaba con Sean a través de un transmisor-receptor portátil. Les tomó dos horas anclar la Reina Jamaiquina. Con Isabella piloteando otra lancha, transferir al personal y el equipo de la Reina a la base tomó otra hora. El sol comenzó su descenso cuando el equipo se reunió en la oficina de José en la base. Después de las presentaciones, Andrik tomó la palabra.

"Isabella y yo pudimos acercarnos a cien pies de la repisa de roca antes de que las corrientes fueran demasiado para la lancha. Pudimos desplegar cinco boyas que atamos a una base. Tres de las boyas desaparecieron inmediatamente a partes desconocidas. Pero dos fueron arrastradas por un canal, y creemos que desaparecieron bajo la repisa."

"¿Lo crees?" preguntó Steven.

"No hemos podido acercarnos lo suficiente para ver." respondió Andrik.

"¿Por qué no?" preguntó Sean.

"Porque," respondió José. "Hemos decidido mantener en secreto la ubicación del acceso terrestre a la mina en Cuba."

Gabriel miró a Isabella con sorpresa, pero cuando ella levantó los ojos para encontrarse con los suyos, entendió su decisión.

"Solo Gabriel y yo sabemos cómo llegar a la repisa desde la tierra, y es a través de un lugar sagrado que quiere permanecer oculto," explicó Isabella.

"¿Quiere permanecer oculto?" preguntó Steven enojado. "¿Qué demonios significa eso?"

"Significa," dijo Gabriel, mirando a su tío. "Que la ciudad de Atlántida se reveló a Isabella y solo a Isabella. Significa que el templo de Poseidón la llevó a la ubicación de la mina. Significa que ahora es la guardiana de Atlántida y sus secretos. Ella determinará lo que el mundo sabe de ellos."

"¿Y si no podemos encontrar un camino hacia la mina a través del agua?" preguntó Sean.

"Tengo que creer que Poseidón me mostrará el camino," dijo Isabella mientras la habitación resonaba por todos los comentarios.

"¿Estás confiando en la fé?" gritó Steven.

"La fé es todo lo que tiene el pueblo cubano," gritó José.

"Esto es una pérdida de tiempo," anunció Steven, frustrado.

"¿Cómo puedes decir eso? ¡Mira lo que ha hecho hasta ahora!" respondió Andrik, su temperamento desafiante.

Pero fue la voz de Gabriel la que los dejó a todos en silencio. "¡Isa, no! ¡Es demasiado peligroso!"

"¡Es el único camino, Gabriel!" dijo Isabella, apartando la mirada ansiosa en el rostro de el. "Si una de esas boyas llega a la mina, el camino estará marcado."

"¡Si te equivocas, las corrientes te destrozarán!" La voz de Gabriel era suplicante.

"¡Pero si, tengo razón!" continuó Isabella mientras Gabriel sacudía la cabeza. "Debo creer que estoy destinada a encontrarlo todo."

"¡Entonces voy contigo!" exclamó Gabriel.

"¡No, no puedes! Te necesito que me esperes con el equipo que necesario," objetó Isabella.

"Le daré a Steven las coordenadas de la playa. Él y Andrik pueden encontrarnos allí," exclamó Gabriel.

"Eres la única persona que sabe cómo llegar al templo," argumentó Isabella. "¡Si muero!"

"Entonces morimos juntos," la interrumpió Gabriel. "Y sabemos que Atlántida, el templo y la mina, nunca debieron ser encontrados." Luego se acercó a ella, buscando sus ojos pero encontrando solo determinación.

"Está bien," suspiró Isabella. "Pero necesito pasar esta noche...."

"Lo sé," la interrumpió Gabriel. "Podemos irnos ahora y llegar antes de que anochezca."

Isabella se acercó a su padre mientras Gabriel le daba a Sean las coordenadas de la playa.

"Papá," susurró Isabella, mirándolo a los ojos.

José estaba esforzándose por mantener la compostura. "¿No hay otra manera?"

"No veo cómo. Tengo que creer que estaba destinada a encontrar Atlántida por una razón. Tengo que creer que esta no es la forma en que debo morir, sino cómo el pueblo cubano debe vivir."

José asintió, con lágrimas acumulándose en sus ojos. "¿Entonces esto no es un adiós?"

"¡No, Papá! "Es nos vemos en la victoria."

"Sí, mi amor. "Te veré mañana en la victoria."

"¡Gabriel, esto es una locura!" exclamó Steven.

"Estaré bien. Estaremos bien," dijo Gabriel, entregándole el mapa con las coordenadas escritas junto a la ubicación que había circunscrito. "Encuéntranos allí mañana al mediodía."

"¿A dónde van?" preguntó Sean. Gabriel e Isabella se dieron la vuelta para irse, de la mano.

Gabriel miró a Isabella antes de volver a responder la pregunta. "Regresamos a donde todo comenzó."

Se detuvieron en la casa de Isabella el tiempo suficiente para recoger ropa y comida, luego saltaron a la camioneta de su abuelo y se dirigieron hacia las cascadas.

Un escalofrío estaba en el aire nocturno mientras Gabriel encendía un fuego. Envueltos en una manta, Isabella se sentó entre las piernas de Gabriel, acurrucada en sus brazos, con la cabeza en su hombro mientras leía el libro de la sacerdotisa Salustra.

"La Edad de Oro de Atlántida fue pacífica. El hombre y la naturaleza vivieron en armonía. Hubo muchas uniones del alma."

"¿Uniones del alma? ¿Qué es eso?" preguntó Gabriel.

"Los atlantes no se casaban como lo hacemos hoy," respondió Isabella. "Vivían bien más de cien años, y los semidioses podían vivir durante siglos. Así que las parejas formaban uniones basadas en una fusión de sus almas. Luego, cuando uno moría, las almas permanecían entrelazadas para siempre."

"¿A dónde irían al morir?" preguntó Gabriel.

"Los atlantes creían en la reencarnación. Así que, cuando uno de los dos o ambos morían, creían que reconocerían al otro en una nueva vida.

"¿Porqué las almas permanecían atadas?" preguntó Gabriel. "¿Eventualmente encontrarían el camino de regreso el uno al otro?"

"Sí."

"¡Entonces cásate conmigo!" dijo Gabriel.

"¿Qué?" preguntó Isabella, sorprendida.

"Quiero casarme contigo, a la manera atlante, en el templo de Poseidón," declaró Gabriel.

"¿Quieres casarte?" preguntó Isabella, aún en shock.

"¡Te amo, Isabella!" dijo Gabriel. Mirándola a los ojos, preguntó. "¿Te casarás conmigo?"

Isabella no se fiaba de sí misma para hablar. Simplemente asintió. Sonriendo, Gabriel se levantó, tirando de ella con él. En su equipo de buceo, entraron de la mano en el agua fría. Gabriel siguió a Isabella mientras ella los guiaba hacia el templo. Ayudándola a salir del equipo, luego quitándose el suyo, salieron del agua a la pequeña plataforma en la base de la estatua de Poseidón.

Tomados de la mano, unieron sus frentes y cerraron los ojos. Lo sintieron simultáneamente. Sus ojos se abrieron de golpe y se miraron.

"¿Sentiste eso?" preguntó Gabriel, con la voz temblorosa.

"¿Como una descarga eléctrica?" preguntó Isabella.

"¡Yo también lo sentí!" respondió Gabriel con asombro.

Ambos miraron hacia arriba a la estatua. Parecía estar mirándolos.

"Por favor, dime que ves eso." Isabella respiró.

"Lo veo," respondió Gabriel con asombro. "¡Él nos está mirando a los dos! ¡Nuestra unión está bendecida!"

"¿Estamos casados?" preguntó Isabella con incredulidad.

"Te tomo como mi esposa, Isabella Vasquez."

"Te tomo como mi esposo, Gabriel Henriquez," respondió Isabella sin dudar.

Al mencionar su nombre, la sonrisa de Gabriel desapareció. "Isa, necesito decirte algo."

Pero Isabella lo interrumpió, malinterpretando el tono de su voz. "No quiero escucharlo, Gabriel. Sé lo que tenemos que perder en la dura luz de mañana, pero esta noche, en el esplendor de la oscuridad, quiero que lleves a tu esposa a casa y hagas el amor con ella." Lo besó con tanta pasión que el pensamiento racional lo abandonó. Su único deseo era mostrarle cuánto la amaba, así que hizo lo que ella pidió.

La llevó a la tienda, la colocó sobre el colchón de aire calentado y se acostó a su lado. Se miraron durante mucho tiempo antes de comenzar a explorarse lentamente, conociéndose como nunca antes se habían tomado el tiempo. Cuando se unieron, se fundieron el uno en el otro, encontrando la completud de una manera que los dejó a ambos jadeando en una mezcla de respiraciones.

Se quedaron dormidos, sus cuerpos aún unidos como uno. Despertaron cuando la luz comenzaba a invadir la pequeña cala. Sin una palabra, se unieron de nuevo, frenéticos y desesperados, como si temieran que fuera la última vez.

Se zambulleron en las aguas tranquilas de la cala, comenzando la travesía a través de las profundidades, más allá de los restos de Atlántida y más allá hacia el templo de Poseidón. Como antes, retrocedieron por el camino que conducía a la pequeña playa.

Andrik y Steven los estaban esperando cuando salieron de la jungla a la playa.

"¡Espera a que veas lo que encontramos mientras los esperábamos!” exclamó Steven, señalando una de las boyas que flotaba pacíficamente en el agua tranquila.

“¡La cuerda aún está atada!” dijo Andrik, caminando hacia el agua para mostrarles. “Debería poder llevarte directamente a las aguas profundas.”

Isabella y Gabriel se miraron. La calma y serenidad que emitían eran desconcertantes. Aún no habían dicho una palabra a los dos hombres.

“¿Estás listo para esto, Gabe?” preguntó Steven, acercándose a Gabriel.

“Sí, lo estoy,” dijo mientras revisaba el equipo que habían traído. “Isa, ven y mira esto.”

“¿Qué es eso?” preguntó Isabella alarmada cuando Gabriel levantó una cubierta para la cabeza que parecía pertenecer al espacio exterior.

“Es un Kirby Morgan 37, utilizado para buceo comercial. Mira, este es el tren de aire. Difunde el aire entrante para desempañar y ventilar el casco.” Gabriel señaló los elementos cruciales del aparato mientras hablaba. “Esta es la válvula de flujo constante, donde puedes controlar el flujo de gas hacia el casco para ventilación, y esta es la válvula de emergencia que suministra aire de respaldo.”

“¿Por qué necesitamos algo así?” preguntó Isabella.

“¡Porque estamos entrando en agua que puede variar en temperatura! ¡Porque las corrientes son innavegables! ¡Porque estamos buscando una aguja en un pajar!” El peligro en el que estaba poniendo a Isabella le hizo perder la paciencia con ella. Pero al ver el dolor en su rostro, suavizó su tono. “Podemos hablar entre nosotros y con los de la superficie en estos cascos.”

Isabella entendió ahora. “¿Por qué los trajes son tan pesados?”

“Porque tienen pesas en ellos, y el material es grueso para protegernos de las rocas de lava afiladas y el coral,” explicó Gabriel. “Tendremos que ponérnoslos en el agua.”

Gabriel caminó hacia el agua hasta la cintura mientras explicaba el proceso técnico de cómo funcionaba el equipo. “Steven conectará dos mangueras a la máscara para las válvulas de flujo de aire. Luego, asegurará el pestillo del casco para que el agua no pueda entrar. Se sentirá pesado fuera del agua, pero cómodo una vez completamente sumergido. Debes estar atenta a tus mangueras para que no se queden atrapadas en las rocas o se enreden en el coral."

Gabriel la ayudó a ponerse su traje, luego se puso el suyo. Steven ayudó a Gabriel con su casco, explicando lo que estaba haciendo a Isabella. Luego Steven ayudó a Isabella con su casco. Ella se concentró en Gabriel mientras Steven explicaba que tenían una hora de aire del tanque en el barco.

Steven y Andrik abordaron el barco y lo pilotearon mar adentro. Recogerían a Isabella y Gabriel y los devolverían a la Reina Jamaiquina si todo iba bien.

Steven confirmó que podían oírlos en el pequeño barco; luego Sean confirmó que podían escucharlos en la Reina Jamaiquina. Gabriel tomó la mano de Isabella y aseguró la boya con la cuerda de plomo a una roca cercana.

"¿Lista?" preguntó Gabriel, mirando a Isabella.

"¡Lista!" le respondió.

Gabriel pudo sentir las corrientes amortiguarlos en el momento en que estaban completamente sumergidos. Pudo sentir la caída de temperatura a medida que descendían. A veinticinco pies, Isabella tropezó y casi se cayó.

"No es fácil, incluso para un buceador experimentado," le aseguró Gabriel.

"Solo tomémoslo con calma hasta que me acostumbre," dijo Isabella nerviosamente.

"Cuida tu aire, Gabe," advirtió Sean mientras se movían lentamente a lo largo de la cuerda de plomo. A Isabella le tomó veinte minutos encontrar su equilibrio en el fondo del mar. Procedieron lentamente mientras Gabriel monitoreaba su suministro de aire, dándole a Isabella tiempo para acostumbrarse al equipo de buceo comercial.

"Ay, mierda," explicó Gabriel.

"¿Qué, ay mierda?" respondió Sean de inmediato.

"Esta cuerda está enredada con otra cuerda. Debe ser de la boya que falta," explicó Gabriel.

"Entonces, ¿cuál es el problema?" preguntó Steven.

"Un camino lleva bajo la roca, pero el otro lleva al mar. ¡No estoy seguro de a dónde ir!"

"¿Qué quieres decir?" preguntó Sean, sin entender el problema. "Si uno lleva de regreso al barco, no tomes ese."

"¡Son perpendiculares!" explicó Gabriel. "Las dos líneas se encuentran en un ángulo recto."

"Ay, mierda," respondieron Sean y Steven simultáneamente.

Isabella se movió frente a Gabriel, mirando hacia el saliente.

"Isa, ¿qué es?" preguntó Gabriel.

"¡No puedo ver, pero puedo sentirlo!"

"¿Isa?" preguntó Gabriel.

"¡Puedo sentir el camino! Gabriel, ¡sé a dónde ir!" dijo Isabella, volviéndose para mirarlo.

"¿Estás segura?" preguntó Gabriel.

"Tan segura como estaba cuando te llevé al templo," dijo Isabella con tanta convicción que las dudas de Gabriel se desvanecieron.

"¡Ve!" le respondió.

Gabriel siguió a Isabella mientras se movía hacia la oscuridad. A cada lado de ellos, el agua se agitaba y revolvía, casi con ira por su intrusión. Gabriel extendió la mano para tocar el agua hirviente, pero retiró su mano cuando la fuerza de la corriente amenazó con derribarlo. Miró a su alrededor con asombro. Parecían estar en un pasadizo, rodeados de agua.

Caminaron por el fondo del mar durante otros diez minutos hasta que Isabella se detuvo frente a él.

"¡Tritón!" exclamó Isabella.

"¿Qué?" Sean exclamó en su casco, haciéndola estremecerse.

"Tritón era el hijo de Poseidón y de la diosa del mar Anfitrite," respondió Isabella automáticamente. "Él fue el primer tritón."

"¿Y eso es significativo; por qué?" preguntó Sean, irritado.

"Porque estamos mirando una estatua de él con su tridente apuntando a la entrada de la geoda submarina más grande que he visto," respondió Gabriel.

"¿Cómo lo sabes? ¿Puedes ver dentro?" preguntó Steven, su emoción inconfundible.

"¡No! ¡Pero la boya que falta está envuelta alrededor del tridente!" respondió Gabriel, igualando la emoción de su tío.

"Y hay un tenue resplandor amarillo desde dentro de la caverna," añadió Isabella, volviéndose hacia Gabriel con una sonrisa.

Isabella se movió hacia el tridente y soltó la boya. Esta se apresuró a la superficie, liberando la cuerda que enredaba el otro plomo. Con la liberación de la tensión, se enderezó.

"¡Puedo ver la boya!" gritó Sean. "¡Has marcado la entrada a la mina!"

"¡Madre de Dios! ¡Lo lograron!" gritó Andrik, haciendo que Isabella y Gabriel se sobresaltaran por el ruido.

"Sí, pero aún no estamos fuera de peligro," interrumpió Sean. "Deben encontrar el camino de regreso al barco sin ser destrozados."

"¡Tienes que ver esto para creerlo!" dijo Gabriel. "Hay un túnel, pero no vas a creer lo que hay a cada lado."

"No puedo esperar a verlo, Gabe, pero quiero que estés a salvo de regreso en el barco. Solo te quedan veinte minutos de aire," dijo Steven, la preocupación en su voz inconfundible.

"Está bien, seguimos la cuerda de regreso a la boya de anclaje en medio de la bahía. ¡Encuéntranos allí con más aire! ¡Prepárense, chicos! ¡Tenemos el hallazgo del siglo para mostrarles!"

Cuando salieron a la superficie, les quedaban dos minutos de aire. Steven, Sean y Andrik los estaban esperando. Sean y Andrik estaban equipados y listos para ir. Asegurando nuevos tanques de aire, los cuatro descendieron nuevamente a las profundidades.

"Se ganaron la primera mirada," murmuró Sean a Andrik.

Andrik y Sean esperaron en la entrada mientras Isabella y Gabriel entraban a la mina por primera vez. La luz emanaba del Oricalco, esparcida por el suelo e incrustada en las rocas.

"¡Guau!" exclamó Gabriel.

"¡Es magnífico!" respiró Isabella.

Gabriel caminó hacia el fondo de la profunda caverna. En la parte superior había un agujero, lo suficientemente grande para que pasara una pelota de playa. "Isa, ven aquí, por favor."

Mientras Isabella se acercaba a Gabriel, él puso su dedo en la máscara frente a sus labios, indicando que no debía hablar. Señaló el agujero sobre ellos e hizo un círculo con sus dedos. Sin decir una palabra, Gabriel actuó lo que tendrían que hacer para ocultar la entrada al templo de cualquiera que pudiera tropezar accidentalmente con ella. Isabella entendió lo que él intentaba decirle. Cualquier cosa que pudiera llevar al templo tenía que ser ocultada.

Isabella asintió. Regresaron a los hombres que esperaban y los escoltaron adentro. Andrik estaba hipnotizado.

"Bueno, esto es más fácil de lo que pensé que sería," comentó Sean, mirando a su alrededor.

"¿Cómo así?" preguntó Gabriel.

"Pensé que tendríamos que excavar para llegar al mineral, pero está aquí esperando por nosotros. Cualquier fuerza que destruyó Atlántida fue lo suficientemente grande como para llevar la mina a la superficie mientras enterraba la ciudad," explicó Sean.

"¿Entonces?" instó Gabriel.

"Entonces," dijo Sean, mirándolo. "Todo lo que necesitamos es un martillo hidráulico para perforar la cara de la roca. Luego, una sierra de cadena de diamante para cortar el mineral de la roca."

Gabriel sonrió al darse cuenta. "Y la Reina Jamaiquina está equipada con una unidad de potencia hidráulica."

"¡Exactamente!" dijo Sean. "Llena las bolsas de elevación, flótalas a la superficie y luego transporta el mineral a la costa."

"Andrik, ¿qué piensas?" preguntó Isabella.

Andrik estaba demasiado hipnotizado para responderle. Caminó por ahí, mirando la profunda caverna con asombro.

"¡Tío Andrik!" gritó Gabriel, tratando de llamar su atención.

"¿Qué?" preguntó Andrik, tartamudeando.

"¿Escuchaste algo de lo que acabamos de decir?" preguntó Gabriel.

"¡No! ¡No, no lo hice!" respondió Andrik. Al volverse hacia ellos, Isabella y Gabriel pudieron ver las lágrimas brillando en sus ojos. "No puedo creer que estoy de pie en la mina de Oricalco. El trabajo de mi vida me ha llevado a este momento, y... había perdido la esperanza."

Isabella y Gabriel fueron hacia él. Los trajes gruesos hacían imposible abrazarse, pero su reacción hizo que las lágrimas de Andrik se derramaran.

"Lamento decírtelo, pero encontrarlo es una cosa. Ahora comienza el trabajo," dijo Sean, interrumpiendo el momento.

Marcaron un camino desde la entrada de la cueva hasta la Reina Jamaiquina esa tarde. Al día siguiente, comenzarían a colocar la cubierta que Sean había diseñado. Protegería a los buzos y sus mangueras de aire y alimentaría las bolsas de elevación de regreso a la Reina Jamaiquina.

La emoción alimentó su exuberancia mientras entraban a la oficina principal, donde José y Liliana estaban esperando. Isabella fue la primera en notar sus rostros solemnes.

"¡Papá! ¿Qué pasa?" preguntó Isabella. Su pregunta silenció a todos.

"¡Bella!" Una voz resonó desde una silla en la esquina de la habitación. "He oído que las felicitaciones son necesarias." La cara alegre de Fidel Castro fue inesperada.

"¡Padrino!" Isabella saludó a su padrino.

Ella fue la primera en recuperar la compostura. "¿Cómo? ¡Solo encontramos la entrada hoy!" Isabella titubeó, mirando a su padre, quien sacudió la cabeza. José no había informado a Fidel del hallazgo y no tenía idea de quién lo había hecho.

Fidel fue hacia su ahijada, envolviéndola en un fuerte abrazo.

"¡Nunca dudé de que tendrías éxito!" Fidel se apartó para mirarla. Sus ojos mostraban algo que ella no podía identificar. "¿Por qué no me presentas a tu equipo?"

"Por supuesto," dijo ella con vacilación. Andrik se movió al lado de Liliana. "Este es Sean Francis. Él capitaneará la Reina Jamaiquina y liderará el equipo de recuperación de minerales."

Fidel tomó la mano de Sean y la sacudió solemnemente. Nadie podía ignorar la tensión en la habitación.

"Este es Steven Henriquez. Él es el jefe de Diving Technologies, la empresa que supervisará los esfuerzos de minería," dijo Isabella mientras Steven estrechaba la mano de Fidel.

"Y este es Gabriel Henriquez, el hombre que me ayudó a encontrar la mina y a formar el equipo," anunció Isabella con orgullo mientras Fidel tomaba la mano de Gabriel.

"Ah sí, Gabriel," dijo Fidel, sin soltar la mano de Gabriel. "Pero te conozco por un nombre diferente, ¿no es así?" Fidel anunció dramáticamente, alargando la tensión. "Gabriel Nasaré, hijo de Matteo Nasaré, guardaespaldas personal de Fulgencio Batista."

Gabriel sintió que la sangre se drenaba de su rostro mientras Sean y Steven lo miraban, sus rostros traicionando su pánico. Los ojos de Gabriel se volvieron hacia Isabella, quien miraba a su padrino en estado de shock.

"Vaya, vaya, joven," dijo Fidel, disfrutando inmensamente. "¿No le has dicho a mi ahijada quién eres realmente?"

Gabriel vio a Isabella luchando contra la realidad que la golpeaba, y su rostro se cayó. "¿Tío?" repitió.

"Isabella, conoce a Gabriel Nasaré," dijo Fidel. "¡Un espía americano!"

Las palabras de Fidel tardaron unos momentos en registrarse, pero instintivamente, Isabella supo que su padrino decía la verdad. Cuando finalmente se volvió a mirar a Gabriel, su rostro confirmó el hecho.

Al enamorarse de Isabella, Gabriel creía que el verdadero amor era difícil de morir, pero ver morir el amor de Isabella justo frente a él fue devastador. Gabriel se rompió, y no pudo pronunciar palabra en su defensa.

Isabella no sabía cómo responder. En shock, le dio la espalda a Gabriel mientras Fidel le agarraba el brazo y susurraba: "Hay sacrificios que hacer por el poder. El primer sacrificio es la confianza. ¡Ahora sabes cómo gobernar! ¡No ames a nadie porque los más cercanos a ti serán los primeros en traicionarte!"

Isabella solo pudo mirar boquiabierta a su padrino mientras las lágrimas fluían por sus mejillas. Gabriel vio sus lágrimas pero no pudo encontrar su voz. Sin volverse a mirarlo, Isabella huyó. Nadie más se atrevió a moverse.

"Si le haces daño a Gabriel," explotó Steven. "Saldremos de aquí con la Reina Jamaiquina.

Fidel se volvió hacia Steven, con una sonrisa sardónica en su rostro. Sus soldados entraron en la habitación, rodeándolos.

"¡No!" dijo Gabriel. "¡Por favor, quédate con Isabella; no puede hacer esto sin tu ayuda!"

Fidel se volvió hacia Gabriel, con sorpresa en su rostro.

"¡No haremos nada si lo matas!" interrumpió Sean.

Los ojos de Fidel se desplazaron de Gabriel a Sean y Steven. "¿Crees que voy a matarlo?"

Su mirada volvió a Gabriel. "Si lo mato, lo convierto en un mártir romántico para Bella. Pero vivo, es un recordatorio viviente para ambos de su traición imperdonable."

El tormento en el rostro de Gabriel llenó a Fidel de satisfacción, y Gabriel se rompió. Su cuerpo se hundió y su cabeza cayó hacia adelante. Se habría caído si Steven y Sean no lo hubieran sostenido.

Ian Davidson entró en la habitación.

"Le entregaré a Gabriel al Sr. Davidson," declaró Fidel mientras los soldados empujaban a Steven y Sean lejos de Gabriel. Uno se puso detrás de Gabriel, tirando de su cabello hacia atrás para que sus ojos miraran a Fidel.

"¡Te irás de Cuba!" Fidel le escupió. "¡Por la expresión en el rostro de Bella, nunca serás bienvenido en Cuba de nuevo!"

"¡No seguiremos trabajando para ti hasta que sepamos que Gabe está a salvo!" gritó Steven mientras Ian tomaba el brazo de Gabriel.

"Te doy mi palabra de que estará fuera de Cuba antes de la medianoche," murmuró Ian. "No se pongan en peligro más."

"Ian tiene razón," dijo Gabriel, con la voz ronca. "Estaré bien. Por favor, quédate y ayúdala. Eso es todo lo que te pido."

Dos soldados siguieron a Ian mientras el escoltaba a Gabriel fuera de la habitación y hacia un jeep que esperaba. Fidel Castro siguió con sus soldados. Cuando Gabriel se acomodó en el asiento trasero, vio a Fidel mirándolo. Su expresión de satisfacción le revolvió el estómago. Gabriel fue el primero en apartar la mirada.

Ian se sentó en el asiento trasero junto a Gabriel. Cuando Ian lo miró, sus ojos estaban vacíos, perdidos en su desamor.

"Tengo un avión esperando para llevarte a Jamaica. Tu padre te encontrará allí," dijo Ian.

Gabriel miró a Ian. Fidel había planeado su emboscada hasta el más mínimo detalle y para un efecto máximo. Gabriel cerró los ojos y se recostó contra el asiento.

Un soldado escoltó a Isabella a la casa de su padre. Se sintió adormecida. Isabella nunca se cansó de la belleza que la rodeaba hasta hoy. Sabía los secretos que las montañas, los valles y el mar guardaban. Pasó su vida buscándolos, encontrándolos y escondiéndolos de nuevo. Los secretos eran la única constante en la vida de Isabella, y ahora uno había roto su corazón.

Ella observó la puesta de sol mientras estaba de pie en la veranda. El valle estaba iluminado, con diferentes matices de verde, que solo se encontraban en las islas del Caribe. Las montañas a su izquierda y derecha mostraban una magnificencia que siempre le quitaba el aliento, excepto hoy. Sus ojos siguieron el valle mientras se inclinaba para encontrarse con los azules brillantes del mar Caribe, pero no vio ninguna de sus bellezas. La traición era un sabor amargo en su lengua.

Isabella miró la muestra de roca que Gabriel le había dado y comenzó a llorar. Sostenía el mayor tesoro de Cuba, que proporcionaría a la isla independencia de todos los que buscaban gobernarla. Apartó la mirada de la roca y miró hacia el valle.

Una ráfaga de viento recorrió el valle y desordenó el largo cabello negro de Isabella. Las lágrimas saladas se secaron en su rostro. Irritada por la intrusión, arrojó el Oricalco sobre la mesa frente a ella y se dejó caer en la silla a su lado. ¡Esto era todo! Su vida se reducía a un pequeño y brillante trozo de pizarra. Pasó sus dedos sobre la roca, con emociones corriendo por ella. Desde el día en que fue lo suficientemente mayor para entender la palabra hablada, había estado construyendo hacia este momento, decidida a encontrar este metal de los dioses, tan enfocada en este único objetivo que no sabía qué hacer a continuación. Gabriel fue la razón por la que lo encontró. Él lo hizo todo posible. Ahora, se había ido, y su traición endureció su corazón.

"Isabella?" Las palabras de José rompieron su ensueño.

"¿Sabías quién era?" preguntó Isabella, sin atreverse a mirar a su padre.

"Sí," respondió él, con el corazón roto por su hija. "Quería decírtelo."

"Pero no lo hizo, ¿verdad?" dijo Isabella, dirigiendo su ira hacia su padre. "¡Me mintió, papá! ¡Todos lo hicieron! ¡Y es la mentira que no puedo perdonar!"

Ella pasó junto a su padre, lista para irse, pero sus palabras la detuvieron.

"Él mintió, pero eligió Cuba, Isabella. Al final, te eligió a ti," José se volvió para mirar a su hija. Ella no se dio la vuelta mientras salía, dejando a José lamentando la pérdida de su inocencia.

EL HIJO que Matteo Nasaré recogió en Jamaica no era el que había salido de Miami hacia Cuba. Gabriel parecía destrozado.

"¿Quieres pasar la noche en casa de Sean?" preguntó Matteo suavemente.

Gabriel sacudió la cabeza. La idea de dormir en la cama sin Isabella torturaba su alma.

"Solo vayamos a casa," murmuró Gabriel.

Matteo puso su brazo alrededor de su hijo y lo llevó al pequeño avión que esperaba en la pista. Mientras despegaban y se acomodaban para el vuelo de una hora y media, Matteo se volvió para mirar a su hijo.

La llamada nocturna de Ian Davidson pidiéndole que se encontrara con Gabriel en Jamaica y la posterior llamada de Steven detallando todo lo que había sucedido sacudieron a Matteo hasta su núcleo. La mirada atormentada en los ojos de Gabriel lo perturbó, y le preocupaba que Gabriel no estuviera listo para la batalla que se avecinaba.

A pesar de que Gabriel tenía un apartamento en Miami y otro en Washington, reenvió su correo a la casa de sus padres mientras estaba en una asignación prolongada. Una carta que había llegado por correo registrado lo estaba esperando en la casa de su padre. Preocupado al ver de quién era, Matteo la abrió.

"¿Qué es?" preguntó Gloria mientras los ojos de Matteo se abrían y su mandíbula caía.

"¡Gabriel está siendo juzgado por un consejo de guerra!"

"¡Dios mío!" exclamó Gloria. "¿Por qué?"

"¡Se le ha acusado de traición!" respondió Matteo.

Cuando Matteo le contó a Steven sobre la acusación, Steven dejó caer el teléfono y miró a Sean. El objetivo de Fidel era aplastar a Gabriel, y no se detendría hasta lograrlo.

Isabella llegó a la Reina Jamaiquina. Steven y Sean intentaron hablar con ella, pero ella los ignoró. Andrik les pidió que la dejaran sola. Él la ayudó a ponerse un traje de buceo.

"Ella quiere ir a la mina sola," explicó Andrik.

Steven y Sean observaron cómo Andrik piloteaba el barco hacia la zona de lanzamiento. Oyeron el altavoz activarse en el puente cuando ella apagó su micrófono.

Tal como Gabriel le había mostrado el día anterior, se dirigió a la parte trasera de la caverna. Al recoger la roca que Gabriel había señalado, liberó un poco de aire, impulsándose hacia el agujero que él le había mostrado. Introdujo la roca tan lejos en la abertura como pudo. Cuando estuvo segura de que nada podría pasar, nadó lejos, mirándola desde diferentes ángulos antes de flotar fuera de la caverna y seguir su manguera de aire de regreso a donde Andrik esperaba.

Steven y Sean la vieron regresar al barco desde el puente de la Reina Jamaiquina. "¿Todo bien?" preguntó Sean con cautela.

"Es todo tuyo," respondió ella bruscamente por el transmisor-receptor portátil.

Mientras Andrik giraba el barco hacia la costa, la voz de Steven chirrió a través del transmisor.

"¿No vienes con nosotros, Isa?" preguntó.

"No hay razón para que vuelva a la mina," dijo, entregando el aparato a Andrik, pero cambió de opinión y habló en él. "Y no me llames Isa nunca más."

GABRIEL SE DESPERTÓ mientras el sol salía. Su madre le había suplicado que se quedara con ellos después de que su padre le mostró la carta. Gabriel leyó la carta, se dio la vuelta y fue a su habitación sin decir una palabra.

A medida que el sol comenzaba a colorear el cielo, se frotó los ojos y miró la carta en su mesita de noche. Al tomarla, se levantó y caminó hacia el escritorio bajo la ventana. Al encontrar papel y bolígrafo, hizo una lista de lo que necesitaría hacer. El primer elemento de la lista era encontrar un excelente abogado militar porque Gabriel Nasaré no se rendiría sin luchar.

CAPÍTULO 20

WASHINGTON

"Estos son cargos serios," dijo Patrick Curtis, mirando a Gabriel. Mientras Patrick leía la acusación, Matteo se sentó frente al abogado junto a Gabriel.

"El informe no dice lo que realmente sucedió," dijo Gabriel.

Patrick dejó caer los papeles en su escritorio y se volvió hacia él. "¿Por qué no me cuentas qué pasó?"

"Estábamos en la Alta Comisión Canadiense en Cuba," comenzó Gabriel.

"¿Quién es 'nosotros'?" preguntó Patrick, con el bolígrafo listo, preparado para tomar notas.

"Ian Davidson, el oficial consular senior en la Alta Comisión. Lucien Walker, mi agente y trabajando encubierto en la Comisión, y yo," Gabriel hizo una pausa.

"¿Por qué necesitabas un agente?" preguntó Patrick.

"Estaba en una misión para encontrar la fuente del mineral Oricalco. El gobierno estadounidense creía que la mina estaba en algún lugar de Cuba, por eso Cuba y Rusia tienen lazos tan estrechos," respondió Gabriel.

"¿Quién te dio esta misión?" preguntó Patrick. Al ver la frustra-

275

ción de Gabriel, Patrick continuó, "Gabriel, solo tú sabes lo que pasó. Dímelo como si el resto de tu vida dependiera de ello."

Gabriel miró a su padre, quien asintió levemente. Con una respiración profunda, Gabriel se volvió hacia Patrick y comenzó a contar su historia: su primer alistamiento en el ejército de EE. UU., su tiempo en la universidad y cómo se reincorporó al ejército, solo para ser reclutado por la CIA antes de terminar su gira.

"¿Te reclutó la CIA específicamente para esta misión?" preguntó Patrick.

"No lo sabía en ese momento," respondió Gabriel. "Pero cuando me reuní con Ian Davidson y Lucien Walker en Cuba, se hizo obvio que lo era."

"¿Cómo así?" insistió Patrick.

"La CIA sabía que Liliana Dulka era mi tía y que trabajaba para José Vasquez, el científico jefe del proyecto de investigación de Oricalco en Cuba. Lucien me entregó un documento para estudiar sobre el mineral. José Vasquez lo escribió. Mencionaba a mi tío Andrik Dulka," explicó Gabriel.

"¿Andrik es el ingeniero ruso que fue a Cuba a trabajar en el proyecto y se casó con tu tía?" preguntó Patrick.

"Sí, lo conocí por primera vez cuando era un niño durante mis visitas a Cuba para ver a mi abuela, que trabajaba como ama de llaves de José," explicó Gabriel. "Siempre me quedaba con Liliana y Andrik y me hice muy cercano a ellos."

"Entonces, ¿nadie sospechó cuando apareciste como ingeniero en Cuba proveniente de Jamaica?" preguntó Patrick.

"No. Mi padre tenía contactos en Jamaica de sus días en Cuba. Por lo tanto, la cobertura era plausible para cualquiera en Cuba," respondió Gabriel.

"¿Y tuviste éxito en encontrar la fuente del mineral?" preguntó Patrick.

Gabriel dudó antes de asentir. Patrick miró hacia abajo en sus notas mientras registraba lo que Gabriel le decía.

"¿Qué pasó entonces?" preguntó Patrick, mirando hacia arriba de su bloc de notas.

"Conocí a Ian Davidson y Lucien Walker en una sala segura en la Alta Comisión Canadiense," dijo Gabriel, mirando hacia abajo. "Le di a Lucien una muestra de lo que creía que era Oricalco."

"¿Creías que era?" interrumpió Patrick. "¿No estabas seguro?"

No," respondió Gabriel. "Vi el mineral en su forma procesada. Nunca lo había visto en su forma natural, y le pedí a Lucien que confirmara que era Oricalco antes de que se tomaran decisiones en Washington sobre cómo proceder."

Patrick dejó de escribir, dejó su bolígrafo y miró a Gabriel. "Gabe, esto es muy importante. ¿Sabías qué era la muestra?"

Gabriel no dudó. "Tenía sospechas pero no estaba tan seguro como la CIA necesitaba que estuviera."

"¿Se lo dijiste a Lucien?" preguntó Patrick.

"Sí," dijo Gabriel. "Dejé claro que necesitaba asegurarse de que era Oricalco antes de llamar a las tropas."

"¿Tropas? ¿Qué tropas?" preguntó Patrick.

"Lucien dijo que la CIA invadiría Cuba para apoderarse de la mina."

Patrick miró sus notas y nuevamente la acusación.

"¿Qué es?" preguntó Matteo.

"Nada de eso está en la transcripción de la conversación," dijo Patrick.

"¿Y?" preguntó Gabriel.

"¿Crees que Lucien Walker es el hombre que te acusa de traición?" preguntó Patrick.

"Tiene que ser él. Tres personas estaban en esa habitación, y solo Lucien voló de regreso a Washington," explicó Gabriel; incapaz de quedarse quieto, comenzó a caminar de un lado a otro.

"Y la tercera persona, la única otra persona que puede respaldar tu historia, es un diplomático canadiense," señaló Patrick. "No podemos obligarlo a testificar en tu nombre."

"Dada su relación con Cuba, el gobierno canadiense querrá mantener a Ian lo más alejado posible de esto," agregó Matteo.

Gabriel suspiró. "Entonces, ¿es mi palabra contra la de Lucien?"

"No exactamente," dijo Patrick. "Él está usando tus acciones en tu contra."

"¿Cómo así?" preguntó Matteo, inclinándose hacia adelante.

"En la acusación, el acusador de Gabriel," dijo Patrick la palabra deliberadamente, mirando a Gabriel. "Dice que Gabriel le dio la muestra y afirmó que era Oricalco. En contra de los intereses del gobierno estadounidense, aconsejaste a Isabella Vasquez que hiciera pública la mina, y luego huiste a Jamaica con ella después de arreglar que se reuniera con Brian Mian en la Autoridad Internacional del Fondo Marino. Cinco días después, navegaste hacia la Bahía de Baracoa en el barco contratado para extraer el mineral."

Gabriel no podía ignorar que sus acciones parecían indudablemente incriminatorias cuando Patrick lo expuso todo. "Sin contexto, se ve mal, lo admito."

"Exactamente," dijo Patrick. "Ahora, hablemos del contexto. Cuéntame todo lo que sucedió en esa habitación de nuevo."

Mientras Gabriel relataba, tanto Matteo como Patrick tomaron copiosas notas.

"Le entregué la muestra a Lucien Walker. Estaba emocionado y esperaba que fuera lo que pensaba que era. Luego me interrogó. ¿Dónde encontré la muestra? ¿Quién estaba conmigo cuando la encontré? Quería las coordenadas para reunir un equipo y reclamarla. Ian le recordó que Cuba era una nación soberana, y que los Estados Unidos no podían invadir sin causa. Creo que mencioné el acuerdo de 1962 entre los Estados Unidos y Rusia de no invadir Cuba, pero Lucien dijo que Cuba actuó agresivamente en suelo estadounidense. El gobierno de EE. UU. tenía una razón legítima para invadir y proteger la patria de la agresión cubana," dijo Gabriel.

"¿Qué agresión?" preguntó Matteo, interrumpiéndolo.

"El Éxodo del Mariel," explicó Gabriel. "El gobierno estadounidense sabía que Castro usaba el éxodo para enviar espías a América."

"¿Es eso cierto?" preguntó Patrick, mirando a Matteo.

"Lo es," concedió Matteo. "Castro no solo envió espías, sino que también vació sus prisiones, enviando criminales a Estados Unidos y crear tanto caos como fuera posible para encubrir la actividad encubierta."

"¿Y el gobierno estadounidense no hizo nada al respecto?" preguntó Patrick.

"Bueno, sí y no," respondió Matteo. "La Policía del Estado de Florida convocó un grupo de trabajo para vigilar, monitorear y reducir la agresión. Involucraron a la Guardia Costera para interrumpir los esfuerzos de tráfico de drogas e interceptar mensajes que iban y venían entre Cuba."

"¿Y el gobierno sintió que eso era una acción suficiente en ese momento?" preguntó Patrick.

"Nadie quería ir a la guerra," respondió Matteo. "Además, Gabriel descubrió que su misión era muy diferente de lo que Estados Unidos creía que era."

"¿Cómo así?" preguntó Patrick, volviéndose hacia Gabriel.

"Los rusos descubrieron una debilidad que querían explotar utilizando activos cubanos ya en los Estados Unidos. El dinero de Oricalco de Castro se estaba agotando, y necesitaba otra fuente de financiamiento." explicó Gabriel.

"¿Tienes pruebas de eso?" preguntó Patrick.

"Puedo conseguirlo," respondió Gabriel.

"¿Cómo?" preguntó Patrick.

"Fidel Castro envió a Andrik Dulka a Rusia para negociar el acuerdo de financiamiento de la campaña de desinformación," respondió Gabriel.

"Andrik firmará una declaración jurada sellada al respecto," aseguró Matteo a Patrick.

Patrick asintió. "¿Algo más?"

Gabriel se levantó y fue a la ventana, mirando hacia la ciudad de Miami y hacia la Bahía. Gabriel miró a lo lejos, en la dirección en que se encontraba Cuba.

"Lucien quería asesinar a Isa."

"¿Quién?" preguntó Patrick.

Gabriel se volvió hacia Patrick. "Isabella Vasquez. Cuando le dije a Lucien que ella estaba conmigo cuando encontré las muestras, insinuó que la haría matar para ocultar el secreto de la ubicación de la mina."

"¿Dijo eso?" preguntó Patrick.

"No con tantas palabras," admitió Gabriel. "Pero tanto Ian como yo entendimos claramente su significado. Ian advirtió a Lucien que no podía empezar a asesinar personas en suelo cubano para beneficio estadounidense."

"¿Cuál fue tu reacción?" preguntó Patrick.

La risa de Gabriel fue dura. "Le dije que más le valía asegurarse de que estaba sosteniendo Oricalco en su mano antes de ir al Pentágono y arrastrarnos a una guerra que volvería al mundo en contra de los Estados Unidos."

"¿Qué dijo a eso?" preguntó Patrick.

El tono de Gabriel era amargo, y la ira brilló en sus ojos. "Dijo que la próxima vez que Ian y yo lo viéramos en Cuba, sería con un grupo de desembarco armado." Gabriel volvió a mirar por la ventana. "No era una amenaza vacía."

"¿Y qué hiciste después de eso?" insistió Patrick.

"Ian me dijo que Isabella tenía que hacer público el mineral y la mina. Tenía un amigo, Brian Mian, en la Autoridad Internacional del Fondo Marino. Él organizaría la reunión, y yo debía llevarla a esa reunión," respondió Gabriel.

"Huh?" comentó Patrick.

Gabriel seguía mirando por la ventana, pero Matteo se inclinó hacia adelante en su silla.

"¿Quién organizó tu cobertura para entrar en Cuba?" preguntó Patrick.

"Yo lo hice," respondió Matteo. "Gabriel me llamó diciendo que necesitaba entrar en Cuba y necesitaba una historia de cobertura. Contacté a Steven Henriquez en Jamaica, un socio comercial mío. Él conocía una fuerza de tarea conjunta entre los gobiernos de Jamaica y Canadá que iba a Cuba para determinar protocolos de preparación para desastres en las islas. Gabriel tiene un título en ingeniería, así que Steven movió algunos hilos y lo incluyó en la fuerza de tarea."

"¿Cómo entró Lucien en la historia?" preguntó Patrick.

"Cuando mi padre me contó la historia de cobertura, Lucien dijo que él e Ian Davidson se conocían desde hace mucho," dijo Gabriel. "Basado en esa relación, fue designado como mi agente."

"¡Huh!" dijo Patrick de nuevo.

"¿Qué, huh?" preguntó Matteo, exasperado.

"Es un tecnicismo," dijo Patrick. Al ver la desesperación de Matteo, elaboró: "Gabriel estaba prestado al gobierno canadiense en Cuba, ¿correcto?"

"Técnicamente. Pero estaba allí en una misión de la CIA," respondió Gabriel.

"Sea como sea," dijo Patrick. Al ver la frustración en ambos hombres que ahora lo miraban, pidió su indulgencia. "Síganme aquí. Gabriel, estabas en Cuba bajo los auspicios del gobierno canadiense, ¿no?"

"Ian le dijo eso a Lucien."

"¿Qué exactamente se dijeron el uno al otro?" preguntó Patrick. "Gabriel, debes recordar con precisión cuál fue su intercambio."

Gabriel pensó por un momento antes de hablar. "Le dije a Lucien que necesitaba asegurarse de que sabía lo que tenía en la mano antes de comenzar una invasión. Luego Ian dijo que el gobierno canadiense no apoyaría mi misión hasta que el gobierno estadounidense demostrara que la muestra era Oricalco más allá de toda duda. Ian le dijo que yo trabajaba para el gobierno canadiense en lo que respecta a los gobiernos estadounidense, cubano y jamaicano. Ian no me permitiría darle a Lucien las coordenadas de la mina hasta que se le mostrara prueba de que la muestra era Oricalco."

"Entonces, tu supervisor inmediato, no tu agente ordenó que no le dieras a Lucien las coordenadas?" preguntó Patrick.

"Esa es una línea muy delgada para dibujar," advirtió Gabriel.

"Siempre hay una línea delgada entre lo inteligente y lo estúpido," bromeó Patrick. "¿Qué pasó entonces?"

Gabriel vio lo que Patrick buscaba y se lo dio. "Mi supervisor inmediato, Ian Davidson, me envió a Jamaica."

Patrick asintió. "Mira, así es como lo veo. El gobierno estadounidense te envió a Cuba para encontrar la mina, lo cual hiciste," hizo una pausa hasta que vio a Gabriel asentir.

"Informaste tu hallazgo a tu supervisor inmediato, Ian Davidson, y a tu agente, Lucien Walker, cuyo único trabajo era autenticar tu hallazgo," Patrick hizo una pausa mientras Gabriel asentía de nuevo.

"Lucien Walker se tomó la libertad de mencionar a un gobierno extranjero, en suelo extranjero, que el gobierno de los Estados Unidos no solo invadiría una nación soberana, sino que también asesinaría a un nacional cubano que reside en Cuba," resumió Patrick. "Escuchando tu versión de la historia, parecería que detuviste a un agente estadounidense rebelde de iniciar la Tercera Guerra Mundial."

"Hay una línea delgada entre lo inteligente y lo estúpido," murmuró Gabriel. "Pero, ¿cómo lo probamos?"

"Bueno, debemos averiguar qué hizo Lucien Walker antes de dejar Cuba. Y luego qué hizo cuando regresó a los Estados Unidos," dijo Patrick, cerrando su cuaderno.

"Creo que sé quién podría ayudarnos con eso," dijo Matteo.

"¿Qué quieres decir?" preguntó Gabriel.

"Andrew Simpson," respondió Matteo.

"¿Andrew? ¿Qué tiene que ver él con esto?" preguntó Gabriel.

"Andrew se reunió con Lucien antes de que llegaras a Cuba para organizar la logística para ti," explicó Matteo. "Inmediatamente le informó a Steven que pensaba que algo no estaba bien con Lucien."

"¿Cómo que no está bien?" preguntó Patrick, intrigado.

"No sé exactamente," respondió Matteo. "Steven mencionó que el espíritu de Andrew no le gustaba al hombre."

"Mi espíritu no le cae bien," dijo Gabriel, recordando su conversación con Andrew en patois jamaicano.

"Sí, eso es lo que dijo Steven," respondió Matteo, mirando a Gabriel. "¿Qué significa?"

"Es la forma jamaicana de decir que Andrew no confiaba en él," respondió Gabriel.

"¿Qué le dijo Steven a Andrew que hiciera?" preguntó Patrick.

"Le dijo a Andrew que lo siguiera," dijo Matteo, mirando a Gabriel y Patrick. "Y que le informara todo lo que hiciera."

"¿Dónde está Steven ahora?" preguntó Patrick.

Matteo dudó antes de responder. Miró a Gabriel, que nuevamente estaba mirando por la ventana.

"Han pasado tres semanas desde que Gabriel dejó Cuba y ha sido un tiempo doloroso, así que no he sido completamente honesto con Gabriel sobre lo que ha sucedido en Cuba desde su partida."

"Bueno, ahora es tan buen momento como cualquier otro," dijo Gabriel, mirando por la ventana.

"Isabella no permitiría que Steven o Sean bajaran de la Reina Jamaiquina. Andrik ha estado actuando como enlace," explicó Matteo. Gabriel no se dio la vuelta. "Ahora que la operación minera está en marcha, el gobierno cubano ha alquilado a la Reina Jamaiquina indefinidamente."

Ante la mirada de alarma de Gabriel, Matteo se apresuró a continuar.

"Es un acuerdo generoso, y Steven ha firmado un contrato con el gobierno cubano," le aseguró Matteo. "Le pagaron seis meses por adelantado."

Gabriel volvió a mirar por la ventana. Matteo tomó el bloc de notas del escritorio de Patrick y escribió mientras hablaba.

"Esta mañana, a Steven y Sean se les permitió salir de Cuba. Regresarán a Jamaica mañana. Andrew Simpson está con ellos," Matteo le entregó la nota a Patrick mientras Gabriel les daba la espalda.

"Isa nunca les haría daño," murmuró Gabriel, dudando de las palabras incluso mientras las decía.

"Ella ha garantizado su salida segura, Gabe," dijo Matteo,

volviéndose hacia su hijo. "Ella ha declarado públicamente que Cuba siempre estará en deuda con ellos."

Patrick puso su mano sobre la nota antes de hablar. "Bueno, si puedes, ponlos en un avión a Miami lo antes posible. Estoy interesado en escuchar su versión de la historia."

La reunión había terminado.

Gabriel se dio la vuelta para irse y abrió la puerta sin decir una palabra más. Matteo estrechó la mano de Patrick y siguió a su hijo.

Patrick miró la nota. S & S se están reuniendo con Ian Davidson antes de que salgan de Cuba. Luego le prendió fuego y la vio arder en el cenicero.

"Bueno, eso salió mejor de lo que esperaba," dijo Matteo secamente mientras se dirigían a su auto.

"¿Cómo así?" preguntó Gabriel, abriendo el lado del conductor del auto.

"Él cree que puedes superar esto, Gabe," dijo Matteo, subiendo al lado del pasajero. "Todos creemos que puedes superar esto."

Gabriel no dijo nada mientras encendía el auto. "¿Quieres que te lleve a casa?"

"¿A dónde vas?" preguntó Matteo. Él y Gloria estaban preocupados por Gabriel. Su hijo se había quedado con ellos solo una noche antes de mudarse de nuevo a su apartamento, y Gabriel había tratado de mantener su distancia, al menos tanto como pudo, en una familia cubana. Matteo entendía que Gabriel necesitaba tiempo para sí mismo para procesar todo lo que le había sucedido, pero Gloria solo veía a su bebé sufriendo.

"Nini me ha invitado a almorzar a la comunidad de jubilados," dijo Gabriel, mirando a Matteo. "No aceptaría un no por respuesta."

"Ha estado sola desde que Bao murió," ofreció Matteo.

"¡Papi! Puede que extrañe a Bao, pero solitaria nunca es una palabra que haya asociado con Nini."

Matteo se rió. "Es bueno que pases un tiempo con tu abuela. Ella te extraña."

Después de la muerte de su abuelo, Diego, la abuela de Gabriel,

Elena de Medina Díaz, se mudó a una comunidad de jubilados cerca de la playa. En poco tiempo, formó comités para planificar actividades y organizó eventos para celebrar cumpleaños, aniversarios y celebraciones. Era imposible caminar con ella sin ser detenido por residentes agradecidos.

Gabriel aparcó el coche en la entrada y caminó hacia la puerta. Cuando levantó la mano para tocar, alguien llamó su nombre, y se volvió para ver a una pareja pasar.

"Hola, Gabriel," gritó el hombre.

"Por favor, dale nuestros mejores deseos a tu abuela," dijo la mujer, saludando.

Gabriel se volvió para mirarlos pero no tenía idea de quiénes eran. Su abuela abrió la puerta.

"Hola, John, Alice. Qué bueno verlos," llamó Elena mientras tiraba de Gabriel a través de la puerta y lo abrazaba. Notó que su sonrisa parecía más una mueca.

"¡Mi hermoso niño! ¡Cuánto te he extrañado!" exclamó mientras lo hacía pasar dentro.

"Ha pasado demasiado tiempo. Lo siento por eso, Nini," ofreció Gabriel. "Algo huele maravilloso."

"Tu favorito."

"Pastelitos de guayaba," dijo con una sonrisa infantil.

"Para el postre," dijo, entrelazando su brazo con el de él y escoltándolo hacia el pequeño comedor.

Gabriel sacó la silla de su abuela y la ayudó a sentarse. Tenía la mesa bellamente dispuesta para un almuerzo formal. Su abuela le sirvió a él y luego a ella misma. Esperó a que ella comenzara a comer antes de seguir su ejemplo.

"¡Delicioso!" exclamó Gabriel.

Elena dejó su tenedor y observó a Gabriel comer. "¿Sabes que no aprendí a cocinar hasta que vinimos a Estados Unidos?"

"¿De verdad?" dijo Gabriel. Sus abuelos y padres nunca hablaban sobre sus vidas en Cuba, así que aprendió pronto a no preguntar.

"Vengo de una familia muy antigua y establecida en Cuba.

Cuando me casé con tu abuelo, la celebración duró tres días," dijo, con los ojos soñadores.

"La Habana en su apogeo," interrumpió Gabriel.

"Bao y yo no nos casamos en La Habana. Nos casamos en Baracoa. Mi familia tuvo una finca de cacao allí durante varias generaciones."

Gabriel dejó de comer y puso su tenedor abajo. "¿Baracoa?"

"Sí," Elena miró hacia su plato. "Viví en La Habana pero pasé la mayor parte de mi infancia en Baracoa. Conocí a tu abuelo cuando llegó de España y estaba trabajando en el museo. Mi madre era una patrocinadora del museo. Él guió una visita que hicimos, y el resto, como dicen, es historia."

Se recostó y cruzó los brazos frente a él. Gloria, Matteo y Elena habían acordado. Era hora de que Gabriel conociera la verdad.

"¿Patrocinadora?" preguntó Gabriel. "¿De un museo en La Habana?"

"Venimos de medios," respondió Elena. "Bao y yo nos casamos poco después de que mi querida amiga en Baracoa se casara. Éramos amigas desde pequeñas. Luego ella vino a trabajar para mi familia. Ambas tuvimos hijas el mismo año." Elena hizo una pausa para secarse una lágrima de su ojo.

Gabriel no dijo nada.

"Llamé a mi hija Pilar," dijo Elena.

Gabriel sintió que su estómago se hundía.

"¿Qué estás tratando de decirme, Nini?" exigió Gabriel.

"Cuando Castro llegó al poder, mi amiga y la cuidadora de nuestra finca en Baracoa, Carmen Suares, pidió a su hija y yerno que llevaran a tu abuelo y a mí con ellos cuando huyeron de Cuba," explicó Elena.

La boca de Gabriel se abrió, pero no salió nada.

Elena continuó, con el corazón pesado mientras Gabriel se concentraba en cada palabra que decía. "Carmen temía que sufriéramos bajo Castro, así que nos hizo irnos con tus padres. Pilar se mudó a Baracoa cuando se casó con el mejor amigo de Fidel Castro," continuó Elena.

Gabriel estaba atónito, sus ojos fijos en su abuela mientras sus palabras lo golpeaban, dejándolo sin palabras.

"Mi hija murió al dar a luz a su única hija," dijo Elena mientras las lágrimas la abrumaban.

Gabriel se sentó con incredulidad; las dos personas que siempre había llamado sus abuelos no eran parientes de sangre en lo absoluto. Jadeó por aire, su pecho apretado por la conmoción.

"Nini," soltó Gabriel con dificultad. "¿Con quién se casó tu hija?"

Elena miró a Gabriel. El dolor en su rostro era desgarrador.

"José Vásquez," respondió Elena suavemente.

"¿Y Pilar murió al dar a luz a la única hija de José?" Gabriel preguntó mientras intentaba recuperar el aliento.

"Solo la vi de bebé," lloró Elena. "Poco después de nacer, era hermosa."

"Todavía lo es," respondió Gabriel automáticamente.

"La muerte de Pilar destrozó a Bao y a mí, y poco después, nos vimos obligados a dejar Cuba. Carmen nos pidió que cuidáramos de ti, su nieto, mientras ella cuidaría de nuestra nieta, Isabella, a cambio," explicó Elena.

"¡Oh, Dios!" gimió Gabriel.

"Bao y yo nunca nos arrepentimos de nuestra decisión," le aseguró Elena. "Te amamos como a nuestro propio hijo. Debes saberlo."

Gabriel miró a la mujer que solo conocía como su abuela. Luchó por recordar cuándo le dijeron que Diego y Elena eran los padres de su padre. No podía recordar.

"Me odiarás, Nini. ¡Le mentí! Luego le rompí el corazón."

Elena se levantó y fue hacia Gabriel, abrazándolo mientras un solo sollozo escapaba de sus labios.

"¡Nunca podría odiarte!" dijo Elena, levantando su cabeza para que la mirara. "Y desde donde estoy, parece que tú eres el que tiene el corazón roto."

Las lágrimas brillaban en sus ojos. "La amo, Nini."

"¿Quieres contarme qué pasó?" preguntó Elena.

Gabriel le contó todo lo que sucedió desde el momento en que aterrizó en Cuba. No dejó nada fuera. Sus palabras reflejaron no sólo su amor, sino también su respeto y admiración por Isabella. Cuando terminó, miró a Elena.

"Entonces, ¿ahora también eres mi yerno?" preguntó Elena.

Gabriel sacudió la cabeza. "Con Isa, tenía lo que tú y Bao tenían, lo que mamá y papá tienen. Pero lo arruiné. Después de lo que le hice, no merezco su amor."

"El amor no es tan frágil como piensas," le aseguró Elena.

"Lo es para Isa," gruñó Gabriel. "Lo vi en sus ojos, Nini. Vi su amor morir justo frente a mí."

"Gabe, no puedes concentrarte en lo que has perdido. La lucha de tu vida está por delante, y necesitas enfocar toda tu energía en esa batalla."

"¿Es por eso que me dijiste esto ahora?" preguntó Gabriel.

"Tus padres, Steven y Sean, pensaron que podría darte algo en perspectiva," admitió Elena.

"¿Entonces, todos sabían?" preguntó Gabriel cínicamente.

"Isabella no sabe," dijo Elena, mirando hacia abajo a sus manos. "Es mi oración que un día se lo digas."

"Nunca podré regresar a Cuba, Nini."

"Quizás un día. Bao y yo queremos ser enterrados allí. Contamos contigo para hacer eso por nosotros."

"¿Nini?" preguntó Gabriel, con una expresión preocupada en su rostro.

Elena le dio una palmadita en la mano, tomándola en la suya. "Estoy bien, mi amor. Pero todos morimos algún día."

Gabriel salió de la casa de su abuela, con la mente dando vueltas mientras conducía hacia la casa de sus padres. Había tanto que procesar, tanto que parecía imposible de comprender. Anhelaba hablar con Isabella sobre todo esto, pero la realidad de que no podía confiarle nada le apretaba el pecho con frustración. Las palabras de su abuela resonaban en su mente: debía concentrarse en la tarea que tenía por delante. La traición era el cargo en su contra, y la posibilidad de pasar potencialmente su vida en prisión era pesado. Cuando llegó a la casa de sus padres, entró y siguió el sonido de sus voces hasta la cocina.

"Steven, es bueno escuchar tu voz, amigo," dijo Matteo por teléfono. Su madre le hizo señas para que se sentara a su lado.

"Enviaré el avión para llevarte a Miami mañana."

Matteo escuchó atentamente la conversación, asintiendo con la cabeza antes de responder. "Está bien, haré los arreglos con el piloto. Llámame antes de que salgas de Kingston, para saber cuándo recogerte."

Matteo se volvió a mirar a Gabriel mientras continuaba su conversación con Steven. "Sí, está tan bien como se puede esperar. Se relajará cuando sepa que estás a salvo fuera de Cuba. Ambos lo haremos."

Matteo volvió a la llamada. "Mantente a salvo, hermano. Por favor, llama cuando llegues a Kingston. Está bien, adiós." Colgó el teléfono mientras se volvía para enfrentar a Gabriel.

"¿Dijeron algo sobre Isabella?" preguntó Gabriel.

"No la han visto. No vino a despedirse," respondió Matteo.

"¿Están a salvo?" preguntó Gabriel preocupado.

"Andrew Simpson está con ellos," respondió Matteo.

"¿Cómo fue el almuerzo con tu abuela?" preguntó Gloria, con preocupación en su voz.

"Deberías habermelo dicho antes," respondió Gabriel acusadoramente.

"Dejar Cuba de la manera en que lo hicimos... bueno, fue un gran ajuste para todos nosotros," dijo Gloria mientras Matteo se acercaba y le ponía el brazo alrededor. "Nos apoyamos mutuamente, unidos por el objetivo compartido de protegerte y facilitar la transición. Nos unió, forjó una conexión que nos hizo sentir como una familia."

"Era importante para nosotros que conocieras tu herencia y te sintieras conectado a Cuba," añadió Matteo. "Por eso te enviamos a visitar."

"Deberías habermelo dicho," dijo Gabriel.

"¿Por qué? ¿Habría cambiado tu opinión sobre aceptar la misión a Cuba?" preguntó Matteo, con voz dura.

"¿Te habría detenido de enamorarte de Isabella?" preguntó Gloria suavemente.

Gabriel miró a sus padres por un momento antes de sacudir la cabeza. Nada bajo el sol lo habría detenido de amar a Isabella.

"La familia que construimos para ti te ama mucho," dijo Gloria. "Todos estamos apoyándote para que superes esto, Gabe."

Gabriel no tenía palabras. Todo lo que pudo hacer fue asentir, pero no pudo evitar pensar que los había traicionado a todos al hacérselo a Isabella.

Justo cuando se estaban sentando a cenar, sonó el timbre. Gabriel abrió la puerta y encontró a su Nini con un plato de pastelitos de guayaba.

"Te fuiste antes de que pudieras tener esto hoy," dijo Nini mientras Gabriel tomaba el plato de ella y la acompañaba al comedor. Gloria ya estaba poniendo otro lugar en la mesa mientras Matteo se levantaba para saludarla.

"Bienvenida, Nini," la abrazó afectuosamente.

Elena le dio una palmadita a Matteo en la mejilla y le sonrió.

La conversación fue ligera; todos hicieron lo que pudieron para levantar el ánimo de Gabriel.

"Gabe, es tarde," dijo Gloria. "¿Por qué no pasas la noche aquí?"

"Tengo una botella de ron Appleton con tu nombre," ofreció Matteo. "Steven la trajo para mí la última vez que estuvo aquí."

"Suena bien, papá," respondió Gabriel.

Matteo dejó que Gabriel terminara la botella, y experimentó su primer sueño profundo en semanas.

Gabriel estaba tragando la aspirina que Matteo dejó junto a su cama cuando sonó el teléfono. Escuchó a su padre contestarlo, pero su grito hizo que Gabriel corriera por el pasillo.

"¿Qué? ¿Por qué?" Miró a Gabriel pero se concentró en la llamada.

"¡Está bien! Sí, entiendo," dijo Matteo por teléfono. "Estaremos allí."

"¿Qué pasó?" preguntó Gabriel.

"Steven y Sean están volando a Miami esta noche," dijo Matteo. "Harán una parada en Jamaica solo para reportar el avión y presentar un plan de vuelo."

"¿Por qué?" preguntó Gabriel.

"No dijeron. Quieren que los recojamos en el aeropuerto y los llevemos a tu abogado. Voy a llamar a Patrick ahora y fijar la cita."

Gabriel se duchó, se vistió y fue a la cocina. Su madre preparó el desayuno, pero él solo logró tomar una taza de café. Esperaron todo el día por noticias. Parecía que el avión tardaba una eternidad en aterrizar en Miami. Cuando Steven llamó desde el aeropuerto, Gabriel y Matteo salieron a recogerlos.

"¡Hombre, es bueno verte!" dijo Steven, abrazando a Gabriel. Sean siguió su ejemplo. Andrew Simpson le dio una palmadita en la espalda a Gabriel.

"¿Cómo está ella?" preguntó Gabriel, mirando a Sean.

"Ella apareció la mañana después de que te fuiste y solo quería a Andrik con ella. Bajó a la mina sola, pero no pudimos escuchar nada. Estuvo allí abajo durante media hora, luego volvió a subir y dijo que todo era nuestro."

"No la hemos visto desde entonces, amigo," dijo Steven, poniendo su mano en el hombro de Gabriel.

Gabriel asintió, tratando de tragar el nudo en su garganta.

"¿Sabes qué estaba haciendo allí abajo?" preguntó Sean a Gabriel.

Asintió pero no dijo nada. Sabía que Isabella bajó para cubrir el agujero por donde se habían escapado las boyas de playa, las que encontraron flotando a los pies de Poseidón. Entendió que Isabella nunca arriesgaría el descubrimiento del templo.

"¿Entonces por qué la prisa por llegar aquí?" preguntó Matteo.

"Ian Davidson le dio a Andrew un paquete," dijo Steven, señalando la bolsa colgada del hombro de Andrew. "Solo debemos dárselo al abogado de Gabe."

"¿Qué hay dentro?" preguntó Matteo.

"No dijo," respondió Sean. "Pero envió esta carta para Gabe." Sean le entregó a Gabriel una carta sellada en un sobre adornado con el sello de la Alta Comisión Canadiense.

"¿Qué dice?" preguntó Matteo mientras Gabriel rompía el sobre y leía la carta.

"Lamenta lo que pasó en Cuba. Hizo lo que pudo. ¡Santo cielo!" gritó Gabe.

"¿Qué?" exclamó Matteo.

"¡Lucien Walker es un traidor!" dijo Gabriel, volviéndose hacia Andrew. "Y Andrew tiene la prueba."

Andrew acarició la bolsa de hombro que sostenía posesivamente. "Sí, señor, la tengo."

"Vamos," dijo Matteo, caminando hacia el coche. "Patrick nos está esperando."

Patrick estaba efectivamente esperando mientras los cinco entraban en su oficina. La hora era tardía, pero Matteo le había prometido a Patrick que valdría la pena la espera.

"Ian Davidson dice que debo entregarte esto personalmente," anunció Andrew, entregando su bolsa de hombro a Patrick.

"¿Qué es eso?" preguntó Matteo mientras Patrick sacaba un bolso de la bolsa.

"Es un bolso diplomático. ¿Ves? Tiene el sello del gobierno canadiense," dijo Patrick, mostrando el sello a Matteo. "¿Sabes qué hay dentro?"

Todas las miradas se volvieron hacia Andrew. "Es la grabación en video de la reunión que Ian, Lucien y Gabriel tuvieron en la Alta Comisión," respondió.

"¿Podemos verlo?" preguntó Steven.

"No," respondió Patrick rápidamente. "No tiene valor a menos que se presente al tribunal sellado." Volviéndose hacia Gabriel, Patrick preguntó. "¿Hay algo en esta cinta que pueda incriminarte?"

Gabriel pensó cuidadosamente antes de responder. En su cabeza, recordó toda la conversación. Ian preguntó cuán lejos quería llegar, y él respondió sin dudar. Si iban a usar eso en su contra, que así sea.

Se volvió hacia Patrick. La determinación en su rostro era inconfundible. "¡No, nada!"

"Hay más," dijo Andrew, entregando un sobre que contenía fotos.

"¿Qué estoy viendo?" preguntó Patrick.

Andrew caminó alrededor del escritorio para ponerse al lado de Patrick.

"Ese es Lucien Walker," dijo Andrew, señalando la foto. "El hombre con el que se está reuniendo es Fidelito Castro."

"¿Quién?" preguntó Patrick.

"Lucien salió de la reunión con Gabriel e Ian, luego se reunió con este hombre," respondió Andrew.

"El hijo mayor de Fidel Castro y su heredero aparente," ofreció Matteo.

"¿Quién tomó estas fotos?" preguntó Patrick a Andrew.

"Yo lo hice," respondió Andrew. "La fecha y la hora están estampadas en las fotografías."

Todos miraron a Andrew con sorpresa.

"¿Oíste lo que estaban diciendo?" preguntó Patrick.

"No. Pero aquí hay una foto de Lucien enseñandole a Fidelito la muestra de Oricalco. Aquí hay una de ellos riendo, y aquí hay una de Fidelito dándole una palmadita a Lucien en la espalda. La inferencia es clara," dijo Andrew mientras hojeaba las fotografías, mostrándoselas a Patrick.

"¡Es hora de ir a Washington, chicos!" dijo Patrick mientras llamaba a su secretaria. "Por favor, reserva seis asientos para el primer vuelo a Washington por la mañana."

Patrick luego levantó el teléfono y marcó. "Conéctame con el Coronel Daniels de la Corte Militar Superior. Él está presidiendo el caso contra mi cliente, el Capitán Gabriel Nasaré, y está esperando mi llamada," Patrick esperó mientras se conectaba la llamada. "Coronel Daniels, soy Patrick Curtis, abogado de Gabriel Nasaré.

Gracias por acomodar la hora tardía, señor. Queremos convocar su juicio de inmediato."

Todos contuvieron la respiración mientras Patrick escuchaba la respuesta del hombre.

"Tenemos evidencia que exonerará a mi cliente. Es sensible al tiempo, así que estoy ejerciendo el derecho del Capitán Nasaré a un juicio rápido," dijo Patrick con autoridad. Se volvió hacia los hombres que esperaban. "Sí, señor, gracias. El Capitán Nasaré espera presentar su defensa."

Tomarían el primer vuelo a Washington por la mañana. Matteo llevó a Steven y Sean a casa para refrescarse y empacar una bolsa para el viaje. Andrew quería hablar en privado con Gabriel. Le preguntó si podía llevarlo a su apartamento para recoger el uniforme de gala de Gabriel y empacar una bolsa para pasar la noche.

"Una semana después de que te fuiste, Isabella visitó a Ian," comenzó Andrew tan pronto como salieron del estacionamiento del abogado. "Dijo que era para pedirle que administrara el fondo de la Autoridad del Fondo Marino, pero tuvo la oportunidad de hablar con ella."

"¿La viste?"

"Iba de camino a la oficina de Ian cuando la vi bajar por el pasillo; me escondí fuera de la vista," respondió.

"¿Cómo se veía?"

"Cansada, preocupada. No creo que me hubiera notado si me hubiera topado con ella," admitió Andrew.

Gabriel se apartó de Andrew y continuó conduciendo, pero no antes de que Andrew viera el destello de dolor en sus ojos.

"Le pregunté a Ian de qué hablaron," ofreció Andrew.

La única reacción de Gabriel fue apretar las manos en el volante.

"Se disculpó por lo que sucedió, y ella le agradeció por sacarte a salvo de Cuba. Al irse, le dijo que estaba bien..." Andrew hizo una pausa.

"¿Y?"

"Ian me informó que se veía triste, pero le dijo que aún tenía a

Cuba y sus sueños para su futuro." Andrew desvió la mirada antes de que pudiera ver los hombros de Gabriel caer.

El vuelo a Washington le dio a Gabriel tiempo para pensar. Su mente corría mientras reproducía la conversación con Andrew. Ella dijo que estaba bien, pero no esperaba menos. ¿Cuántas veces la había visto caer, y luego levantarse de nuevo y caminar sobre lo que la había derribado? Pero sus brazos anhelaban abrazarla. Extrañaba todo de ella; sobre todo, extrañaba verla dormir, acostada confiadamente a su lado, una confianza que nunca recuperaría. Al menos no quiere que esté muerto, pensó para sí mismo.

Cuando llegaron al hotel, tomó su llave de habitación, declinó educadamente la invitación a unirse a todos para el desayuno, y se fue a su habitación.

La mirada en los ojos de Isabella cuando se dio cuenta de la magnitud de su traición aún atormentaba sus sueños. Nunca se recuperarían de la crueldad de la revelación de Fidel, y él nunca podría regresar a Cuba para explicar cómo ella lo había cambiado para siempre.

Gabriel se quedó mirando por la ventana sobre la ciudad de Washington. Recordó su orgullo cuando le pidieron unirse a la CIA, una oportunidad para ejercer su deber patriótico hacia el país que amaba. La ciudad parecía brillante y nueva, llena de promesas. Ahora, su vitalidad le parecía apagada.

De pie en la ventana, miró la ciudad de la que una vez había amado ser parte y tomó una decisión. Isabella había seguido adelante, y él también lo haría. Gane, pierda o empate hoy; encontraría su camino sin ella.

Cuando todos se reunieron en el vestíbulo tres horas después, Gabriel estaba resplandeciente en su uniforme de gala. Se puso su gorra blanca y se volvió hacia ellos.

"Es hora de recuperar mi vida," anunció. Patrick sonrió ampliamente, pero Matteo, Steven y Sean estaban menos jubilosos. Aún podían ver el dolor en los ojos de Gabriel.

Lucien Walker ya estaba en la sala del tribunal, mirando a su alrededor con agitación. Gabriel se detuvo donde estaba sentado Lucien y lo miró fijamente, tratando de contener la rabia que este desató en él. Cuando Lucien desvió la mirada, Gabriel caminó hacia su asiento. Los demás entraron detrás de él. Gabriel apenas escuchó las palabras de Patrick mientras argumentaba que la bolsa que Ian envió debía ser admitida como evidencia.

"¿Cómo sabemos que la bolsa es de la Alta Comisión Canadiense en Cuba? No hay forma de autenticarla ni su contenido," argumentó el fiscal.

"Tiene el sello de la Alta Comisión," argumentó Patrick. "No ha sido manipulada, y aquí hay una declaración jurada firmada por las únicas dos personas que han manejado la bolsa—el Sr. Davidson, quien se la confió al Sargento Mayor Simpson para su transporte a este tribunal."

El Coronel Daniels tomó la bolsa de Patrick y la inspeccionó. El sello estaba intacto. Le pidió a Andrew que subiera al estrado de los testigos.

"Por favor, indique su nombre, rango y rama de servicio para el registro," pidió Patrick.

"Me llamo Andrew Simpson, y soy Sargento Mayor de Brigada de la Fuerza de Defensa de Jamaica," respondió Andrew mientras Patrick presentaba sus credenciales.

"¿Estuviste en la Alta Comisión Canadiense en Cuba el día que el Capitán Nasaré se reunió con Ian Davidson y Lucien Walker?" preguntó Patrick.

Patrick vio a Lucien moverse en su asiento por el rabillo del ojo. Lo miró, atrayendo la atención de todos hacia el hombre, que miraba hacia abajo, a sus manos.

"Sí, estuve allí," comenzó Andrew. "Acompañé al Capitán Henriquez, quiero decir, al Capitán Nasaré, dentro del edificio."

"¿Entonces a dónde fuiste?" preguntó Patrick.

"Salí del edificio y esperé afuera," respondió Andrew.

"¿Por qué?" preguntó Patrick.

"Tenía un presentimiento que quería seguir," respondió Andrew.

"¿Qué presentimiento?" preguntó Patrick, guiando a Andrew hábilmente por un camino predeterminado.

"Que Lucien Walker estaba jugando a ambos lados," dijo Andrew. El silencio en la sala del tribunal era tan completo que si se hubiera dejado caer un alfiler, todos lo habrían oído. Lucien se movió en su asiento nuevamente.

"¿Confirmó Lucien Walker tu sospecha?" preguntó Patrick.

"Sí, lo hizo," respondió Andrew con confianza.

"¿Cómo así?" Patrick devolvió la pelota al campo de Andrew.

"Lo vi salir de la Alta Comisión, luego caminar dos cuadras para reunirse con el caballero en las fotografías que te di," dijo Andrew mientras Patrick recogía las fotografías y se acercaba al Coronel Daniels, mostrándoselas. El Coronel Daniels asintió.

"Por favor, confirma que la marca de tiempo en las fotografías refleja con precisión la fecha y hora de la que estamos hablando," pidió Patrick a Andrew, entregándole las fotos.

"Sí, lo hacen," respondió Andrew.

"¿Por favor, dime qué está mirando la corte?" preguntó Patrick, retrocediendo para que Andrew pudiera sostener las fotografías.

"Ese es Lucien Walker," Andrew hizo una pausa para mirar a Lucien, y todas las miradas se volvieron hacia él nuevamente. No había duda de que era Lucien en las fotos.

"¿Con quién se está reuniendo?" preguntó Patrick.

"Fidelito Castro," afirmó Andrew.

"¿Quién?" preguntó Patrick.

"Fidel Castro Junior," respondió Andrew. "Es el hijo mayor de Fidel Castro y jefe de sus servicios de inteligencia."

"¿Sus servicios de inteligencia?" preguntó Patrick.

"Sí, el KGB de Cuba," respondió Andrew.

Lucien parecía que podría colapsar en cualquier momento.

"¿Podías oír lo qué estaban discutiendo?" preguntó Patrick.

"No," respondió Andrew, haciendo una pausa para revisar las fotos. "Pero vi a Lucien mostrarle a Fidelito algo que sostenía en su mano." Andrew levantó la imagen que mostraba claramente a Lucien entregando la muestra de Oricalco a Fidelito Castro.

"¿Sabías qué era eso?" preguntó Patrick.

"No," respondió Andrew, sacudiendo la cabeza.

"¿Por qué Lucien le mostraría algo así a Fidelito Castro?" preguntó Patrick.

"Solo puedo especular, señor," respondió Andrew e hizo una pausa.

Patrick miró al Coronel Daniels, quien asintió.

"Por favor, continúa," animó Patrick.

"Si el Capitán Nasaré tenía la tarea de encontrar la mina de Oricalco, entonces completó su misión y entregó la prueba a Lucien Walker," afirmó Andrew. "Quien luego presentó sus hallazgos al régimen Castro, un enemigo del gobierno para el que trabajaba. Entonces, ¿por qué se está acusando al Capitán Nasaré de traición?"

"Esa es una excelente pregunta, Sargento Mayor," dijo Patrick, volviéndose hacia el Coronel Daniels. "Creo que la respuesta está en el paquete de la Alta Comisión Canadiense."

Sin dudarlo, el Coronel Daniels le entregó el paquete a Patrick, quien esperó mientras una televisión con un VCR se acercaba a él. Patrick rasgó la bolsa y metió la cinta en la máquina. Gabriel, Ian y Lucien llenaron la pantalla mientras su conversación se reproducía para que todos la vieran.

"Está bien, estoy en el próximo avión fuera de esta maldita isla," dijo Lucien. "La próxima vez que me veas, será con un grupo de desembarco armado."

La cinta terminó con las palabras de Lucien y la expresión de shock en los rostros de Gabriel e Ian. Gabriel respiró aliviado.

Patrick se volvió hacia Andrew. "Entonces, Lucien Walker pronuncia esas palabras, luego sale y le entrega la muestra a Fidelito Castro?"

"Parece que sí," respondió Andrew.

Patrick se volvió hacia el Coronel Daniels. "Señor, propongo que se retiren todos los cargos contra mi cliente. El Capitán Nasaré cumplió con la misión que se le asignó. Tomó acciones posteriores para evitar que los Estados Unidos iniciaran una Guerra Mundial debido a información deliberadamente engañosa proporcionada por el régimen cubano a través de Lucien Walker.

El fiscal ya se estaba levantando. "La fiscalía no tiene objeciones."

"Estoy de acuerdo," respondió el Coronel Daniels. "El cargo queda anulado."

Lucien se levantó y se dio la vuelta para salir de la sala del tribunal, pero las palabras del Coronel Daniels lo hicieron girar.

"Sr. Walker," dijo el Coronel Daniels. "Le sugiero que se quede cerca; estoy seguro de que la policía militar querría hablar con usted."

Gabriel no podía creer lo que estaba sucediendo. Steven, Sean y Matteo se agolpaban a su alrededor mientras Andrew pasaba. Gabriel extendió la mano para estrechar la suya.

"Te lo debo," dijo Gabriel.

Andrew le sonrió. "Te llevaré en mi corazón, Gabe. Lo que necesites, hermano. Solo dímelo."

"¡Las bebidas corren por mi cuenta!" gritó Sean, sonriendo de oreja a oreja.

"Tengo que llamar a Gloria y contarle las buenas noticias," dijo Matteo con una sonrisa.

"¿Por qué no regresas al hotel, Gabriel?" ofreció Patrick. "Puedo terminar y unirme a ti allí."

Cuando Patrick regresó, la fiesta ya estaba en pleno apogeo. Gabriel estaba pensativo, pero nadie excepto Patrick y Andrew parecía notarlo.

Patrick aceptó la bebida de Sean e hizo un gesto para que Gabriel y Andrew lo siguieran afuera al patio.

"La CIA me ha pedido que indague sobre tus planes," dijo Patrick.

"¿Qué demonios significa eso?" preguntó Andrew.

"Quieren saber si me quedaré o dejaré la agencia," respondió Gabriel amargamente.

"Preferirían que te fueras," dijo Patrick, sentándose. "Hoy les diste un buen golpe."

"Tengo toda la intención de irme," respondió Gabriel.

"¡Bien!" dijo Patrick mientras ambos hombres lo miraban. "Entonces, la Inteligencia del Ejército quisiera ofrecerte un trabajo."

"¿Qué?" preguntó Gabriel, sorprendido.

"Lucien Walker ya está cantando una melodía familiar y está corroborando un informe que tu padre escribió basado en la información que Matteo dice que tú le diste," dijo Patrick.

Gabriel recordó su conversación con Matteo, pidiéndole que investigara a los activistas cubanos que podrían haber llegado en el Mariel Boatlift.

"El gobierno estadounidense entiende la importancia del Oricalco para el gobierno cubano, y respetan los planes de Isabella para elevar la región. Pero la animosidad de Castro hacia Estados Unidos destruirá todo lo que ella está construyendo," explicó Patrick, observando a Gabriel en busca de su reacción.

Gabriel se recostó en su silla, pero no dijo nada.

"El ejército quisiera saber qué estás dispuesto a hacer para ayudarla," dijo Patrick.

"¡Espera! ¿Qué quieres decir con 'hacer'?" preguntó Andrew,

Pero Gabriel entendió el significado de Patrick. Miró hacia la oscuridad antes de responder.

"Incluirá derribar puertas y golpear cabezas," explicó Gabriel. "Esta operación tiene que ser ruidosa y destructiva."

"¿Qué significa eso?" preguntó Andrew.

"Significa," respondió Patrick. "Estados Unidos tiene que demostrar que estamos haciendo todo lo posible para destruir los planes de disrupción de Cuba en suelo estadounidense mientras señalamos a Cuba, pero no hacemos nada al respecto en suelo cubano."

"¿Provocando al oso?" preguntó Andrew.

"No, solo recordándole al oso quién es el jefe," respondió Patrick.

"Como la cara de esta empresa, seré el enemigo público número uno en Cuba," dijo Gabriel en voz baja.

"Entonces, te pregunto. ¿Qué estás dispuesto a sacrificar para protegerla?"

"Todo," respondió Gabriel sin dudar.

"Entonces estás en el próximo avión a Miami," dijo Patrick, terminando su bebida.

"Escóndete," dijo Andrew, volviéndose hacia Gabriel. "¿Quién va a cuidar de ti?"

"¿Puedo elegir a mi equipo?" preguntó Gabriel. Cuando Patrick asintió, Gabriel se volvió hacia Andrew. "¿Quieres un trabajo?"

Gabriel regresó a Miami y comenzó a desmantelar las campañas de disrupción de Castro. Diseñadas para difundir desinformación sobre la democracia, socavando sus salvaguardias y enfrentando a hermano contra hermano con la raza como su carta de presentación. Gabriel atravesó todo eso como un cuchillo caliente a través de la mantequilla.

Siete años antes de su muerte, Fidel Castro llegó a arrepentirse de haber perdonado la vida de Gabriel. Siempre que intentaba atacar a la familia de Gabriel en Miami, Isabella utilizaba su creciente influencia para bloquearlo—no por lealtad a Gabriel, sino por el futuro de Cuba y el Caribe que estaba moldeando. Se negó a permitir que nada se interpusiera en su visión. Mientras Gabriel permaneciera en los Estados Unidos, era intocable.

CAPÍTULO 21

PROSPERIDAD EN CUBA

La reunión de Isabella con Ian la desestabilizó más de lo que hubiera podido admitir. Había pasado una semana desde que pronunció por última vez el nombre de Gabriel, y el dolor en su pecho era más agudo de lo que esperaba. Se lanzó a su trabajo, empujándose al borde del agotamiento, pero él aún atormentaba sus sueños. El encuentro de hoy con Ian fue un recordatorio impactante del dolor no resuelto que sentía.

Una semana de agotadoras reuniones con funcionarios cubanos dejó una cosa clara: el gobierno no podía manejar los fondos que ella había asegurado de la Autoridad Internacional del Fondo Marino. La única preocupación en sus mentes era cuándo podrían recibir el dinero. Ian Davidson era la única solución. Si el gobierno canadiense administraba los fondos, ofrecería un nivel de transparencia y seguridad que Cuba necesitaba desesperadamente. Fidel accedió de mala gana, pero solo después de que Isabella amenazara con cerrar todo y enviar a todo el personal a casa.

El primer contrato que presentó a Ian fue para Diving Technologies, y salió de la Alta Comisión con un cheque en mano.

Le debía a Ian por sacar a Gabriel de Cuba ileso, pero esa deuda tenía sus límites. La punzada de su traición aún estaba fresca, y no tenía espacio para distracciones emocionales. Había demasiado en juego.

Fidel había intentado una vez capitalizar los ricos depósitos de níquel de Cuba, pero el mineral estaba fuertemente mezclado con otros metales—cobalto, cobre, zinc y plomo—lo que hacía que la extracción fuera un proceso complejo y costoso.

Estudios posteriores revelaron que la producción en las fábricas de procesamiento de minerales construidas por el gobierno cubano estaba muy por debajo de la capacidad diseñada de las instalaciones. Andrik vio esto como un buen problema. Argumentó que era mejor reutilizar las fábricas existentes infrautilizadas en lugar de perder tiempo y recursos construyendo una planta de procesamiento completamente nueva para el Oricalco. Las conversiones de fábricas se alinearían con las operaciones mineras, que pronto comenzarían a llevar los primeros depósitos a la superficie. Andrik estimó que en un año estarían listos para enviar Oricalco refinado a plantas de fabricación en todo el Caribe.

Isabella confió a Ian la organización de la cumbre inaugural del Proyecto Atlantida. Ian insistió en que se llamara así en honor a la mítica ciudad perdida, representando la prosperidad que prometía traer a las naciones del Caribe. La cumbre extendería invitaciones a todas las islas caribeñas independientes ansiosas por unirse a la iniciativa de fabricación de Oricalco. A cada isla se le asignaría un papel específico si estaban dispuestas a cumplir con las reglas y regulaciones establecidas.

"¿Cómo vas a controlar la corrupción?" preguntó José a Isabella.

"Creando una Corte de Apelaciones del Caribe," respondió Isabella. "Se pedirá a cada gobierno participante que envíe un juez que será minuciosamente evaluado."

"¿Evaluado por quién?" preguntó José, intrigado.

"Esa es la belleza de esto," respondió Isabella. "La Corte estará basada en Jamaica, alojada en el mismo edificio que la Autoridad Internacional del Fondo Marino."

"Brian Mian," dijo José, entendiendo.

"Bajo los auspicios de las Naciones Unidas," dijo Isabella. "Esta Corte auditará cada isla, asegurando que el dinero vaya a donde se supone que debe ir."

"¡Eso es brillante! Las naciones se controlarán a sí mismas."

"Y espero que los ciudadanos que se beneficien de las ganancias exijan responsabilidad a sus líderes. Cualquier indicio de corrupción llevará al gobierno en cuestión ante la Corte," añadió Isabella. "Cuba también estará sujeta a este mandato."

"Autonomía con responsabilidad," dijo José.

"La soberanía con responsabilidad es como me lo explicaron", respondió Isabella con tristeza.

"¿La idea de Gabriel?" preguntó José.

Isabella asintió. "Íbamos a construir todo esto juntos."

"Sabes que él lo quería, Isabella," respondió José, abrazándola.

Isabella no se resistió. En lo profundo de su corazón, la herida aún estaba fresca, pero sabía que las palabras de su padre eran ciertas.

Era más fácil seguir trabajando, luchando por Cuba y el Caribe que su gente merecía.

El progreso que hicieron fue notable. José estaba ocupado convirtiendo las fábricas de procesamiento de minerales actuales. Comenzarían con dos plantas hasta que las cinco en la isla estuvieran en funcionamiento. Andrik trabajó con Steven y Sean para optimizar el proceso de extracción para que funcionara de manera eficiente.

Cuando la reunión de revisión semanal terminó, Andrik pidió a José e Isabella que hablaran en privado. Siguieron a José a su oficina, y Andrik cerró la puerta detrás de él.

"Steven y Sean necesitan regresar a Jamaica," afirmó Andrik.

"¿Qué? ¿Por qué?" preguntó José, alarmado.

"Gabriel está siendo juzgado por un consejo de guerra," respondió Andrik.

José miró a Isabella, quien permaneció impasible y en silencio.

"¿Por qué?" preguntó José.

"Ayudar a Isabella a hacer pública la mina," respondió Andrik. "El Gobierno de EE. UU. dice que él orquestó todo el asunto."

"¡Pero él no lo hizo! Ian y yo ideamos ese plan," dijo José, deteniéndose a mirar a Isabella.

"¿Él solo lo facilitó?" musitó Isabella, recordando cómo su padre la había manipulado para ir a Jamaica con Gabriel.

Andrik y José no dijeron nada. Isabella comenzó a caminar de un lado a otro.

"Fidel sabía todo sobre Gabriel—quién era y en qué consistía su misión. En lugar de matarlo, lo que me habría puesto en su contra, mi padrino ha decidido destruirlo en su lugar," razonó Isabella.

"Gabriel no merece ser juzgado por un consejo de guerra," respondió Andrik, sacudiendo la cabeza con incredulidad.

Isabella no dijo nada; solo siguió caminando de un lado a otro.

"Si Fidel tiene éxito en esto, establece un precedente peligroso para mí," frunció el ceño Isabella.

"¿Cómo así?" preguntó José.

"Si tiene éxito, le dará la confianza para hacer esto de nuevo."

José y Andrik se miraron.

"¿Qué necesitan Steven y Sean?" preguntó Isabella, volviéndose hacia Andrik.

"Paso seguro a La Habana," dijo Andrik, mirando hacia otro lado.

"Hecho," dijo Isabella, pero al ver su nerviosismo, Isabella levantó una ceja hacia él, sintiendo que había más en ello.

"Necesitan volar desde La Habana porque tienen que reunirse con Ian Davidson antes de irse a Jamaica," admitió Andrik a regañadientes.

"¿Por qué?" preguntó Isabella.

"Él tiene algo que darles."

"¿Algo que ayudará a Gabriel?" especuló Isabella.

"Sí," respondió Andrik.

"¿Y tienen miedo de que los detengan si se acercan a la Alta Comisión Canadiense?" preguntó Isabella.

"Anticipan ser seguidos en el momento en que bajen de la Reina Jamaiquina," afirmó Andrik.

"Tiene sentido," ponderó Isabella, continuando con su marcha. "¿Ese personal de televisión de Cubavisión sigue en Baracoa?

"Sí," dijo José. "Se supone que me van a entrevistar mañana."

"Está bien," dijo Isabella, volviéndose hacia su padre. "Llámales y diles que habrá una transmisión desde el complejo para las noticias de mañana por la noche."

"¿Le avisarán a Fidel?" preguntó José.

"¿Por qué?" preguntó Isabella. "Él piensa que te están entrevistando, ¿verdad?

"Sí," dijo José. "Para una futura transmisión."

"Bueno, el futuro es mañana," anunció Isabella.

"Está bien."

"Así es como hacemos que Sean y Steven se reúnan con Ian Davidson," dijo, volviéndose hacia Andrik y luego de nuevo hacia su padre. "Sugiero que aterricen en la playa cerca de Playa Boca de Miel. Papá, por favor asegúrate de que Ian Davidson también esté en Baracoa."

"¿Qué?" dijo Andrik, alarmado, haciendo que su voz se elevara.

"¿Qué estás planeando, Isabella?" preguntó José.

"No estarán en la misma habitación," explicó Isabella. "Daré un discurso sincero de agradecimiento por el papel de Steven y Sean en ayudar a asegurar el futuro de Cuba. El pueblo cubano los verá aterrizar en la playa y partir en un coche estacionado en la plaza."

"¿Vas a reunirte con ellos?" preguntó Andrik sorprendido.

"No, no estaré allí," dijo Isabella. "Me reuniré con Ian Davidson."

"No entiendo," respondió Andrik, desconcertado. "El coche será seguido."

Pero José entendió lo que Isabella estaba planeando. "¡Cebo y cambio!"

"Las cámaras tendrán pruebas de Steven y Sean saliendo de la Bahía de Baracoa, con destino a La Habana," dijo Isabella.

"¿Pero no estarán en ese coche?" preguntó Andrik.

"Oh no, estarán en ese coche, pero no irán a La Habana," dijo Isabella. "Mañana es día de mercado. Habrá una gran multitud en la plaza. Para cuando su equipo de vigilancia salga de la plaza llena de gente, Sean y Steven estarán en un vuelo fuera del aeropuerto de Baracoa."

"Necesitas autorización militar para aterrizar en ese aeropuerto," dijo Andrik.

"Ya no; como el aeropuerto más cercano a la mina, tengo plena jurisdicción sobre él. Permitiré que el avión aterrice durante quince minutos. Para cuando despegue y salga del espacio aéreo cubano, Fidel no podrá detenerlo. Andrik, necesitas averiguar cómo facilitar una reunión secreta entre Ian, Steven y Sean," instruyó Isabella.

"¿Por qué Andrik?" preguntó José.

"Porque Ian y yo estaremos juntos para una entrevista conjunta con Cubavisión aquí mismo en esta oficina cuando ese avión despegue. Nadie será testigo de una reunión entre los tres hombres. Esa es la única manera de que esto funcione," dijo Isabella.

"Son muchas piezas en movimiento," murmuró José.

"Sí," comentó Andrik mientras el plan se le hacía claro. "Pero se puede hacer."

"No quiero saber," dijo Isabella. "Estoy de acuerdo en que Gabriel no merece perder su vida por ayudar a Cuba, pero esto es todo lo que estoy dispuesta a hacer. No quiero ver a Steven ni a Sean, ni quiero saber los detalles de ninguna reunión." Isabella se dio la vuelta y salió de la habitación.

"¿Cómo vas a organizar la reunión?" preguntó José a Andrik.

"Esa es la parte fácil," dijo Andrik. Ante la mirada interrogativa de José, Andrik continuó. "Steven y Sean han estado escapándose del barco y quedándose en mi casa un par de noches cada semana."

"¿Cómo han logrado eso?" preguntó José.

"Mi casa está a dos millas de la pequeña playa que Gabriel e

Isabella encontraron cerca de la mina," explicó Andrik. "Usan un bote inflable con un motor pequeño. Nadie me está vigilando a mí ni a mi casa; puedo recoger a Ian para que se reúna con Sean y Steven. Luego traeré a Ian de vuelta aquí mientras Steven y Sean regresan a la reina Jamaiquina."

"Así que eso significa que Ian tiene que llegar aquí esta noche," afirmó José. "Como dije, hay muchas piezas en movimiento."

José y Andrik fueron a la oficina de José. Mientras este llamaba a Ian para informarle del plan, Andrik se comunicó por radio con Sean para informarle de la reunión y hacer que su avión aterrizara en el aeropuerto de Baracoa en vez de La Habana. Establecieron la hora de la reunión con Ian justo antes del amanecer.

A las 4:00 pm en punto del día siguiente, Isabella se dirigió al pueblo cubano con Ian Davidson de pie detrás de ella.

"Pueblo de Cuba, mi nombre es Isabella Vasquez," comenzó Isabella. "Nuestro estimado líder, El presidente Fidel Castro, imaginó una Cuba mejor para todos nosotros. Al trabajar incansablemente para hacer una vida mejor para todos, ¡ha hecho lo imposible! Hemos encontrado un mineral profundo en las aguas de la Bahía de Baracoa que le dará a Cuba la independencia económica que hemos anhelado!"

Isabella tomó un respiro, dejando que la tensión aumentara. "Tomará tiempo, y nuestro líder, que ha soñado con este día durante tanto tiempo, tendrá más detalles para ustedes, pero hoy, vengo ante ustedes para agradecer a dos de los hombres que hicieron esto posible. Steven Henriquez y Sean Francis de Jamaica fueron fundamentales para ayudar al pueblo cubano a cumplir su destino."

La cámara cortó a Steven y Sean de pie junto al monumento de piedra de Cristóbal Colón en Playa Boca de Miel. La multitud rugió cuando se vieron a sí mismos en la gran pantalla erigida en la plaza. Steven y Sean lucían estoicos mientras caminaban hacia el coche que esperaba al borde de la multitud. Andrew Simpson estaba sentado en el asiento del conductor, con su gorra bajada sobre la frente.

La voz de Isabella llenó la plaza. "Hoy, enviamos a estos valientes héroes del nuevo Caribe de regreso a Jamaica para continuar su trabajo por el bienestar de todos nosotros."

La cámara se movió hacia el coche, que se alejaba con Steven y Sean. La multitud de personas celebrando se reunió alrededor del coche de vigilancia, deteniéndolo y evitando que siguiera el vehículo de Steven y Sean. Cuando el avión salió del aeropuerto de Baracoa, el coche de vigilancia aún estaba atrapado por la gran multitud, incapaz de moverse mientras la gente bailaba en las calles.

Isabella se apartó de la cámara cuando Andrik le hizo un gesto de aprobación, indicando que el avión había despegado. Se disculpó y se dirigió hacia la oficina de su padre. Justo cuando las lágrimas escapaban, cerró la puerta detrás de ella. Se puso el puño en la boca para evitar que sus sollozos llenaran la habitación.

"Hay que darle el mérito a Isabella," dijo Ian, volviéndose hacia José. "Eso fue un golpe de genio."

Andrik lo miró con curiosidad mientras José miraba la puerta cerrada de su oficina, con una expresión preocupada en su rostro.

"Ella se ha presentado como la cara de este proyecto mientras le da todo el crédito a Fidel Castro," dijo Ian con admiración. "Al proteger a esos dos hombres del daño, se ha posicionado como el futuro de Cuba, y Castro no tiene poder para detenerla sin socavar su legado."

"¿La idea de Gabriel?" preguntó José.

Ian asintió.

"¿Y ahora qué?" preguntó Andrik.

"Llevamos el mensaje directamente al corazón de Fidel," respondió Ian.

José fue a ver a su hija. Cerró la puerta suavemente detrás de él, notando la entrada al baño entreabierta. Isabella se estaba lavando la cara. Esperó a que ella saliera.

"Eso fue increíblemente valiente," dijo José, el respeto por la acción desinteresada de su hija casi abrumándolo.

"O increíblemente estúpido," contraatacó Isabella. "El tiempo lo dirá."

"No hagas eso," dijo José con mal humor. "No dudes de ti misma."

"¿Cómo no puedo?" sollozó Isabella. "El hombre que amaba no era...."

"¿No era quien pensabas que era?" exigió José, acercándose a ella. "Creo que él era exactamente el hombre del que te enamoraste, Isabella."

Isabella lo miró escépticamente.

"Creo que Gabriel Henriquez vino aquí con una misión," comenzó José. "Pero Gabriel Nasaré era el hombre del que te enamoraste, y él es el hombre que dejó Cuba."

"No creo que alguna vez pueda perdonarlo."

"No te estoy pidiendo que lo perdones. Te estoy pidiendo que te perdones a ti misma."

"Necesito dejarlo ir," respondió Isabella, con lágrimas acumulándose en sus ojos.

"Lo sé, mija. Habiendo tenido que hacer eso yo mismo, no es fácil." José abrazó a su hija, dejándola ir solo para responder al golpe en la puerta.

"Están listos para nosotros, Isabella," dijo Ian, con los ojos llenos de preocupación mientras la miraba.

"Estoy lista."

Ian entró en la habitación y cerró la puerta detrás de él. "Recuerda, tal como discutimos. Sigue el guión."

"Ian," dijo Isabella con exasperación. "¡Lo sé! Escribí el guión, ¿recuerdas?"

Mientras Ian e Isabella se sentaban para la entrevista, José y Andrik observaban desde lejos.

"¿Está bien?" preguntó Andrik.

"Es fuerte," respondió José. "Tomará tiempo, pero se recuperará. Espero que la mujer que emerja del fuego aún sepa cómo amar."

Andrik asintió con la cabeza en señal de acuerdo. Su atención se volvió hacia la entrevista.

"Este es sin duda un momento emocionante para Cuba,"

comenzó el entrevistador. "¿Puedes contarnos qué está sucediendo en la Bahía de Baracoa?"

"Hace muchos años," comenzó Isabella. "Mi padre encontró una lámina de metal que creía que rodeaba la ciudad perdida de Atlantida. Le tomó muchos años confirmar de qué estaba hecha la lámina, y solo con la ayuda de Fidel Castro finalmente tuvo éxito."

"Sí, hemos hablado con tu padre," respondió el entrevistador, hablando a la cámara. "Él ha explicado amablemente cómo encontró el mineral llamado Oricalco."

"Lo que encontró fue el mineral procesado," corrigió Isabella. "Lo que mi padre y Fidel Castro han estado buscando es la fuente del mineral, la mina."

"¿Y lo has encontrado?" preguntó el entrevistador. "¿En la Bahía de Baracoa?"

"Con fondos asegurados para Cuba por el gobierno canadiense," Isabella hizo una pausa para mirar a Ian sentado a su lado. "Y conjuntamente con una empresa privada de buceo jamaicana, hemos encontrado la mina y la hemos asegurado para el pueblo cubano."

El entrevistador sonrió ampliamente y se volvió hacia la cámara, dando algo de información de fondo proporcionada por Isabella.

"¿Qué pasa ahora?" preguntó el entrevistador.

Isabella se volvió hacia Ian.

"Con los fondos proporcionados," comenzó Ian, eligiendo cuidadosamente sus palabras. "El proceso de llevar el mineral a la superficie, convertirlo en un mineral refinado y luego enviarlo a plantas de fabricación en todo el Caribe para producir piezas de maquinaria vendibles está en marcha."

"¿Con qué fin?" preguntó el entrevistador.

"Vemos el resultado de la dedicación de Fidel Castro para construir una mejor Cuba, un mejor Caribe," interrumpió Isabella. "Al usar este mineral para fabricar piezas de uso diario, el Caribe finalmente tendrá el dinero para asegurar nuestra prosperidad y terminar con nuestra dependencia de naciones más desarrolladas. ¿Quién sabe? Tal vez futuras innovaciones provengan del pueblo del Caribe.

Ahora podemos usar nuestras mentes para avanzar nuestras economías en lugar de usar nuestras espaldas para aumentar la riqueza de otros."

"Con la dedicación del gobierno canadiense a erradicar la pobreza," dijo Ian, sentimos que este es el proyecto adecuado para asociarnos con Cuba."

"Creo que ahí es donde deberíamos terminar la entrevista," dijo el entrevistador, mirando su reloj. "Queremos regresar a La Habana. El Comandante Castro usará este material como el preámbulo de su tan anticipado discurso, anunciando el proyecto."

"¿Cómo se llama la iniciativa?" preguntó el productor.

"Se llama el Proyecto Atlantida."

"¿Por qué?" preguntó el entrevistador. "¿Han encontrado la ciudad de Atlantida?"

"Lamentablemente, no," respondió Isabella, mirando a la mujer emocionada a los ojos. "Ya no estamos seguros de que lo que encontró mi padre perteneciera a esa civilización perdida, pero la creencia de mi padre en la leyenda llevó al descubrimiento más profundo de nuestro tiempo. Y por eso, honramos el pasado nombrando el proyecto en honor al mito que llevó a nuestra fortuna."

No había terminado de decir las palabras cuando sonó el teléfono de la oficina de José. Andrik esperó con el equipo de televisión mientras empacaban. Ian e Isabella siguieron a José a su oficina. Sabían quién estaba llamando.

"Por supuesto, sí," dijo José mientras colgaba el teléfono. "Tu padrino requiere tu presencia en La Habana."

"Estoy segura de que sí," se rió Isabella. "Esta es una reunión que espero con ansias."

"Isabella, por favor ten cuidado," advirtió José.

"¿Por qué, papá? Tengo la ventaja."

"¿Cómo así?" preguntó Ian.

Isabella se volvió a mirarlo, y él dio un paso atrás. "No tengo nada que perder ahora."

Viajó a La Habana con Ian. Incluso a esta hora tardía, el Palacio Presidencial estaba en llamas. Isabella fue conducida a la oficina de Fidel por un Fidelito Castro que lucía muy seguro de sí mismo.

"Nunca he visto a mi padre tan enojado," dijo Fidelito, casi susurrando. "Creo que has cruzado una línea de la que nunca volverás."

"Nunca digas nunca, Fidelito," respondió Isabella con confianza.

Fidelito Castro despreciaba el apodo, una etiqueta que su padre reservaba sólo para momentos de desdén. El hecho de que Isabella lo usara libremente, sin miedo a represalias, hacía que su odio hacia ella ardiera aún más profundo. Su padre la favorecía, elevándola por encima de su hijo en cada oportunidad. Siempre había sido su amenaza, y ahora estaba decidido a disfrutar de su caída. Una sonrisa siniestra curvó sus labios mientras abría la puerta de la oficina de su padre y entraba, siguiéndola dentro. Fidel Castro estaba sentado detrás de su escritorio, con una mirada aguda.

"¡Déjanos!" ordenó Fidel al ver a su hijo de pie junto a Isabella.

"¿Papá?" preguntó Fidelito.

"Dije, ¡déjanos! Hablaré con Isabella a solas."

Decepcionado, Fidelito se dio la vuelta y salió de la habitación, cerrando la puerta detrás de él.

"Te subestimé," dijo Fidel, ofreciéndole un asiento.

"¿De verdad?"

"No juegues conmigo, niñita," advirtió Fidel.

"Solo estoy haciendo lo que tú habrías hecho," afirmó Isabella mientras metía la mano en su bolso. "Si voy a seguir tus pasos, entonces necesito ser una líder tan fuerte como tú, o tendré que enfrentarme a detractores como tu hijo."

"¿Crees que mis deseos serán ignorados cuando muera?" se burló Fidel.

"Creo que cuando mueras, solo quedará la leyenda," dijo Isabella sinceramente. "Si ahora me perciben como débil, no podré mantener el poder, y toda esperanza que tengas para Cuba morirá contigo."

Fidel hizo una mueca. Tenía razón, pero le resultaba difícil enfrentar su mortalidad.

"¿Qué tienes allí?" preguntó, cambiando de tema y concediendo inadvertidamente la derrota.

"Una Declaración de Derechos Cubanos," respondió Isabella, entregándole un grueso portafolios de cuero.

"Resúmelo para mí," ordenó Fidel, con la voz cansada.

"Bueno, establece que hay ciertos derechos básicos a los que cada cubano debería tener acceso," comenzó Isabella. "Deberían tener un gobierno que garantice su seguridad y protección mientras proporciona oportunidades educativas y laborales."

"Ya lo hacemos," dijo Fidel. "Los cubanos son una de las poblaciones más educadas y saludables del mundo."

"Cierto," concedió Isabella. "Pero no fomenta un sentido de pertenencia, orgullo en su herencia, o la realización del deseo de alcanzar su máximo potencial."

"¿Y tu Declaración de Derechos hace eso?" preguntó Fidel, intrigado.

"La gente no quiere que se les dé todo. Ese enfoque sofocará la innovación," dijo Isabella firmemente. "Quieren la oportunidad de ganar un hermoso hogar, un coche nuevo, viajar—esos lujos que hacen que la vida tenga sentido. Mi visión es que Cuba sea un lugar donde cada individuo trabaje no solo para sí mismo, sino para el avance del país. Quiero una Cuba donde incluso un basurero sea reconocido por proporcionar un servicio tan valioso como el de un maestro o un médico."

"¿Quieres proporcionar a los cubanos los medios para innovar y crear?" preguntó Fidel. "¿Cómo?"

Isabella asintió. "Continuaremos ofreciendo educación gratuita, pero con una nueva visión—una donde las escuelas técnicas tengan el mismo respeto que las universidades académicas. Tengo la intención de usar las ganancias de Oricalco para dar a cada cubano las herramientas que necesitan para construir la vida que desean y alcanzar su máximo potencial."

"¿Qué pasará con los cubanos que volverán a la isla para reclamar su parte?" cuestionó Fidel.

"Todas las empresas que reciban subsidios del gobierno cubano deben permanecer en Cuba, y un nacional cubano, que viva y resida en la isla, debe poseer el cincuenta y cinco por ciento de la empresa," respondió Isabella. "Y el cincuenta y cinco por ciento de las ganancias de las empresas deben quedarse en Cuba para el beneficio del pueblo cubano."

"Y tú dices que no eres comunista," le dijo Fidel con desdén.

"No soy comunista, ni socialista, ni capitalista," afirmó Isabella. "Soy humanista. Creo que un gobierno debe trabajar para toda su gente y más duro para los más desatendidos. El Oricalco no es para el enriquecimiento de algunos. Nos fue dado para el beneficio de todos."

"¿Y crees que la naturaleza humana permitirá eso?" preguntó Fidel con escepticismo.

"Tiene que ser así. Si no, ¿cuál es el sentido? Seremos otra Atlántida esperando ser destruida por nuestra inhumanidad hacia los demás."

"Una vez creí eso", dijo Fidel, con lágrimas en los ojos. "Lo que describes es lo que yo quería para Cuba."

"Lo sé," dijo Isabella, acercándose a abrazar a su padrino. "Tenemos la oportunidad de mostrar al mundo cómo vivir juntos—no solo en paz, sino en prosperidad."

"No me interpondré en tu camino," se inclinó Fidel y le besó la cabeza.

"Eso es todo lo que pido," respondió Isabella.

"Espero que tengas un plan para las otras islas," aconsejó Fidel. "La corrupción y la degradación son la base sobre la que se construye el Caribe."

"Lo tengo," dijo Isabella. Fidel e Isabella pasaron el resto de la noche discutiendo sus planes para el futuro de Cuba y el Caribe. Nació un nuevo pacto mientras las viejas ideas se transformaban en nuevas, progresistas.

Nueve meses después, la Autoridad Internacional de los Fondos Marinos organizó la primera cumbre del Proyecto Atlantida en Jamaica. Cada isla independiente, excepto Haití, envió una delegación.

"Haití no va a poder conformarse a los términos del mandato," gruñó Ian. "¿Isabella?" interrumpió Valentina Dulka. Todos los ojos se volvieron hacia ella.

Valentina Dulka aterrizó en Cuba sin previo aviso, su llegada fue una sorpresa para todos, incluidos sus padres. Después de dos años en una universidad en Leningrado, se había desilusionado con las dictaduras y las oligarquías. Deseosa de regresar a casa, se encontró en el corazón de una ola de progreso e innovación que barría Cuba.

"Kenia se ha convertido en el vertedero de gran parte de los desechos plásticos del mundo," ofreció Valentina. "Leí sobre un joven ingeniero en Nairobi que creó una forma de convertir plástico reciclado en bloques de construcción para casas."

"¿Bloques de construcción? ¿De plástico?" preguntó Andrik, intrigado.

"Sí, los bloques no se rompen, y el agua no penetra en ellos."

"¿En qué estás pensando?" preguntó Isabella.

"Si ella está dispuesta a compartir la tecnología," Valentina se encogió de hombros. "Entonces tal vez esa sea la industria que se le dé a Haití. Dios sabe que lo podrían usar."

"Sufren más que otras islas por huracanes y terremotos," añadió José.

"Valentina, contáctala, pregúntale qué quiere por la tecnología, luego dásela."

"¿Yo?" preguntó Valentina, sorprendida.

"¡Tu idea! ¡Tu proyecto! Y sigue así. Espero grandes cosas de ti. Haz la llamada. Ve. Ve. Ve," animó Isabella, llevándola fuera de la habitación.

"¿Estás lista, Isabella?" preguntó José mientras se giraba para abrir la puerta. "Te están esperando afuera."

El rostro de Isabella se endureció. Lo último que quería hacer antes de dar el discurso de su vida era reunirse con Steven Henriquez y Sean Francis, pero las acciones de Gabriel en los Estados Unidos hicieron de esta reunión una prioridad. Era la única forma de enviarle un mensaje.

"Tráelos," dijo Isabella, con un tono inflexible.

Ian Davidson entró con los dos hombres y se sentó en una de las sillas detrás de ellos mientras esperaban a que ella los reconociera.

Finalmente, se volvió para dirigirse a los hombres. "Lo que Gabriel está haciendo en Florida me está perjudicando políticamente en Cuba."

"Él no lo ve así," respondió Steven, pero su tono era inflexible.

"¿Cómo lo ve?" preguntó Isabella, comenzando a perder la paciencia. "Porque desde donde estoy, está socavando mi autoridad."

Steven dio un paso amenazante hacia ella. "¿De verdad crees que Estados Unidos no tiene a Cuba en su punto de mira? ¡Lo que tu lider está haciendo es un acto de guerra contra Estados Unidos!"

Sean dio un paso adelante, agarrando el brazo de Steven y alejándolo de Isabella, quien mantuvo su posición sin miedo.

"La animosidad de Fidel hacia Estados Unidos impulsa lo que Gabriel está haciendo," explicó Sean. "Su único deseo es proteger a Cuba."

"No necesito nada de él," interrumpió Isabella.

"Él lo sabe, Isa,"

La mirada que le lanzó lo hizo dudar antes de continuar. "Isabella, lo que él está haciendo es para el beneficio del pueblo cubano, en Cuba y en los Estados Unidos."

"A quien deberías gritar es a tu Comandante," añadió Steven sarcásticamente.

Isabella se negó a mirarlo; no estaba equivocado. Había intentado repetidamente hacer que Fidel dejara de interferir en la política de Estados Unidos, pero un pequeño grupo de secuaces a su alrededor seguía alentándolo. Usó su creciente influencia para asegurarse de que Gabriel y su familia no sufrieran daño porque se dio cuenta de que si lo hacían, Cuba estaría en guerra con los Estados Unidos de América.

"Dile que no necesito su ayuda ni su protección," dijo Isabella, dándose la vuelta hacia los hombres.

Steven abrió la boca para decir algo, pero Sean lo interrumpió. "Transmitiremos tu mensaje."

Era claro que la reunión había terminado.

Ian y José se miraron antes de que Ian se levantara de la silla. De pie detrás de Isabella, anunció. "Es hora."

Isabella se dio la vuelta, agarró la carpeta con su discurso y caminó hacia el escenario. Se enfrentó a una delegación de dos mil personas, todas expectantes.

Sin que ella lo supiera, Gabriel Nasaré estaba en la parte de atrás de la sala, escondido detrás de una columna.

"Hoy trae un nuevo amanecer a las islas del Caribe," comenzó Isabella. "Durante cientos de años, hemos sido devaluados por las naciones desarrolladas del mundo, nuestros recursos saqueados, nuestro pueblo explotado, valorado solo por nuestro sol, mar y arena. Nuestra cultura de inclusión fue desestimada por aquellos que se negaron a entender que nacimos de las dificultades que compartimos, soportamos y luchamos por superar. Estamos donde el viejo y el nuevo mundo chocaron con tal fuerza; el magma que surgió de las profundidades del Mar Caribe es lo que ahora usaremos para forjar nuestro camino hacia adelante. Siempre hemos sabido que el camino a seguir era juntos, en un solo amor. Ahora, el mar que une las perlas del Caribe en un solo hilo nos ha ofrecido una salida de la selva y a través de las puertas de Sion."

La sala estalló en aplausos.

"Pero no se equivoquen, amigos," continuó Isabella. "Si sus gobiernos aceptan lo que estamos ofreciendo: ¡hay términos! ¡hay condiciones! ¡hay consecuencias si no cumplen con su deber hacia el pueblo de las islas del Caribe que sirven! Destruiremos el legado de corrupción y codicia que pisa su camino a través de nuestras sociedades. ¡Haremos que todos los piratas sean responsables en el Nuevo Caribe! ¡No hay soberanía sin responsabilidad!"

Dos mil personas estaban de pie, gritando en acuerdo, golpeando sillas y aplaudiendo con alegría.

"No hay forma de detenerla ahora," comentó Gabriel a Steven y Sean, quienes se unieron a él. Con una última mirada a Isabella, Gabriel se dio la vuelta y se fue sin ser notado.

Isabella se fue de la conferencia, con cada isla aceptando cada término y condición que el Proyecto Atlántida estableció para ellas. Años después, ninguna isla rompió el compromiso mientras Isabella las guiaba fuera del desorden y la decadencia.

Cuando Fidel Castro falleció una década después de su discurso, Isabella ascendió al poder, convirtiéndose en la líder indiscutible del pueblo cubano.

"Felicidades," dijo Fidelito Castro, con las palabras amargas en su lengua.

"Aprecio eso, Señor Ministro," respondió Isabella con gracia.

"No entiendo por qué lo mantuviste en el gobierno," susurró Valentina mientras se alejaban. "Solo va a socavarte en cada oportunidad."

"Quizás," respondió Isabella. "Pero me gusta mantener a mis enemigos cerca. De esa manera, puedo vigilarlo."

"Tarde o temprano, tendrás que sacrificar a ese perro rabioso."

Isabella miró a Valentina con sorpresa. "¡No puedo creer que acabas de decir eso! Esos días en Cuba ya quedaron atrás."

"¿Pero ya se han ido por completo?"

Isabella dividió su tiempo entre La Habana y Baracoa, donde se sentía más en paz. Regresó a la casa de sus abuelos en la base después de asegurar una oficina al lado de su padre en el complejo que ahora dirigía la operación de Oricalco en todo el Caribe. Fue allí donde José la encontró.

"He recibido una carta de los Estados Unidos," dijo José suavemente desde la puerta. "Tu abuela ha fallecido."

"¿Qué?" preguntó Isabella. "¿Mi abuela?"

"La madre de tu madre," dijo José, sentándose en la silla frente a ella. "Hay algo que tengo que decirte."

Esa noche, Isabella estaba sola en la veranda de la casa de su padre, mirando hacia el valle abajo. En su mano, sostenía la muestra de roca de Oricalco que había sido un recordatorio constante de todo por lo que había luchado. La pieza que Gabriel le había dado hace tantos años. Las palabras de su padre resonaban en sus oídos.

"Tu abuela ha pedido ser enterrada en Cuba junto con los restos de tu abuelo. Gabriel los está trayendo a casa."

CAPÍTULO 22

REGRESANDO A CASA

Gabriel sintió su presencia antes de verla. Cuando giró en su dirección, ella estaba de pie sola en la cresta que daba al cementerio. Cuando sus miradas se encontraron, ella se dio la vuelta, saltó en el cuatrimoto y se alejó de su vista. Pero él sabía a dónde iba.

Regresó a la casa de José para la comida de exequias con sus padres y las pocas personas que recordaban a sus abuelos. Tan educadamente como pudo, se excusó. Andrik estaba apoyado en la puerta cuando Gabriel se acercó a él para irse. Andrik hacía girar un llavero con su dedo, llamando la atención de Gabriel.

"Ella es la única a la que se le permite ir allí ahora," dijo Andrik con despreocupación.

"¿Perdón?" preguntó Gabriel, sin entender.

"Fidel le dio la Cascada Saltadero como regalo por encontrar la mina. Hay un letrero colocado en el recinto que la rodea, advirtiendo que todos los intrusos serán procesados," explicó Andrik.

"¿Ella hizo eso?" preguntó Gabriel, sorprendido.

"Lo hizo," respondió Andrik mientras le entregaba a Gabriel las llaves de su jeep.

Gabriel no dudó. Mientras conducía, se preguntaba sobre la mujer en la que se había convertido. Notó la cerca y desaceleró el jeep mientras contemplaba la longitud y el ancho de lo que ella había construido para mantener a todos fuera. Luego vio la puerta abierta y aceleró el motor, estacionando el jeep junto al vehículo de cuatro ruedas.

El calor ondulaba en el aire mientras el sol caribeño no mostraba piedad, pero su intensidad no era nada comparada con su anticipación mientras la esperanza lo invadía. Miró hacia abajo a la cala, bañada en la luz de la tarde, convirtiendo la arena en oro. Ella estaba de pie al borde del agua, silueteada por la luz dorada. Sin dudarlo, se zambulló en el agua fría y nadó hacia ella.

Isabella lo observó acercarse. Notó que no había cambiado mucho en diez años. Su cuerpo se había robustecido, más musculoso de lo que recordaba. Su cabello se había encanecido en las sienes, y aparecieron líneas finas alrededor de sus ojos. ¡Pero esos ojos, seguían siendo tan hermosos como los recordaba! Inhaló para estabilizarse. Endureció su mirada, sin apartar los ojos de los suyos.

Gabriel no podía apartar la vista de Isabella mientras se acercaba. Ella seguía siendo impresionante—su cuerpo más tonificado de lo que recordaba, pero fue el cambio en sus ojos lo que más le impactó. Ya no eran los ojos confiados que había conocido alguna vez. Darse cuenta de que él era la razón de ese cambio le retorció el corazón.

"Gracias por permitirme regresar a Cuba para enterrar a mi abuela."

"Cuba es un país libre. Detenerte habría ido en contra de todo lo que he pasado los últimos diez años construyendo," respondió ella, dándole la espalda. "Y técnicamente, ella era mi abuela."

Gabriel la siguió pero mantuvo su distancia cuando vio que sus brazos estaban envueltos defensivamente alrededor de su torso. "Ella te amaba mucho."

"Ella no me conocía."

"Sí lo hizo," respondió él rápidamente. "Le hablé de ti, y ella siguió lo que estabas haciendo en Cuba. Estaba muy orgullosa de ti, Isa."

Dejó de hablar cuando vio que ella se estremecía ante el apodo. Miró hacia otro lado, sin saber qué decir.

"Veo que sobreviviste a tu consejo de guerra," dijo ella, sorprendiéndolo.

"¿Sabías de eso?"

Ella se encogió de hombros. "Solo después de que sucedió." Dejó de hablar mientras se rodeaban el uno al otro.

"Bueno, tuve ayuda," replicó él como si eso explicara todo lo que había pasado.

"¿Dejaste la CIA?" preguntó Isabella, sabiendo la respuesta.

"Lo hice," confirmó Gabriel. "Estaba desilusionado con la política estadounidense."

"Entonces, ¿te mudaste a Miami y comenzaste una guerra con radicales cubano-americanos en su lugar?" preguntó ella, con sarcasmo goteando de cada palabra.

Los ojos de Gabriel se entrecerraron. Ella lo estaba observando.

"No tuve nada que ver con tu consejo de guerra, por si te lo preguntas."

"Lo sé," respondió él con tranquilidad. "Lograste todo lo que te propusiste hacer por Cuba y el Caribe. Estoy muy orgulloso de ti."

"Me mentiste," respondió ella acusadoramente.

Gabriel asintió, la angustia en su rostro era clara para ella. "¡Quería decirte la verdad tantas veces!"

"Pero no lo hiciste," interrumpió ella.

Él solo pudo sacudir la cabeza. "No, no lo hice."

"¿Por qué no?"

"Porque cuando me di cuenta de que te amaba, ya era demasiado tarde," respondió honestamente.

"¿Demasiado tarde para qué?" Isabella se negó a hacerle esto fácil.

"Demasiado tarde para arriesgarme a perderte." Él la miró a los ojos.

"Pero sí me perdiste," respondió ella, con la voz temblorosa.

"Sí, lo hice," admitió. "Me di cuenta de mi error demasiado tarde."

"¿Qué error?" exigió ella.

"Que mis palabras no habrían importado en ese momento. Mis acciones fueron suficientes." Se acercó a ella mientras hablaba. "Con cada paso que daba, me acercaba a ti y me alejaba de todo lo que una vez creí que importaba. ¡Cada decisión, cada acción—lo hice todo por ti!"

Se paró justo frente a ella pero no pudo tocarla. "Debería haberte confiado que todo lo que hice fue porque te amaba—cada cosa. Pero más que eso, debería haber tenido fe en que nuestras almas siempre encontrarían el camino de regreso la una a la otra, sin importar qué."

Las lágrimas corrían por su rostro como si el dolor fuera demasiado para soportar. Él la tomó en sus brazos. Finalmente, ella se calmó y lo miró.

"No fuiste solo tú. Perdí la fe en todo, incluyendo a mí misma. Era más fácil pensar en ti como un enemigo."

"No soy tu enemigo, Isa," dijo, abrazándola.

"¿Pero no lo ves?" preguntó ella, saliendo de sus brazos y poniendo distancia entre ellos. "Cuba siempre necesitará un enemigo."

Gabriel la miró. Los años habían endurecido su corazón y lo habían envuelto en alambre de púa. No había lugar en su mundo para la vulnerabilidad que el amor traía consigo. Un líder tenía que prever enemigos en cada giro, haciéndolos flotar como espectros en las sombras, amenazas que solo ella podía mantener a raya. No usaba el miedo para controlar a su gente; lo usaba para asegurar su poder, garantizando la prosperidad de Cuba y protegiéndola de aquellos que buscaban reclamar sus riquezas para sí mismos.

"Y tú eres Cuba," dijo él con resignación.

"Yo soy Cuba," suspiró ella.

Él asintió. "¿Dónde nos deja eso?"

Ella lo miró. "Honestamente no lo sé."

"¡Nunca dejé de amarte!"

Ella lo miró por un largo momento. "¡Y nunca dejé de amarte! ¡Cada minuto en este lugar me recuerda cada segundo que pasé contigo! ¡Pero el amor no es suficiente!"

"¿De qué hablas?" preguntó Gabriel.

"Fidel una vez me dijo que las riendas del poder requieren sacrificio. ¡La sacerdotisa Salustra dijo lo mismo! Tal vez el sacrificio que tuve que hacer para liderar al pueblo cubano fuiste tú."

"¿Realmente no puedes creer eso?"

"¿Sabes que esta es la primera vez que lloro en diez años?" preguntó Isabella, limpiándose los ojos. "La última vez fue el día que supe de tu traición."

"Eso me destrozó," dijo Gabriel, la emoción rompiendo su voz.

"Casi me rompió," admitió Isabella. "Juntos, cambiamos el futuro de Cuba y el Caribe. Y tal vez eso es todo lo que estábamos destinados a ser el uno para el otro."

"¡Me niego a creer eso!"

Isabella no dijo nada. Continuó manteniendo su distancia, y el corazón de Gabriel se hundió.

"¿Nunca te casaste?" preguntó ella de repente.

"¡Estoy casado! Me casé contigo hace diez años," respondió él, sus ojos fijos en los de ella.

"Eso no fue un matrimonio legalmente vinculante," se burló ella.

"No necesito estar legalmente atado a ti, Isabella," respondió él con fuerza. "Te tomé como mi esposa en presencia de un Dios. Eso fue suficiente para mí."

Continuaron rodeándose el uno al otro. Se dio cuenta de que una fuerza imparable se estaba encontrando con un objeto inmóvil y cambió de rumbo.

"Intenté decirte tantas veces," ofreció él, sus ojos implorantes. Vio una pequeña grieta en sus defensas cuando ella miró al suelo.

"Lo sé," concedió ella. "He tenido diez años para repasar cada conversación que tuvimos. Intentaste decírmelo en Jamaica. Incluso intentaste decírmelo cuando nos casamos en el templo."

"No me dejaste," murmuró él. "¿Por qué?"

"Tal vez no quería escucharlo", admitió ella. "En retrospectiva, las señales eran obvias. Tal vez en el fondo, lo sabía y no quería enfrentarlo."

"¿Por qué?" insistió él.

"Porque quería enamorarme de ti," confesó ella a regañadientes, levantando sus ojos hacia los de él.

"Isa, ¿qué estamos haciendo aquí?" preguntó Gabriel, su voz quebrándose. "¿Es esta la despedida que nunca tuvimos, o estamos tratando de encontrar el camino de regreso el uno al otro?"

"¿Y cómo sería nuestro camino de regreso el uno al otro, Gabriel?" preguntó ella con frustración. "Tienes más enemigos en Cuba que yo, y tengo responsabilidades con las Islas del Caribe que he estado construyendo durante los últimos diez años."

Los ojos de Gabriel se entrecerraron mientras la enfrentaba. La distancia entre ellos era de unos pocos pasos, pero aun así, ella parecía inalcanzable. Caminó hacia ella, su voz controlada pero enojada. "¡He terminado de vivir para los demás, Isa! He pasado mi vida luchando una batalla tras otra, y estoy cansado de que me alejen de la única cosa que siempre he querido."

"Gabriel," advirtió ella. "¡Estar juntos es imposible!"

"¡No!" dijo él, extendiendo la mano hacia ella; su brazo se enroscó alrededor de su cintura y la atrajo hacia él. "Unirnos para encontrar Atlántida era imposible, pero lo hicimos, y al hacerlo, ¡nos encontramos! Nadie puede quitarnos eso," su aliento acarició sus labios mientras el fuego se encontraba con el hielo.

Isabella se sintió como si estuviera ahogándose y flotando al mismo tiempo. Cayó al suelo, y la arena dorada los envolvió.

Gabriel la desnudó, su toque nunca dejando su piel, quemándola, encendiendo recuerdos. Su centro anhelaba por él. Cuando él entró en ella, sus caderas se arqueaban para encontrarse con él, fusionándose. Olvidaron respirar hasta que el cuerpo de Gabriel tomó el control, y comenzó a moverse, estableciendo un ritmo implacable mientras ascendían a los cielos y explotaban en una lluvia de estrellas. Gabriel cayó a su lado, aún dentro de ella. La giró, llevando su pierna sobre su cadera para poder hundirse más profundo en ella.

Isabella suspiró mientras su cabeza se inclinaba hacia atrás, sus ojos cerrados. Gabriel la miró pero no dijo nada. Lentamente, se movió dentro de ella, y sus ojos se abrieron de golpe. No existía nada, solo ellos dos mientras Gabriel la llevaba a la cima de la montaña nuevamente, y luego flotaron suavemente de regreso a la tierra.

De la mano, caminaron hacia las frías aguas de la cala, contentos de simplemente estar, siempre que pudieran tocarse.

"No te dejaré ir de nuevo," dijo Gabriel, su voz entrecortada.

"Lo sé," respondió ella.

Pasaron la noche en la cala. Al día siguiente, despertaron sabiendo exactamente a dónde querían ir.

"Todavía tienes todo el equipo de buceo aquí," comentó Gabriel mientras lo inspeccionaba. "Y en buen estado."

"Intento ir al templo tan a menudo como puedo. Me trae consuelo."

Gabriel no pudo traer su mirada hacia ella.

"¿Todavía ves la ciudad en las profundidades del agua?" preguntó él.

"Sí," respondió ella, abrazándolo por detrás. "Está tan clara hoy como la primera vez que la vi."

"Esa es una vista que aún no he contemplado," dijo Gabriel, girando en sus brazos.

Caminaron hacia el agua, sumergiéndose bajo la superficie, y sin pensarlo, diez años se desvanecieron mientras Gabriel seguía a Isabella hacia el templo de Poseidón.

Como antes, se quedaron frente a frente ante la estatua de Poseidón, con las manos entrelazadas, las cabezas juntas mientras la energía fluía a través de ellos, reafirmando su amor el uno por el otro.

Continuaron hacia el pasadizo oculto y caminaron por el sendero que habían forjado juntos, deteniéndose en la playa y luego caminando hacia el saliente que ocultaba la mina. Una red de plataformas y acueductos salpicaba la Bahía de Baracoa en una red diseñada para crear un sistema optimizado de eficiencia y organización.

"¡Es magnífico, Isa!" respiró Gabriel. Lo que vio frente a él superó incluso su imaginación más salvaje.

"Las mejores mentes del Caribe se unieron," anunció Isabella con orgullo. "Resolvíamos todos los problemas que encontramos sin dañar el medio ambiente o el ecosistema de la Bahía."

Con los brazos entrelazados uno del otro, miraron lo que Isabella había construido.

"¿Alguna vez bajas a la mina?"

"No," respondió Isabella. "No hay nada para mí allá abajo."

"Entiendo," dijo Gabriel, y así fue. No tenía ningún deseo de volver a la mina.

"Deberíamos regresar. Aún tenemos mucho que resolver."

"Sí," dijo Gabriel, apretando sus brazos alrededor de su cintura. "Pero primero, quiero que conozcas a mis padres."

El sol se estaba poniendo detrás de las montañas que rodeaban la casa de José, quien estaba en la veranda con Matteo, Gloria, Liliana y Andrik. Todos se volvieron cuando Gabriel e Isabella entraron tomados de la mano.

José les sonrió. "Es bueno verlos juntos de nuevo."

Isabella y Gabriel le sonrieron. Matteo se puso de pie para saludar a su hijo.

"Te ves feliz, hijo mío," dijo, mirando a Gabriel.

"Papá, Mamá: me gustaría que conocieran a mi esposa, Isabella Vasquez de Nasaré," dijo Gabriel, apartándose para que Matteo pudiera abrazar a Isabella. Gloria siguió el ejemplo de su esposo.

Mientras todos se ponían de pie para felicitar a Gabriel e Isabella, José abrazó a Gabriel.

"Esta celebración se ha hecho esperar," exclamó José, alcanzando una hielera para sacar dos botellas de champán. "Pensamos que esto podría suceder y queríamos estar preparados."

Se sirvió champán, se hicieron brindis y la celebración comenzó.

"¿Dónde está Valentina?" preguntó Isabella.

"¡Oh! Bueno," explicó Matteo. "Cuando no regresaron anoche, Andrew entró en pánico y voló a La Habana esta mañana. Intenté asegurarle que estaban bien, pero quiere verlo por sí mismo."

"¿Andrew Simpson sigue contigo?" preguntó José.

Gabriel y Matteo se miraron antes de que Matteo respondiera. "Él trabaja con Gabriel, a veces como guardaespaldas."

Los muchos leales a Castro recordaron a Gabriel. El riesgo de regresar a Cuba era innegable, y el peso de ese peligro se posó sobre todos, proyectando una sombra pesada sobre su celebración.

"Valentina decidió esperarlo para que pudieran venir a Baracoa juntos," dijo Andrik mientras la habitación caía en silencio.

Tratando de romper la repentina tensión, José le preguntó a Gabriel. "¿Cuáles son tus planes ahora?"

"Me gustaría quedarme en Baracoa unos días," dijo Gabriel. "Después de eso, aún no lo sabemos."

Un silencio incómodo cayó sobre la habitación.

"Mientras Andrew esté aquí contigo," dijo Matteo, eso no debería ser un problema. Tu madre y yo vamos a quedarnos un par de semanas. Así todos podemos conocernos."

La fiesta se disolvió no mucho después. Valentina y Andrew no habían llegado, pero el único que lo notó fue Andrik.

Tan pronto como llegó a casa, llamó a su hija.

"Valentina, se suponía que debías estar aquí hace horas."

"No volaremos de regreso esta noche," le dijo Valentina. Estaba en su oficina en el Palacio Presidencial con Andrew, revisando fotos de funcionarios cubanos pasados y presentes. "Tuvimos un problema."

"¿Qué problema?" preguntó Andrik mientras Matteo entraba en la habitación. Andrik puso el teléfono en altavoz.

"Estábamos conduciendo al Palacio Presidencial para tomar el helicóptero de regreso a Baracoa, pero al llegar, vimos a Fidelito Castro bajando las escaleras con un sobre en las manos," explicó Valentina.

"¿Y?" preguntó Matteo.

"Algo no se sentía bien," respondió Andrew. "He visto esa expresión en su rostro antes."

"¿Qué hiciste?" preguntó Andrik, temiendo la respuesta.

"Lo seguimos- o más bien, Andrew lo hizo. Yo me quedé en el coche."

"¿Lo seguiste a dónde?" preguntó Andrik.

"Al Cabaret Tropicana," añadió Andrew. "Lo seguí a una habitación privada en la parte de atrás. Me puse un uniforme de camarero y comencé a servir bebidas, esperando escuchar lo que decían."

"¡Querido Dios!" murmuró Matteo.

"Se reunió con un grupo de hombres en uniforme militar," les informó Andrew.

"Esperamos a que la reunión terminara para que pudiera intentar identificarlos al salir del Cabaret," interrumpió Valentina. "Pero no vi a la mayoría de ellos, así que regresamos a la oficina y estamos revisando fotos antiguas para ver si podemos reconocer a los conspiradores."

"¿Conspiradores?" preguntó Andrik con sorpresa.

"Fidelito les estaba mostrando fotografías de Isabella y Gabriel juntos," dijo Andrew, su incomodidad clara. "Fotos íntimas. Dijo que usarían a Gabriel para volver a la gente en su contra."

"Tenían a los últimos de la vieja guardia allí, Papá," dijo Valentina. "El Ministro de Propaganda de Fidel y varios generales leales a El Comandante."

"Le aseguraron a Fidelito que traerían el apoyo del ejército para respaldarlo," afirmó Andrew.

"¡Es un golpe de estado!" exclamó Matteo.

"Y están usando a Gabriel para justificarlo," declaró Andrik. "Valentina, ¿cuán pronto puedes regresar a Baracoa?"

"Lo primero mañana por la mañana," les aseguró. "Nos encontraremos en el complejo."

"Vamos a casa de José ahora," dijo Andrik. "Le informaremos sobre este desarrollo y obtendremos su opinión. Luego nos encontraremos en el complejo mañana por la mañana para planificar."

Andrik y Matteo le contaron a sus esposas lo que había sucedido. Se metieron en el coche y condujeron a la casa de José, quien se estaba acomodando para la noche después de despedir a Isabella y Gabriel. Al ver sus rostros, el corazón de José se hundió.

Después de un largo y caliente baño, Isabella salió con una toalla envuelta a su alrededor. Gabriel estaba sentado en la mesa del comedor, sin camisa y en jeans. Había despejado un espacio en la mesa que ella usaba como escritorio mientras una olla burbujeaba en la estufa. Ella lo miró al entrar en el área del comedor, frunciendo el ceño ante el desorden en la mesa.

"Tenía todo colocado donde podía encontrarlo fácilmente," dijo Isabella, agitando su mano hacia la mesa.

"Este informe sobre el crimen en el Caribe es fascinante," Gabriel levantó el informe para que ella lo viera.

"¿Has estado revisando mis papeles?" preguntó Isabella.

"No," dijo Gabriel, levantándose de la silla para besarla, luego la atrajo a su regazo. "Despejé la mesa para que tuviéramos un lugar donde comer, y esto llamó mi atención."

Satisfecha con su respuesta, ella le sonrió. "Es una lectura fascinante. Lo encargué después de que Fidel murió. Quería averiguar qué impacto tuvo el Oricalco en la psiquis de las personas a las que benefició.

"Entonces, ¿esta investigación es de todas las islas del Caribe que participan en el proyecto Atlantida?" preguntó Gabriel.

"Sí, ¿por qué?"

"La premisa del informe es muy provocativa," respondió Gabriel.

"Es una verdad universal que hombres y mujeres son impulsados por diferentes motivaciones," dijo Isabella. "Eso no es noticia."

"Esto dice que los hombres tienen una necesidad inherente de cumplir su destino, y su fracaso en hacerlo impulsa su ira, por lo que atacan y lastiman a aquellos que pueden someter," respondió Gabriel.

"Las mujeres tienen esa misma necesidad de realizarse, y su fracaso en lograrlo puede resultar en un comportamiento mucho más cruel porque su rol es el de cuidar," explicó Isabella.

"Las mujeres toman lo que el hombre, como cazador y protector, les da, y lo mejoran, como convertir la caza en comida, hacer un hogar de la estructura protectora y tener hijos," añadió Gabriel.

"Cierto," estuvo de acuerdo Isabella. "Pero también se encontró que las mujeres que retienen amor y no logran cultivar el sentido de seguridad de un niño no solo dañan el psiquis del niño, sino también su desarrollo. Las mujeres pueden ser más pasivo-agresivas, pero el resultado de su abuso causa tanto daño, si no más."

"Entonces, ¿la razón de la violación y el asesinato es porque los hombres se sienten frustrados por su incapacidad de cambiar sus circunstancias, así que recurren a la violencia y las drogas?" desafió Gabriel.

"El sexo es la droga del hombre pobre," respondió Isabella. "Son golpeados por la vida, atrapados en un trabajo servil y sin reconocimiento que apenas proporciona lo suficiente para mantener o proteger a su familia," continuó Isabella. "Luego regresan a esa familia, y el fracaso que sienten es abrumador, emasculante. Así que golpean a sus hijos y abusan de sus mujeres para recuperar el control sobre su dominio. A su vez, las mujeres golpean a sus hijos o los descuidan por la misma razón. Sólo para despertarse a la mañana siguiente y repetir el ciclo."

"¿El abuso físico, la violación y el asesinato resultan de sentirse inadecuado, tratando de obtener un sentido de control al quitarle a otros?" preguntó Gabriel.

"Algo así. Es una reacción visceral, un impulso primitivo casi intuitivo, como luchar o huir.

"¿Qué hay de la crueldad abyecta? ¿Cómo se relaciona eso con este escenario?"

"Eso proviene de un sentido de derecho," respondió Isabella. "Un hombre o una mujer tiene tanto poder que sienten que pueden hacer lo que quieren cuando quieren y sin consecuencias."

"¿Y cómo explica eso el fracaso en alcanzar el destino de uno?" preguntó Gabriel.

"El destino es propósito, Gabriel," dijo Isabella, encontrando su mirada. "No puedes tener uno sin el otro. Cuando una persona cumple su destino, no es el final del viaje, es el comienzo. La autorrealización es solo la mitad del todo. El secreto de una vida verdaderamente feliz no radica solo en alcanzar las riquezas de la vida, sino en compartirlas."

"Es un estudio completamente nuevo de la psicología humana," dijo Gabriel pensativamente.

"Para ser justos," respondió Isabella. "Nunca ha habido un experimento social de esta magnitud antes."

Pero Gabriel dejó de escuchar cuando una realidad lo golpeó con tal fuerza que se apoyó contra Isabella, con la cabeza en su hombro.

"¿Gabe? ¿Qué pasa?"

"¿Recuerdas la noche que venimos aquí después de descubrir la mina? La noche que te llevé justo aquí en esta mesa?" preguntó Gabriel, angustiado.

"Sí," dijo Isabella, con la voz temblorosa. Tenía una década para recordar esa noche, y ahora entendía lo que lo había impulsado.

"Lo siento, Isa," dijo Gabriel, con la voz desgastada.

"No hagas eso, Gabriel," dijo ella, tomando su rostro entre sus manos y obligándolo a mirarla a los ojos. "Puede que no hayas encontrado placer en ello porque estabas en guerra con tu conciencia, ¡pero esa no fue mi experiencia! No nos quites eso a ninguno de los dos."

Él asintió contra su cuello, sosteniéndose el uno al otro por un momento. "¿Crees que he cumplido mi destino, Isa?"

Isabella respiró hondo antes de responder. "No lo entendí entonces, pero protegerme mientras cumplía mi destino te llevó a mí."

"Mi camino siempre me ha llevado a ti," susurró Gabriel en su oído.

"Ahora lo sé."

Finalmente, la miró. "Este informe es demasiado importante para estar sentado en tu mesa de comedor. Necesitas compartirlo con el mundo."

"Lo haré," dijo ella, sonriéndole. "Pero primero, necesitas alimentarme. ¡Tengo hambre!"

Se fueron a la cama poco después, pero ninguno durmió; en cambio, pasaron la noche redescubriéndose el uno al otro.

Matteo, Gloria, Andrik, Liliana y José tampoco pudieron dormir. Se reunieron nuevamente en la veranda, tratando de darle sentido al repentino giro de los acontecimientos.

"Se han encontrado de nuevo," dijo Matteo, sacudiendo la cabeza con frustración.

Habiendo visto el amor entre Gabriel e Isabella de primera mano, ninguno de ellos quería separar a los amantes una vez más.

En La Habana, Andrew y Valentina no tuvieron tal vacilación. Andrew suspiró pesadamente mientras revisaban las fotografías en el escritorio de Valentina en las primeras horas de la mañana.

"No pueden quedarse juntos," dijo Andrew en voz baja a Valentina.

"Lo sé," coincidió ella, masticando su uña. "Estar juntos los destruirá a ellos y todo lo que han construido."

"¿Sabías que estaban casados?" preguntó Andrew.

El rostro de Valentina mostró su sorpresa. "¿Cómo? ¿Cuándo?" preguntó Valentina.

"Fue simbólico, pero Gabriel aún la considera su esposa, la ama como su esposa."

Andrew y Valentina se miraron, con el corazón roto por lo que sabían que tenían que hacer.

"No tenemos opción," declaró Andrew.

"No, no la tenemos."

"Ninguno de los dos será la caída del otro," afirmó Andrew.

"Entonces, tú le dices a Gabriel. Yo le diré a Isabella, y veremos dónde caen las fichas," ofreció Valentina.

"Veremos dónde caeran las fichas." Andrew estuvo de acuerdo.

Tomaron el primer vuelo a Baracoa temprano a la mañana siguiente, llegando al complejo antes que los demás.

ANDREW ESPERÓ a que Isabella saliera de la casa antes de tocar la puerta.

"¡Andrew!" dijo Gabriel, apartándose para dejarlo entrar. "No necesitabas venir a Cuba."

"Probablemente pensarás diferente cuando escuches lo que tengo que decir," respondió Andrew, y la gravedad en su voz llamó la atención de Gabriel.

"¡VALENTINA!" exclamó Isabella, encantada de verla al entrar en su oficina y encontrar a la joven mujer esperando. "No esperaba verte esta mañana."

"¿Estás casada con él?" acusó Valentina.

Ante la expresión desconcertada de Isabella, Valentina exclamó: "¿Te casaste con Gabriel Nasaré?"

"Sí," respondió Isabella.

"Entonces esto va a ser muy difícil de escuchar para ti," dijo Valentina, abrumada por la emoción. "¡Te lo dije! Deberías haber sacrificado a ese perro rabioso hace años."

GABRIEL ESTABA DEMASIADO SORPRENDIDO para oír el golpe en la puerta.

"Había esperado que los dioses nos favorecieran ahora," suspiró

Gabriel mientras Andrew abría la puerta. Todo lo que vio José fue la expresión afligida en el rostro de Gabriel.

"¡Se lo dijiste!" José se volvió hacia Andrew acusadoramente.

"¡Alguien tenía que hacerlo!"

"¡Gabriel!" suplicó José.

Gabriel ignoró a José mientras estaba de pie junto a la ventana. Su única preocupación era la seguridad de Isabella. Se volvió hacia José. "¿Cómo logró todo lo que hizo?"

José suspiró. Esta no era la forma en que quería que Isabella y Gabriel se enteraran de la amenaza a su amor. "Ella sobrevivió a todo lo que su padrino le lanzó, incluido tú."

"Ella prosperó; mira todo lo que logró," replicó Gabriel.

"Fue difícil para ella, pero puso a Cuba por encima de todo," respondió José, con lágrimas en los ojos. "Mientras tenga a Cuba, siempre resistirá."

"Mi destino es protegerla. Incluso si dejo Cuba y nunca regreso, nuestros enemigos aún me usarán en su contra."

La aguda inhalación de Andrew fue el único sonido en la habitación. José se secó los ojos pero no dijo nada mientras Gabriel se alejaba, dándoles la espalda a los dos hombres.

"¡Gabe!" suplicó Andrew. "Encontraremos una manera para que estés con ella."

Gabriel asintió, sin volverse hacia los hombres. "Sí, lo haremos. Necesito ducharme. ¿Te importa ir a buscar a Andrik y Pops? Nos reuniremos aquí en una hora y lo resolveremos."

Gabriel oyó la puerta cerrarse mientras José y Andrew se iban.

"No tienes opción, Isabella," dijo Valentina. "O matas a Fidelito y neutralizas la amenaza, o matas a Gabriel y eliminas la amenaza. De cualquier manera, para salvar todo lo que has construido, tendrás que ordenar la muerte de uno de ellos."

"¿No puedo creer que esto esté sucediendo?" dijo Isabella mientras sus piernas le fallaban y se hundía en la silla detrás de su escritorio. "Hacer lo que pides no me hace mejor que el hombre que reemplacé."

"¿Cómo puedes decir eso?" preguntó Valentina, mirándola con asombro. "Fidel permitió que el poder se convirtiera en su amo, olvidando a las personas a las que prometió servir. Todo lo que hiciste fue en servicio a Cuba."

"¿Y para mantener el poder de mantener a Cuba segura para las personas a las que sirvo, ahora tengo que matar?" preguntó Isabella, ahogándose con las palabras.

"Fidel nunca fue Cuba," contraatacó Valentina. "No tuvo la fuerza para hacer lo que hiciste para liberar a Cuba y el Caribe."

"¡Finalmente ha vuelto a mí!" exclamó Isabella.

"Sabes lo que tienes que hacer entonces," dijo Valentina, con el corazón roto por Isabella. "Da la orden."

Isabella asintió a Valentina sin encontrar su mirada, y luego salió del recinto.

"¿Gabe?" llamó Isabella al abrir la puerta. No hubo respuesta mientras caminaba por la casa, buscándolo. La carta en la mesa del comedor llamó su atención, y se lanzó hacia ella, rompiendo el sobre.

Mi amada Isabella, mi hermosa esposa, nuestro amor nunca debió ser un arma en tu contra, y lamento profundamente que se haya convertido en una. En mi egoísmo, anhelaba ver la confianza en tus ojos una vez más, envuelta en la calidez de tu devoción—una fuerza tan pura, que incluso derritió el corazón de Poseidón.

No te dejo por elección, mi amor. Mi destino es protegerte de la elección que sé que debes hacer. Eres mucho más grande que la mano que te han obligado a jugar, así que la jugaré por ti. Con cada latido de mi corazón, creo que nuestras almas se encontrarán de nuevo. Te amo. Por siempre y para siempre, tu esposo, Gabriel.

"Oh Dios, Gabriel, ¡NO!" sollozó Isabella.

Salió corriendo de la casa hacia el recinto. Alcanzó a los hombres justo cuando salían del edificio principal.

"¿Gabriel está contigo?" gritó Isabella.

Al ver su confusión, corrió de regreso por los escalones hacia un vehículo todo terreno. Instintivamente, sabía dónde encontrarlo y oró para que no llegara demasiado tarde.

Andrew siguió de cerca a Isabella mientras se alejaban en vehículos todo terreno. "¡Jesús! ¡Gabriel! ¿Qué has hecho?"

José y Matteo saltaron al jeep de Andrik, con el miedo apoderándose de sus corazones.

Isabella lo vio primero en las profundidades de la cala. Andrew la siguió mientras ella se zambullía en el agua helada, empujándose hacia Gabriel. Se había atado a una de las estatuas en la entrada del templo de Poseidón.

Andrik, Matteo y José los esperaban en la pequeña playa mientras Isabella y Andrew arrastraban el cuerpo de Gabriel a la orilla. Los gritos de angustia llenaron la pequeña cala mientras Matteo caía al suelo junto al cuerpo de su hijo.

"¡No!" le gritó a Andrew cuando intentó mover el cuerpo de Gabriel. "¡Él será enterrado aquí! A la manera atlante."

Mientras sostenía el cuerpo sin vida de Gabriel en sus brazos, su mente regresó a una conversación que tuvo con Fidel Castro el día antes de que muriera. Estaba postrado en la cama, y ella entró en su habitación para sentarse en una silla al pie de su cama, escuchando su respiración laboriosa mientras dormía.

Una vez lo amó, su Tío Fidel, quien la hacía cosquillas con su barba y la dejaba montar en sus anchos hombros. En un momento, el hombre marchito en la cama le parecía más grande que la vida. Se volvió para mirar por la ventana mientras una sola lágrima escapaba y corría por su mejilla.

"¿Estás llorando por mí, mi Bella?" preguntó Fidel, con sus ojos llorosos fijos en ella. "Temo que puedas ser la única que realmente me extrañará."

"Eso no es cierto, Tío," murmuró Isabella, moviéndose para sentarse al lado de su cama y tomando su mano en la suya. Se sentía como la muerte.

"¿No pasaste por la fila de buitres esperando afuera, ansiosos por escuchar que he tomado mi último aliento?" jadeó Fidel.

"Has dejado clara la línea de sucesión. El pueblo no permitirá menos," respondió Isabella.

"¿Y tú?" preguntó Fidel. "¿Estás lista para las riendas del poder? ¿Para los sacrificios que tendrás que hacer para mantenerlo?"

Isabella sonrió a su padrino, pero la sonrisa no llegó del todo a sus ojos. "Me has enseñado todo lo que necesito saber," le aseguró.

"Entonces permíteme darte tu última lección," dijo Fidel, apretando su mano. "El árbol de la libertad debe ser refrescado ocasionalmente con la sangre de patriotas y tiranos."

"¿Y cuál de los revolucionarios que tanto admiras dijo eso?" rió Isabella.

Fidel hizo una mueca mientras miraba sus manos antes de responder.

"Thomas Jefferson."

La reacción de Isabella a sus palabras mostró su sorpresa. "¡Un estadounidense! ¿Admiras a uno de ellos?"

"Él fue un revolucionario una vez."

Isabella asintió, sintiendo que su padrino tenía más que decir.

"Los patriotas me convirtieron en un tirano. Ellos lucharon para detener mi revolución y mantener su forma de vida. Y luego estaban los patriotas que me instaron a hacer lo que ellos no podían, para preservar la forma de vida que había construido para ellos."

Isabella recordó sus palabras mientras sostenía a Gabriel hasta que una voz que solo había escuchado una vez antes interrumpió sus pensamientos.

"¿Y en quién te convertirás para salvar la vida que tú y Gabriel han creado?" resonó Poseidón en su cabeza.

Los que amaban a Gabriel se reunieron en silencio en la pequeña playa. Isabella se adentró en el agua fría, encendiendo la pira donde yacía el cuerpo de Gabriel. Gloria se dio la vuelta, presionando su rostro contra el hombro de Matteo, incapaz de soportar la vista del cuerpo de su único hijo siendo consumido por las llamas. Pero Isabella se mantuvo firme, observando cómo el cuerpo de su esposo se reducía a cenizas, la pira hundiéndose lentamente en el fondo de la cala.

"Ya no tienes que sacrificarte por mí o por Cuba de nuevo, mi amor," susurró Isabella.

Isabella permaneció en el agua mucho después de que los demás se habían ido. Matteo y Gloria, demasiado destrozados para hacer otra cosa que mirarla, observaron cómo ella permanecía inmóvil, con la mirada fija al frente. Finalmente, Andrew dio un paso adelante, tomando su mano y guiándola fuera del agua mientras el sol comenzaba a ponerse. Ella se acomodó frente a él en la arena, y luego, por primera vez, comenzó a llorar. Andrew permaneció en silencio con ella junto a las aguas tranquilas mientras sus lágrimas se secaban lentamente. Cuando la última luz del día desapareció, la cala fue tragada por la oscuridad.

Fidelito Castro estaba sentado fuera de la oficina de Isabella en el Palacio Presidencial, exudando autoridad, completamente ajeno a la muerte de Gabriel. Estaba esperando su momento, hasta que sus generales hicieran su movimiento.

"Está en marcha," dijo Andrew, entrando en la oficina. Isabella miró a Valentina, quien salió para invitar a Fidelito a entrar. Él entró en su oficina como si fuera el dueño del mundo. Isabella no dijo nada. Sin una palabra, encendió la televisión.

"Las autoridades están deteniendo a los involucrados en un intento de golpe de estado fallido contra el gobierno democráticamente elegido de Isabella Vasquez. Cubavisión informa que los leales a Fidel Castro habían planeado apoderarse de las ganancias de Oricalco para sí mismos. Se cree que su líder, Fidelito Castro, ha huido de la isla."

Isabella apagó la televisión y se enfrentó a un Fidelito Castro visiblemente afectado.

"El primer error que cometiste fue pensar que eras como tu padre," anunció Isabella, levantándose de su asiento. "El segundo error, el que te costará la vida, es no reconocer que nunca podrás reemplazarme. ¡No solo hablo por el pueblo cubano. ¡Yo soy Cuba!

"¡Por favor, Isabella!" suplicó Fidelito. "¡Solo fue charla!"

"Bueno, esa charla me costó al hombre que amo," le gruñó Isabella.

"¡Por favor, no me mates!" gritó Fidelito.

"En el momento en que mi esposo murió, tú también lo hiciste," respondió Isabella mientras Andrew le ponía las esposas a Fidelito, luego le colocó una capucha en la cabeza antes de llevarlo a través del pasadizo secreto que su padre había usado para hacer desaparecer a sus disidentes.

Seis meses después, Isabella levantó el teléfono y llamó a la única persona con la que no había hablado en más de diez años.

"Steven, soy Isabella Nasaré. Estoy embarazada y necesito ir a Jamaica."

Steven se encontró con Isabella en el aeropuerto. Andrew Simpson estaba con ella. Condujeron a la casa de Sean en las colinas.

"¿Cuánto tiempo llevas?"

"Seis meses," respondió Isabella.

Steven y Sean la miraron pero no dijeron nada.

"Tan pronto como empecé a mostrar, tomé una licencia," explicó Isabella. "Me gustaría tener al bebé aquí si está bien contigo, Sean."

Sean no pudo hablar, así que solo asintió.

"Quiero que todas las personas que apreciaron a Gabriel estén cerca cuando llegue el bebé, para que el sepa quienes amaron a su padre y en quiénes puede confiar para amarlos," continuó Isabella, su voz firme pero llena de emoción. "Gabriel y yo no sacrificamos todo lo que hicimos para que nuestro hijo cargara con el peso de nuestros errores. Quiero que elija su propio camino, guiado por las mismas manos cariñosas que nos ayudaron, pero sin la arrogancia y desconfianza que llevaron a los errores que nos causaron tanto dolor. No le ocultaré nada, y no quiero que nadie más lo haga. Necesita aprender de nuestras fallas. Nuestro hijo es la única luz en la oscuridad que separa a Gabriel y a mí. Al verlo vivir sus sueños, Gabriel y yo encontraremos el camino de regreso el uno al otro," declaró Isabella, su voz temblando mientras las lágrimas se acumulaban en sus ojos.

Después de que nació el bebé, José le pidió a Isabella que dejara la casa de sus abuelos y se mudara con él. Ella crió a su hijo, Sebastián, en la comunidad segura y unida que había creado para él. José cuidó y crió al niño como su padre lo hizo una vez por Isabella.

Sebastián, o Bas como lo llamaban, pasó tiempo aprendiendo sobre su padre en Miami con sus abuelos, Matteo y Gloria. Pasó veranos con Sean y Steven, ayudando con sus diversos proyectos. Viajó a Rusia de vacaciones con Andrik, Liliana y Valentina.

Dondequiera que Isabella fuera a promover el Caribe y abogar por las naciones insulares, Bas estaba a su lado. Y a través de todo, Andrew Simpson nunca estaba lejos, observando en silencio al joven, tal como lo había hecho por su padre.

Una noche, mientras Sebastián estaba sentado en la cama de Isabella, notó un libro en su mesita de noche.

"¿Mama?"

"Hmmm," respondió Isabella, sin mirar hacia arriba.

"Este libro ha estado en tu mesita de noche desde que tengo memoria. ¿Lo lees todas las noches?" preguntó Sebastián, levantándolo, dándole la vuelta y estudiando la portada.

Isabella detuvo lo que estaba haciendo y se acercó a su hijo, tomando el libro de él. "Ya me lo sé de memoria, pero encuentro consuelo en leerlo, especialmente por la noche."

"¿Por qué?"

"Solía leérselo a tu padre," respondió Isabella, sus ojos adoptando la mirada lejana que Sebastián conocía bien— la que tenía cada vez que hablaba de su padre.

"¿De qué se trata?"

"La sacerdotisa Salustra lo escribió," explicó Isabella. "Vivió en la Ciudad de Atlantida, en el templo de Poseidón, y sobrevivió a la destrucción de la ciudad. En este libro, escribe sobre la filosofía de los atlantes, su existencia y por qué la ciudad fue destruida."

"¿Es ese el libro que ayudó a ti y a papá a encontrar la mina de Oricalco?"

"En parte," dijo Isabella, sentándose en la cama junto a él. "Lo que escribió sobre su sociedad y cómo los atlantes abordaban la vida ayudó a tu padre y a mí a construir el estilo de vida que queríamos para las islas del Caribe. Para ti."

"¿Entonces me lo leerás?" suplicó Sebastián.

Isabella le sonrió. "Por supuesto, Bas."

"¿Mamá?" preguntó Sebastián mientras se acostaba de lado. Los ojos verdes de Gabriel con motas de oro la miraron. "¿Tú y papá alguna vez encontraron Atlantida?"

Isabella suspiró. "Un día, cuando seas mayor y mucho más sabio," dijo, dándole un toque en la nariz. "Te mostraré todo lo que tu padre y yo encontramos, y podrás decidir por ti mismo. Pero hasta ese momento, todo lo que tu papá y yo queremos es que cumplas tu destino, sea cual sea. Luego ayuda a otros a hacer lo mismo."

Sebastián Nasaré estaba bien encaminado para superar las aspiraciones de sus padres cuando Isabella Vasquez de Nasaré cerró los ojos para siempre, dejando un legado de innovación y propósito para que las futuras generaciones construyeran sobre él.

Mientras Isabella yacía muriendo, su alma tomó vuelo, y en lo profundo de las aguas de la Cascada Saltadero, Isabella se reunió con Gabriel mientras él la esperaba en el altar del templo de Poseidón. Él tomó su mano, y ante el propio Poseidón, sus almas encontraron el camino de regreso el uno al otro. Gabriel la estaba besando cuando ella tomó su último aliento en la tierra. Su hermoso hijo, un hombre adulto con su propia familia, fue testigo de la sonrisa de pura alegría en su rostro mientras cruzaba entre mundos.

"Recibí tu regalo," dijo Gabriel contra sus labios. "Vi la ciudad de Atlantida extendida frente a mí cuando me sumergí en el agua para esperarte."

AGRADECIMIENTOS

Agradecimientos

Comencé este libro en 2004, pero la vida se interpuso, y no lo volví a mirar hasta 2017. Luego, Redemption Songs necesitó una voz, así que I Am Cuba permaneció en mi escritorio. Intenté de nuevo a principios de 2020, pero Friendship Estate se apoderó de mi imaginación, y no hubo espacio para este libro hasta ahora.

Decididamente, I Am Cuba fue el más desafiante de mis libros para escribir. Lo llamé un esfuerzo arduo, pero siento un sentido ilimitado de logro. Así que, aquí está, y tengo muchas personas a las que agradecer.

Por lo general, la música me ayuda a concentrarme, pero en este caso, fue mi esposo, Tim, sentado pacientemente en una silla en mi oficina, escuchando el clic de mi teclado y sonriéndome cada vez que lo miraba.

Michael, Andrew, Derek y Tanya, gracias por ser los guardianes en la puerta.

Mi prima Anna Henriques, quien me impulsa a seguir escribiendo, y las palabras de apoyo de mi tío Howard Finlason que resuenan con la voz de mi padre.

Un agradecimiento especial a Claudia Medina y Ester Medina por su invaluable ayuda con la traducción al español.

Mi equipo de calle de autores y creativos jamaicanos, incluyendo a George Graham, Andre Simpson, Sardia Robinson, Natalie Corthésy, Fabian Lyon, Robert Younis, Charles y Judith Hyatt, Jeffrey Anderson-Gunter, Karline O. Samuels, Andrene Bonner, Anne Thornly-Brown, Danae Grandison, Gordon James, Judith Falloon-Reid, Dale Mahfood, Debra Ehrhardt, y la amiga de la infancia Anabella Seaga-Mian, parecían saber cuándo necesitaba una palabra de aliento o un texto para motivarme.

Dale y Janet Mahfood, cuya edición de contenido mejoró enormemente este libro. La meticulosa atención de Janet a los detalles realmente hizo toda la diferencia en la escritura.

Rebecca Gonzalez fue lo suficientemente amable como para compartir su amor y conocimiento de Cuba. "Grit and Grace" no es solo la historia de Rebecca; es la historia de Cuba misma.

Nicola Lafayette, mi gurú de marketing y animadora principal. Gracias por quitarme las distracciones.

Mi "equipo" Aurora y Joel Ehrman por darme el libro que me ayudó a encontrar a la sacerdotisa Salustra y por las largas cenas que tuvimos discutiendo historia y política.

Mi primo Sean Finlason por la licencia artística de cooptar, no solo su nombre sino también su experiencia en buceo.

Mi primo Ian Davidson, descanse en paz. Nunca serás olvidado.

A mi bisabuelo, Michael Delevante, quien escribió el poema, el libro comienza setenta y un años antes de que naciera. Nunca nos conocimos, pero nos encontramos a través de nuestro pasado compartido y la mezcla de nuestras raíces. A través del tiempo, él se acercó y me animó con estas palabras:

> Y ahora, Querido, a ti
> Dejo esta arpa mía –
> Tómala y cuéntala como parte de mí,
> Y, cuando haya cruzado la salmuera,
>
> Ven a veces, Dulce, y despierta
> Sobre cada cuerda silenciosa
> Un eco de mi voz, que toma
> Como canción para ti, cantaría.

ACERCA DEL AUTOR

Mi viaje comenzó en Mandeville, Jamaica, en 1967, pero las raíces de mi familia se hunden profundamente en Jamaica, con ocho generaciones firmemente plantadas en su suelo. Su historia, junto con muchas otras, ha contribuido a la vibrante e inclusiva sociedad de Jamaica y el Caribe. Como autor, me nutro de esta rica herencia, reconociendo que el papel de un narrador se extiende mucho más allá de la palabra escrita. Estoy profundamente comprometida a promover voces que compartan la historia única de las islas del Caribe.

Mi crianza caribeña me ha enseñado que la sociedad es mucho más intrincada de lo que a menudo transmiten los libros de Historia. Esta complejidad alimenta mi imaginación e inspira las historias que escribo. Mi objetivo final es compartir estas historias y generar conversaciones significativas. Aspiro a resaltar la fuerza y la resiliencia del pueblo caribeño, que ha luchado durante mucho tiempo por su autonomía mientras teje un tapiz de inclusión y aceptación. Te invito cordialmente a unirte a esta conversación.

Por favor, únete a mí en la casa de la playa registrándote en mis boletines para obtener vistas previas gratuitas e información detrás de escena sobre mi proceso creativo y en qué estoy trabajando: lyndaredwards.com.

Espero que hayas disfrutado leyendo Yo Soy Cuba. Si es así, por favor revisa los otros libros que he escrito:

Redemption Songs
Friendship Estate